SUSAN MALLERY

una librería
junto al mar

Editado por Harlequin Ibérica.
Una división de HarperCollins Ibérica, S. A.
Avenida de Burgos, 8B - Planta 18
28036 Madrid

2022 Susan Mallery, Inc.
© 2024 Harlequin Ibérica, una división de HarperCollins Ibérica, S. A.
Una librería junto al mar, n.º 305 - 23.10.24
Título original: The Boardwalk Bookshop
Publicada originalmente por HQN™ Books

ISBN: 978-84-1074-108-9
Depósito Legal: M-17859-2024
Impreso en España por: BLACK PRINT
Fecha impresión Argentina: 21.4.25
Distribuidor exclusivo para España: LOGISTA
Distribuidor para México: Distribuidora Intermex, S.A. de C.V.
Distribuidores para Argentina: Interior, DGP, S.A. Alvarado 2118.
Cap. Fed./Buenos Aires y Gran Buenos Aires, VACCARO HNOS.

A la doctora Angela I., ¡que tiene un currículo muchísimo más impresionante que el mío! Espero que disfrutes de Mikki, Ashley y Bree mientras se enfrentan a lo inesperado y descubren lo fuertes que son en realidad. A veces el amor sí que es la respuesta... en todas sus formas.

Capítulo 1

—Pensaba que habría más sexo.

Bree Larton miraba a su clienta, de setenta y tantos años, sin saber muy bien cómo responder. Soltar una carcajada resultaría inapropiado y Ruth se ofendería.

—Tienes que decirme qué quieres para que pueda encontrarte el libro adecuado —dijo Bree con una amable sonrisa—. Querías una novela de suspense político. Esas no suelen ser picantes.

Ruth, que apenas llegaba al metro y medio pero rebosaba energía y carácter, apretó los labios.

—Eso no es verdad. En las de James Bond hay sexo todo el tiempo y se pasa el día salvando al mundo. Quiero una novela así. Bombas a punto de explotar, colapso financiero, secuestros y que luego todo el mundo acabe en la cama —contestó. Le guiñó un ojo—. Eso sí que sería un buen libro.

—Puedo encontrarte uno de suspense y sensual. ¿Internacional por ejemplo? —preguntó Bree dirigiéndose a esa sección de la librería—. Se me ocurren un par de opciones. Pero en cuanto a la parte sexi... ¿quieres monogamia o las parejas pueden acostarse con cualquiera?

A Ruth se le iluminaron los ojos.

—Me gustaría que se acostaran con cualquiera, pero que no sea demasiado pervertido. Y nada de grupos. Cuesta demasiado seguirle el hilo a eso.

Bree contuvo una risita.

—Vale. Limitaremos las partes corporales y añadiremos un poquito de elegancia europea —dijo ofreciéndole una novela con un tío macizo en la portada—. Si te gusta esta, la autora tiene cinco historias más esperándote.

Ruth, rubia con un tono amarillo que no podía ser natural y con los labios pintados de rojo cereza, se llevó el libro a su estrecho pecho.

—Me lo quedo.

Bree le recomendó algunos autores más. Ruth curioseó unos minutos más y luego llevó un montón de libros a la caja registradora.

—Creo que habría sido una buena secuaz de James Bond —dijo al pasar la tarjeta de crédito—. En mis tiempos era un bombón.

—Lo sigues siendo —le dijo Bree.

Ruth desdeñó el comentario con un ademán.

—Estoy demasiado vieja para el espionaje, aunque no diría que no a una cena con un hombre encantador —dijo, y con una pícara sonrisa añadió—: Tendré que seguir disfrutando esas emociones a través de tus vivencias.

—Por desgracia, últimamente no tengo ningún hombre.

Ruth se le acercó.

—Lo que admiro de ti, Bree, es que no estás limitándote a buscar el amor. Persigues lo que quieres. Cuando yo tenía tu edad, eso no era una opción. Al menos, no entre la gente educada. Nací en la época equivocada.

Bree no tenía ni idea de qué decir.

—Supongo que tenemos que apañarnos con lo que tenemos —dijo metiéndole un folleto en la bolsa—. Harding Burton va a venir a firmar dentro de un par de semanas.

Ruth miró el póster situado junto al mostrador. Sus labios rojos se curvaron en una sonrisa.

—Es un hombre guapo.

Bree se encogió de hombros.

—Supongo.

—¿No te parece tremendamente guapo? ¡Qué ojos, qué sonrisa! ¿No es al que atropellaron con un coche y dejaron en la carretera dado por muerto cuando era solo un adolescente? —Ruth chascó la lengua—. Qué trágico. Pero se repuso, volvió a caminar y míralo ahora —dijo antes de clavar la mirada en Bree—. Deberías liarte con él y contármelo luego.

Bree contuvo una mueca.

—En primer lugar, jamás te lo contaría. Y en segundo, no salgo con escritores.

Entre su difunto marido y sus padres, conocía a esa clase de personas lo bastante como para querer evitarlas para siempre. Al menos, a nivel personal. A nivel laboral, no le quedaba otra. Era lo que tenía ser dueña de una librería...

—Harding tiene pinta de merecer que hagas una excepción —le dijo Ruth—. A lo mejor tiene algunas cicatrices interesantes que podrías recorrer y...

Bree alzó las manos formando una T.

—Para ahí. Si te interesan las cicatrices de Harding, ve tú a por él. ¿Cómo iba a resistirse a ti?

—Podría ser su madre.

«Su abuela», la corrigió Bree mentalmente, aunque siguió en silencio. Ruth no tenía pelos en la lengua y Bree sentía debilidad por ella.

—A lo mejor le van las mujeres mayores.

—Ojalá.

Ruth seguía riéndose cuando Bree la acompañó a la salida. Anson, su chófer, estaba esperando en el carril para bomberos, donde no se podía aparcar. El hombre la ayudó a subir al Mercedes. Bree se quedó fuera hasta que el coche se alejó.

En Los Ángeles, la última hora de la tarde en la playa casi siempre era un momento mágico, pero en

junio, si el cielo estaba despejado, era un auténtico
sueño. Un aire cálido, palmeras, arena y surf. La verdad, no podía decir que tuviera ningún problema real
en su vida. Incluso las peticiones de libros imposibles
de Ruth resultaban insignificantes si las comparaba
con las vistas que tenía desde la puerta de la tienda.

Hasta hacía seis meses, Driftaway Books había estado ubicada tres kilómetros al norte y a tres manzanas de la playa. El otoño anterior, cuando el local
donde estaba ahora había salido al mercado, Bree había pasado por allí para babear un poco por él y soñar.
Pero estar en primera línea de playa era carísimo y el
espacio tenía casi el doble de metros cuadrados de los
que necesitaba.

En uno de esos raros momentos en los que el destino aparecía y te ofrecía una inesperada oportunidad,
aquel mismo día otras dos mujeres, también dueñas
de un negocio, habían estado babeando por el mismo
local. Al igual que a ella, la ubicación, ahí, en plena
playa, les había parecido increíble, pero les había resultado demasiado grande y demasiado caro.

Movida por un impulso, Bree les había propuesto
ir a tomar un café juntas. Durante la siguiente hora
habían hablado de la posibilidad de compartir el alquiler. Ella, por norma, no confiaba en la gente hasta
que no la conocía bien, pero Mikki y Ashley tenían
algo que le había hecho querer correr el riesgo. A finales de aquella semana, Driftaway Books, The Gift Shop
y Muffins to the Max habían firmado un contrato de
alquiler de diez años y habían buscado un contratista
para hacer la reforma. Bree había cambiado el nombre
de Driftaway Books por The Boardwalk Bookshop, el
último paso para poder considerarlo su propio negocio. El primer lunes después de Navidad se habían
trasladado allí juntas.

Bree miraba el alargado y bajo edificio. Unos toldos
de rayas azules y blancas daban sombra a los enormes

escaparates. Las grandes puertas de cristal podían correrse por completo desdibujando la línea que separaba el establecimiento de la arena. Mikki, la dueña de
la tienda de regalos, y ella tenían los locales laterales,
y Ashley ocupaba el espacio central con su negocio de
muffins.

Unas vitrinas grandes y luminosas exponían libros, regalos y *muffins* agrupados por temáticas de
temporada. Una colección de libros playeros, protector solar, chanclas y sombreros de ala ancha atraían a
turistas que se habían plantado en la playa sin ir preparados.

Bree volvió a entrar, consciente de que se acercaba
la puesta de sol. Agarró unas mantas y unas copas de
champán y luego se detuvo a poner derecho el póster
que anunciaba una firma de libros de Jairus Steren-
berg, autor de los populares libros infantiles de *Brad
el Dragón*. Jairus vivía en la vecina Mischief Bay y siempre era un placer tenerlo allí firmando. Era uno de los
pocos autores que le caían bien a Bree. Llegaba pronto,
se quedaba hasta tarde y solo pedía una mesa y un
vaso de agua. El hombre hasta se llevaba sus propios
bolis.

En el otro extremo estaba un famoso escritor de
misterio al que no quería nombrar y que era una absoluta pesadilla. Exigente, algo borracho y muy so-
bón, le había dado palmaditas en el culo demasiadas
veces en su última firma y le habían prohibido la entrada en la tienda. A pesar de las súplicas de su publicista y de una disculpa por escrito del propio autor,
Bree se había mantenido firme. Ella era la dueña de
The Boardwalk Bookshop y ella ponía las reglas. Nada
de alta literatura, nada de rollos existenciales, y nada
de tíos tocando a mujeres sin su permiso. Tampoco es
que fueran unas reglas de lo más revolucionarias, pero
su rinconcito del mundo era lo único que podía controlar.

Mikki la vio y sonrió.

—Una vez más, estamos esperando a Ashley. ¿Te has fijado?

—Los jóvenes de hoy en día —dijo Bree bromeando.

Mikki, una persona por lo general alegre, con una melena rubia tupida y más curvas que Bree y Ashley juntas, se rio.

—Eso me gusta. Solo le saco diez años, así que, si ella es joven, entonces yo soy menos vieja de lo que pensaba. A lo mejor hasta puede que no me importe cumplir cuarenta este otoño.

—No te preocupará eso en serio, ¿no?

Mikki arrugó la nariz.

—No sé. A veces. A lo mejor. «Cuarenta» suena mucho peor que «treinta y pico».

—Los cuarenta son los nuevos veinticinco.

Mikki volvió a sacar su humor.

—Pues si tengo veinticinco, entonces Ashley no tiene ni once. Eso podría crearnos ciertos problemas legales con el alquiler —dijo. Agitó la botella de champán que sostenía—. Vamos, esto nos está llamando. Cuando Ashley termine de escribirle mensajitos de amor a Seth, ya sabrá dónde encontrarnos.

Salieron de la tienda y pisaron la arena. Con la puesta de sol cerca, la temperatura había bajado y la multitud del viernes se había despejado. El cielo había empezado a oscurecerse mientras que la zona que rozaba el océano aún resplandecía con un brillante tono azul salpicado de amarillo.

A su izquierda había palmeras, unos cuantos quioscos y un paseo marítimo que llegaba hasta Redondo Beach. A la derecha había más tiendas y restaurantes, bancos, aparcamientos y hoteles. Frente a ellas, el océano Pacífico. Grande, azul y, esa noche, inesperadamente calmado.

Se detuvieron a unos diez metros de la orilla y se sentaron en las mantas. Mikki levantó el champán.

—Perrier-Jouët Blason Rosé —dijo orgullosa—. En *Las chicas saben de vino* le dan noventa y tres puntos y dicen que tiene «unos deliciosos toques terrosos dulces que complementan los sabores afrutados, entre los que se incluyen la fresa y el melocotón, con un toque picante en este champán rosado perfectamente equilibrado».

Bree sonrió.

—No sé qué me impresiona más, si que te estés desviando del champán tradicional o que puedas citar así de bien una reseña de *Las chicas saben de vino*.

—Me encanta *Las chicas saben de vino*. Saboreo cada artículo. Si *Las chicas saben de vino* fuera un hombre, haría que se enamorara de mí. Y luego nos acostaríamos.

—Pues Earl se quedaría hecho polvo.

Mikki quitó el papel de plata rosa y se lo guardó en un bolsillo de sus pantalones caqui.

—Earl tendría que superarlo —contestó. Levantó la botella—. Mira qué forma tiene. Es preciosa. Y la etiqueta. Bien hecho por el equipo de diseño.

Rodeando el corcho con la mano izquierda, usó la derecha para sujetar la parte baja de la botella. En lugar de empujar el corcho, como solía hacerse en las películas, giró la botella varias veces hasta que se separó del corcho sin el más mínimo ruido al descorchar.

El otoño anterior las tres habían firmado el contrato de alquiler a última hora de un viernes. Habían estado tan emocionadas que después habían conducido hasta su nuevo local. Aquel soleado y cálido día prometía un atardecer precioso. Bree llevaba una botella de champán en el coche y había propuesto que la compartieran para celebrar su nueva aventura empresarial. El viernes siguiente habían hecho lo mismo, y así había nacido una tradición.

La primera vez que Bree había abierto una botella de champán con sus socias, había quitado el corcho y el espumoso líquido se había vertido. La expresión de horror de Mikki había sido tan obvia como cómica.

—Se están yendo todas las burbujas —había dicho—. Eso cambia la esencia del champán y arruina la experiencia.

—«Arruina» es un poco fuerte —había señalado Ashley—. Sigue siendo un champán muy bueno. Mejor del que yo tomaría normalmente. Aunque, claro, casi todo el champán que tomo es en bodas, donde lo compran para doscientas personas y el precio es un problema.

—El champán necesita que lo traten con reverencia —había dicho Mikki—. No bebas champán malo.

Desde entonces se habían turnado para llevar el champán del atardecer de los viernes. Ashley siempre le consultaba su elección a Mikki, pero Bree se arriesgaba a elegirlo sola.

Mikki sirvió una copa para cada una y dejó la botella en la arena, hundiéndola un poco para que no se volcara.

—Por nosotras —dijo brindando con Bree—. Y por las puestas de sol perfectas.

Bree sonrió y dio un sorbo. Cerró los ojos mientras dejaba que el burbujeante líquido se le asentara en la lengua unos segundos antes de tragarlo. Mikki iba a preguntarle qué le parecía, y decir simplemente que estaba bien nunca era una opción.

—Delicioso —dijo sonriendo—. Capto muchos frutos rojos con un toque cítrico. Es sorprendentemente cremoso.

Mikki la miró con gesto de aprobación.

—Eso mismo capto yo. Se deja beber muy bien. Me gusta.

—¡Nooooo! ¡Habéis empezado sin mí!

Oyeron el grito por detrás. Ninguna se giró. Bree agarró la tercera copa y Mikki la llenó. Ashley, una pelirroja alta y esbelta con los ojos grandes y azules y una boca carnosa, se sentó de golpe junto a Mikki. Hizo un mohín con los labios.

—No me habéis esperado —las acusó—. Teníais que esperarme.

—Y tú tenías que llegar a tiempo —le recordó Mikki—. Todos los viernes te escribes con Seth y llegas tarde. Estabas de acuerdo en que o llegabas a tiempo o empezábamos sin ti.

Ashley agachó la cabeza.

—Creía que esa presión ayudaría. Pero solo me siento culpable.

Mikki dio un sorbo de champán.

—Seguro que tu impuntualidad crónica tiene que ver con tu madre.

Ashley se rio.

—Mi madre puede llevarse a la tuya cuando quieras.

Mikki sonrió.

—No sé yo. Rita se llevaría a la fiesta a su yo melancólico y pesimista y luego diría que le deprime ver a todo el mundo divirtiéndose.

—Me lo estoy imaginando —dijo Ashley—. Bueno, brindo por nuestras madres. Y por Seth, que es alucinante. No me siento para nada culpable por escribirle. Me quiere y lo quiero.

Bree contuvo un gruñido.

—Sí, ya lo sabemos. Todo es supermaravilloso.

Mikki chocó el hombro contra el de Ashley.

—Está celosa.

—No, no —dijo Bree alzando la copa—. Por mí, seguid con vuestra relación de arrullitos y cacareos.

—Nosotros no cacareamos. Además, ¿qué significa eso?

—Ni idea —admitió Mikki—. ¿Bree?

—Es solo una expresión.

—¿«Cacarear» es una expresión?

Bree se rio y miró al sol, que estaba escondiéndose.

La luz se reflejaba en las olas. Una familia paseaba cerca del agua. Un niño corría delante mientras los padres llevaban de la mano a otro más pequeño.

Parecían felices, pensó al estudiarlos como lo haría con una especie desconocida. No había duda de que el padre y la madre querían a sus hijos, que los cuidaban. Mikki hacía lo mismo con sus dos hijos. Y los padres de Ashley eran maravillosos. Pero no todos los padres eran buenos.

Mikki rellenó las copas.

—Ashley, muchos clientes están hablando de la firma de libros de tu hermano. ¿Cuándo vamos a conocerlo?

—El lunes —respondió Ashley—. Se va a mudar a su casa nueva.

Harding, el hermano de Ashley, había vuelto a Los Ángeles tras varios meses viajando para firmar libros y documentarse. Había alquilado una casa y, al parecer, estaba trabajando a tope en su tercer libro. Mientras tanto, iría a firmar a The Boardwalk Bookshop, donde, sin duda, atraería a una gran multitud.

«Escritores», pensó Bree con un suspiro silencioso. Una especie fastidiosa pero necesaria. A los clientes les gustaban las firmas de libros, así que ella los llevaba a su tienda.

—Estoy deseando conocerlo —dijo Mikki—. Qué historia tan interesante. Bree, ¿estás ilusionada con la firma?

—Más de lo que puedo expresar.

Mikki se quedó mirándola.

—Eso es sarcasmo, ¿no?

Bree se rio.

—Sí. Es sarcasmo.

—¿Cómo puedes tener una librería, que te encanten los libros y que odies a los escritores?

—No los odio. Simplemente no los quiero en mi vida.

—Qué rara eres —dijo Mikki antes de dirigirse a Ashley—. Ayúdame con esto. Dile lo rara que es.

En lugar de unirse y meterse con Bree, Ashley bajó la mirada.

—A ver... Deberíamos hablar de Harding. O, más concretamente, de él y de ti.

Bree cambió de postura para girarse hacia Ashley.

—No lo he visto en mi vida.

Y eso significaba que no debería haber ningún problema. A menos que...

—¿Necesita algún trato especial? —preguntó con un suspiro—. ¿Solo M&Ms amarillos o leche de cabra francesa servida en cristal Waterford?

—Nada de eso —dijo Ashley sonando preocupada—. Es genial y sé que te caerá bien —añadió girando la copa de champán entre las manos—. Es solo que... bueno... me da miedo lo que pueda pasar.

Bree miró a Mikki, que se encogió de hombros.

—No tengo ni idea de lo que está diciendo —admitió Mikki.

—Yo tampoco.

No estaban entendiendo a su, por lo general alegre aunque impuntual, socia.

Ashley resopló.

—Me da miedo que le hagas daño.

—¿Con mi pericia en artes marciales?

Mikki enarcó las cejas.

—¿Sabes taekwondo?

Ashley se levantó y las miró.

—Hablo en serio. Harding es mi hermano y lo quiero. Ya ha sufrido bastante. Si lo hubierais visto como lo vi yo después del accidente, seríais igual de protectoras con él.

Bree se levantó también.

—Ashley, perdona. Ya no haremos más bromas. Veo que estás disgustada, pero, la verdad, no tengo ni idea de por qué.

—Vas a romperle el corazón —dijo Ashley parpadeando varias veces como si estuviera conteniendo las
lágrimas—. Eres preciosa y divertida y sexi, y todo
hombre vivo te desea.

—Menos Seth —dijo Mikki mirándolas—. Seth solo
tiene ojos para ti, Ashley.

—Sí, claro, pero todos los demás te quieren a ti y
Harding va a enamorarse perdidamente. Te acostarás
con él, luego lo dejarás, y se quedará hecho polvo. Sé
que parece fuerte, pero se le rompe el corazón con
facilidad —tragó saliva—. Eres mi amiga y me importas, pero él es mi hermano. Por favor, no lo macha-
ques.

Bree se quedó mirándola sin saber muy bien qué
decir. Ni qué pensar o sentir, de hecho. Le agradaba el
comentario sobre su belleza y atractivo, pero no le hacía tanta gracia que Ashley diera por hecho que se
acostaría con Harding y luego lo dejaría tirado como
si fuera un monstruo que se alimentaba de hombres
vulnerables. Un monstruo putón que iba arruinando
vidas a su paso.

Quería protestar y decir que sus relaciones eran
asunto suyo; que, cuando salía con un hombre, siempre dejaba muy claras sus expectativas, tanto si las
tenía como si no. Si ellos decidían no hacerle caso, entonces era problema suyo, no de ella. Nunca prometía
más de lo que podía dar. La fecha de caducidad quedaba clara, y, si a ellos no les parecía bien, entonces ella
se marchaba antes de empezar nada.

Pero esa no era la cuestión. Ashley no quería que Bree
le partiera el corazón a Harding. Qué curioso que nadie
se preocupara nunca por los sentimientos de ella. Era
algo a lo que se había acostumbrado hacía mucho tiempo. Siempre estaba sola. Tenía que protegerse porque
nadie más la protegería.

—Si me conocieras mejor, sabrías que no hago
daño a nadie a propósito —dijo en voz baja.

Ashley se estremeció.

—No quería ofenderte. Pero es que Harding es una persona normal y tú eres tú.

—No todos los tíos con los que me acuesto se enamoran de mí —señaló Bree.

—La mayoría sí —dijo Ashley asintiendo hacia la tienda de surf al final de la manzana—. Te acostaste con Chico Triste dos veces en enero y sigue lloriqueando. Es patético.

—Y triste —añadió Mikki en voz baja—. Pobre Chico Triste.

Bree la miró como diciéndole «no ayudes más», pero Mikki se limitó a guiñarle un ojo. Después, Bree se dirigió a Ashley.

—Siento que te hayas preocupado por tu hermano y por mí. No quiero complicarte las cosas y, desde luego, no quiero hacerle daño a tu hermano. Te prometo que ni siquiera voy a conocerlo. ¿Qué te parece?

Ashley negó con la cabeza.

—No quiero esa promesa. No está bien. Y no es realista. Vive aquí. La única razón por la que no lo has conocido todavía es su agenda de viajes. Pero tú y yo somos socias, y ahora que él ha vuelto... —suspiró—. Tú solo no le rompas el corazón.

—No lo haré.

Mikki se levantó.

—¿No estaría gracioso que se lo rompiera él a ella? —dijo riéndose—. Sé que jamás pasará, pero es divertido pensarlo.

—Menos divertido de lo que te podrías imaginar —dijo Bree.

—Supongo que para ti sí. Bueno, ¿hemos dejado las cosas claras? ¿Ya es hora de un abrazo en grupo?

Mikki extendió los brazos. Ashley se abalanzó hacia ellos mientras Bree vacilaba un instante. No era muy de abrazos por naturaleza, y era algo que había tenido que soportar desde que había conocido a

Mikki, que abrazaba casi tanto como respiraba. Se preparó para el impacto y se acercó.

Las tres permanecieron así unos segundos antes de separarse y tirarse en las mantas. Ashley alzó la copa.

—Este champán es buenísimo. Seth y yo tenemos otra boda mañana. De su primo, creo —dijo y, sujetando la copa con firmeza, se tumbó de espaldas—. De aquí al Día del Trabajo tenemos al menos tres bodas al mes.

—Estás en ese momento de la vida —dijo Mikki—. Luego te pasarás años sin ir a una sola boda. A mí solo me quedan unos años para tener que enfrentarme al segundo asalto: que se casen mis hijos y sus amigos.

—Nunca había pensado en las bodas como etapas de nuestra vida —dijo Bree—. Pero tienes razón.

Hacía siglos que no iba a una, aunque tampoco es que las echara de menos. No creía en la promesa de amarse para siempre. Ya no. Suponía que debería; después de todo, sus padres estaban tan enamorados como el día que se habían fugado para casarse. Pero su propio matrimonio había destrozado toda ilusión que pudiera haber tenido de que el amor cayera en su vida.

—Estaré en la tienda por la mañana —dijo Mikki comprobando cuánto quedaba en la botella—. Luego estaré ocupada haciendo recados el resto del día. El domingo Perry y yo vamos a celebrar la barbacoa a la que os invité; la que vamos a hacer para los chicos y sus amigos para celebrar el fin de curso, como una fiesta de inicio de verano.

Ashley se incorporó.

—¿Cómo podéis Perry y tú hacer cosas así, juntos? Estáis divorciados.

—Sí, pero tenemos hijos, así que no nos queda otra. Además, no nos divorciamos porque nos odiáramos. Simplemente queríamos cosas distintas.

Bree acercó la copa para que Mikki le echara más.

—¿Perry sabe lo de Earl?

Mikki se rio.

—No. No es algo que hablaría con un hombre. Las amigas no juzgan.

Ashley sonrió.

—Ahora ya estoy acostumbrada a oír hablar de él, pero la primera vez que dijiste que tenías un vibrador llamado Earl, me quedé impactada.

—Yo no —murmuró Bree. Para gustos, los colores. Ella prefería un hombre, pero Mikki no era de usarlos y tirarlos. Bree entendía que una mujer pudiera necesitar un Earl en su vida.

—Deberías probar un Earl antes de opinar —dijo Mikki con remilgo—. Sexualmente hablando, es la mejor relación que he tenido. Es fiable, es generoso y nunca se cansa.

—Prefiero a Seth —murmuró Ashley.

Bree asintió.

—Yo prefiero un pene de verdad a uno mecánico, pero lo digo sin juzgar a nadie.

—Gracias —dijo Mikki—. Earl y yo somos felices, y eso es lo que importa.

Ashley soltó una carcajada entrecortada.

—Tú ganas —dijo acercando la copa—. ¡Por Earl! Que nunca te quedes sin batería.

Capítulo 2

—Oh, oh. Has puesto cara rara. ¿Tan malo es?

Ashley Burton hizo lo que pudo por no reírse.

—No quiero ser crítica —le susurró a Seth—. Sé que tienen un presupuesto limitado, pero me temo que Mikki está teniendo en mí una influencia que no me esperaba.

Volvió a dar un sorbo de champán e intentó no hacer una mueca de disgusto por el sabor extremadamente dulce.

—Sí que es malo.

—Solo tenemos que beberlo para brindar.

—Gracias a Dios.

Unos meses atrás, Ashley no habría sabido distinguir un buen champán de uno malísimo, pero desde que se había asociado con Bree y Mikki, estaba haciendo un curso intensivo sobre las sutilezas de esa bebida. Sin embargo, ninguna de ellas sería del interés del resto de invitados que los rodeaban, pensó sonriendo. Allí todos estaban felices de ver a sus amigos casarse y disfrutar de una buena comida y de una compañía aún mejor. En su caso, Seth. A algunos chicos no les gustaba nada ir a bodas, pero él siempre disfrutaba de la fiesta.

La de hoy era en Redondo Beach, en una casa grande junto a la Carretera del Pacífico. No tenía vistas, pero sí unos jardines preciosos y mucho espacio. El DJ era bueno, el bufé parecía interesante y después Ashley tenía pensado bailar con Seth hasta pasada la medianoche.

Sus amigos Krissy y Karl se acercaron. Karl miró a la multitud y se estremeció.

—Estoy harto de bodas —farfulló—. Es la tercera y solo estamos en junio. Tenemos una cada dos semanas durante todo el verano.

—Pues yo adoro las bodas —le dijo Krissy a su novio—. Y tú me adoras a mí.

—Lo que explica qué hago aquí —contestó Karl poniendo los ojos en blanco—. ¿Por qué las mujeres no podéis disfrutar del béisbol tanto como de las bodas?

Seth rodeó a Ashley por la cintura.

—Mira esto como la manifestación física del amor que sienten el novio y la novia.

Karl soltó una risita.

—Esta noche habrá mucha manifestación.

Krissy le dio un empujón.

—Karl, estamos en público. No seas grosero.

—Pues te gusta cuando me pongo grosero.

Seth sacudió la cabeza.

—Bueno, me llevo a mi preciosa novia a nuestra mesa y de paso a presumir de ella.

—Karl está de mal humor —dijo Ashley cuando sus amigos no podían oírlos—. Supongo que es verdad que no le gustan nada las bodas. ¿Y tú qué? ¿Ya estás cansado de ellas?

Seth negó con la cabeza.

—No, si estoy contigo.

Ella sonrió.

—La respuesta políticamente correcta.

Seth le rozó los labios con los suyos.

—Oye, que eres mi chica. Quiero hacerte feliz.

—Pues lo haces.

Mientras hablaba, Ashley lo miró fijamente a los

ojos y vio amor. Alguien se chocó con ellos rompiendo el contacto, pero el brillo de felicidad de Ashley siguió ahí mientras se dirigían a la zona del banquete.

Seth era un tipo fantástico y no tenía ningún problema en decirle a Ashley cuánto le importaba. Llevaban casi tres meses viviendo juntos y su relación era cada vez más fuerte. Pronto Seth le pediría matrimonio y pasarían a la siguiente fase de su vida.

Encontraron sus asientos y se presentaron a sus compañeros de mesa. Una vez que acabó la típica charla de cordialidad, Seth se giró hacia ella.

—Te acuerdas de que el lunes y el martes estaré fuera de la ciudad, ¿no? —le preguntó entrelazando los dedos con los suyos.

—Sí. Me escribiste en un mensaje la información del vuelo y del hotel. Dos veces.

—Solo quiero asegurarme de que sabes dónde estoy.

Ella le dio una palmadita en el brazo.

—Cariñín, te puse un rastreador GPS en el brazo hace meses. Sé todo lo que haces.

Él se rio.

—¿Ah, sí? ¿Y eso cuándo fue?

—Estabas durmiendo.

—Rastrea todo lo que quieras. No tengo secretos para ti.

Y era verdad, pensó Ashley. Seth trabajaba para Too Many Names Productions, una importante productora de cine. Estaba en el área de negocio, encargándose de los presupuestos de varias producciones. Le gustaba decir que él era el que les explicaba a los directores que no, que no podían tener tres leones y un gorila para una toma de treinta segundos aunque «quedara muy chulo». A veces su trabajo suponía volar a un rodaje para revisar los gastos. Normalmente iba alguien de su equipo, pero cuando se trataba de películas de gran presupuesto, prefería hacerlo él mismo.

—¿Estarás bien? —le preguntó a Ashley.

—Sí. A Harding le dan su casa de alquiler el lunes y voy a ayudarlo a instalarse. Y el martes, como siempre, tengo el voluntariado en MAR. Estaré bien.

—¿Pero me echarás de menos?

Ella le sonrió.

—A cada suspiro —respondió apoyándose en él—. Cuando lleguemos a casa, ¿quieres que nosotros manifestemos un poco?

Él se rio y la acercó más a sí.

—Contaba con ello.

Mikki Bartholomew estaba dispuesta a admitir que tal vez el corte de pelo había sido un error. Su cita bianual para darse mechas y cortar se le había ido de las manos el día anterior al decir algo que casi siempre se acababa lamentando: «Vamos a probar algo distinto esta vez».

Noventa minutos después seguía rubia, aunque el pelo apenas le rozaba los hombros. Intentó decirse que el corte la hacía parecer más joven y moderna, pero estaba segura de que era mentira.

—¡Mira que sé que no tengo que hacer cambios cuando estoy nerviosa! —murmuró mientras pinchaba las patatas que hervían en su cocina de seis fuegos. Siempre les decía a sus hijos: «Si no os veis muy centrados, no hagáis nada que no se pueda deshacer».

Técnicamente, el pelo le volvería a crecer, pero mientras tanto ahí tendría el recordatorio constante de que había roto una norma muy sensata que ella misma había puesto.

Miró el reloj del microondas. Les daría otro minuto más a las patatas. Ya había cocinado el beicon y había reservado la grasa. Su ensalada de patata no era saludable, pero estaba deliciosa y era un plato favorito de la familia. Había preparado las hamburguesas que luego harían a la parrilla. Las hamburguesas veganas ya venían listas para cocinar, así que esas eran sencillas. Una vez que las patatas se estuvieran enfriando en la nevera, empezaría con la ensalada de maíz. Cuando quedara poco para el inicio de la fiesta, haría la ensalada verde. Aún tenía que poner el pollo a marinar, pero eso no le supondría mucho tiempo. Perry llevaría los refrescos y la cerveza, tenía hielo suficiente y el postre serían unos *cupcakes* que iba a llevar Ashley y el helado que tenía en el congelador del garaje.

—Creo que estoy lista —murmuró agarrando dos manoplas para llevar la pesada cacerola a la pila.

Esperaba a unas treinta personas para la reunión de la tarde. Sus suegros, su madre, sus dos hijos, muchos amigos, Perry, por supuesto, Bree, Ashley y Seth. Una celebración informal del comienzo del verano.

Después de escurrir las patatas, las echó en un cuenco gigante y vertió encima la grasa del beicon. Las removió hasta que quedaron cubiertas y luego llevó el cuenco a la nevera del garaje. Cuando volvió a la cocina, Sydney, su hija mayor, estaba sentada en la gran isla con una taza en la mano.

Mikki sonrió.

—Apenas son las nueve. ¿Qué haces levantada tan temprano?

Su hija se rio.

—Muy graciosa. Tenía pensado haberme levantado antes para ayudar —dijo conteniendo un bostezo—. Me bebo el café y estoy lista para que me asignes tareas.

Sydney, de dieciocho años y posiblemente la persona más inteligente que Mikki conocía, había vuelto tras su primer año en Stanford. Se había graduado en el instituto antes de tiempo, ignorando las súplicas de Mikki de que se quedara hasta el último curso para disfrutar de todos los ritos de iniciación, como la fiesta de bienvenida y el baile de promoción. Pero Sydney no era una adolescente tradicional; tenía un plan de vida y había querido iniciarlo lo antes posible.

Sydney levantó un soporte de cerámica para tarjetas de mesa.

—¿En serio, mamá? —preguntó girándola para que Mikki pudiera leerla.

Esto lleva beicon. No es vegetariano.

—Quiero que quede claro —dijo Mikki—. Al menos dos de tus amigas son vegetarianas.

—Pueden comer lechuga. Además, sé que les has comprado hamburguesas veganas.

—Sí, y tienen que comer algo más que lechuga. Deberías apoyarlas más.

—Y tú no deberías consentirlas. Vivimos en un mundo carnívoro.

—Técnicamente, somos omnívoros. Pensaba que esos profesores tan guais de Stanford te lo habrían enseñado. Quiero mi dinero.

—Demasiado tarde —dijo Sydney riéndose—. Me lo he fundido en libros de texto y café.

Mikki señaló a las escaleras.

—Ve a ducharte y a vestirte. Puedes ayudarme después de desayunar, pero no hay prisa. Lo tengo todo controlado.

—Como siempre —dijo Sydney levantándose y estirándose—. Bajo en un momento.

Mikki la vio alejarse mientras envidiaba sus esbeltas caderas y su fina cintura. Su hija había logrado escapar de la maldición familiar de tetas grandes y facilidad para aumentar de peso. Will, por su parte, había heredado la esbeltez y los hombros anchos de su padre, lo que dejaba a Mikki sola frente al ataque de los kilos. Esa realidad implicaba que luego solo podría permitirse una ración diminuta de ensalada de patata, pensó mientras entraba en su pequeño despacho.

Esperó mientras el portátil recobraba vida con su característico zumbido. Miró el correo electrónico y entonces deseó no haberlo hecho. El tercer mensaje desde arriba, justo debajo de un aviso de rebajas en Zappos, le recordaba que tenía que efectuar el pago del viaje que haría a París a finales de septiembre.

Se estremeció antes de abrir el correo y leer la alegre nota cargada de promesas sobre lo fabuloso del itinerario y las múltiples oportunidades de turismo y enriquecimiento personal.

—Ay... ¿Por qué pensé que sería buena idea?

Esa pregunta debería habérsela hecho antes de dejar una señal para reservar una plaza. No es que no quisiera ver a París. Sí que quería. Pero no sola.

Dos años antes había estado en Londres sola y había descubierto que no le gustaba viajar así. Aunque quería ser una de esas mujeres valientes que sabían actualizarse y que podían entrar con descaro en un restaurante y pedir una mesa para una, se había sentido triste y sola y había contado los días que le faltaban para meterse en casa y regañarse por no saber manejar mejor la situación.

En esta ocasión se había apuntado a un grupo que organizaba viajes para mujeres solteras. Junto a otras diecinueve almas solitarias exploraría los lugares de interés turístico de París, un lugar donde en absoluto se había imaginado cuando Perry y ella se habían divorciado tres años atrás. Mikki había querido más que las vidas separadas que estaban viviendo y él había querido que ella dejase de agobiarlo para que hicieran cosas juntos. Había querido viajar, adquirir nuevas aficiones y crecer como persona. Él había querido reparar coches antiguos con sus amigos y ver deporte por la tele.

Pero, claro, el divorcio no había sido solo por la terquedad y el desinterés de Perry. Ella había estado demasiado ocupada con su nuevo negocio y con los

niños. No había tenido paciencia y no había escuchado como debería. Era culpa de los dos. Pero Mikki había dado por hecho, al parecer equivocadamente, que
tres años después habría recompuesto su vida.

—No quiero ir sola a París —susurró—. No quiero
hacer este viaje.

Sí, seguro que haría amistad con algunas de esas
mujeres, pero no le encontraba nada bueno al viaje. A
ver, no es que no le encontrara nada bueno, sino que
no era lo que quería.

Y de ahí venía parte de la inquietud que la había
llevado a ese desafortunado corte de pelo.

Pulsó en el enlace para anularlo y leyó los detalles.
Podía recuperar el noventa por ciento del depósito si
cancelaba durante los siguientes dos días. De ese
modo solo perdería cincuenta dólares.

Después de marcar el mensaje como «No leído»,
cerró el portátil y volvió a la cocina. «Se acabaron las
decisiones impulsivas», se recordó. Pensaría en por
qué había querido ir a París y si eran motivos suficientes para hacer el viaje. Si no, lo cancelaría. Los cincuenta dólares eran lo de menos. El mayor problema
era que le pasaba algo y tenía que averiguar qué era
antes de que hiciera algo mucho más impulsivo que
cortarse el pelo.

A las once, Mikki estaba lista para que desembar-
cara la multitud. Will, su hijo pequeño, había entrado
en la cocina cerca de las diez, pero había compensado
su retraso sacando platos, vasos y cubiertos, y colocando grandes sombrillas alrededor de las mesas plega-
bles de fuera.

—¿Algo más, mamá? —preguntó apoyado en el
marco de la puerta como si no pudiera ni con su propio peso.

A sus dieciséis años, era alto y larguirucho; todo

brazos y piernas. Podía zampar comida suficiente para alimentar a una familia de cuatro y su idea de limpiar su habitación era meterlo todo debajo de la cama. Pero, por lo demás, era un buen chico. Se esforzaba en los estudios, tenía una naturaleza dulce y considerada que quería ocultarles a sus amigos, y siempre estaba dispuesto a ayudar.

Mikki sonrió al ver su mirada esperanzada.

—¿Qué te espera esta vez?

—Papá me dijo que podíamos ir a ver ruedas nuevas para mi coche. Ya sabes, por mi cumple. Quería buscar algunas ideas en Internet antes de que llegue.

—Tu coche ya tiene ruedas. Cuatro. ¿Por qué necesitas más? —preguntó Mikki haciendo lo posible para que no se le notara en la voz que estaba de broma, pero la lenta sonrisa que esbozó Will le dijo que había fracasado.

—Maamáá, ya sabes de lo que hablo.

Lo sabía, sí. Los neumáticos iban montados en las ruedas, pero meterse con él era divertido.

—Ya. Vale. Si tú lo dices... Pero la última vez que hablé con tu padre, me dijo que estaba pensando en comprarte un suéter para tu cumpleaños.

—Nadie va a comprarme un suéter.

Will se le acercó y le dio un abrazo de oso. Aún estaba creciendo y ya estaba más alto que ella. Su padre no llegaba al metro ochenta, así que debía de haber sacado la altura de algún antepasado.

—Anda, ve a mirar tus ruedas —le dijo cuando él se apartó—. Pero cuando todos empiecen a llegar, baja —sonrió—. O mandaré a tus abuelas para que te ayuden a limpiar tu cuarto.

—Jamás harías eso.

—A lo mejor te sorprendo.

—Tú siempre me defiendes. Es lo que hacéis las madres.

Y con eso, se marchó por el pasillo. Mikki seguía sonriendo cuando se giró hacia la cocina.

Unos veinte minutos después la puerta principal se abrió.

—¡Soy yo! —gritó su exmarido al entrar en la cocina con bolsas en cada mano—. Tengo más en el coche —añadió dejando las bolsas en la encimera antes de volver a salir.

—¡Hola a ti también! —gritó Mikki, y sacudió la cabeza mientras echaba hielo en el gran contenedor isotérmico que usaban para las fiestas fuera. Lo habían comprado hacía años y Perry había construido una plataforma de madera con ruedas para moverlo cuando estaba lleno.

Fue poniendo capas de hielo y de bebida mientras Perry volvía con más bolsas.

—¿Dijiste que seríamos unos treinta?

—Eso he calculado.

—Bien. Con esto debería bastarnos. Me llevaré las cervezas que sobren y los chicos pueden quedarse los refrescos.

Porque sabía que Mikki no malgastaba calorías en refrescos. Si iba a arriesgarse a que el culo se le pusiera más grande, lo haría con algo emocionante, como una copa de cremoso chardonnay y una loncha de queso *brie*.

Perry fue dándole bebidas hasta que el contenedor estuvo lleno y luego metió el resto en la nevera. Se movía por la casa con una familiaridad fruto de haber vivido allí.

La habían comprado cuando ella se había quedado embarazada de Sydney. Al divorciarse tres años atrás, Mikki le había comprado su parte a Perry. Los padres de él habían decidido irse a vivir a un piso, así que Perry les había alquilado su casa, a unas tres manzanas de allí. La vieja casa de sus padres era perfecta, ya que Mikki y él se alternaban a los niños cada semana. Will tenía la que antes había sido la habitación de su padre y Mikki lo había ayudado a convertir la habitación de costura de su suegra en un dormitorio para Sydney.

No se sentía orgullosa de que su matrimonio hubiera fracasado, pero agradecía cómo habían manejado el divorcio. Habían seguido siendo amigos, habían cuidado de sus hijos y habían logrado que sus respectivas familias se siguieran hablando. Lorraine, la madre de Perry, era amiga de la suya. Y el padre de Perry aún se refería a Mikki como «su hija». En festivos y en cumpleaños los siete comían juntos, y la mañana de Navidad todo el mundo iba a casa de Mikki a abrir los regalos. Por suerte, eran una familia moderna y unida.

—¿Necesitas ayuda? —preguntó Perry.

Mikki se rio.

—No hace falta. Luego ya te ocupas tú de la barbacoa.

—Puedo hacer más que eso.

Cierto. Perry ya llevaba tres años alimentándose solito. Lorraine lo había ayudado al principio, pero al cabo de unos meses él le había dicho que podía apañarse.

Observó a su exmarido. Era de estatura media y desgarbado, con el pelo rubio y tupido y los ojos marrones. No era el hombre más guapo del mundo, pero sí era serio y decente. Además, tenía una sonrisa fantástica. En otros tiempos esa sonrisa la había atolondrado.

Oyó un coche en el camino de entrada. Perry fue a la puerta principal y volvió con Lorraine, su padre, Chet, y Rita, la madre de Mikki.

Mikki se preparó, esbozó una amplia sonrisa y gritó:

—¡Hola a todos! Qué gran día para hacer una barbacoa.

Su suegro le dio un abrazo grande y un beso en la mejilla, pero su madre se quedó mirándola con la boca abierta.

—¡Dios bendito! Pero ¿qué te has hecho en el pelo?

Mikki contuvo un suspiro.

—Me lo he cortado. Me parece perfecto para el verano.

—Es horrible. ¿En qué estabas pensando?

Lorraine le dio una palmadita a Rita en el brazo.

—No digas eso. Los cambios son buenos —dijo esbozando una cálida sonrisa—. Si a ti te gusta, a mí me gusta.

Fue algo más diplomática que su madre, pero, aun así, no era la respuesta que Mikki había esperado.

—A mí me gusta —dijo Perry guiñándole un ojo—. Me recuerda a cuando nos conocimos.

—Ni siquiera te habías fijado.

—Sí.

Antes de poder decirle que no le había comentado nada, Will y Sydney bajaron las escaleras corriendo.

—¡Yaya, abus! —gritó Sydney.

Se intercambiaron besos y abrazos con todo el entusiasmo de una familia reunida tras meses separada. Lo cierto era que sus hijos habían visto a sus abuelos varias veces durante la última semana, pero Mikki no iba a quejarse. Le gustaba que estuvieran tan unidos.

Ahora que toda la pandilla estaba ahí, empezaron a sacar la comida y la bebida. Will y su padre sacaron el contenedor mientras Lorraine y Rita se ponían con las ensaladas. Chet encendió las dos grandes barbacoas y gritó que necesitaba la espátula gigante. Mikki lo supervisó todo, aunque después de tanto tiempo y tanta práctica, nadie necesitaba que estuviera por ahí vigilando. Acababan de sacar las hamburguesas de la nevera cuando llegaron los primeros invitados.

La siguiente hora fue un torbellino de saludos y charlas para ponerse al día. Los amigos de Will y Sydney llegaron en grupos formados básicamente por parejas. Las parejitas recién estrenadas apenas podían separarse lo justo para dar un abrazo, pero hicieron el esfuerzo antes de volver a engancharse y dirigirse al jardín. A Sydney siempre le habían interesado más los estudios y sus amigos que los chicos, y Will aún no había tenido una novia formal. Mikki sabía que era cuestión de tiempo que él también se viera atrapado por la magia del primer amor.

Perry no había sido su primer amor, aunque sí que había sido el único que le había hecho soñar con un futuro juntos. ¡Ay, ojalá pudiera volver a experimentar esas sensaciones!, pensó con melancolía. La emoción de la primera cita, del primer beso, del primer orgasmo, del primer «Te quiero». Y no es que Earl no estuviera cumpliendo con lo de los orgasmos, porque sí. Pero se quedaba corto en habilidades verbales y en los arrumacos postsexuales.

Ashley y Seth llegaron cargados con grandes cajas de la pastelería llenas de *cupcakes* glaseados con un derroche de colores veraniegos.

—Te has cortado el pelo —dijo Ashley a modo de saludo—. Está muy corto —añadió ladeando la cabeza—. Me gusta.

Mikki le sonrió mientras agarraba una caja de *cupcakes*.

—Gracias por mentir, pero sé que es un desastre. No le digas a mi madre que ya lo sé. Disfrutaría con mi tormento.

—Me gusta mucho —dijo Seth al besarla en la mejilla—. Es fresco.

—Esa era mi intención —dijo ella con voz suave.

Los llevó hacia el jardín. La música estaba lo bastante fuerte como para molestar a los vecinos, pero Mikki sabía que no habría quejas. En el barrio tenían un acuerdo sobre las fiestas: avisar y no pasarse de las nueve. Dos días antes había enviado un mensaje al grupo de correo prometiendo que terminarían a las siete. Mientras Seth y Ashley saludaban, colocó las seis docenas de *cupcakes*.

—Nos van a quedar sobras —dijo Perry al acercarse para ayudarla a pasar los pastelitos a unas bandejas grandes.

—¿De los *cupcakes* de Ashley? Lo dudo. Will y sus amigos saben que solo pueden tomarse uno cada uno hasta última hora de la fiesta. Luego les dejo atacar. No creo que encuentres una migaja cuando acabemos. Si quieres llevarte un par a casa, te sugiero que los escondas en la cocina mientras puedas.

—A lo mejor lo hago —dijo Perry mientras recogía las cajas vacías—. ¿Hoy no hay cata de vinos?

Mikki solía hacer catas a ciegas en sus fiestas. Compraba varios vinos distintos, los metía en bolsas de papel marrón y sus amigos tenían que adivinar de qué país era cada uno y cuál era el más caro. Ninguno acertaba nunca, ni siquiera ella, pero era un modo divertido de aprender sobre vinos distintos y encontrar nuevos favoritos.

—Demasiados adolescentes —dijo Mikki—. No quería tentarlos.

—Mejor así —dijo su madre al acercarse—. Bebes demasiado. ¡Tanto catar vino y beber champán en la playa todos los viernes! —dijo Rita arrugando los labios—. ¡Pero si hasta vas a clases! ¡De vinos!

Mikki se rio.

—Sí, mamá. E incluso he ido a una de champán. Disfruto aprendiendo y conozco a gente simpática. Deberías venir conmigo alguna vez.

Hizo la oferta cruzando los dedos, porque lo último que quería era llevarse a su madre y que le arruinara su afición favorita.

—¡No pienso beber con un puñado de extraños! —dijo su madre con furia.

Perry rodeó con un brazo a su exsuegra.

—Creo que es mejor que no vayas. Sigues siendo una mujer guapa, Rita. Todos los hombres se enamorarían de ti y sería una situación incómoda.

Su madre chascó la lengua, aunque no se quejó del cumplido. Mikki estaba de acuerdo en que Rita seguía siendo guapa. Era rellenita, igual que ella, pero tenía unos brillantes ojos azules y una piel preciosa. Siempre había sido atractiva... menos por ese perpetuo ceño fruncido.

Mikki se disculpó y cruzó el jardín cantando al son del *Surfin' USA* de los Beach Boys. Saludó a algunos amigos de Will, le preguntó a Bethany qué tal le iba en la Escuela de Enfermería, y luego se sentó con Sydney y Bree en una mesa a la sombra.

Bree levantó la mirada con gesto de diversión.

—¿Sabías que tu hija te deja para volar al otro lado del país?

—Había oído un rumor.

Sydney dio un sorbo a su refresco.

—¡Venga, Bree! California es genial y me encanta Stanford, pero seamos realistas. Toda la acción está en la costa este. Ir a Georgetown es lo más sensato, y tienen el mejor programa.

Soltó la lata y empezó a enumerar con los dedos.

—Primero me gradúo con honores, luego me mudo y empiezo en Georgetown. Quiero un doctorado en Derecho y una maestría en estudios eurasiáticos, rusos y de Europa Oriental.

Bree abrió los ojos como platos.

—Eso es un compromiso serio.

—Soy una mujer seria.

—Antes éramos chicas —dijo Mikki con tono suave—. Ahora somos mujeres.

Bree sonrió.

—Puedes seguir siendo una chica si quieres.

—Gracias.

Bree se dirigió a Sydney.

—¿Y luego qué? ¿Entrar en un grupo de expertos? ¿Trabajar para el gobierno?

—No lo he decidido. Planificar los próximos siete años es lo máximo que puedo abarcar.

Se levantó.

—Voy a ayudar a papá y al abu con las hamburguesas.

Bree la vio marcharse.

—¡Por Dios santo! ¿Va a sacarse la carrera de Derecho mientras se saca una maestría en estudios de Europa Oriental? ¿Eso es posible?

—Al parecer, sí. Sé que es mía porque yo estaba ahí cuando nació, pero ¿cómo puede ser tan inteligente? Perry y yo no andamos mal y Will es bastante listo, pero ella está a otro nivel. Solo doy gracias de que esté usando sus poderes para bien.

—Al menos a corto plazo. De aquí a veinte años, podría estar gobernando el mundo —Bree se detuvo—. ¿Estás bien?

—¿Por qué lo preguntas?

—Tienes el ceño fruncido. No sueles fruncir el ceño.

Inmediatamente, Mikki se frotó la frente.

—No digas eso. Me niego a convertirme en mi madre.

—No eres como ella.

—Pero Rita es una frunceceños.

—Siento haberlo dicho.

Mikki levantó su refresco sin azúcar y volvió a dejarlo en la mesa.

—¿Crees que debería ir a París?

—Dijiste que querías.

—Me lo estoy pensando. Me resulta todo tan penoso... Veinte mujeres solteras de «cierta edad» —dijo haciendo el gesto de las comillas con los dedos— viajando juntas. Es un poco patético.

—¿Por su edad o porque están solteras?

Mikki miró al grupo de adolescentes sentados en el césped. Qué felices estaban. Qué llenos de promesas. Jared besó a Mattie y los dos se sonrieron mientras Mikki seguía mirando y conteniendo un sentimiento de... ¿de qué? ¿Pérdida? ¿Envidia? ¿Confusión?

—Pensé que a estas alturas ya tendría mi vida un poco en orden —admitió—. Han pasado tres años desde que Perry y yo nos divorciamos y creía que estaría más...

—¿Más qué?

—Algo. No sé. Me encanta la tienda. Me hace feliz y los niños están bien. Pero no quiero viajar a París con un montón de mujeres que no conozco.

Bree dio un trago de cerveza. Solo era unos años más joven que Mikki y, aun así, ella solía sentirse como la amiga mucho mucho más vieja. Tal vez porque, por lo general, parecía de otra generación. Tenía hijos y se preocupaba demasiado, mientras que Bree simplemente vivía su vida. Bree se sentía muy bien consigo misma. Nunca la afectaba nada, nunca la alteraba nada.

«Seguro que ser preciosa ayuda», pensó Mikki intentando no ser una resentida. Bree tenía unos ojos marrones enormes y una melena rizada que le caía a mitad de espalda. Era delgada y atlética, y tenía una seguridad en sí misma con la que Mikki ni podía soñar. Bree podía entrar en un bar, mirar a su alrededor y elegir a un tío. Diez minutos después estaban hablando como si fueran viejos amigos y una hora más tarde estaban metidos en la cama de él.

Mikki no alcanzaba a entender cómo podía pasar. Ella no era capaz ni de hablar con un desconocido. No sabría qué decir o cómo no sentirse incómoda. Solo de pensarlo se le encogía el estómago.

—Eres una tradicionalista —dijo Bree—. No te estoy juzgando, solo digo lo evidente. No quieres ir a París con un montón de mujeres porque nunca has contemplado ese viaje de esa forma. Quieres ir a París con un hombre con quien tengas una relación. Quieres formar parte de una pareja. Te sientes sola. Sé que tienes a Earl, pero solo te llena hasta cierto punto —dijo sin poder contener la sonrisa—. Por así decirlo...

Mikki se quedó mirando a su amiga.

—¿Así me ves?

—Así te ves. Puedes intentar ignorar la verdad, pero sigue siendo la verdad. La mayoría de la gente es tradicional. Mira a Ashley y Seth. ¿Cuánto tardarán en prometerse? Casi todo el mundo quiere estar en una relación. A ti te llevó un tiempo comprender lo que suponía estar divorciada, pero ahora ya lo sabes y estás lista para más. Por eso ya no quieres ir a París con un puñado de solteras.

Tanta perspicacia la incomodó. ¿Bree tenía razón? ¿Quería tener una relación con alguien?

—No sé... —murmuró—. ¿Un hombre? ¿En serio?

Bree se le acercó y bajó la voz.

—No te preocupes. Si encuentras al hombre adecuado, él querrá que sigas divirtiéndote con Earl. Podéis hacer un trío.

Capítulo 3

Bree apretaba la musculatura central manteniendo el peso hacia delante mientras Nicole, su instructora de pilates, contaba hacia atrás desde ocho. En el tres le tembló el abdomen. En el uno le costó respirar. Pero cuando Nicole dijo «Y despacio, muy despacio, bajad», Bree completó dos cuentas más antes de tenderse sobre el suelo.

Trabajar en la silla de pilates siempre era complicado, pero por eso le gustaba. La actividad física debería ser difícil, al menos al principio. Disfrutaba viendo mejoras con cada clase independientemente de lo que hiciera.

—Gracias por la ayuda —le dijo la mujer que tenía al lado mientras se secaba el sudor de la cara—. Es la primera vez que me sale una dominada inversa. A mi trasero no le gusta desafiar a la gravedad —añadió con una risita.

—Al mío tampoco —dijo Mikki, al otro lado de Bree. La miró—. Haces que parezca fácil. No lo soporto.

—Ven más a clase —le dijo Nicole—. Dos sesiones a la semana suponen una gran diferencia.

—Es que no me gusta hacer ejercicio, la verdad —contestó Mikki con tono alegre—. Creía que lo había dejado claro.

Se dirigieron hacia las taquillas en la parte delantera del estudio. Nicole se acercó a Bree.

—Gracias por tu ayuda con la nueva clienta. Eres una de las habituales con las que puedo contar para ayudar a las novatas.

¿Habituales? ¿Así la veía Nicole? Se quedó sorprendida. No se consideraba tan predecible.

—Encantada de ayudar.

—Jairus me ha dicho que la firma del sábado fue bien.

—Fue genial —respondió Bree mientras se ponía las chanclas—. Tu marido es muy popular entre el público más pequeño.

En la firma había habido más de doscientos niños. Jairus había leído unos extractos de su nuevo libro de *Brad el Dragón* y luego había estado firmando hasta bien entrada la tarde. Bree había disfrutado con ese caos y contabilizando las ventas al final del día.

Mikki se acercó y gruñó al ponerse las sandalias.

—Ya me duele todo, y eso no promete nada bueno para el resto del día —dijo frotándose el trasero—. Creo que me he roto algo.

—Estás bien —le dijo Nicole—. Date un baño luego.

—No me gustan mucho los baños.

—Ni ejercicio ni baños —dijo Bree bromeando—. Estás muy negativa.

—Es porque la clase empieza prontísimo. ¿En qué estaba pensando al apuntarme a una clase que empieza a las seis? Soy persona de tarde.

Se despidieron de Nicole y fueron a los coches. Mikki bostezó al salir a la calle. Era muy temprano aún.

—Apenas ha salido el sol —se quejó.

—Era de día cuando has venido.

Mikki abrió su SUV.

—¿Sí? Estaba demasiado dormida para darme cuenta. Nos vemos en la tienda.

—Sí.

Bree se subió a su Mini Cooper y arrancó el motor. A diferencia de Mikki, a ella le gustaba hacer ejercicio por la mañana. Iba a pilates dos veces por semana y tenía una clase de surf en grupo los jueves. Y como tenía carné de socia de unas clases de *spinning*, podía pasarse a hacer sesiones cuando tenía tiempo.

Se dirigió al norte, a su tranquilo vecindario en Santa Mónica. A esa hora de la mañana todos iban hacia la autopista para ir al trabajo. Pilló todos los semáforos en verde y llegó a casa en menos de cincuenta minutos.

Su casa, un viejo bungaló con una segunda planta añadida, tenía un jardincito delantero y un garaje para un coche. Pero el gran patio y la zona de césped traseras lo compensaban de sobra.

Lo había comprado hacía dos años con el dinero de la venta de la casa que Lewis le había dejado al morir. La cocina estaba reformada, pero el aseo de abajo y el baño principal de arriba habían pedido una obra a gritos. El aseo lo había reformado hacía unos meses, pero le estaba costando decidirse con su baño. Aun así, estaba disfrutando con el proyecto.

Aparcó y fue hacia la puerta trasera. Entró, cruzó la entrada auxiliar-barra-cuarto de la colada en dirección a la cocina y metió una cápsula en la Nespresso. Segundos después, la máquina volvió a la vida con un borboteo.

Como muchas casas antiguas de LA, la suya tenía varios toques artesanales, incluyendo armarios y estantes empotrados en el comedor y en el cuarto de estar. La chimenea del salón era más decorativa que de uso, pero a Bree no le importaba. Era su casa. Solo suya. No había fantasmas; al menos, ninguno que la molestara. Nunca llevaba a nadie ahí, y mucho menos a los hombres con los que se acostaba. Fuera cual fuera el pasado que hubiera existido, no quería saberlo.

Una hora después se había duchado, se había

vestido para ir al trabajo y había desayunado. Después de envasar el almuerzo, se dirigió a la playa. La mañana era despejada y preciosa, ya con veintipocos grados. A mediodía pasarían de los veintiséis. Buenas noticias para sus amigas y ella. El calor suponía multitudes, que a su vez suponían más negocio.

Antes de abrir la tienda, hizo los pedidos de la semana y abrió las cajas registradoras. Rita, madre de Mikki y una de sus empleadas, llegó exactamente a las nueve y treinta. Durante los pocos meses que llevaba trabajando para ella, nunca había llegado ni un minuto tarde y siempre cumplía su turno. Bree valoraba la ética laboral de Rita y encontraba divertida la visión del mundo que tenía.

—¿Has visto a mi hija? —preguntó Rita a modo de saludo mientras guardaba el bolso en la taquilla y se ponía el delantal de la tienda—. Se ha cortado el pelo. Le queda espantoso. ¿En qué estaba pensando?

—Vi a Mikki ayer en la barbacoa y también la he visto esta mañana en pilates. Está estupenda.

Mikki podía permitirse llevar cualquier corte de pelo, pensó Bree. Su encanto residía en su exuberancia, en su entusiasmo por la vida. Mikki atraía a la gente independientemente de su pelo.

—Es horrible. Espero que se lo deje crecer. Necesita ese pelo de más para que le compense las caderas —dijo Rita sacudiendo la cabeza—. Le advertí que había heredado mi cuerpo y que podía ponerse gorda.

—Mikki no está gorda.

—No, pero podría estarlo.

Bree no pudo evitar reírse.

—¡Ay, Rita! ¡Mi rayito de sol!

Rita la miró.

—Te burlas de mí.

—Solo un poco. ¿Alguna otra queja?

—No me gustan los *muffins* de arándanos rojos y blancos.

—Pero son nuestros *muffins* del mes. Con el Cuatro de Julio cerca, son muy patrióticos.

A Ashley se le había ocurrido la idea de lanzar un *muffin* al mes para celebrar alguna festividad, como los *red velvet* en febrero y los de calabacín por San Patricio.

—No son mis favoritos —dijo Rita sorbiéndose la nariz.

—Ashley se va a quedar hecha polvo, pero la ayudaremos a superarlo.

—Pareces Mikki.

«Buen cumplido», pensó Bree.

—No me puedo creer que esta semana tengas otra firma. Dos seguidas. Me da mucho trabajo.

Bree asintió con solemnidad.

—Cierto. Sé que sueles trabajar en las firmas porque se te da muy bien hacer avanzar la cola, pero no quería aprovecharme de ti y por eso te he dado libre el sábado.

—¿Qué? —exclamó Rita con los ojos como platos—. ¿No voy a trabajar en la firma? Soy el pilar que hace que vayan sobre ruedas. No puedes hacer una firma de libros sin mí. Soy indispensable. Tendrás que incluirme en la planilla. ¿Hacer una firma sin mí? ¿Pero en qué estabas pensando?

Rita salió de la trastienda con paso airado y murmurando para sí. Mikki apareció en la puerta.

—He oído algo —dijo con tono empático—. Mi madre está de mal humor.

—Siempre está de mal humor —dijo Bree animadamente—. No te preocupes. Me encantan sus rarezas.

—No lo entiendo. ¿Por qué la contrataste?

—Es tremendamente formal, se sabe el inventario, y es verdad que ayuda muchísimo a organizar las firmas de libros.

—Pero tiene un carácter...

Bree entendía que alguien pudiera encontrar a Rita complicada, pero ella no la veía así.

—Tu madre no es peor que la mía —dijo Bree—. Hazme caso, lo tienes fácil.

—Eso ya lo has dicho antes, pero no sé si creerte. A lo mejor algún día la conozco.

«A lo mejor se congela el infierno», pensó Bree, aunque asintió y dijo:

—A lo mejor.

Entraron en la zona de la tienda. Rita y Lorraine, que trabajaba para Mikki, abrieron las grandes puertas de cristal. Una docena de clientes esperaban para entrar.

Mikki rodeó a Bree por los hombros y le dio un apretón.

—Me encanta cuando hacen cola para entrar.

Antes de que Bree pudiera responder, un niño de unos siete años irrumpió en la librería y fue directo a ella. Tenía la cara colorada y los ojos llenos de lágrimas.

—No vine —dijo con la voz cargada de pena—. No vine a la firma y no conseguí el libro. Mi madre me lo prometió.

Bree se arrodilló.

—Ya me fijé, Griffin. Te eché de menos.

Griffin se abalanzó sobre ella y la abrazó con fuerza.

—Es culpa suya.

Bree miró a la angustiada madre de Griffin, que dijo con una mueca de pesar:

—La actuación de baile de su hermana terminó con retraso y luego había mucho tráfico. ¿No tendréis algún libro de sobra? —añadió con tono suplicante.

—Pero no me lo van a firmar —dijo Griffin secándose la cara—. Lo prometiste, mamá. Dijiste que un libro con mi nombre en él era parte de mi regalo de cumpleaños. ¡Lo prometiste!

—¿Cuántas veces tengo que decirte que lo siento? —dijo su madre con gesto de abatimiento.

Bree se levantó.

—Creo que puedo solucionarlo —dijo sonriendo a Griffin—. Dame un momento.

Entró en la trastienda. Había pedido unas cuantas copias del libro de Jairus personalizadas para los clientes habituales. Agarró el de Griffin junto con una bolsa de regalitos y volvió a la tienda.

—¿Crees que iba a defraudarte? —le preguntó dándoselo todo.

Griffin miró el libro.

—¿Quedaba uno?

—Mira dentro.

El niño abrió el libro y vio su nombre con el gran garabato de Jairus. Volvió a llorar.

—¡Me ha firmado el libro! ¡Mira, mamá! ¡Se sabe mi nombre!

La madre de Griffin sacudió la cabeza diciendo:

—Es increíble.

Se dirigió a Bree.

—No sé cómo agradecértelo. Me has arreglado el día —dijo, y bajando la voz añadió—: Y ahora podré seguir formando parte de la familia.

—No hay de qué. Y ya sabes que en todas las firmas puedes encargar el libro por adelantado y así, si no sabes si podréis venir, tendréis el libro esperándoos de todos modos.

La madre de Griffin suspiró.

—Es una idea estupenda. Gracias.

Alargó la mano.

—Venga, Griffin, vamos a pagar el libro, que tenemos que llevarte al campamento de béisbol. Puedes leerlo esta noche.

La sonrisa de Griffin era cegadora.

—¡Qué ganas! Gracias, Bree. Eres la mejor.

—De nada.

Al acompañarlos a la caja, pasó por delante de Rita, que le sonrió con complicidad.

—Deberías haber tenido hijos. Aunque, de todos modos, tampoco es que se pueda contar con ellos —dijo lanzándole a su hija una mirada de decepción.

Mikki se limitó a reír y volvió a la tienda de regalos. Bree cobró la venta mientras pensaba que tener hijos nunca había sido una opción. Ni cuando había estado casada con Lewis, ni mucho menos ahora. Conocía sus limitaciones y entendía los miedos que la invadían y que ocultaba al mundo. De ninguna manera haría pasar a un niño por eso.

Ashley metió los últimos *cupcakes* y *muffins* en las cajitas de la pastelería. Evan y Oscar, sus pasteleros, habían empezado a hacerlos a las dos de la mañana, como hacían cinco días a la semana, y habían terminado a las nueve y media. Evan luego se iba a su trabajo como asesor en MAR, la organización benéfica del hermano de ella, y Oscar, un cuarentón fornido con incontables tatuajes, llevaba diez docenas de *muffins* y *cupcakes* al puesto de café de MAR ubicado junto a la UCLA antes de irse a casa.

Durante el fin de semana, una escuela culinaria local se encargaba del horno. Un profesor llevaba a sus alumnos y, mientras ellos hacían prácticas y adquirían experiencia, ella tenía producto para el sábado y el domingo, que eran los días libres de sus chicos.

La mayoría de las mañanas Ashley llegaba temprano para hablar con su equipo y comprobar el inventario. No había nada peor que quedarse sin un ingrediente a las tres de la madrugada.

Oscar volvió a meter el carrito en la cocina industrial.

—Me voy, jefa. ¿Quieres que te meta tus *muffins* en el coche?

Ashley sonrió.

—Ya puedo yo, pero gracias. Nuestro frutero me ha

dicho que ya han entrado las primeras cerezas de la temporada. He pedido dos cajas. He pensado que podríamos hacer *muffins* de cereza y esos *cupcakes* de almendra y cereza que le encantan a todo el mundo. ¿Podrías comprobar si tienes todo lo que necesitas?

El rostro por lo general estoico de Oscar se iluminó con una sonrisa.

—Cerezas, ¿eh? Suena bien. Deberíamos tener de todo, menos almendras tal vez. Te enviaré un mensaje.

Mientras hablaba, la luz del techo iluminaba su cabeza rapada y la lágrima tatuada bajo su ojo izquierdo. Ashley sabía que, en el caso de Oscar, el tatuaje no era un mero postureo: la lágrima significaba que había matado a alguien y había estado en prisión casi veinte años.

Había aprendido repostería en la cárcel y había llevado su habilidad al mundo exterior para acabar descubriendo que muy pocas pastelerías querían contratar a un exconvicto. A través de su agente de la condicional, había solicitado un puesto en MAR. Justo entonces Ashley estaba a punto de expandir Muffins to the Max y había apostado por él. De eso habían pasado tres años. Evan, otro exconvicto, se había unido hacía un año.

A veces Ashley se preguntaba cómo había llegado hasta ahí. Era una mujer corriente, criada en una zona residencial de las afueras. Tendría que haber sido fisioterapeuta y, en lugar de eso, tenía su propio negocio, le alquilaba un espacio de cocina a la organización sin ánimo de lucro de su hermano, y tenía empleados a dos exconvictos que probablemente conocerían dieciséis formas de matarla.

Pero tampoco le preocupaba. Oscar era afectuoso y leal, y ella sabía que machacaría a cualquiera que intentara hacerle daño. Cuando se había quejado de que su anterior novio era un capullo, Oscar se había ofrecido a «hacer que se ocuparan de él». Ella, segurísima de que Oscar no hablaba en broma, no había vuelto a mencionar a ese chico nunca más.

—Dave me ha dicho que Harding viene a la ciudad. ¿Vuelve para quedarse?

—Ha alquilado una casa cerca mientras trabaja en su siguiente libro. Trata sobre el dolor, así que cuenta con que vaya detrás de ti en busca de historias. Es lo que hace ahora. Nadie está a salvo. Bueno, menos yo. Quitando el accidente de Harding, el dolor apenas me ha rozado.

Oscar la sorprendió al rozarle un brazo.

—Eso es lo que hace que tenga fe en el mundo. Espero que sigas así mucho tiempo.

Ashley no tenía ni idea de qué decir. «Gracias» sonaría raro y «Yo también», demasiado frívolo.

—Carrie está en el puesto esta mañana —dijo en su lugar—. A lo mejor te prepara un *latte*.

A Oscar se le tensó el gesto.

—Ni hablar.

—Bebes café. Te he visto —dijo, y bajando la voz añadió—: ¿Es por lo del *latte*? ¿Demasiado típico?

—Estás tentando a la suerte.

—Tú jamás me harías daño. Y tampoco a Carrie. Es muy dulce contigo.

—Es demasiado joven.

—Tenéis la misma edad.

La oscura mirada de Oscar se clavó en su rostro.

—No me refiero a años.

Un escalofrío le recorrió la espalda a Ashley. De vez en cuando algo le recordaba que Oscar y ella no tenían prácticamente ninguna experiencia de vida en común.

—Necesitas a alguien que cuide de ti —le dijo ella con firmeza.

—Yo cuido de mí.

—Pues entonces, aunque sea para el sexo. Venga, flirtea con ella un poquito. Te gustará y sé que a ella también.

—No te oigo. Qué raro. Tus labios se mueven, pero de ellos no sale ningún sonido. Muy raro.

Y con eso salió de la cocina.

—¡Escríbeme para decirme lo de las almendras! —le gritó Ashley a su espalda.

No oyó la respuesta, pero estaba segura de que contendría palabrotas en combinaciones únicas. Seguía riéndose mientras empujaba el carrito hacia su coche.

Tenía alquilado un espacio en MAR. El gran edificio había llevado incluida una cocina industrial con la que ni Harding ni Dave, su mejor amigo y socio, habían sabido qué hacer. Ashley le había visto potencial de inmediato. Se le había ocurrido lo del puesto de café junto a la UCLA. Ella les vendía *cupcakes* y *muffins* a la fundación a precio de coste y ellos destinaban los beneficios a sus programas. Además, les había propuesto que ofrecieran también comida para llevar.

Cargó el SUV con las cajas y se dirigió hacia Muffins to the Max. Acababa de terminar de llenar el mostrador cuando llegó el primero del que sabía que serían cientos de clientes.

La multitud que acudía a por su «*muffin* con mi café» mañanero se dispersó sobre las once. A mediodía, Elsie, su empleada de tarde, llegó para hacerse cargo. A las doce y cuarto, Ashley estaba de camino a la casa de alquiler de su hermano.

En circunstancias normales, estaría emocionada de tenerlo de vuelta en Los Ángeles. Era su hermano y a ella le gustaba más la vida cuando vivían en la misma ciudad. Sin embargo, no podía quitarse de encima la preocupación por Harding y Bree. Sí, su cabeza le decía que su hermano era más que capaz de cuidarse solito, pero su instinto y su corazón le decían que se preocupara. Probablemente porque, si tenía que describir a la mujer perfecta para su hermano, esa mujer tendría casi todas las características de Bree.

Giró hacia una tranquila calle residencial y aparcó

delante de un bungaló de playa anticuado. Tenía un porche amplio, ventanas grandes junto a la puerta principal y un jardín delantero diminuto. En el camino de entrada había una vieja camioneta Ford.

Los bungalós eran típicos de la zona; la mayoría se habían construido en los años cincuenta y quedaban pocos originales. Gran parte de ellos se habían derribado y reemplazado o se habían reformado para añadirles una segunda planta. No se podía aumentar el tamaño de una parcela, pero sí se podían añadir metros cuadrados hacia arriba.

La puerta principal se abrió y Harding salió sonriéndole.

—Hola, hermanita.

Ella soltó el bolso y las cestas que llevaba y se echó a sus brazos.

—¡Por fin has vuelto! —dijo sintiendo la fuerza del abrazo de su hermano—. No vuelvas a irte tanto tiempo. Han sido meses.

—Ya. Demasiado, desde luego. La próxima vez dividiré el viaje.

Se quedaron así unos segundos, necesitando saber que el otro estaba bien. Cuando él la soltó y se apartó, Ashley se tomó un momento para dar gracias por su paso ligero y lo sano que parecía.

Su accidente, cuando lo había atropellado un coche y lo había dejado tirado en la carretera dándolo por muerto, había ocurrido casi trece años atrás. Ella aún recordaba su estado cuando por fin le habían permitido verlo en el hospital. Amoratado, magullado y con poleas, pero lo que más le había asustado había sido su quietud. Había estado tres días en coma, con máquinas que lo ayudaban a respirar.

Los médicos les habían advertido a sus padres y a ella que era poco probable que sobreviviera y que, si lo hacía, jamás volvería a caminar. Tres meses después, Harding había salido del hospital y había ingresado en un centro de rehabilitación. Seis meses después, estaba andando. Tres años después, había completado su primer triatlón y había escrito sobre su experiencia. Un superventas instantáneo, aquel libro había lanzado su carrera como conferenciante y había supuesto el inicio de MAR. A sus treinta años, Harding había logrado más cosas que la mayoría de la gente a los sesenta. Estaba orgullosa de él. Pero jamás olvidaría lo destrozado que había estado y cómo había tenido que protegerlo... incluso de él mismo.

Harding levantó la cesta.

—Me has traído mis *muffins*.

—Y tus *cupcakes*. No puedo evitarlo. Estaba feliz por verte.

—¿Estabas? —preguntó él con tono de broma.

—La alegría se está disipando —respondió Ashley al entrar en la casa tras él.

Tal como había sospechado, las habitaciones eran pequeñas, aunque había mucha luz y el mobiliario era bonito. Harding se dirigió a la cocina pasando por el comedor, donde ya había instalado el ordenador. Al fondo del estrecho pasillo había un baño y dos dormitorios.

La cocina se había agrandado, lo que permitía espacio suficiente para una mesa con sillas junto a una ventana en saledizo. Harding había puesto dos servicios. Cuando Ashley se sentó, él llevó las cajas con la comida de la tienda *gourmet* que ella había comprado y una jarra de té helado.

—Has hecho té —murmuró Ashley—. Mamá estaría orgullosísima.

—Sé cocinar. He elegido no hacerlo. Pero, oye, tienes que admitir que la jarra es impresionante. La he encontrado en uno de los armarios. También hay un juego de té de plata, pero ese voy a reservarlo para compañía importante.

—Eres insoportable —dijo ella abriendo la caja de

su sándwich. Le dio un mordisco al pepinillo—. ¿Les has dicho a papá y mamá que has llegado bien?

—En cuanto he aparcado. Mamá se preocupa.

Todos se preocupaban, pero Harding lo sabía. En ciertos aspectos se había recuperado más que sus padres y ella. Él había hecho la rehabilitación, pero ellos habían tenido que ver su dolor y su sufrimiento.

Ashley tenía quince años cuando lo atropellaron. Su mundo había cambiado de la noche a la mañana. Se había vuelto loca pensando si su único hermano sobreviviría y, además, había tenido que sobrellevar el hecho de que sus padres prácticamente estuvieran viviendo en el hospital durante tres meses. Habían intentado repartirse el tiempo para que ella no estuviera sola demasiado tiempo, pero Ashley había insistido en que se quedaran con Harding.

Su accidente la había obligado a ser autosuficiente. Siempre que había tenido miedo, se había recordado que, comparado con lo que estaba pasando Harding, lo de ella era fácil.

—¿Cómo va el libro?

—Despacio. Acabo de empezar. Además, he estado de gira con la promoción del nuevo lanzamiento —respondió mientras levantaba el sándwich—. Estoy deseando hacer la firma de libros. Por fin voy a poder conocer a tus compañeras.

—Les vas a encantar.

Él sonrió.

—Como a la mayoría de mujeres.

Irritante pero cierto. Harding tenía una guapura natural y sencilla. Su pelo castaño tenía un ligero toque rojizo y sus ojos, grandes y expresivos, tenían un tono avellana perfecto. Estaba en forma, era encantador y se expresaba bien. Y encima estaba lo de que lo hubieran «dado por muerto». A las mujeres les encantaba esa historia.

—En cuanto a la firma... —dijo ella despacio, no muy

segura de cómo expresar su preocupación—. Deberíamos hablar de Bree.

Harding soltó el sándwich.

—¿Qué pasa con ella? Mi publicista dice que su librería es de las mejores —dijo. Volvió a sonreír—. Al parecer, es muy selectiva con los autores que firman en su local, así que gracias por hacerlo posible.

«Ojalá fuera así de sencillo», pensó Ashley.

—Tienes que tener cuidado con ella.

Él frunció el ceño.

—¿De qué hablas?

—De Bree —dijo Ashley inclinándose hacia delante—. La adoro. Es una amiga estupenda y le confiaría cualquier cosa. Pero estoy preocupada por ti. Es que es tu tipo. Es preciosa, culta y atlética. Vas a querer salir con ella, y me temo que te enamorarás. Pero a Bree no le van las relaciones. Se acuesta con los hombres unas cuantas veces y luego los deja. No quiero que sufras.

—¿En serio?

—Muy en serio.

Él se relajó en la silla.

—Ashley, te quiero como hermana, pero eres idiota. No te preocupes. Sé cuidarme solito.

—Ojalá fuera verdad. Bree no es como las mujeres con las que has salido. Es de las que podría traicionarte.

—Creía que la apreciabas.

—Y la aprecio, pero también tengo un sano respeto por sus habilidades de supervivencia. Bajo ningún concepto se implicaría emocionalmente con un hombre, y tú eres como una emoción con patas. ¡Pero si prácticamente lloras con los anuncios!

Más que enfadado, él parecía estar divirtiéndose.

—No lloro.

—Por dentro sí. Harding, por favor, ten cuidado.

Él la observó.

—Le has advertido que se mantenga alejada de mí, ¿verdad?

Ashley intentó disimular su culpa.

—A lo mejor.

—Pues ahora tengo que salir con ella.

—¿Por qué? No seas cabezota. Hazme caso. Conozco a Bree.

—No puedes protegerme del mundo, peque.

—Puedo intentarlo. Por favor, no le pidas salir para darme una lección.

—Vale. Solo le pediré salir si quiero salir con ella. ¿Qué te parece eso?

Ella contuvo un gimoteo.

—Me vuelves loca —dijo mirando su almuerzo—. Ahora me siento fatal por haber insultado a mi amiga. Creo que no puedo comer.

Él le guiñó un ojo.

—Más para mí.

Capítulo 4

Mikki añadió otro collar al expositor. La joyería de la «criatura marina» se estaba vendiendo bien. Cadenas gruesas de oro o plata unidas a un tiburón, un delfín, un pez payaso o un pulpo. Estaban a buen precio y las hacía una artista local. También colocó unas pulseras con forma de ondas que podían llevarse juntas o por separado.

Le encantaba su tienda de regalos. Tenían obsequios estacionales, montones de coloridas toallas de playa y muchas tazas con frases cuquis. Suvenires horteras compartían espacio con cuadros originales.

Le gustaba cómo reorganizar un expositor podía aumentar ventas y que las chanclas siempre se vendieran bien. Le gustaban el olor a aire salado, las mañanas tranquilas y las tardes ajetreadas. En el instituto había dado clases optativas de Arte, pero le había faltado talento para ser pintora. La tienda de regalos le daba la oportunidad de jugar con el color y la textura y ganar dinero.

Últimamente el negocio era cosa de familia. Lorraine trabajaba para ella y Will ayudaría ese verano. Sydney trabajaría para su padre. Al año siguiente cambiarían, eso contando con que Sydney volviera a casa en verano. Su hija ya estaba buscando prácticas. Esa cría nunca descansaba.

Las ventas estaban en auge, pensó mientras colocaba botes de protector solar en un estante. El traslado del pasado enero le había ido genial al negocio. Anteriormente a eso, el primer par de años habían sido complicados. La ubicación no había ayudado, y tampoco su falta de experiencia en el comercio al por menor. Pero había trabajado mucho y el negocio había crecido.

Aun así, durante los primeros meses le había dado pánico irse a la quiebra. Perry no había querido que comprase la tienda desde un principio y habían estado semanas discutiendo. Al final él, harto de oírla, había accedido a regañadientes a la vez que insistía en que perdería todo el dinero que iban a invertir. Una amenaza que a Mikki le había quitado el sueño por las noches.

Ahora, mientras colocaba aloe vera junto al protector solar, se preguntaba si esa habría sido la primera grieta en su matrimonio. Las discusiones continuaron, ahora por todas las horas que se pasaba en la tienda. Siempre habían tenido intereses distintos, pero cuando ella había comprado la tienda, habían vivido vidas separadas. Prácticamente había estado soltera antes del divorcio. Tres años después, seguía sola.

Eso la hizo pensar en su conversación con Bree. ¿Era una tradicionalista que quería tener una relación? Desde luego, jamás se había esperado estar sola tanto tiempo. Después del divorcio había probado a tener citas, pero salir con hombres que no conocía la hacía sentirse incómoda. No sabía cómo hacerlo.

—¡Mira! —dijo Lorraine al acercarse con una pequeña tortuga de vidrio soplado—. Acaba de llegar el reparto. ¿No te parecen una monería? Tenemos leones de mar pequeñitos y las nutrias me tienen loca. ¿Qué tal si los ponemos en la vitrina frontal?

Mikki sonrió.

—Se van a vender enseguida. Vamos a subirles el precio un quince por ciento.

Lorraine se rio.

—Eres toda una empresaria.

—Ya me gustaría.

Mikki llevó la tortuga a la sección de la librería, donde encontró a su madre y a Bree reponiendo estantes.

—Acaban de llegar —dijo mostrándoles la figurita de vidrio soplado—. También hay leones marinos y nutrias. Esta primera remesa va a volar rápido, pero a lo mejor podríamos montar un expositor conjunto cuando tenga más existencias.

—Podríamos ponerlas con algunos libros infantiles —dijo Bree—. Las portadas brillantes quedarán bien con el cristal.

Rita apretó los labios.

—No podéis poner algo tan delicado junto a libros infantiles. Los niños las romperán. Los clientes se clavarán cristales en los pies. Todos os demandarán y perderéis la tienda.

Bree le dio una palmadita en el hombro.

—Seguro que Mikki se refería a ponerlos en una vitrina junto a los libros, porque lo que dices sobre los trozos de cristal es cierto.

Rita pareció complacida de que la tomaran en serio. Mikki se maravilló ante la habilidad de Bree para tratar con su madre. Para ella, solo tenerla al otro lado del local ya era bastante complicado. Ni de coña trabajaría con su madre. Lorraine era distinta. Su suegra siempre evitaba encontrarle algo malo a todo.

—Te avisaré cuando recibamos más —dijo Mikki volviendo a su tienda. Rita la siguió.

—En el periódico dicen que la ciudad le está echando demasiados químicos al agua —dijo Rita—. Nos están envenenando a todos.

Mikki contuvo un suspiro.

—¿Por qué querría la ciudad envenenar a sus propios residentes?

—No estoy diciendo que quieran. Digo que está pasando.

Mikki miró a la mujer a la que siempre le había preocupado lo inesperado. Rita la había obligado a llevar un paraguas al colegio, y eso que en California del Sur llovía tal vez una docena de días al año. Siempre había algún desastre aguardando a la vuelta de la esquina. Vivir así debía de ser agotador.

Sus padres se habían divorciado hacía doce años. Su padre, un hombre infeliz y callado durante el matrimonio, había resurgido como un ávido bailarín de cuadrilla que había salido con montones de mujeres. Por desgracia, había fallecido de forma inesperada hacía ocho años. A diferencia de su exmarido, Rita no había cambiado nada tras el divorcio.

—Mamá, ¿por qué no sales con nadie?

Su madre se quedó mirándola, confundida.

—¿Con un hombre?

—Sí. Dudo que seas lesbiana en secreto. Han pasado años desde el divorcio y no recuerdo que hayas salido nunca con nadie.

—¿Por qué iba a querer salir con un hombre que solo quiere robarme el dinero o aprovecharse de mí? No, gracias. Ya estuve casada una vez. No tengo ninguna gana de volver a hacerlo.

Lorraine se acercó.

—Rita, no entiendo tu actitud. Eres una mujer joven y vital. Tienes que querer un poco de compañía.

Rita negó con la cabeza.

—Me basta con la tuya.

—Pero nosotras somos amigas. Mikki se refiere a un hombre.

—No me compensa tanto lío.

A Mikki no le hizo gracia recordar que ella había dicho exactamente lo mismo hacía poco, cuando Sydney le había preguntado por qué no salía nunca con nadie. ¿Estaría convirtiéndose en su madre?

—Pero si apenas tienes sesenta años —señaló Lorraine—. ¿Quieres pasarte sola los próximos treinta?

—¿Por qué os habéis unido en mi contra? —dijo Rita fulminándolas con la mirada.

Y con eso se marchó, claramente molesta. Lorraine suspiró.

—¡Qué mujer! ¡Qué complicada es! Me parte el alma que se cierre tanto.

Mikki por poco no se tambaleó al verse golpeada por la realidad: si a su madre le quedaban treinta años, ¿no significaba eso que a ella le quedaban cincuenta? ¡Cincuenta años! ¡La leche! ¿En serio iba a pasarse todo ese tiempo deambulando por su gran casa y únicamente con la compañía de Earl? Solo planteárselo ya resultaba demasiado deprimente.

No quería ser como su madre. Quería algo más. Compañía de verdad. Conversación, viajes, risas y, sí, posiblemente sexo con un hombre. Sin ánimo de ofender a Earl. No quería volverse una vieja amargada. Quería ser feliz. Quería más de lo que tenía. Y si de verdad era así, entonces debía mover el culo y hacer algo al respecto.

Bree observaba las hileras de sillas que había colocado delante del estrado. Apartando los expositores móviles, fácilmente podía sentar a doscientas personas. Había alquilado ciento cincuenta sillas más. Si hacía falta, podía abrir las puertas correderas laterales y ampliar la zona de sillas literalmente hasta la playa. No sabía cuántas personas asistirían. Harding Burton no era uno de sus autores habituales.

Rita se le acercó.

—¿Necesitamos tantos asientos? Es un libro sobre náutica.

Bree contuvo una sonrisa.

—No es sobre náutica.

—Se llama *Mar*.

—Meta, alcánzala, repite. Es más bien una filosofía de vida.

Rita no parecía muy convencida.

—Pues entonces has puesto demasiadas sillas.

—Creo que no. Atrae multitudes.

«Sobre todo multitudes femeninas», pensó.

El libro estaba bien. Muy bien escrito y con anécdotas interesantes. Tampoco es que fuera de lo más trascendental, ya que la idea de no rendirse ante la adversidad ya estaba ahí desde que los primates empezaron a andar derechos, pero su historia era fascinante y su foto en la contraportada era preciosa.

Tres veinteañeras se le acercaron con esa mirada algo enloquecida de las megafans.

—Harding Burton viene a firmar aquí, ¿verdad? —preguntó entusiasmada la morena alta.

—Aquí mismo —respondió Bree. Miró el reloj—. En un par de horas.

Las tres chicas soltaron una risita. Rita emitió un sonido estrangulado y se marchó.

—¿Podemos elegir los asientos ya? —preguntó otra.

Bree señaló hacia las sillas vacías.

—Por supuesto.

Corrieron a la primera fila y se sentaron junto al estrado. Siguieron entrando mujeres hasta que había unas treinta reservando sillas. Todas tenían en la mano el libro con una etiqueta removible que decía «Pagado». Bree tenía una norma estricta: todos los asistentes debían comprar un libro. Comprárselo a ella. Nada de comprarlo *online* y luego llevarlo ahí. Su tienda era su forma de ganarse la vida, y si querías ir a la fiesta del libro, tenías que pagar a la dueña de la librería.

Veinte mujeres esperaban pacientemente a que les cobraran su copia del libro de Harding. Mientras Bree se preguntaba si había encargado suficientes, Mikki se acercó.

—¿Puedes decirle algo a la gente de la firma? Hay un montón de mujeres en mi zona de la tienda sin comprar nada, pero ocupando espacio. Es una pesadez.

Ashley se unió a ellas.

—Están comprando *muffins*. Supongo que quieren mantener las fuerzas.

—¿Porque estar cerca de Harding es agotador? —preguntó Bree sin saber bien cómo manejar el chorreo continuo de clientes.

En ese breve rato, la cola para la caja casi se había duplicado. Creía que las firmas de *Brad el Dragón* eran importantes, pero tenía la sensación de que esta iba a romper el récord.

Señaló a Rita.

—Ve a ayudar en la caja. Mikki, ¿puedes anunciar que ya se pueden ocupar las sillas? Iré a por más y luego llamaré al representante para ver si me pueden enviar más libros.

—¿Cuántos pediste?

—Seiscientos.

Mikki sonrió.

—Cielo, vas a necesitar refuerzos.

La firma era de tres a cinco. A las dos y media, Bree se había quedado incluso sin las sillas de emergencia y solo le quedaban dos cajas de libros. Decenas de clientes se habían apostado en la arena, fuera. Bree sacó altavoces portátiles. Aunque no pudieran ver a Harding, al menos podrían oírlo.

Una vez que se acabaron los libros, había empezado a hacer una lista de las personas que, aun así, querían una copia firmada. Con suerte, podría convencer a Harding de que volviera para firmarlos. No le gustaba nada perder ventas.

Acababa de terminar de comprobar los altavoces cuando se giró y vio a Ashley ahí plantada.

—No me digas que llega tarde —dijo Bree.

—Llegará en un momento —respondió Ashley, inquieta—. Siento lo de antes.

Bree la miró.

—Tengo casi seiscientas mujeres esperando a oír a tu hermano, que aún no está aquí. No tengo ni idea de si es o no bueno hablando y encima me he quedado sin libros. ¿Qué puñetas sientes y por qué lo estamos hablando ahora?

Ashley se puso firme al responder:

—Es por lo que te dije de que no tuvieras nada con él. Me equivoqué y herí tus sentimientos. Lo siento. No es asunto mío lo que hagas con mi hermano.

El cerebro de Bree tardó un segundo en procesar la información.

—No me digas que has estado preocupada por eso todo este tiempo. Ashley, cielo, no tengo ningún interés por tu hermano. Es un modo de atraer clientes. En cuanto a lo de salir con él, hay un montón de hombres ahí fuera. No necesito tener nada con tu hermano.

—Pero...

Bree la interrumpió sacudiendo la cabeza.

—Deja de hablar y ve a buscarlo. Tráelo a la tienda a rastras para que pueda dejar de preocuparme porque no aparezca. ¡Escritores! ¿En qué estaría pensando Dios?

Antes de que Ashley pudiera moverse, Bree oyó un rugido de olas verbal por la tienda. Empezó en la entrada y fue avanzando hacia donde estaban ellas. El sonido era mitad suspiro, mitad gemido y todo felicidad. Se giró y vio a un hombre caminando hacia ellas.

Lo reconoció por la foto y sintió curiosidad por ver cuánto se ajustaba la realidad a todo ese bombo.

Debía de medir algo más de metro ochenta y era delgado pero fuerte. Su paso era algo vacilante, sin duda una secuela de sus lesiones. Tenía el pelo más castaño que rojizo y un poco más ondulado que el de su hermana, pero tenían parecidos, como los ojos grandes, los de él avellana en lugar de azules, y una boca carnosa. La mandíbula de él era más fuerte y sus hombros más anchos.

Y entonces sonrió.

Bree oyó un grito ahogado tras ella. Tenía que reconocer que esa sonrisa era para morirse; lo bastante para que una mujer fuera capaz de cualquier cosa por volver a verla. Por suerte, ella ya había dejado atrás lo de hacer el tonto por cualquier hombre.

Se acercó a él con la mano extendida.

—Debes de ser Harding. Encantada de conocerte. Soy Bree. Bienvenido a mi tienda. Vamos a mi oficina. Si no, creo que tus fans atacarán y solo dejarán unos cuantos huesos y dientes.

—Inquietante —dijo él relajado mientras su gran mano envolvía la de ella—. Qué bien conocerte por fin. Ashley me ha hablado mucho de ti.

—Me lo puedo imaginar. Todo es verdad.

Bree ignoró el calor que sintió por su roce y cómo sus partes femeninas se apresuraron a decir: «Sí, por favor». De camino a la trastienda, oyó murmullos de protesta entre la multitud.

—¡Cinco minutos! Luego es todo vuestro.

—¡Ya me gustaría! —gritó una mujer.

Entraron en la oficina. Harding cerró la puerta y volvió a darle esa sonrisa.

—Así que tú eres Bree.

—La mayoría de los días, sí.

—Me gusta el pelo.

La incongruencia la dejó mirándolo descolocada.

—¿Cómo dices?

—Los rizos. Siempre me ha gustado el pelo rizado especialmente.

—Qué suerte la mía. ¿Podemos centrarnos en la firma de libros?

—Claro.

—¿Cómo quieres hacerla? Tu publicista dice que das una breve charla. ¿Quieres leer extractos del libro?

Era algo que Bree jamás había entendido. Un escritor leyendo su propio libro era sinónimo de aburrimiento, menos en el caso de los libros infantiles. Pero los escritores eran raros por naturaleza y ella había aprendido a aguantarles las rarezas. Sobre todo, cuando esas rarezas suponían cientos de ventas.

—Hablaré durante veinte minutos y luego firmaré.

—Genial. Solo encargué seiscientos libros. No pensé que atraerías a tanta gente, y encima muchos están comprando varios ejemplares.

—Están bien para regalar.

—Estoy apuntando los nombres de los que no han podido conseguir uno hoy. ¿Estarías dispuesto a volver para firmarlos?

—Claro. Dime cuándo, y aquí estaré —dijo él antes de ponerle una mano en la parte superior del brazo y añadir—: Haré lo que haga falta para que todo esto te salga de maravilla.

Bree no sabía si estaba flirteando o siendo gracioso o amable. En otras circunstancias, querría descubrirlo, pero ahora mismo no. A menos que estuviera siendo amable, en cuyo caso debería parar porque ella no se fiaba de esa actitud.

—Tengo rotuladores para la firma y los marcapáginas que ha enviado tu publicista. Me burlé cuando mandó mil. Debería haber hecho más caso. ¿Quieres beber algo? ¿Agua? ¿Un *latte*? ¿Tequila?

Los ojos avellana de Harding se iluminaron de diversión.

—¿Tienes tequila?

—Claro. Y, como estamos en Los Ángeles, es del bueno.

—A lo mejor después de la firma. De momento solo agua.

Tras la puerta cerrada se oía un suave cántico: «Haaarding. Haaarding. Haaarding».

—¿Siempre es así? —preguntó ella pensando que

debería haberse negado cuando Ashley le propuso la firma de su hermano. Pero es que no había podido resistirse al dinero.

—La mayoría de las veces —respondió él yendo hacia la puerta—. ¿Vamos?

Bree lo siguió y, corriendo, se colocó a un lado, desde donde podía verlo todo sin molestar a nadie. La multitud se puso en pie nada más verlo. Los vítores, los silbidos y los pisotones sacudieron el edificio.

Mikki se puso a su lado.

—Odias esto —le dijo su amiga con tono alegre.

—¿Por qué lo dices?

—No te gusta nada todo lo que tenga que ver con la fama.

Era algo que Bree no había comentado nunca, pero Mikki no se equivocaba. Había crecido con unos padres famosos, al menos en los círculos literarios. Había visto a hombres adultos llorar por tener el privilegio de estar en la misma habitación que sus padres.

Mikki le echó un brazo por encima.

—Aguanta. En tres horas todo habrá acabado. Y al menos es guapo.

—¿Te interesa? —preguntó Bree con tono de broma.

—Demasiado joven. Y, además, ya sabes... Earl.

—Puede que sea mejor que Earl.

En lugar de reírse, Mikki sacudió la cabeza.

—No empecemos. Bastante agobio tengo ya. Pero tú ve a por Harding si quieres. Haríais una pareja monísima.

—No me van las parejas.

—Ya, algún día hablaremos de eso.

Mikki volvió a su zona de la tienda. La multitud se había calmado y escuchaba con atención mientras Harding hablaba.

—Conocí a Dave en el centro de rehabilitación

—decía Harding—. Se había roto el cuello en un accidente de buceo. Un centímetro. Eso marca la diferencia entre caminar y estar en una silla. La diferencia entre poder usar las manos y no.

Esbozó una sonrisa autocrítica.

—La independencia lo es todo. Jamás olvidaré el momento en que me di cuenta de que no poder moverme significaba no poder hacer pis solo. Una enfermera tuvo que ponerme un catéter, y eso era algo que yo no podía cambiar. No podía moverme. Apenas podía respirar. Tenía más huesos rotos que no, pero lo único en lo que podía pensar era en que aquella guapa enfermera iba a meterme un tubo por el pito y que iba a doler como un demonio. Estuve a punto de rendirme miles de veces.

Se encogió de hombros.

—Mi familia os diría que fui valiente, pero no lo fui. Estaba asustado y sufriendo, y sentía que había perdido mi vida. Y entonces conocí a Dave. Éramos compañeros de habitación. Llevaba un par de semanas más que yo. Lo tenía todo pensado. Sabía cómo alguien en silla de ruedas podía quitarse la vida solo, y ese era su plan. Me preguntó si yo me quería apuntar.

La multitud emitió un grito ahogado. Bree se sorprendió también. No había leído eso en ninguno de los libros de Harding.

Él les dio a todos un momento para que asimilaran sus palabras y luego se inclinó hacia delante para continuar:

—En aquel instante, cuando fui consciente de lo que estaba diciéndome, supe que quería vivir. Me costara lo que me costara, me curaría de lo que me había pasado. Yo era más fuerte que el gilipollas que me había dejado tirado en la carretera. Le dije que si él quería hacerlo, yo no lo iba a detener, pero que eso no era para mí.

Volvió a sonreír.

—Dave me dijo que había pasado la prueba y que podía quedarme en la habitación con él. No quería estar con ninguna víctima. Quería un amigo que estuviera dispuesto a luchar. Nos quedamos despiertos toda la noche y ahí nació MAR. Meta, alcánzala, repite.

La multitud estalló en aplausos. Harding esperó a que hubiera silencio antes de continuar.

—Seis meses después, salí cojeando de aquel centro de rehabilitación. Pasé de caminar a correr. Luché por llegar a mi nueva normalidad. Hubo muchos reveses, pero me negué a rendirme y Dave estuvo a mi lado. Competí en una maratón y luego en un triatlón. Terminé penúltimo, pero terminé. Dave y yo creamos una fundación.

Bree notó que iba a dar por concluida la charla y se acercó a la mesa que había puesto cerca de la caja registradora. Rita y ella habían colocado unos postes y los habían unido con cuerda retráctil. Esperaba que a Harding no le diera por hablar mucho mientras firmaba. Con tanta gente queriendo un pedacito suyo, podrían tirarse ahí horas.

Cuando Harding terminó de hablar y pasó a la mesa, ella repartió notas adhesivas a los que querían el libro personalizado. Le pidió a Rita que lo ayudara abriendo el libro y colocando al lado la pegatina con el nombre del destinatario. Si alguien hablaba demasiado, Rita le lanzaba una miradita de asco y la cola seguía avanzando.

Harding estuvo simpático pero no baboso. Por muy corta que fuera la camiseta que tenía delante, su mirada no era lasciva. Varias mujeres le pasaron notas con su número de teléfono, pero él siempre las rechazó.

Y así pasaron una hora y después dos. Cuando había empezado la tercera, Bree estaba dispuesta a rendirse. Gracias a Dios la cola estaba menguando. Siguió a la última mujer para empezar a quitar la cuerda y los postes.

—Podríamos ir a cenar algo —dijo la chica que estaba la tercera al final de la cola. Era una preciosa veinteañera con las tetas grandes y el pelo largo y rubio.

«Así sería Mikki hace dieciocho años», pensó Bree sonriendo y preguntándose cuántas invitaciones le habrían caído a Harding ese día.

—Gracias —respondió él con tono relajado—, pero ya tengo planes.

—¿Qué tal mañana?

Harding esbozó una sonrisa de pesar y dijo:

—Gracias, pero no.

La chica puso mala cara y agarró el libro.

—Pues vale.

Las dos últimas lectoras acabaron y se fueron. Harding se levantó y se estiró.

—Buen público.

—Demasiada gente para mi gusto —dijo Rita con un soplido de desdén—. Que compren el libro y ya está. ¿Por qué lo necesitan firmado?

Harding se rio.

—Me gustas, Rita. Dices lo que piensas. No hay suficiente gente que lo haga.

Rita lo fulminó con la mirada, como si no tuviera claro si estaba metiéndose con ella o diciéndole la verdad.

—Gracias por aceptar firmar a toda la cola —dijo Bree—. Estoy acostumbrada a unos doscientos fans fervientes, pero nunca había visto algo así. Eres toda una atracción.

—O una rareza. ¿Me avisarás cuando lleguen el resto de libros para que los firme?

—Me pondré en contacto con tu publicista cuando llegue el pedido.

—O podrías escribirme a mí —dijo él sacando el móvil—. Dame tu número.

Decirle que no le parecía una grosería, aunque fue lo primero que se le ocurrió hacer. A regañadientes, se lo dio y al instante recibió un mensaje suyo.

—Bueno, ya te dejo libre el resto de la noche —dijo ella levantando dos de los postes.

Él levantó dos más y la siguió a la trastienda.

—Cena conmigo.

Bree abrió la puerta del armario.

—Tienes planes.

—Sí. Contigo.

Colocó los postes. Él hizo lo mismo. Se quedaron mirándose.

¡Qué guapísimo! Era un par de años más joven, pero en cuanto a experiencia, estaban a la par. Desde luego, la atraía físicamente, pero la atracción era cosa fácil.

—No —respondió sin más.

—¿Por qué no?

—No salgo con escritores y le prometí a tu hermana que no te partiría el corazón.

Él sonrió.

—Eres una rompecorazones. Eso lo tengo claro. Ahora mismo vuelvo.

Harding cruzó la tienda y Bree guardó el resto de postes y empezó con las sillas. Estaba haciendo el tercer viaje con los brazos cargados con ellas cuando Harding volvió con Ashley a su lado.

—Ya me ocupo yo de las sillas —dijo quitándoselas de los brazos—. Ashley quiere hablar contigo.

—Sal con Harding —le dijo Ashley con gesto de culpa—. No debería haber dicho nada.

—Da igual. No quiero salir con él.

—Mentirosa —dijo Harding al pasar por delante de ellas para recoger más sillas—. Claro que quieres salir conmigo. Soy encantador.

Lo era, pero Bree estaba más preocupada por Ashley. Eran socias en cierto modo y no quería ninguna situación incómoda. Por eso mismo evitaba las relaciones. Siempre eran complicadas.

—Me sentiré mejor si cenas con mi hermano —le dijo Ashley con entusiasmo.

—Te has vuelto loca.

—Posiblemente.

—¿Me estás suplicando que salga con él?

—Sí.

—Pues nada —dijo Bree y esperó a que Harding pasara por su lado cargado con más sillas—. Vale. Cena. Mañana. Pero que quede claro que solo será cenar. No eres mi tipo.

Él se detuvo para guiñarle un ojo.

—Qué pena, porque tú, sin duda, sí que eres el mío.

Capítulo 5

Mikki se contuvo las ganas de ofrecerle más café a Bree. O de hacer gofres. Siempre se ponía en «modo madre» cuando estaba nerviosa, y por norma no pasaba nada, pero Bree no quería que nadie se entrometiera. Aun así, era complicado no mirarla de reojo.

Bree levantó la mirada del ordenador de Mikki.

—Ya sabes que no tengo ninguna experiencia con webs de citas.

—Ya, pero eres un imán para los hombres. Me niego a convertirme en mi madre, así que tengo que salir y relacionarme. Casi todas mis clientas son mujeres. Mis días giran en torno al trabajo y mis hijos, y mis hijos no me necesitarán mucho más. No hay nada en mi vida que me ponga en contacto con hombres solteros, así que conocer a alguien por Internet es lo que tiene más sentido.

Llevaba casi tres días practicando ese pequeño discurso, desde que se había dado cuenta de que en el viaje de su vida era más bien una mera pasajera que la conductora del coche... o del vehículo que se usara en el viaje de la vida. Tenía que hacer algo. Y pronto.

Se obligó a sentarse a la mesa de la cocina, delante de su amiga. Le había pedido a Bree que pasara esa mañana por casa para ayudarla a elegir la web de citas que le pareciera mejor. Nada demasiado ostentoso ni juvenil ni complicado.

—¿Seguro que quieres hacerlo? —preguntó Bree—. Hay solteros por todas partes.

—Para ti, tal vez. Yo no podría hacer lo que haces tú.

—¿Y qué hago yo?

—No sé. Hablas con ellos. Inicias una conversación. Yo no tengo esa habilidad.

—Ahora mismo estamos hablando.

—No eres un hombre con el que quiera salir. Empecé a salir con Perry en el instituto. Es el único hombre que he querido.

Bree puso gesto de consternación.

—Por favor, dime que no es el único con el que te has acostado.

—Hubo alguien antes que él. Duró poco.

Su primer novio del instituto. Fue un encuentro sexual rápido y aburrido, pero, sí, lo habían hecho. Y luego se había acostado con otro hombre después del divorcio, aunque no le gustaba pensar en aquella terrible experiencia.

—Podría llegar a los noventa años —le dijo Mikki—. No quiero estar sola los próximos cincuenta. Quiero sentir algo por alguien. Quiero que alguien sienta algo por mí. Tienes razón. Soy una tradicionalista. Así que, venga, vamos a buscarme un hombre —añadió señalando al portátil.

Bree esbozó media sonrisa.

—Eres muy valiente desde la seguridad de tu cocina.

—Deberíamos aprovecharnos de eso.

Bree le giró el portátil.

—Creo que esta es la mejor web para ti. Los solteros son un poco más mayores y es de navegación sencilla. Te dan un mes gratis de prueba, así que no tienes nada que perder. Solo tienes que crearte un perfil.

Mikki se quedó sin aire en los pulmones. Le dio un vuelco el estómago y le entraron unas ganas locas de ponerse a hacer un estofado.

—¿Ahora?

—Ya vuelves a acobardarte. Sí, ahora —dijo Bree mientras empezaba a escribir—. ¿Te sentirías cómoda usando tu nombre de pila real?

—¿Qué otro nombre iba a usar?

—No sé. Pondremos «Mikki» —dijo tecleando—. Eres empresaria.

—¿Qué? Trabajo en una tienda de regalos.

—Tienes una tienda de regalos. Acepta tu éxito. ¿Qué tal «emprendedora»?

—Eso hace que parezca más triunfadora de lo que soy.

Bree la miró.

—¿En qué sentido?

—No sé. Pero hace que lo parezca.

—Ahora sí que pareces tu madre.

Mikki la miró.

—No seas mala. Vale. Emprendedora.

—¿Quieres mentir con tu edad?

—¿Por qué iba a hacer eso? En algún momento ese hombre me verá en persona. Tengo treinta y nueve.

Intentó no estremecerse. Iba a cumplir cuarenta. Prácticamente tenía hijos adultos. ¿Cómo había pasado el tiempo tan rápido?

Completaron el apartado de lo que le gustaba y lo que no.

—Ni se te ocurra decir que te gustan los paseos por la playa —le dijo Bree.

—Pero es que me gustan.

—Es un cliché. Sé más creativa. Te gustan las catas de vino y las conversaciones inteligentes. Quieres un hombre que sea divertido sin ser cruel. Sabes cambiar una rueda, pero prefieres no hacerlo. Quieres viajar y aprender, pero no te van las cosas como el alpinismo o las excursiones.

Mikki la miraba.

—¿Cómo sabes todo eso?

Bree esbozó una expresión de autocomplacencia.

—Observo.

Mikki señaló al ordenador.

—Todo eso. Pon todo eso. Está muy bien.

Pasaron quince minutos eligiendo fotos para el perfil.

—No estás solicitando un puesto de recepcionista en la iglesia local —farfulló Bree mientras se desplazaba por la galería de fotos—. ¿No tienes algo sexi? ¿Una foto en bañador?

—No me saco fotos en bañador. ¿Quién hace eso?

Señaló una foto que tenía en el muelle de Santa Mónica.

—¿Qué tal esa? Al menos no estoy en casa.

Al final se decidieron por tres fotos, incluyendo una de una clase de cata de vinos. Mientras Bree las cargaba, Mikki se preguntó si estaría cometiendo un error al molestarse en registrarse en una web de citas. ¿En serio iba a conocer a alguien así? Resultaba demasiado aleatorio.

—A lo mejor debería pensármelo —murmuró—. No estoy segura de que las citas *online* sean para mí.

Bree pulsó un par de teclas y sonrió.

—Demasiado tarde. Tu perfil ya está subido. Prepárate para el ataque.

A Mikki le entraron náuseas.

—No habrá ningún ataque. No me van a hacer ni caso. Me humillarán.

Bree se levantó.

—Te subestimas. Los tíos van a querer salir contigo.

—No estoy segura de que sepa salir con alguien.

—Aprenderás. No es difícil. Cuando encuentres a un par que te interesen, queda con ellos para algo informal como tomar un café. Las comidas y las cenas duran demasiado. Necesitas una escapatoria.

—Ahora sí que me estás asustando. ¿Para qué iba a querer una escapatoria?

—Puede que sean aburridos o que no tengas química con ellos.

—¿Podrían ser asesinos en serie?

—No es probable, pero sí —respondió Bree mientras recogía su bolso—. Mañana nos vemos en la tienda.

Mikki la acompañó a la puerta principal.

—Gracias por ayudarme. Te lo agradezco mucho. Bueno, más o menos.

Bree se rio.

—Te va a gustar formar parte de una pareja.

—Sí. Lo complicado va a ser llegar ahí.

Cuando salió su amiga, cerró la puerta y se topó con una casa vacía. Los chicos pasaban el fin de semana con su padre. Aun siendo legalmente mayor de edad, al volver de la universidad Sydney había vuelto a la rutina de estar con uno y con otro cada dos semanas.

Mikki hizo sus tareas de domingo habituales: cambio de sábanas, colada y planificación del menú. De todos modos, durante los próximos días solo tendría que hacer comida para ella, así que no merecía la pena el esfuerzo de planificar un menú.

Fue completando la lista y cada hora o así se pasaba a hacer cosas por la cocina mientras ojeaba el ordenador. Después de ir al supermercado, dio un paseo por el vecindario y luego pasó una hora en el jardín. Alrededor de las cuatro, volvió a la cocina y se sentó frente al portátil.

—Es demasiado pronto —se dijo al acceder a la web—. Nadie me habrá...

El icono de notificación de mensajes parpadeaba. Con cautela clicó encima. Contuvo el aliento cuando se cargaron ciento veintisiete mensajes.

—No puede ser —murmuró.

Pero sí. Había más de cien mensajes de hombres que, al parecer, querían conocerla.

—O no —dijo al mirar los primeros.

Tres eran ofertas para tener sexo y otro era de una mujer que buscaba pareja para su hermano, que estaba en prisión. Eliminar. Leyó unos cuantos más. Había varias respuestas de veinteañeros que buscaban mujeres mayores. Eliminar, eliminar.

Un paseador de perros profesional se ofrecía a cuidar de su cachorrito. No sabía si era un tipo buscando trabajo o lanzándole una indirecta sexual muy rara. Por si acaso, se libró de él y borró todo lo que le parecía mínimamente raro, incluyendo tres mensajes en los que los hombres en cuestión hablaban de lo grande que tenían el pene. ¡Puaj! Una vez que hizo limpia de las respuestas, se quedó con unas cuarenta.

Muchas eran variantes de lo mismo.

Pareces muy maja. ¿Quedamos para tomar unas copas?
Me encanta tu foto. Soy padre soltero de tres niñas. ¿Te apetece un café?

Y así...

Siguió leyendo no muy segura de qué buscaba. ¿Cómo podía saber quién era majo y quién acabaría dándole miedo? Además, pasar de un mensaje *online* a tomar un café le parecía muy precipitado.

Hola, Mikki. Creo que nos conocemos. Soy Duane Merrell y nuestras hijas eran amigas en el colegio.

El mensaje seguía explicando que se había divorciado hacía tres años y que, si ella era quien él creía, entonces le gustaría hablar por teléfono o quedar para tomar algo. Le dejó su número.

Mikki no lo recordaba de nada, pero sí que le pareció recordar que Sydney tuvo una amiga que se llamaba como la hija de él. Sería bastante sencillo de comprobar.

Leyó unos cuantos mensajes más y luego cerró la sesión. La cantidad de respuestas debería haberla hecho sentirse feliz, pero más bien la dejó confundida e inquieta. Había demasiadas opciones y no estaba segura de estar lista para dar el paso de ponerse en contacto con uno o con veinte de esos hombres.

Entró en Internet e hizo una búsqueda de «¿Cómo tener éxito con las citas *online*?». Leyó unos artículos. La información no resultó muy reconfortante. En uno proponían quedar con los hombres en una cafetería no muy cercana a su casa y que, al marcharse, tomara un camino más largo pasando por una comisaría de policía para que no la siguieran.

—Nop, no pienso hacer eso —dijo cerrando el ordenador—. Ni hombres, ni comisaría, ni una ruta larga de vuelta a casa.

Pero, si no quería encontrar pareja *online*, tenía que buscar otro plan. O eso o pasarse el resto de su vida sola y convirtiéndose poco a poco en su madre.

Bree condujo hasta el restaurante que había propuesto Harding. Estaba en el muelle de Redondo Beach, así que, aunque no era un lugar donde soliera comer, sí que conocía la zona. Él se había ofrecido a recogerla, pero eso era terreno prohibido. Ella no invitaba a gente a su casa; ni a amigos y, mucho menos, a un hombre. Cenarían y ahí acabaría todo. Sí, era atractivo y le había gustado su charla del día anterior, pero salir con él sería demasiado complicado.

Le dio las llaves al aparcacoches y entró. Harding ya estaba ahí, hablando con la recepcionista del restaurante. Por un instante se permitió admirar las vistas. Era tan guapo como recordaba. Atractivo sin resultar amenazante. Su actitud era desenfadada y su atuendo, apropiado. Al verla, le lanzó una sonrisa que hizo que Bree lamentara que no hubiera sexo en el menú.

—Es nuestra primera cita —le dijo él a la recepcionista—. Estoy superemocionado.

—¿Superemocionado? —repitió Bree—. ¿Acabas de decir eso?

—Sí.

Los llevaron a una mesa con vistas al océano. Los grandes ventanales abiertos les permitían oír las olas y a la gente que había en la playa. Una música suave salía de unos altavoces ocultos.

—Es un restaurante muy bonito. ¿Cómo lo has encontrado?

—Dave me dijo que es una pasada.

Bree se rio.

—Si es una pasada, entonces me va bien.

Él se inclinó hacia ella con una mirada intensa.

—¿Por qué accediste a venir a cenar?

—Porque tu hermana me lo suplicó.

Harding arrugó la boca.

—No te lo suplicó.

—Siento decirte que me lo suplicó totalmente. Me quedé alucinada. Qué patético que necesites a un familiar haciéndote de cómplice para conseguirte una cita, ¿no? Pensaba que con lo famoso que eres y todo eso, tendrías un montón de mujeres donde elegir, pero parece ser que no.

—¿Estás diciendo que sales conmigo por lástima?

Ella contuvo una sonrisa.

—Ajá. Soy así de generosa.

—Eres preciosa.

El inesperado halago la dejó aturdida, y eso era algo que no le había pasado nunca.

—No cambies de tema —respondió Bree, diciéndose que le daba igual cómo la viera él—. Estábamos hablando de lo patético que eres.

—El tema de conversación que menos me gusta.

Su camarero se acercó y les dijo los platos especiales antes de tomar nota de la bebida. Cuando se marchó, Bree miró por la ventana.

—Qué vistas tan fantásticas. Ashley me dijo que vuelves a instalarte en LA. ¿Entonces ya habías vivido aquí antes?

Él asintió.

—Es mi centro de operaciones. He estado fuera escribiendo y haciendo promoción. Al final he estado lejos más de lo que debería.

—¿Tenías un centro de operaciones secundario para los viajes?

—Estuve en Aspen un par de meses para dedicarme a mi libro.

—Qué bonito. He esquiado allí.

A él se le iluminó la cara.

—¿Te gusta esquiar?

—Me gustan la mayoría de actividades físicas —dijo ella, y corriendo levantó las manos—. Nada de chistes sexuales, por favor.

—Pero si son los más divertidos.

—Puede, pero no —respondió Bree mirándolo fijamente—. Lo digo en serio, Harding. No vamos a acostarnos.

—Lo dices con mucha intensidad. ¿Esperas que me vaya?

—No lo sé. Solo quiero dejarlo claro.

—Pero te sientes atraída por mí. Lo sé. Igual que sé que yo me siento atraído por ti.

—Interesante, pero irrelevante.

—Tienes normas —dijo él sonriendo de nuevo—. Me gusta.

Qué fácil era estar con él, pensó Bree. Tan fácil que podía gustarle demasiado. El camarero les llevó los cócteles. Mientras ella levantaba el suyo, se recordó que debía tener cuidado. Que le gustara alguien, ser vulnerable, resultaba peligroso.

—Háblame de tu próximo libro —dijo sabiendo que a los escritores nada les gustaba más que pasarse horas hablando de su trabajo—. ¿Son otras memorias?

Él negó con la cabeza.

—No. Pero es no ficción. No soy lo bastante creativo para nada más. Estoy explorando la aflicción, el dolor. Cómo es experimentarlo, las formas que adapta y, lo más importante, cómo la gente que lo ha vivido encuentra fuerzas no solo para seguir adelante, sino para prosperar.

—¿La filosofía MAR trata desafíos más emocionales que físicos? —preguntó ella con tono suave.

—Algo así. Así que, si conoces a alguien que haya salido de una experiencia dolorosa, ponlo en contacto conmigo.

Bree pensó en lo que había vivido ella, primero con sus padres y luego con Lewis. ¿Eso era dolor? Probablemente más bien rabia, pensó sabiendo que nunca lo hablaría ni con Harding ni con nadie.

—¿Cómo es tu proceso de escritura?

Él la observó.

—Es imposible que eso pueda interesarte. ¿Por qué lo preguntas?

—Eres escritor.

Harding la miró con perspicacia.

—¿Y por eso quiero hablar de mí? No todos los escritores somos así.

—La mayoría sí.

Bree dio un trago y continuó:

—Estuve casada con un escritor. No tenía nada publicado, pero tenía todos los rasgos.

Harding soltó una risita.

—¿Eres una librera que adora los libros pero odia a los escritores?

—«Odia» suena muy fuerte. Digamos que tengo claras sus limitaciones. Pero sí que me encanta el producto final. Ficción, no ficción, inspiradora, de viajes, poesía. Me encanta todo. Bueno, la alta literatura no, pero soy admiradora de todo lo demás.

—¿Él escribía alta literatura?

—Lo intentó —respondió Bree con indiferencia. Había querido ser famoso, como los padres de ella, pero nunca lo había logrado—. Tu segundo libro funciona bien —añadió, sobre todo para dejar de hablar de Lewis—. Tu publicista y tú debéis de estar muy contentos. Es distinto a tu primer libro.

—¿Lo has leído?

—He leído los dos. Tienes un estilo fascinante. Limpio, pero con buen ojo para los detalles. La historia que contaste, lo de que Dave te puso a prueba ofreciéndote un modo de suicidarte... ¿De verdad ocurrió?

Él levantó su copa y la bajó.

—Mi historia es trágica. Adolescente atropellado por un coche y abandonado en la carretera. Es un buen titular. Pero tuve mucho apoyo. No solo de mi familia, también de amigos y de la comunidad. Luego la prensa se hizo con la historia y me convertí en un fenómeno nacional. Gente desconocida me enviaba cartas y rezaba por mí. Distintos especialistas volaron para ir a verme. Dave era una estrella del deporte que se tiró a una piscina de cabeza y se partió el cuello. Nadie escribió sobre él. Nadie se ofreció a modificarle la casa gratis ni siguió su evolución en el periódico local. Hizo de tripas corazón y aprendió a sobrellevarlo. Yo lo tuve fácil. Nunca estuve solo. Mucha gente está sola. Soy consciente.

Pensó en todo el esfuerzo que Harding estaba pasando por alto. El dolor, el miedo, los días y las semanas interminables de sudar hasta el agotamiento sin saber nunca si iba a avanzar. Y, aun así, para él Dave era un héroe. No solo Dave, sino muchísimos otros que tenían que apañárselas solos.

Ella sabía lo que era estar sola, aunque no en ese contexto. Suponía que había distintos tipos de dolor.

La vida con sus padres. Su matrimonio con Lewis. Echando la vista atrás, se preguntaba por qué se había casado con ella. Durante un tiempo había pensado que habría estado enamorado, pero ahora lo dudaba. Tal vez solo la había visto como un modo de acercarse a lo que para él era la grandeza.

—Te he perdido —dijo Harding con voz suave—. ¿Adónde has ido?

A ningún sitio del que fuera a hablar.

—Solo estaba pensando en todo lo que has pasado.

—No solo yo. Toda mi familia. Mi accidente nos cambió a todos.

—Hizo fuerte a Ashley —dijo Bree—. Está llevando muy bien su negocio. Lo que hizo requiere valor.

Ashley había estudiado Fisioterapia en la universidad, pero después de terminar el grado de cuatro años, se había dado cuenta de que, más que su pasión, era una reacción ante el accidente de Harding. Así que había cambiado de dirección, había estudiado cocina y había abierto Muffins to the Max.

—Me alegro de que te guste mi hermana.

—No habría alquilado un local con ella de no ser así.

—¿No estás dispuesta a trabajar con alguien que no te guste?

—Para nada. Tengo un negocio pequeño. Trabajo demasiado para andarme con jueguecitos con empleados y socios.

—Eres un buen modelo a seguir.

Ella ignoró el comentario sacudiendo la mano con un ademán.

—No me conoces lo bastante para decir eso. Además, tu hermana cree que soy despiadada y cruel con los hombres.

—¿Y lo eres?

—No.

Bree sonrió.

—Dejo claro lo que quiero y lo que no quiero. Nada de compromisos, nada a largo plazo. Podemos durar solo una noche o tal vez una semana, pero no esperes más de mí.

—¿Querrías decirme por qué?

—Nop.

—¿Sabes por qué?

Bree recordaba tener seis años y decirle a su madre que tenía hambre. Por algún motivo, su niñera no estaba en casa. Su madre le había contestado con brusquedad:

—Tu padre y yo estamos trabajando. Estamos escribiendo. ¿Es que no lo entiendes? No puedes interrumpirnos cada varias horas porque te ruja el estómago. Cuando tu niñera vuelva, se ocupará de ti. ¿Crees que es posible que puedas esperar a que llegue y nos dejes tranquilos?

Bree recordaba lo rechazada que se había sentido. Lo pequeña e insignificante.

—Pero es que no he comido nada desde ayer —había susurrado.

Su madre, sin decir nada, la había fulminado con la mirada y, dando pisotones, se había dirigido a la cocina, donde le había preparado un par de sándwiches y le había echado un vaso de leche. Al terminar, se había girado hacia ella y había dicho:

—Volverá luego. Hasta entonces, intenta ocuparte sola. ¿Entendido?

Bree miró a Harding.

—Tengo muy claro por qué no quiero tener una relación con nadie.

—Pero estuviste casada.

—Sí.

—Supongo que lo que fuera que pasó reafirmó tus creencias.

—Sí.

Él sonrió.

—¿Quieres hablarlo?

—No.

—¿Quieres reconocer que te sientes atraída por mí y que lamentas tu regla de nada de sexo?

A Bree le gustó la seguridad que tenía en sí mismo y que se valiera del sentido del humor para expresarse.

—No creo en las lamentaciones.

—¿Quieres pedir la cena?

—Me parece el mejor plan.

Capítulo 6

—Esta es la aldea —dijo Seth señalando el mapa en la tableta—. Tiene montones de hoteles y restaurantes. Y muchas tiendas.

Las fotografías eran preciosas, pensó Ashley acurrucada a él en el sofá.

—Whistler está al norte de Vancouver, ¿verdad?

—Sí. A unos ciento veinte kilómetros, casi todo por autopista, así que el trayecto es sencillo. Estaba pensando que podríamos ir antes de las grandes nevadas.

Ella se rio.

—Tampoco me gustan las pequeñas.

—¿Qué te parece a mediados de octubre? Hay senderos para bicis y las hojas estarán cambiando de color.

A Ashley le gustó cómo sonó eso.

—Has dicho algo de un recorrido en canoa. Me gustaría aprender a palear en una canoa.

Él pasó a otra foto.

—Pues también lo haremos.

—Quieres alquilar un *quad*, ¿no?

—Creo que sí.

—Yo no le veo la gracia a ir por ahí dando botes. ¿Qué tal si lo haces tú mientras yo visito el *spa*?

Seth la besó.

—Hecho.

Dejó la tableta en la mesita de café y acercó a Ashley.

—Si me envías por correo las fechas en las que podrías escaparte, consultaré la disponibilidad. Volaremos a Vancouver y alquilaremos un coche para conducir hasta el Four Seasons de Whistler.

—Suena increíble, pero no creo que tengamos que gastarnos tanto dinero.

—Podríamos hacerlo por esta vez. Para que sea superespecial.

A Ashley se le hizo un nudo en la garganta que le impedía respirar. ¿Especial como... especial? Se le aceleró el corazón.

—¿Qué quieres decir? —preguntó con toda la naturalidad que pudo.

—El aniversario de nuestra primera cita es en agosto. La primera vez que nos dijimos «Te quiero» fue en octubre —dijo Seth acariciándole la mejilla—. Vamos a celebrarlo. Pasaremos unos días en Whistler, en un hotel de lujo. Exploraremos la zona, haremos todo lo que hemos hablado y disfrutaremos de unas cenas ricas. Quiero que sea un viaje que recordemos siempre.

—Me encantaría —susurró Ashley.

Si Seth le pedía matrimonio, ella recordaría ese viaje durante el resto de su vida.

—Y a mí.

Su ritmo cardiaco volvió a la normalidad mientras conscientemente regulaba la respiración. No quería una boda grande; nunca le había ido ese rollo. No era la clase de persona que soñaba con seis damas de honor y centros de mesa a juego con los tonos de su vestido de novia. Quería casarse para iniciar la siguiente fase de su vida.

Si Seth le pedía matrimonio, esperaba que estuviera dispuesto a una boda sencilla. Ella prefería invertir el dinero en una casa o en los fondos para la universidad de sus futuros hijos.

Aun así, se recordó que no debía dar cosas por sentado. Tal vez el viaje era solo un viaje. Pero pensar que pudiera ser algo más, algo increíble, casi la mareaba de felicidad. Porque Seth era el hombre de su vida. De eso no tenía duda.

A Mikki no le gustaba ser indecisa. Se enorgullecía de tomar una decisión y vivir con las consecuencias fueran las que fueran. Como su corte de pelo. No había vacilado. Lo había hecho y lo había lamentado, pero esa era otra cuestión. Más de dos días después de haberse registrado en la web de citas, aún tenía que responder a todo el mundo. No había leído el resto de mensajes. Le daba miedo y se sentía incómoda a la vez que deseaba echarle valor y tener ya una cita.

Ojalá tuviera un poco de experiencia. Sí, estaban aquellas tres desastrosas citas que había tenido unos meses después de que Perry y ella se separaran, pero esos tipos no le habían interesado, y se negaba a pensar en el error de haberse acostado con uno de ellos. Había sido de lo más desagradable.

Miró a su exmarido, que caminaba a su lado por la playa. Estaban haciendo su voluntariado bisemanal para limpiar la playa. Llevaban dos años haciéndolo. Se apuntaban *online* para pasar dos horas paseando por la playa recogiendo basura. Así podían hablar de los chicos mientras hacían una buena acción.

Perry había empezado a salir con mujeres un par de meses después de separarse. Según Sydney, durante el primer año había habido un flujo continuo de citas, aunque luego la cosa se había calmado. Había tenido unas cuantas novias. No sabía cuál sería su estado actual, y tampoco quería preguntarlo. Recurrir a su exmarido para pedirle consejo sobre citas se le hacía raro, incluso con la relación tan cordial que tenían.

Metió varias latas de cerveza vacías en la bolsa que llevaba Perry. Eran las nueve y la playa seguía relativamente tranquila. A las once la arena estaría cubierta de toallas y sillas. En verano siempre había mucho ajetreo.

—Mis padres quieren regalarle a Will esas clases de conducir por su cumpleaños —dijo Perry volviendo a un tema que había sacado hacía un par de semanas.

Mikki primero se había negado, pero luego había accedido a buscar autoescuelas especializadas. Aun así, no le hacía gracia eso de dotar a un chico que cumpliría diecisiete años de habilidades para conducir coches de carreras.

—Quiere ser piloto de NASCAR —continuó Perry—. En cuanto cumpla los dieciocho, sabes que empezará a participar en carreras locales. Mejor equiparlo con las herramientas y la experiencia necesarias para que esté seguro.

—No me gusta —admitió Mikki—. ¿Por qué no quiere ser médico o zoólogo?

—¿Zoólogo por qué?

—No sé. Parece menos arriesgado.

—Los coches son su pasión. Puedes retrasar lo inevitable, pero no puedes detenerlo.

Y Mikki sabía que era verdad. También sabía que Will era un buen chico. Bastante sensato y responsable.

—Vale —dijo deteniéndose junto a una montaña de platos y servilletas de papel—. Diles que sí. No me hace gracia que vayan a darle el regalo de cumpleaños más chulo, pero lo soportaré.

La conversación pasó de Will a Sydney y a sus ambiciosos planes de vida.

—La inteligencia la ha sacado de ti —dijo Perry.

—Ya me gustaría —dijo Mikki, y añadió con una risita—: O le viene de algún antepasado o es el próximo paso en la evolución. Tal vez las dos cosas. Al menos cuando sea embajadora en algún país europeo, tendremos excusa para ir a visitarla.

—Sí.

«Y hablando de viajar...», pensó.

—He cancelado mi viaje a París, así que ya no hace falta que te lleves a Will.

Su exmarido frunció el ceño.

—Creía que te hacía mucha ilusión lo de París.

—Sí, pero no quiero viajar con un montón de gente que no conozco —gruñó—. Hablo como mi madre.

—No te pareces en nada a Rita —respondió Perry mientras se dirigían a una pila de basura junto a la orilla—. Debería haberte llevado a París como me pediste. Siempre quisiste ir. Me equivoqué al decir que no.

«Unas palabras muy bonitas», pensó Mikki sabiendo que eso jamás habría pasado.

—Me tocaba discutir contigo para convencerte de que hiciéramos un viaje familiar en coche cada unos cuantos años —dijo ella con tono suave—. Jamás habrías volado hasta París.

Él siempre había dicho que su vida en casa era fantástica y que por qué iban a molestarse en ir a ninguna otra parte.

—Me arrepiento. Y lo siento. Era joven e inmaduro. Debería haber escuchado más, haber hecho más de lo que querías tú. Lo siento muchísimo.

Mikki se detuvo para mirarlo. Perry tenía el mismo aspecto de siempre; el aspecto de un tipo decente en quien podías confiar. Lo había amado una vez. Compartían hijos y un pasado.

—Sé que mi terquedad es uno de los motivos por los que nos divorciamos.

—No fue solo por ti. Yo tengo la misma culpa. Tenía a los niños para distraerme y cuando compré el negocio, me volqué en él.

—Querías que fuera a clases contigo y viajar. Podría haberlo hecho.

Ella se encogió de hombros.

—Fue hace mucho tiempo. Los dos hemos pasado página.

Algo se iluminó en los ojos de él.

—Tienes razón. Hemos pasado página. Por cierto, me he comprado una casa.

Mikki dio un paso atrás, mirándolo.

—¿Qué?

Él sonrió.

—Que me he comprado una casa. Un bungaló cerca de la playa.

Mikki no asimilaba la información.

—¿Y qué pasa con la casa de tus padres?

—Quieren venderla —le dijo Perry retomando el paseo por la playa—. Quieren el dinero para la jubilación.

Mikki se puso a su paso.

—Lorraine no me ha dicho nada. ¿Y los niños? ¿Tienen espacio en la casa nueva?

—Sí. Hay suficientes dormitorios aunque sean pequeños. La parcela es grande, así que estoy pensando en añadir un dormitorio principal abajo.

—¿Entonces la venta ya está cerrada?

—En un par de semanas.

—Enhorabuena —murmuró Mikki esperando resultar sincera. No le daba envidia que Perry se hubiera comprado una casa. Solo estaba sorprendida.

—Quiero que vengas a verla cuando cierre la venta. Me gustaría que me aconsejaras con la reforma. Siempre has tenido buen ojo para el diseño y el color.

—Claro. Te ayudaré encantada. Y bien hecho. Con los niños haciéndose mayores y empezando su propia vida, te habrías visto perdido en casa de tus padres. Has hecho bien.

—Gracias. Yo también lo creo.

Siguieron paseando por la playa. La mañana era cálida y soleada, y el aire salado fresco. Mikki se dijo que disfrutara el momento y pensara en la vida tan fabulosa que tenía. No había ningún motivo para sentir que todo el mundo estaba saliendo adelante. Todos menos ella.

Bree escaneó los libros y luego los colocó en el carrito para llevarlos a los estantes. Unos años atrás las novedades siempre se lanzaban el último martes del mes. Ahora salían cada semana, y ese calendario le gustaba. Le daba a la gente más motivos para entrar en la tienda.

Disfrutaba registrando la mercancía; abriendo las cajas, viendo el libro de verdad por primera vez fuera del catálogo *online*. Verlo en persona tenía algo especial. Sentir su peso, inhalar el aroma a libro nuevo.

Era curioso cuánto adoraba su librería. Era su sitio. De adolescente había jurado que no volvería a entrar en una, y mucho menos tenerla. Pero el verano siguiente al primer curso de la universidad, había necesitado un trabajo y en Driftaway Books habían pagado más que en ningún otro sitio.

La razón para ese sueldo más alto era sencilla. Lewis Larton era exigente, prepotente e insistía mucho en que cualquiera que trabajara para él lo supiera todo sobre literatura norteamericana. Además, prefería que el empleado en cuestión tuviera un máster, aunque no insistía en ello. Pocos aspirantes podían responder las preguntas que lanzaba, y los que podían apenas duraban una semana en el puesto.

Aún recordaba cuánto la había impactado lo guapo que era Lewis. Tenía unos diez años más que ella y ese aire intenso de «soy más listo que todos». Bree no solía soportar esa clase de actitud, pero, por la razón que fuera, se había sentido inmediatamente atraída por él.

Recordaba el sufrido suspiro de Lewis mientras había leído su solicitud.

—Estudias Empresariales —le había dicho con tono acusatorio—. No me interesas.

Ella le había sonreído.

—Pregúnteme lo que quiera. Podría sorprenderle.

—Lo dudo —contestó él volviendo a mirar la solicitud—, Bree Days. Dime dos autores que tengan tu apellido.

Ella había tenido la precaución de no sonreír.

—Naomi y Gerard Days.

—¿Cómo lo sabes?

—Son mis padres.

La expresión de sorpresa de Lewis había sido de lo más cómica y ella había conseguido el puesto de inmediato. En aquel momento Bree había confundido sus atenciones con interés por ella, cuando en realidad todo se debía al deseo de un trepa adulador de estar cerca de alguien que conocía a tantos grandes literatos.

Bree era muy joven. Estaba condenada. Enamorarse de Lewis había sido tan inevitable como que algún día él le rompiera el corazón.

«El tiempo cura», se recordó mientras registraba más libros. En su caso, las heridas habían cicatrizado y ella jamás se arriesgaría a volver a amar. Era una lección que debería haber aprendido de sus padres.

Pero a pesar del dolor que Lewis le había causado, ella había terminado ahí, con una vida que era exactamente la que quería. Tenía montones de conocidos, una casa estupenda, la tienda y compañía masculina bajo sus propios términos. Siempre bajo sus términos.

Y por eso no se había puesto en contacto con Harding. Aun así, había estado tentada, porque la cena había sido mejor de lo que se había esperado. Era interesante, divertido y atento. En otras circunstancias, se habría ido con él a su casa y habría disfrutado de la noche. Tal vez incluso de dos noches. Pero Harding era una complicación que no necesitaba. No solo estaba el asunto de Ashley, sino que le parecía la clase de hombre que se dejaba llevar por las emociones. Era amable y sincero. Y si bien a ella no le importaba lo primero, lo segundo le generaba cierto recelo. La gente sincera tenía unas expectativas que ella no estaba dispuesta a satisfacer.

Llevó el carrito hacia la zona de la tienda. Colocar los libros en los estantes era una labor casi contemplativa. Al hacerlo, se concentraba lo bastante para calmar la mente y se permitía relajarse en el momento.

Una canción de los Beach Boys salía por los altavoces de techo. Ponía su música de forma recurrente porque le gustaban sus letras, optimistas en su mayoría, y el ritmo. A su alrededor había clientes curioseando. Un pequeño grupo de adolescentes se amontonaban alrededor del mostrador de Ashley, que les metía en una cajita amarilla brillante los *cupcakes* que querían.

Los artículos de regalo de Mikki solían atraer a una clientela de más edad y más dinero. Para deleite de Bree, esos clientes solían pasarse por su zona y comprar libros. Le encantaban los clientes con bolsas bien cargadas.

—He estado pensando en ti.

La familiar voz sonó tras ella y le provocó una instantánea reacción en prácticamente todo el cuerpo, que parecía gritar «Tómame ahora». La sacudida de deseo le indicó que, sin duda, había llegado el momento de echar un polvo, aunque no con el hombre que estaba desatando esa reacción.

Harding le sonrió. Sin poder contenerse, ella le devolvió la sonrisa sabiendo que parecía tan complacida como se sentía por dentro, lo cual era malo y estúpido.

—Te he dado un par de días porque me pareció que lo preferirías. Llamarte al momento me habría hecho parecer necesitado, y eso no es nada sexi. Pero ya ha pasado bastante tiempo, así que deberíamos almorzar —dijo él, y levantó una bolsa de una sandwichería de la zona.

—¿Y si no tengo hambre? —preguntó Bree queriendo poner el carrito entre los dos. No por protección física, porque no temía a Harding o, al menos, no en ese sentido, sino por otras razones que no quería pararse a definir.

—Es la hora del almuerzo. Deberías comer.

—A lo mejor tengo planes.

—Cámbialos.

—Estás dando mucho por sentado.

Los ojos avellana de Harding se clavaron en los de ella.

—No doy nada por sentado. Solo tengo esperanzas y he traído sándwiches. Ven a comer conmigo.

Bree se dijo que solo era un sándwich. En la playa había mesas de pícnic. Dedicarle media hora de su día no significaba nada. Tras la cena se había despedido sin un beso siquiera. Seguro que podía almorzar con él y no hacer nada autodestructivo.

—Vale. Dame un segundo y nos vemos fuera.

Llevó el carrito a la trastienda, le dijo a Rita que volvería en menos de una hora, y salió de la tienda.

Harding ya había ocupado una mesa y estaba sacando la comida. Llevaba vaqueros y camiseta. La ligera brisa lo despeinaba de un modo muy atrayente. Cuando ella se acercó, vio una ligera cicatriz junto a su codo que le subía por un lado del brazo y desaparecía bajo la manga.

¿Secuelas del accidente u otra cosa? No lo preguntaría. Ya había mostrado demasiado interés por él.

—Sándwiches *caprese* —dijo él acercándole uno—. Me parecía buen día para algo vegetariano.

Ella abrió la lata de refresco orgánico.

—¿Tienes días vegetarianos?

—Claro —le respondió Harding lanzándole una

sonrisa—. Y luego me como una hamburguesa. La vida es cuestión de equilibrio. ¿Cómo estás?

—Bien. ¿Qué tal la escritura?

Él negó con la cabeza.

—Nop. No voy a dejar que todas las conversaciones giren en torno a mí. Tenemos cosas más interesantes de las que hablar. Como tus padres.

La decepción hizo que Bree soltara el sándwich. Jamás habría imaginado que fuera un esnob literario.

—¿Eres admirador suyo? —preguntó con tono suave y diciéndose que al menos ahora ya no querría acostarse con él.

—No es lo mío, pero me parece interesante que seas su hija.

—¿Por qué?

—En tu tienda no tienes alta literatura. No tienes libros de tus padres ni usas su fama para captar negocio.

—No es lo mío —dijo ella repitiendo sus palabras.

—¿No os lleváis bien?

—Deja de entrevistarme.

Él se inclinó hacia ella, tan poco arrepentido como un cachorrito.

—No puedo evitarlo. Quiero saberlo todo de ti. Eres fascinante. Podrías explotar lo de ser hija de escritores famosos y aprovecharlo para el negocio, pero no lo haces. Es más, haces lo contrario, y eso que tienes una librería.

—Lo de tener la tienda es más una cuestión circunstancial que algo que responda a un plan.

—Dime algo de tus padres. Solo una cosa. Luego podemos cambiar de tema.

Ella lo miró un segundo y resopló.

—Vale. Mi padre es distante. No frío, simplemente no se entera de nada. La existencia de algún mundo más allá de lo que escribe y de mi madre supone una sorpresa constante para él. Cuando era pequeña, siempre pensé que no tenía ni idea de quién era yo hasta que alguien se lo dijo.

—¿Y tu madre?

Bree recordó las Navidades en las que había cumplido once años. Había pedido cómo quería celebrarlas.

—¡Por Dios! ¿Otra vez? ¿Cuándo vas a olvidarte de la estúpida farsa navideña? —le había dicho su madre mirándola con clara decepción—. Vale. A ver, ¿qué quieres? Dame una lista y sé precisa, por favor.

Bree, que había aprendido a esconder su dolor, se había quedado muy derecha y había dicho:

—Quiero un árbol de Navidad y un calcetín. No quitéis el calcetín hasta la mañana de Navidad y que ninguno de los regalos sea de Papá Noel. Solo de papá y tuyos.

Su madre había asentido con frialdad.

—Anótalo todo. En Nochebuena cenaremos con unos amigos, pero en Navidad comeremos solos los tres. ¿Suficiente?

No, claro que no. Bree había querido una Navidad familiar de verdad, con gente que abrazara y diera regalos porque quería, no porque ella insistiera. Por suerte, aquellas habían sido sus últimas Navidades en casa. Al año siguiente la habían mandado a un internado. Una solución que los había beneficiado tanto a sus padres como a ella.

—A mi madre no le gusta mucho la Navidad —le dijo a Harding—. No por el gasto de dinero, sino porque supone volcar energía y esfuerzos en algo que no es su trabajo.

Con una sonrisa irónica, añadió:

—Pero, claro, es que son dos de las grandes voces literarias de su generación.

—No tuvo que ser fácil.

—Hubo complicaciones.

—Pero te casaste con un escritor.

—Sí —contestó Bree, que había vuelto a agarrar el sándwich—. Se podría pensar que yo ya habría aprendido la lección, pero no. Además, Lewis era más librero que escritor, aunque él no pensara lo mismo.

Harding la miraba fijamente.

—La librería era suya.

—Sí.

—Tu abogado matrimonialista debe de ser la leche.

Harding daba por hecho que Lewis y ella se habían separado. Bree no lo corrigió. Si se enteraba de que era viuda, la interrogaría. Al fin y al cabo, ese tipo estaba escribiendo un libro sobre el dolor.

—¿Qué has estado haciendo para divertirte? —preguntó ella para cambiar de tema.

—Explorando la zona. Corriendo por la playa. Es muy de LA —añadió con su típico humor.

—Sí que lo es. ¿Has probado a hacer surf? También es muy de LA.

—He dado un par de clases. Es mucho más complicado de lo que parece. Parte de mi motricidad fina no es lo que debería ser. Me cuesta mantener el equilibrio en una tabla. ¿Tú haces surf?

—Voy a clase los jueves por la mañana. Me gusta estar en el agua. No se me da muy bien, pero me divierto.

Ella observaba sus rasgos y su postura relajada mientras pensaba que era un escritor de éxito, que había creado una fundación y que se había recuperado de un accidente que había puesto en peligro su vida.

—¿Por qué no estás casado? ¿Cuántos tienes? ¿Treinta? ¿No crees que ya es hora?

Harding se rio.

—Pareces mi madre.

—Eso no responde a la pregunta. ¿Tienes algún problema con el tema?

—Todos tenemos problemas —respondió, y la sonrisa se desvaneció—. Quiero casarme. Como la mayoría de la gente, quiero formar parte de algo. He estado enamorado, pero nunca me he sentido lo bastante fuerte para querer comprometerme a pasar el resto de mi vida con alguien.

—A lo mejor te gusta demasiado ser el centro de atención. Casarte te haría menos atrayente para tus fans.

—Qué dura eres —dijo él con delicadeza—. Pero no. No me gusta ser famoso. Lo hago por la fundación. Cada dólar que recaudamos es un dólar más que podemos usar para ayudar a la gente.

—Qué altruista.

—¿Por qué te cuesta tanto pensar lo mejor de la gente?

—Porque cuando cuento con lo mejor, siempre me equivoco.

Él se inclinó hacia ella.

—¿Qué probabilidades hay de que me beses cuando nos levantemos de esta mesa?

Y así, sin más, su cuerpo volvió a reaccionar. Lo único que tenía que hacer Bree era inclinarse hacia él unos centímetros y sus bocas se tocarían. ¿Cómo besaría Harding? ¿Cómo sabría? ¿Querría que ella estuviera encima? ¿Iría despacio o le gustaba rápido y duro?

Sintió los cosquilleos de excitación entre las piernas y el deseo de tener sus manos sobre sus pechos. Mientras registraba esas sensaciones, deliberadamente se echó atrás.

—Gracias por el almuerzo. Te agradezco que hayas pasado a verme, pero esto no va a pasar. Ve a buscarte a otra con quien jugar.

—¿Y si no estoy jugando?

Ella se levantó y recogió los restos de su comida.

—Todos estamos jugando, Harding. Que no lo hayas visto es la razón por la que entre tú y yo nunca habrá nada.

Volvió a la tienda. Una vez dentro, tiró los envoltorios y recicló su lata a la vez que se sacaba a Harding de la cabeza. Se le daba bien desvincularse, liberarse. En cierto modo, era su superpoder. Y ahora era el momento de usarlo.

Capítulo 7

Mikki tardó un par de días en asimilar la noticia de la casa de Perry. No sabía por qué la idea de que se hubiera comprado su propia casa la perturbaba. Tal vez porque era la manifestación física de que él estaba siguiendo adelante con su vida mientras que ella se sentía estancada. No creía que tuviera nada que ver con su divorcio. Había tenido lugar tres años atrás; ya apenas deseaba volver a estar juntos. Pero, desde luego, se sentía así por algo.

Esperó hasta que la tienda estuvo relativamente tranquila y entonces se acercó a su suegra.

—¿Tienes un momento?

Lorraine levantó la mirada de la caja vacía que estaba envolviendo con papel de conchas marinas para montar un expositor.

—Claro. ¿Qué pasa?

—No me has dicho que Chet y tú vais a vender la casa.

Lorraine se quedó atónita.

—¿No te lo he dicho? Llevamos un tiempo hablándolo. Lo siento. No pretendía ocultarte nada. Creía que lo habíamos comentado —dijo y soltó la caja—. Ahora mismo los precios de los inmuebles están altos y, con todas las mejoras que ha hecho Perry, es buen momento para vender e invertir el dinero en nuestra jubilación. Nos dijo que estaba preparado para buscar casa, así que seguimos adelante. ¿Estás enfadada?

—No, solo sorprendida. Nadie me había dicho nada —dijo Mikki. Sonrió a su suegra—. No pasa nada. Me ha contado lo de la casa que se ha comprado. Parece perfecta. ¿Chet y tú os vais a quedar con el piso?

—Sí, pero estamos pensando en comprar una caravana.

—Lleváis siglos diciéndolo. ¿En serio vais a hacerlo?

—Queremos ir a visitar a Sydney al este. Y si Will empieza a competir en carreras, podemos seguirlo en el circuito —sonrió—. Así lo vigilaremos por ti.

Mikki no tenía claro que a su hijo le fuera a hacer gracia que sus abuelos lo siguieran por todo el país, pero a ella la idea la hizo feliz.

—Perry me ha dicho que tendrá que hacer algunas reformas —añadió Lorraine—. Seguro que te pide ayuda.

—Me ha contado que quiere añadir un dormitorio. Necesitará un contratista.

Bree y Rita se acercaron.

—¿Quién necesita un contratista? —preguntó su madre—. ¿Vas a volver a hacer reforma? A tu casa no le pasa nada malo, Mikki —dijo, y dirigiéndose a Bree añadió—: A mi hija le encanta decorar, pintar y cambiar cosas. Azulejos nuevos, suelos distintos, ventanas más grandes. Siempre hay algo.

Bree miró a Mikki.

—¿Todo eso lo haces tú?

—Algunas cosas, pero básicamente hago el diseño, elijo los materiales y les encargo el trabajo duro a profesionales. Sé pintar, pero jamás intentaría instalar una ventana. Y el contratista no es para mí —dijo mirando a su madre—. Perry se ha comprado una casa que necesita una reforma.

Lorraine asintió.

—Ya sabes lo bien que se le da a Mikki montar una habitación. Perry quiere que lo ayude.

—¿Y por qué no se lo pide a su novia?

—¿Qué novia? —preguntaron a la vez Mikki y Lorraine.

Rita esbozó una mueca de disgusto.

—Perry se ha comprado una casa. Los hombres necesitan estar motivados para hacer algo así. Y tener una mujer nueva en su vida lo motivaría.

Tenía sentido, pensó Mikki. Si Perry iba a comprarse una casa con una mujer, o para una mujer, entonces la cosa tenía que ser seria.

—Espero que sea buena con mis hijos —murmuró.

Bree enarcó las cejas.

—No sabéis si hay una novia.

—La hay —dijo Rita con contundencia—. Tendrá unos veinticinco.

—Qué deprimente —dijo Lorraine sacudiendo la cabeza—. Perry jamás haría eso.

—Todos los hombres lo hacen.

Lorraine sonrió a Rita.

—Voy a preguntárselo y, si te equivocas, me invitas a un *muffin*.

Se marcharon.

—¿Estás bien? —preguntó Bree.

—No, si la novia tiene veinticinco. Me da igual que Perry esté con alguien, pero es que todo esto es un cambio muy grande. La casa. La mujer.

Bree se rio.

—Vuelvo a decir que no sabéis si hay una mujer.

—A lo mejor ahora no, pero la habrá con el tiempo. Perry no va a pasarse la vida solo.

—A lo mejor se apunta a una web de citas y responde algunos de los mensajes que le envíen —dijo Bree con retintín—. No como otras que podría mencionar.

—Criticona.

—Cobarde.

Mikki sabía que era verdad. Estaba asustada.

—No quiero que me humillen —admitió—. ¿Y si un hombre me mira y se larga?

Bree se rio.

—Ni de coña. ¿Tú te has visto?

—Tengo sobrepeso y casi cuarenta años.

—Eres una invitación andante para follar.

Mikki se quedó boquiabierta. La cerró.

—Creo que es lo más bonito que me has dicho en la vida.

—Es verdad. Sí, ya, no eres delgada, pero ¡por favor! Esas curvas, esos ojos grandes y azules, esa sonrisa. Y además eres simpática, haces repostería, y tus hijos ya son casi mayores. ¿Qué no puede gustarles de ti?

—¿Así me ves?

—Así te ve todo el mundo.

—¿Entonces debería responder un par de mensajes?

—O responde o dejas de hablar del tema.

—¿Y cómo sé a quién responder?

—¿No has dicho que hay un hombre al que conoces? A menos que recuerdes que era un gilipollas, respóndele.

Mikki vaciló.

Bree estrechó la mirada.

—Haz-lo-ya.

—Vale, vale. Pero no me va a gustar.

Mikki volvió a su oficina, abrió el portátil y tecleó el apellido de Duane en un buscador.

Unos segundos después, clicó en los enlaces y descubrió que era profesor de Economía en la UCLA y que estaba afiliado a varias empresas internacionales sin ánimo de lucro. Además, era guapo, con unos hombros tremendamente anchos y lo que parecían unos músculos importantes bajo la chaqueta del traje. Y lo más importante, le resultaba familiar.

Buscó a su hija y vio que, sí, era una antigua amiga de Sydney y Duane era su padre.

—Voy a hacerlo —dijo con firmeza al acceder a la web de citas.

Buscó el mensaje de Duane. Cuando lo encontró, se quedó mirando su número unos segundos y luego levantó el teléfono para escribirle.

Hola. Soy Mikki. He visto tu mensaje en mi página.

Se detuvo, no sabía qué más decir. ¿Le proponía tomar un café? ¿Hablar por teléfono? ¡Ay! ¿Por qué se le daba tan mal todo eso?

Añadió un ñoño «me ha alegrado saber de ti» antes de darle a enviar y decidir que ahora dejaría que él marcara el ritmo. Se sorprendió al ver los tres puntitos al instante.

¡Me has escrito! ¡Hola! Me sorprendió ver tu perfil en la web. Me sorprendió en el buen sentido. ¿Qué tal si cenamos y nos ponemos al día?

¿Una cena? ¿Así, sin más?

Mikki: *¿No deberíamos empezar por un café y luego llegar a la cena poco a poco?*

Duane: *Recuerdo que eras encantadora y divertida. Vamos a arriesgarnos a cenar directamente.*

¿Encantadora y divertida? ¿Cómo iba Mikki a resistirse a eso?

Claro. Pues cenamos entonces. ¿Cuándo y dónde?

Él propuso el viernes en un restaurante de Hermosa Beach. Mikki accedió y anotó los detalles.

Mikki: *Nos vemos allí.*
Duane: *Lo estoy deseando.*
Mikki: *Yo también.*

Y era verdad. Más o menos. En cuanto se le pasaran las ganas de vomitar, sería verdad.

Ashley pasó a la siguiente diapositiva de su presentación en PowerPoint.

—Vuestro horario no es una sugerencia. La gente depende de que lleguéis a tiempo. Vuestra impuntualidad supone que alguien más tenga que quedarse hasta tarde. Cuando tenéis un trabajo, formáis parte de un equipo. Si la cagáis, otros lo sufren.

Cinco chicos de acogida de catorce y quince años la miraban con atención. Todos habían llevado su nuevo permiso de trabajo a la sesión. En California los menores tenían que tener un permiso para trabajar. Hasta los dieciséis, sus horas de trabajo estaban restringidas, sobre todo en periodo escolar.

Ashley pasó a la siguiente diapositiva.

—Tenéis que ser aseados y pulcros. Si lleváis uniforme, mantenedlo limpio y en buen estado. Eso corre por vuestra cuenta.

Les explicó que en algunos trabajos les darían un uniforme, pero que con el tiempo tenían que costearlo. La semana anterior había explicado cómo les retenían los impuestos y cómo podían abrir una cuenta bancaria. En las siguientes semanas les daría clases sobre cómo manejar el dinero y hacerse presupuestos. Esos chicos tenían prioridades diferentes a las de la mayoría. Para muchos de ellos, cumplir los dieciocho significaba salir del sistema de acogida. Podían verse sin un sitio donde vivir y sin ningún apoyo. Una de las misiones de MAR era ayudar a los adolescentes que salían del programa de acogida por superar la edad mediante formación, acceso a recursos e incluso ayudas económicas.

Trabajar desde jóvenes, adquiriendo experiencia, ética laboral y contactos, los ayudaba a superar obstáculos y salir adelante. MAR había creado un programa de certificación para adolescentes. Tras completarlo, podían adjuntar esa certificación a su solicitud de empleo. Los empresarios locales sabían así que los adolescentes MAR estaban preparados para desempeñar su trabajo. Sabían qué esperar y, si había algún problema, el empresario en cuestión podía contactar directamente con MAR.

Ashley terminó la presentación y respondió a todas las preguntas. Luego le dijo al grupo que se verían la semana siguiente. Acababa de cerrar el portátil cuando Dave, el socio de su hermano y presidente de MAR, entró en la sala en su silla de ruedas.

—Un día tienes que decirles quién eres —le dijo con tono de broma.

—¿La hermana de Harding? Eso ya lo saben.

—Me refería a lo de que eres una emprendedora. Que tienes empleados y eres la responsable de su sustento. Esa clase de información te da credibilidad callejera.

Ella se rio.

—Prefiero ser la chica simpática que les da información. Además, todos saben lo de Muffins to the Max. Aquí no hay muchos secretos.

Dave era un hombre guapo. Un año más mayor que su hermano o así, con los hombros anchos y un torso musculado. Había sido un habilidoso atleta antes de su accidente y seguía manteniéndose activo. Jugaba al baloncesto unas noches a la semana y formaba parte de un grupo que navegaba... en silla de ruedas. Era un defensor incansable, siempre buscando que la accesibilidad para gente en silla de ruedas fuera algo normal más que algo excepcional.

Cuando Ashley estaba en el instituto, había estado loquita por él, pero Dave la había tratado como si fuera un cruce entre un cachorrito mono y la hermana mucho mucho más pequeña de su amigo. Ella había captado el mensaje. Se había quedado hundida, pero había seguido con su vida. Ahora Dave y Ashley eran amigos y ella disfrutaba de su trabajo como voluntaria en MAR.

Dave se puso el portátil de Ashley en el regazo y fue hacia la puerta para salir de la sala.

—¿Te gusta volver a tener a tu hermano en casa?

—Ya sabes que sí. Ha estado fuera demasiado tiempo. Por cierto, nuestros padres van a venir de visita pronto. Imagino que querrás verlos.

—Claro.

Dave se llevaba bien con sus padres. Ellos estaban muy agradecidos por cuánto había apoyado a Harding cuando había entrado en el centro de rehabilitación. Además, eran generosos donantes de la fundación.

Fueron hacia la parte trasera del edificio y se detuvieron en la salida.

—No me puedo creer que te estés metiendo en la vida amorosa de tu hermano.

Ashley gruñó.

—¿Te lo ha contado?

—Me lo cuenta todo. Deberías saber que no puedes advertirle que se mantenga alejado de una mujer. A Harding le encantan los retos.

—Eso es lo que va a ser Bree —murmuró Ashley antes de sacudir la cabeza y añadir—: Me dio un ataque de estupidez momentáneo. A veces pasa.

—Y sigues preocupada.

Miró a Dave.

—No puedo evitarlo. Bree es genial. Ya la conoces. Todos los hombres la desean. Es esa clase de mujer. Harding, a pesar de su fama, su éxito y todo eso, en el fondo es un tipo corriente. Si le gusta Bree, va a acabar perdidamente enamorado y a Bree no le va a hacer gracia. No creo que Bree sea cruel a propósito, pero cuando acaba todo, ella se encuentra bien emocionalmente y muchos hombres se quedan hechos polvo —suspiró—. Lo paradójico de todo eso es que, si yo tuviera algún problema, recurriría a Bree y sé que la tendría a mi lado. Es específicamente una cuestión de hombres.

—A lo mejor debería salir con ella —bromeó Dave.

—Se te comería antes del desayuno.

Dave le dio el portátil.

—Pues entonces se la dejo a tu hermano.

—Sabia decisión —contestó Ashley mientras se agachaba para darle un abrazo.

—Deja en paz a Harding —le dijo Dave cuando ella se enderezó—. Esto tiene que manejarlo él. Ya es mayorcito.

—Sé que tienes razón. Sé que no debería haberle dicho nada. Pero es que nunca olvidaré cómo estaba la noche después del accidente.

—Todas sus heridas se han sanado y es más fuerte que antes. Harding puede cuidarse solo. Confía en él —le sonrió—. Además, a lo mejor la que acaba sufriendo aquí es tu amiga.

Ashley se rio.

—Lo dudo.

Bree se masajeó aceite de coco en el pelo. Cuando sus largos rizos estuvieron bien cubiertos, volvió a recogérselos en una trenza suelta. Se limpió las manos con una toalla, agarró su traje de neopreno y cruzó el aparcamiento hacia la arena.

Aún no eran las seis de la mañana de un jueves y la playa estaba casi desierta. Había unos cuantos corredores acérrimos por la arena, algunas personas en el paseo marítimo, y varios de sus compañeros de clase esperando a empezar la clase del día.

La clase de surf era una de sus favoritas. Montar las olas requería una coordinación perfecta entre cabeza y cuerpo. No era muy buena, pero podía levantarse en la tabla, y eso era lo que importaba.

Lanzó un saludo. Todos sonrieron y respondieron con la mano. Dalton ya estaba allí, hablando de la tormenta que estaba cayendo a ciento y pico kilómetros y que aumentaría el tamaño de las olas.

—Ha venido el chico nuevo —añadió mirando detrás de Bree—. Vamos a ponernos los trajes.

Al igual que las otras mujeres, Bree había optado por un bañador sencillo. Los biquinis quedaban muy chulos en las películas, pero en la vida real no resultaban prácticos a la hora de ponerse y quitarse un traje de neopreno. Ella prefería no arriesgarse a enseñarle una teta a alguna familia inocente.

Acababa de subirse el traje hasta la cintura cuando Dalton dijo:

—Chicos, os presento a Harding.

Bree se giró de golpe y vio a Harding saludando al grupo. Se quedó mirándolo, no muy segura de qué sentir por su presencia. Le había mencionado lo de la clase de surf, pero jamás se le habría ocurrido que fuera a apuntarse.

—¿Te parece bien? —le preguntó él en voz baja.

No. Mejor dicho, rotundamente no. Sin embargo, y aunque no debería, se alegraba de verlo y le gustaba con esos pantalones cortos y camiseta.

—¿Me estás acosando?

—Me interesas. Prefiero pensar que hay una diferencia. Si te molesta, me puedo apuntar a otra clase.

Dalton se acercó.

—¿Os conocéis? —preguntó colocándose entre Harding y Bree, como preparado para protegerla.

Preparado no, se dijo Bree. Dalton la protegería, sin más. Era algo innato en él.

—Tranquilo —respondió ella con naturalidad—. Harding es el hermano de mi socia. Ha hecho una firma de libros en la tienda. No sabía que iba a venir a clase. No pasa nada.

Dalton clavó sus ojos grises en los suyos.

—¿Segura?

—Sí.

Él sonrió.

—¡Pues venga, gente, al agua! Algunos tenemos trabajos de verdad a los que llegar.

Bree terminó de ponerse el neopreno, levantó su tabla y se dirigió al agua. Harding caminaba a su lado.

—He dado un par de clases privadas con Dalton —dijo él.

—¿Y qué tal?

Harding sonrió.

—No muy bien.

Ella se rio.

—Entonces encajarás bien aquí.

Mientras los demás se ponían a surfear, Dalton se tomó unos minutos con Harding. Trabajaron en la arena, puliendo su habilidad para pasar de estar tumbado en la tabla a la clásica agachadilla surfera.

Bree fue remando con los brazos atravesando las olas y se quedó sentada con el grupo hasta que Dalton y Harding se unieron a ellos.

La mañana era nubosa y fría. Las focas nadaban entre las tablas topándose con sus piernas. Las gaviotas revoloteaban a su alrededor.

—¿Listos? —gritó Dalton.

El grupo respondió que lo estaba. Bree se tendió en la tabla y sintió el agua llevándola hacia la orilla. Colocó las manos, apoyándose más en las palmas que en los dedos, y comprobó que tuviera los pies y las piernas bien juntos. Cuando la tabla rozó la cresta, apretó el abdomen, llevó las rodillas al pecho y se levantó con un único y casi fluido movimiento.

Acababa de encontrar el equilibrio cuando una foca pasó zumbando, golpeó la tabla y la hizo caer al océano. Inspiró cuando no debía y salió tosiendo y atragantándose con el agua salada.

—¿Por qué has hecho eso? —gritó en alto antes de

atragantarse un poco más, enganchar la tabla y agarrarse mientras recuperaba el aliento.

Dalton fue hacia ella remando con los brazos.

—¿Estás bien?

—¡Dichosas focas!

—Seguro que es una foca chico intentando ligarte —bromeó él.

—Pues tiene que trabajar su forma de entrar —dijo ella mientras se subía a la tabla como podía—. Estoy bien.

—Has tragado mucha agua. ¿Necesitas vomitar?

—Qué romántico eres.

Él sonrió.

—Solo soy práctico.

Bree se giró hacia el océano y se abrió paso más allá de las olas rompientes. Mientras tomaba aire, vio a sus compañeros surfear. Bueno, la verdad es que no. Vio a Harding.

Él remó y se puso en posición, pero le fue imposible encontrar el equilibrio. Se movió en el momento justo, aunque no tuvo la habilidad de hacer la suave transición de estar tumbado a ponerse de pie. Estaba segurísima de que la fuerza muscular la tenía. Lo poco que había visto de él le decía que era increíblemente musculoso, así que el motivo debía de ser otro.

Bree tomó un par de olas más antes de montar la última hasta la orilla. Harding ya estaba en la arena, con la tabla a su lado y bajándose la cremallera del neopreno.

—¿Estás bien? —preguntó mientras ella se acercaba—. Te he visto caerte al principio.

—Una foca me ha golpeado la tabla. Dalton cree que estaba flirteando conmigo, pero yo creo que todo ha sido una venganza.

Harding sonrió, aunque fue una sonrisa menos amplia que la de antes. Bree se fijó en que tenía los labios azules y estaba temblando.

—Estás congelado —dijo mirando a su alrededor en busca de las pertenencias de él—. ¿Dónde tienes la toalla?

—Estoy bien. El agua está más fría de lo que pensaba.

Bree lo miró fijamente.

—Para —dijo él—. A veces no regulo mi temperatura corporal con normalidad. Pero tampoco es tan grave —añadió elevando una comisura de la boca—. Al menos no me ha mandoneado una foca.

—No me ha mandoneado. Me ha volcado, que no es mucho mejor. ¿Cuál es tu toalla?

Él la señaló y ella se la lanzó antes de ayudarlo a quitarse el neopreno. Una vez que el traje estuvo en la arena, Bree agarró la toalla y enérgicamente le frotó la espalda y los brazos sin pensar ni en sus músculos ni en lo agradable que era tocarlo.

—Qué gusto —dijo él.

—Sí, sí, es medicinal.

Bree le lanzó la toalla, se quitó el neopreno y agarró la suya. Se secó rápidamente antes de ponerse el vestido de tirantes de algodón. De ahí iría a casa a ducharse y luego al trabajo.

—¿Cuánto tiempo estuvisteis juntos Dalton y tú? —preguntó Harding mientras se ponía una camiseta.

Ella lo miró intentando adivinar qué estaría pensando.

—Una semana, tal vez dos. Cuando la cosa acabó, me dijo que podía gustarme surfear. Y tenía razón.

—Es un buen tío. Ha sido paciente conmigo.

Interesante respuesta.

—¿No estás celoso?

—No es mi estilo. Todos tenemos pasados, solo que el tuyo es más interesante que el mío.

—Lo dudo.

—Es verdad.

Harding clavó su mirada avellana en la suya.

—¿Por qué me dejaste creer que estabas divorciada? No lo estás. Ashley me ha dicho que eres viuda.

—Ashley habla demasiado —dijo Bree, aunque sin mucha energía. Al final Harding habría acabado enterándose—. No quería ser tema para tu libro sobre el dolor. Los escritores no soléis respetar los límites.

—Qué sexi te pones cuando generalizas.

—Y yo que pensaba que era sexi todo el tiempo.

—Lo eres.

—Gracias.

La miró.

—¿Qué pasó?

—¿Con Lewis?

Nada que fuera a contarle.

—Tuvo cáncer. Cáncer de pulmón, que fue de lo más inesperado porque nunca había fumado y tenía cuarenta y pocos años. Entró en remisión, pero luego volvió.

Y era verdad. No la completa verdad ni por asomo, pero tampoco mentira. Harding no tenía por qué saber que Lewis le había dicho que se había desenamorado de ella. No tenía por qué saber ni que esas palabras casi la habían destrozado ni que, cuando Lewis había querido una segunda oportunidad, se había sentido tan agradecida que había sido débil. Y una tonta. Una tonta bien grande.

Quería decirse que no debería haberlo amado nunca, que debería haber visto cómo era. ¿Pero cómo iba a saberlo?

—Siento que tuvieras que pasar por algo así —dijo Harding.

Tardó un momento en darse cuenta de que Harding hablaba de la muerte de Lewis, no de lo demás.

—Gracias. Venga, vamos a tu coche para que puedas irte a casa a descansar.

—No necesito descansar.

—Sigues temblando.

—Eso me lo provocas tú.

Ella se rio.

—Vale. Todo es culpa mía.

Recogieron sus tablas y fueron hacia el aparcamiento. Bree aminoró la marcha al ver que Harding cojeaba.

—Te duele.

—Estoy bien.

Como consecuencia del accidente, algunas cosas debían de resultarle más complicadas. Se había forzado demasiado. Pero no se lo diría; tenía la sensación de que Harding no la escucharía.

Sobre el pavimento caminaba con más facilidad. Apoyó la tabla sobre su camioneta, acompañó a Bree a su Mini y la ayudó a fijar la suya encima del coche.

—Un rollo muy californiano —dijo él—. En Nueva York no verías una tabla de surf encima de un Mini.

—Probablemente no.

Bree echó su bolsa en la parte trasera y lo miró.

—Hoy lo has hecho bien.

Tenía más que decirle, pero antes de poder continuar, él se acercó, le apartó un mechón de pelo de la cara, se inclinó y la besó.

El inesperado roce de su boca debería haberla molestado, pero en lugar de enfadarse y apartarlo, acabó apoyándose en él. Deseaba que pasara. Lo deseaba a él. Tenía los labios fríos y salados. Harding le puso las manos en la cintura, pero sin llevarla hacia sí, solo apoyándolas ahí. Su peso resultaba agradable, pensó Bree mientras alzaba los brazos y apoyaba los dedos en sus hombros.

Él siguió besándola con suavidad, y ella lo agradeció. Los tipos que solo buscaban lengua solían ser malos amantes. Al menos podían darte un segundo, primero. Acelerar un beso solía significar que un hombre iba a acelerar todo lo demás.

Le costaba contener las ganas de juntar su cuerpo al suyo, de ver cómo encajaban. Quería seguirlo a su casa, compartir ducha y luego compartir en su cama todo lo que ella tenía. Quería las caricias, los gemidos mientras él la exploraba, el placer liberador de un orgasmo.

Pero eso no pasaría, se recordó mientras rompía el beso y se apartaba. No con Harding. Él no era de los que buscaban algo casual, y aunque lo fuera, Bree sabía bien que no debía arriesgarse a acercarse demasiado a él. Tenía algo que indicaba peligro a gritos, y escuchar esas señales de alarma era el modo de mantenerse a salvo.

—Agradable —dijo él con voz suave—. Muy agradable.

Durante un momento se quedaron mirándose. Luego Bree subió al coche y se marchó. Por lo que a ella respectaba, ese beso no se había producido nunca. Mejor para los dos que así fuera.

Capítulo 8

—No estés nerviosa —dijo Sydney—. Tú relájate y sé tú misma.

—Preferiría ser otra —admitió Mikki llevándose una mano al estómago—. Ha sido mala idea.

—¡Venga, mamá! Deberías estar saliendo con gente. Ya es hora. Duane es una elección genial. Aunque no funcione, te servirá para practicar. Además, no tienes que preocuparte de que te eche droga en la bebida.

Mikki dejó de prestarles atención a su reflejo en el espejo y a la preocupación por que no le sentara bien el vestido para centrarse en lo que acababa de decir su hija.

—¿Te preocupa que los chicos te echen droga en la bebida?

Sydney gruñó.

—No te fijes solo en eso. Sí, es algo que preocupa, pero esta noche no. Conocemos a Duane. Es un buen tipo y un buen padre. Me dio pena cuando Shalee tuvo que marcharse a otro colegio. Perdimos el contacto. Pero si Duane y tú os enamoráis perdidamente, podemos ser hermanastras.

—No voy a casarme con Duane.

—Eso no lo sabes.

—Ahora mismo lo único que quiero es acabar la noche sin lanzar vómitos como un proyectil.

—Buen objetivo —bromeó Sydney—. Mamá, estás

genial. No lo veas como una cita, sino como una quedada con un viejo amigo.

—Nunca fuimos amigos. Lo vi ¿cuántas? ¿Tres veces al llevarte a dormir a casa de alguna amiga?

Sydney ignoró el comentario con un ademán.

—Tú haz como si fuerais viejos amigos. O como si esto fuera una sesión de prácticas para otro hombre con el que vas a quedar.

Sacó a Mikki de la habitación.

—Vete.

Mikki quiso protestar, pero sabía que, si se echaba atrás, jamás tendría otra cita con nadie y acabaría convirtiéndose en su madre. Y ese era un futuro que no quería.

—Escríbeme si necesitas que vaya a buscarte —dijo Sydney.

Mikki la abrazó.

—Eres un encanto. Estaré bien. Total, es solo Duane, ¿no?

—Esa es la actitud.

Mikki se armó de valor, agarró el bolso y fue a su SUV. De camino al restaurante, intentó distraerse pensando en el inventario y en que ya estaban en julio y tenía que empezar a planificar la Navidad. Ya había encargado el inventario navideño, pero ¿qué pasaba con los expositores y los envíos especiales?

Siguió pensando en el trabajo hasta que aparcó delante del restaurante y vio que había aparcacoches. Después de rebuscar y rebuscar hasta encontrar el mando del coche, lo entregó y agarró el tique. Solo entonces cayó en la cuenta de que no sabía cuánto costaba el servicio. Además, ¿no tenía que darle propina al chico? ¿Y si no llevaba dinero suelto? ¿Alguna vez había usado el servicio de aparcacoches sola?

A esa inquietante ristra de pensamientos le siguió una sensación de temor. A lo mejor no estaba preparada para el reto que suponía una cita. A lo mejor...

¡No! Se puso recta y echó a andar hacia el restaurante. Llevaba divorciada tres años. Era inteligente, una triunfadora y, según Bree, una invitación andante para... la palabra con «F». Podía lidiar con un servicio de aparcacoches y cenar con Duane. Era un buen primer paso e iba a deslumbrarse a sí misma. Luego se sentiría orgullosa. ¡Hala!

Nada más entrar, vio a Duane. Era más alto de lo que recordaba y más guapo. Tenía el pelo rubio rojizo y un poco largo, y unos hombros enormes. «Qué masculino», pensó cuando él la vio y sonrió. La sonrisa le llegó a los ojos y toda su postura resultó cordial. Parecía un niño al que le habían regalado su primera bici por Navidad.

—Has venido —dijo caminando hacia ella—. Me alegro de verte, Mikki.

—Yo también me alegro de verte. Ha pasado mucho tiempo.

—Demasiado.

Él asintió hacia la recepcionista del restaurante, que los acompañó a su mesa. Era un local pequeño y moderno, con un jardín precioso. Los sentaron en una mesa de un rincón junto a una celosía.

Duane le retiró la silla y luego se sentó.

—¿Has dado bien con el sitio?

—Sí. He usado el navegador. No vengo mucho a Hermosa Beach, pero es bonito.

—A mí me gusta. Tiene muchos restaurantes buenos.

Duane vaciló antes de continuar:

—Me sorprendió ver tu perfil en la web. No sabía que Perry y tú os habíais divorciado.

—Hace unos tres años.

—Más o menos como Anne y yo —dijo él, y añadió con una risita—: Te confieso que estoy nervioso.

¿Estaba nervioso?

—¿Por qué? ¿No sueles tener citas?

—Sí, sí, pero esto es distinto. Cuando nuestras hijas eran amigas, estaba un poco colado por ti. Algo platónico, ya sabes. Eras divertida y atractiva.

Mikki por poco no se cayó de la silla.

—Me estás confundiendo con otra persona. Apenas me conocías, y seguro que me viste sin maquillar o incluso sin ducharme.

—No pienso retractarme.

¿Qué se suponía que tenía que responder a eso? Por suerte, el camarero apareció. Mikki pidió una copa de vino tinto que le duraría toda la noche. No iba a arriesgarse a tomar más cuando tenía que conducir.

—Así que estás en el Departamento de Económicas de la UCLA. Impresionante.

Él le quitó importancia.

—Me gusta mi trabajo. Háblame de ti.

—Tengo una tienda de regalos en la playa. Me mudé al local nuevo hace seis meses y lo comparto con Bree, que tiene la librería The Boardwalk Bookshop, y con Ashley, que tiene Muffins to the Max.

—Eres toda una empresaria.

—Dueña de un pequeño negocio.

—No hay diferencia. Los negocios pequeños dan empleo a casi la mitad de trabajadores y generan más del sesenta por ciento de puestos nuevos cada año.

—Pues soy más impresionante de lo que creía —bromeó ella.

—Lo eres.

La bebida llegó y la conversación pasó a centrarse en sus respectivos hijos. Los de Duane eran un poco mayores que los de ella. Shalee era la pequeña.

—¿Qué pasó con tu matrimonio? —preguntó ella—. ¿O es demasiado personal?

—Ninguna pregunta es demasiado personal. Teníamos los típicos altibajos. Hace unos seis años a Anne le diagnosticaron lupus. Todos nos quedamos destrozados y trabajamos como familia para ayudarla a sobrellevar la enfermedad. Yo asumí más responsabilidades en casa y ella empezó a ir a retiros para aprender a meditar y hacer tratamientos alternativos.

Sacudió la cabeza antes de continuar:

—Yo sentía que se alejaba, pero, hiciera lo que hiciera, solo empeoraba las cosas. Un día me dijo que ya no le gustaba mucho y que quería divorciarse. Dos meses después, se mudó a Santa Fe, donde vive con otras tres mujeres. Parece feliz.

Mikki no supo qué decir ante semejante revelación.

—¿Las tres mujeres son compañeras de casa o... algo más?

—No se lo he preguntado. ¿Y qué pasó entre Perry y tú?

—Nada tan dramático. Llevábamos años distanciándonos, sobre todo porque queríamos cosas distintas. Yo creía que debíamos viajar y tener nuevas experiencias, y él no. Y entonces un día el divorcio pareció inevitable.

Sonrió.

—La verdad es que estamos mejor divorciados que casados. Somos amigos y compartimos el cuidado de nuestros hijos. Cada dos semanas participamos en tareas de limpieza de la playa y nos pasamos un par de horas recogiendo basura. Estoy un poco orgullosa de cómo lo estamos llevando.

—Deberías —dijo él rodeando la copa con sus grandes manos—. ¿Has viajado mucho desde el divorcio?

—No. Me ha resultado complicado. No he salido con mucha gente, y viajar sola no me ha parecido muy divertido.

No iba a hablar del desastroso viaje a Londres. La haría parecer patética y quería que Duane tuviera una buena imagen suya.

—¿Tú viajas?

Él volvió a sonreír.

—Bastante. Trabajo con una organización internacional sin ánimo de lucro que ayuda a países en vías
de desarrollo a establecer una política económica. Y
también viajo por diversión.

¿Una organización internacional sin ánimo de lucro que establecía políticas económicas? Ah, muy
bien. Pues ella acababa de encargar varios lotes de tazas con pingüinos bailarines para la tienda.

Él la miró.

—¿Qué estás pensando?

—Que necesito más aficiones. O estudiar Medicina.
Me siento de lo más corriente mientras que tú ayudas
a países a crear su política económica.

—Suena más interesante de lo que es.

—Lo dudo.

Duane se inclinó hacia ella.

—Cuéntame qué aficiones tienes ahora.

—Básicamente aprender sobre vinos con *Las chicas
saben de vino*. Patrocinan catas y clases virtuales. Varias veces al año celebran una conferencia. Quiero ir,
pero aún no he podido —dijo intentando que su voz
no sonara demasiado melancólica.

No era cuestión de tener o no tiempo; el problema
era más bien que no tenía a nadie con quien ir. La mayoría de sus amigas estaban casadas y no querían pasar un fin de semana lejos de su familia. Bree estaba
soltera, pero Mikki dudaba que le gustaran los fines de
semana «de chicas».

Y por eso había quedado con Duane. Quería conocer a alguien con quien poder hacer cosas.

El camarero tomó nota de la comida. Duane le contó
unas divertidas historias sobre algunos de sus alumnos
mientras que ella lo hizo reír al explicarle la habilidad
de su madre para ver lo malo hasta en las mejores situa-
ciones. A la vez que disfrutaban de la cena, discutieron
sobre quién era el mejor James Bond y convinieron en
que los Dodgers no acabarían bien el verano.

—¿Estás viendo a alguien? —preguntó Duane después de que les retiraran los platos.

La inesperada pregunta hizo reír a Mikki.

—¿Quieres decir saliendo con alguien? No. Si lo estuviera, no habría quedado contigo. A ver, está Earl, claro, pero apenas cuenta...

La invadió el horror. Le ardían las mejillas y quería morirse. ¡Con lo bien que se lo estaba pasando! Duane era un hombre con quien se podía charlar y además era guapo y todo había estado yendo muy bien. ¿Por qué había dicho eso? ¿Por qué?

Duane enarcó las cejas.

—Si te vieras la cara... —bromeó—. Ahora ya me has dejado intrigado. Si no estás saliendo con nadie, ¿entonces quién es Earl?

—No puedo —susurró ella con la voz estrangulada—. Por favor, no me lo preguntes. No estoy saliendo con nadie. Lo juro. Es demasiado humillante para hablarlo. Por favor, ¿podemos hablar de otra cosa?

Lo vio sopesando su petición y eso la hizo sentirse aún peor por haber mencionado a Earl. Con lo majo, simpático y abierto que era. La noche había estado marchando genial y ella lo había estropeado. Duane no insistió, pero se quedaría con la duda y eso podría suponer un problema. A lo mejor no querría volver a verla. Y todo porque ella no podía callarse la boca.

Tragó con dificultad, miró a la mesa para no ver ninguna mirada juiciosa, y murmuró:

—Earl es mi vibrador.

Hubo dos segundos de silencio. Levantó la mirada a tiempo de ver a Duane echar la cabeza atrás y reírse a carcajadas. El sonido de deleite atrajo varias miradas. Las mujeres se quedaron mirando a Duane. Mikki estaba de acuerdo en que era atractivo, pero para ella lo más interesante era que parecía que no estaba molesto.

Se rio varios segundos más y luego alargó la mano sobre la mesa para agarrarle la suya.

—Eres increíble —dijo Duane con una risita—. ¿Le has puesto «Earl» a tu vibrador?

—Forma parte de mi vida desde el divorcio. Darle un nombre me parecía lo correcto.

—Vale, lo entiendo.

Él le acarició la mano con el pulgar. El movimiento hizo que unas cosquillitas le subieran por el brazo antes de posarse en sus pechos de un modo que no había sentido en muchísimo tiempo.

Los ojos de Duane se arrugaron con el gesto de diversión.

—He de admitir que estoy un poco intimidado, pero creo que acepto el desafío —sonrió—. Propondría un reto al amanecer con pistolas, pero, dado el asunto en cuestión, eso tendría una connotación no muy apropiada para una cena.

Ella se rio.

—Gracias por tu comprensión. No pretendía soltarlo así.

—Me alegro de que lo hayas hecho. Cuando está en juego una mujer como tú, un hombre necesita tener clara la competencia.

¡Ay, Dios! Qué bueno era. Mejor que bueno. Era una fantasía.

Pidieron café y charlaron hasta que el gerente se acercó a la mesa.

—Cerramos en unos minutos. Si me dan el tique del aparcacoches, haré que les traigan el coche.

—¿Cierran? —dijo Mikki—. Pero si son solo...

—Las diez y media —dijo el gerente con firmeza.

—No puede ser —contestó Duane antes de mirar el reloj.

Abrió los ojos de par en par a la vez que miraba a Mikki.

—Llevamos aquí más de cuatro horas.

Parecía tan sorprendido como se sentía ella. El tiempo había volado. Entregaron los tiques y luego él se levantó y le retiró la silla. Cruzaron el restaurante vacío. Fuera, la noche era fresca. Duane le dio propina al aparcacoches y luego le dio a Mikki el mando de su coche.

—Lo he pasado genial —dijo él mirándola a los ojos—. Me gustaría volver a verte.

Las cosquillas volvieron, esta vez recorriéndole el cuerpo como si estuvieran demasiado excitadas para posarse en un único sitio. Las entendía perfectamente.

—A mí también.

—Bien.

Él se acercó y le rozó la boca con la suya antes de susurrarle al oído:

—Piensa en mí cuando juegues con Earl.

A Mikki se le encendieron las mejillas.

—No me puedo creer que hayas dicho eso.

Duane se rio.

—Pues lo he dicho. Mañana te llamo.

Antes de que Mikki pudiera pensar qué decir, él le abrió la puerta del coche. Ella entró, se despidió con la mano y salió del aparcamiento. De camino a casa, no pudo dejar de sonreír. Sí, lo de Earl había sido un comentario desafortunado, pero el resto de la noche había sido mucho más agradable de lo que podía haberse imaginado. Duane era incluso mejor de lo que se había esperado y, por la razón que fuera, parecía interesado en ella. Debía admitir que había sido la mejor primera cita del mundo.

—Estás resplandeciente —dijo Ashley cuando Mikki entró en la tienda a la mañana siguiente.

Mikki no había dejado de sonreír desde que había salido del restaurante. Estaba segurísima de que hasta había sonreído durmiendo.

—Lo pasé genial —admitió—. Duane es estupendo. Divertido, amable e inteligente. Opina que Daniel

Craig es el mejor James Bond, pero es un defecto que puedo tolerar.

Bree se acercó con una taza de café en la mano.

—¿Te acostaste con él?

Ashley puso los ojos en blanco.

—No se acostó con él. Fue una primera cita.

—No me acosté con él —dijo Mikki.

Bree la miró con astucia.

—Pero estuviste tentada.

—Un poco.

—¿A hacer qué? —preguntó Rita uniéndose al grupo.

—A acostarse con un hombre en la primera cita —dijo Bree con tono alegre.

Mikki gruñó porque sabía que ahora su madre se metería en la conversación.

—¿Por qué has dicho eso?

Su madre se giró hacia ella.

—No te he educado para esto. Ahora que vas a cumplir los cuarenta, convertirte en una zorra no es lo más apropiado.

—No me estoy convirtiendo en una zorra. Además, que una mujer quiere acostarse con un hombre no significa que sea una zorra. No digas eso —dijo, y mirando a Bree añadió—: ¿Por qué provocas?

—No puedo evitarlo —respondió Bree. Miró a Rita sonriendo—. Solo estoy de broma. No te enfades con ella. Al menos está saliendo con alguien. A lo mejor a él le interesa y acaban casándose.

Rita apretó los labios.

—Lo dudo. ¿Quién es? ¿Tiene trabajo?

—Es profesor de universidad —dijo Mikki—. En la UCLA. Y trabaja con una organización internacional sin ánimo de lucro que ayuda a los países en vías de desarrollo a aumentar su economía. Tiene un doctorado.

—El doctor Duane —bromeó Ashley—. Me gusta.

Incluso Rita parecía impresionada.

—Suena bien —dijo de mala gana—. Aunque dudo que vuelva a pedirte salir.

Ahora le tocó a Mikki actuar con petulancia.

—Ya me lo ha pedido.

Duane la había llamado esa mañana y la había dejado encantada con su entusiasmo.

—Hemos vuelto a quedar.

Bree levantó el café.

—Estoy muy orgullosa. Felicidades.

—Gracias. Estoy muy contenta.

Su madre la miró como si se muriera por decir que la pifiaría. Por suerte, lo único que hizo fue farfullar algo en voz baja y marcharse. Ashley y Bree se acercaron.

—Cuéntanoslo todo —dijo Ashley—. Empieza por el principio y ve despacio.

—Solo los momentos más interesantes —señaló Bree—. Tenemos que abrir la tienda en veinte minutos.

Mikki se rio.

—Fue una noche fantástica.

Les describió el aspecto que tenía y les contó que habían hablado y prácticamente habían cerrado el restaurante.

—Ah, y mencioné a Earl accidentalmente.

Ashley palideció.

—¡No! ¿En serio? ¿Se molestó?

—Se rio. Dijo que estaba deseando competir con él.

Ashley sonrió.

—Me gusta, Mikki. Mucho.

Mikki suspiró feliz.

—Y a mí.

El amor estaba en el aire y a Bree eso no le gustaba ni un poco. Se guardó su mal humor, pero el sentimiento estaba ahí. Ashley siempre estaba en plan romántico por Seth y por lo bien que les iban las cosas, y ahora Mikki había tenido una cita y había sido estupenda. Habían pasado los dos últimos días riéndose juntas. Bree no sabía si quería unirse a ellas o si necesitaba evitarlas del todo. No estaba enamorada. Jamás lo estaría. Ni siquiera estaba saliendo con nadie, y así estaba bien.

El único problema era que Harding la había besado.

Había intentado olvidarlo, pero de vez en cuando recordaba la sensación de su boca en la suya. Y peor aún, no dejaba de verlo helado y temblando en la playa y, aun así, se apostaría lo que fuera a que él volvería a clase el jueves siguiente, decidido a subirse a la tabla. Harding no se rendía. Al menos no en los retos físicos. No sabía si tendría el mismo nivel de permanencia con la gente.

Llamó por teléfono a varios clientes, ayudó a una madre de unas gemelas de siete años a encontrar una serie nueva de libros y luego se quedó mirando a la playa, anhelante. La necesidad de hacer algo físico era poderosa. Ir a una clase de *spinning* o salir a correr. Lo que fuera para agotarse hasta el punto de no poder ni pensar.

Pero Rita tenía el día libre y Bree no podía dejar solos al resto de empleados, así que se dijo que ya iría a correr después.

Volcó su energía en colocar libros en los estantes. Cuando terminara, cambiaría de sitio algunos expositores.

Ashley se acercó con un *muffin* en un plato.

—Almendra y cereza. Están deliciosos.

Bree no sabía si un subidón de azúcar sería bueno o no, pero lo aceptó de todos modos.

—Gracias.

—Mikki parece feliz —dijo Ashley.

—Sí.

—Espero que la cosa funcione entre Duane y ella. No ha salido mucho con gente.

—Parece que Duane es un tipo inteligente. Estoy viendo que se va a enamorar hasta los huesos. A lo mejor hasta puede que llegue al nivel de adoración de Seth.

—Eres un encanto.

Ashley se detuvo un instante y añadió:

—¿Estás viendo mucho a mi hermano?

—Vaya cambio de tema.

—Ya. Es que estoy demasiado intrigada para andarme con sutilezas —dijo Ashley encogiéndose de hombros.

—¿Y preocupada?

—Un poco.

—Pues no lo estés —dijo Bree con contundencia—. Tu hermano y yo no vamos a tener sexo nunca.

Ashley levantó las manos.

—¡Vale, vale, demasiada información!

—¿Por qué? Quieres saber si tenemos algo. Ni lo tenemos ni vamos a tenerlo. No voy a acostarme con Harding.

—¿Por qué no? ¿Es que no es lo bastante bueno para ti?

Aun estando de mal humor, Bree sonrió.

—Ashley, aclárate. ¿Quieres que salga con él o no?

Ashley se rio.

—Perdona. Ha sido una reacción visceral. Creía que te gustaba Harding. Sé que a él le gustas.

—No me caen bien los hombres. Ya lo sabes. Tengo relaciones breves y relativamente insignificantes con ellos y luego sigo con mi vida.

—Ya, y eso no puedes hacerlo con Harding. Interesante.

—No es interesante. Tú eres un factor que complica la situación.

Harding era el mayor problema, pero Bree no lo admitiría. Algo por dentro le advertía que no sería fácil alejarse de él, y no estaba tan desesperada por un polvo como para correr semejante riesgo.

—¿Podemos cambiar de tema?

Ashley la observó un momento y luego asintió despacio.

—Claro. Dicen que el jueves va a llover.

—Aquí no llueve en verano.

Ashley sonrió.

—¿Prefieres que hablemos de mi hermano?

Bree contuvo un gruñido.

—Nop. Conque que va a llover, ¿eh? Increíble.

Capítulo 9

Mikki aparcó delante de la casa de dos plantas. Como muchas otras de la zona, tenía un porche grande que la rodeaba entera y un garaje independiente. El jardín estaba descuidado. Aun así, el lugar transmitía buenas sensaciones, pensó mientras caminaba hacia la puerta principal.

Perry abrió antes de que pudiera llegar a llamar.

—Has venido.

—Ya sabes que no puedo resistirme a una reforma —dijo ella entrando en el salón—. De momento, me gusta.

La sala era grande, con muchas ventanas. Tenía muebles empotrados a ambos lados de la chimenea. Mikki se acercó y abrió las puertas de cristal.

—Qué originales —dijo tocando las bisagras ornamentadas—. No los quites. Tienen encanto. Tocó uno de los estantes—. Puede que tengan varias capas de pintura. Seguro que la madera que hay debajo es preciosa. Todo el follón de quitar la pintura merecerá la pena.

Miró los rodapiés.

—Probablemente sean de la misma madera. Los suelos están bien.

Él le mostró el comedor, que estaba pintado de un morado espantoso con un ribete lavanda.

—¿Pero en qué estaban pensando? —preguntó ella riéndose.

—Es horrible —dijo Perry—. Pero, venga, reconóceme el mérito. He visto más allá de la pintura. Eso me lo enseñaste tú.

Mikki sonrió a su ex.

—Después de todos estos años, por fin me escuchas. Qué orgullosa estoy.

El aseo era tan horrible como el comedor. Pintura fea y azulejos aún peores, pero una buena estructura.

—Vas a tener que echarlo abajo. Es una obra grande. Tendrás que contratar a alguien.

La cocina era espaciosa y estaba recién reformada. Los dueños anteriores habían hecho un buen trabajo con los armarios y con las encimeras de cuarzo. Incluso la pintura era de un color gris claro neutro.

—Aquí has tenido suerte. No necesita nada.

—Ven a ver el jardín trasero. Es enorme.

Salieron. Estaba igual de descuidado que el de delante. A la izquierda había una piscina grande con agua turbia y azulejos agrietados.

—Qué desastre —dijo Mikki—. ¿Has pedido presupuesto para la reparación?

—Sí, lo pedí y luego me desmayé —bromeó Perry—. He conseguido la casa a buen precio, así que puedo permitirme las reparaciones. Ven a ver la otra parte del jardín. Quiero enseñarte dónde estoy pensando añadir el dormitorio de abajo.

Le explicó dónde lo haría y que incluiría un baño y un vestidor. Entraron y Mikki vio que la entrada del añadido estaría junto a la terraza acristalada.

—Quedaría bien. Pero ¿la casa no tiene ya tres dormitorios?

—Sí, pero no son tan grandes.

—Aun así, los chicos no vivirán con nosotros mucho más tiempo. Will va a acabar el instituto y el verano que viene Sydney probablemente hará las prácticas en la OTAN.

Perry la rodeó con un brazo.

—No los eches de menos antes de que se hayan ido.

—No puedo evitarlo. Mis bebés ya no son bebés.

Qué rápido pasaba el tiempo. Parecía como si solo hubieran pasado unas semanas desde que le había dicho a Perry que estaba embarazada de su primer hijo juntos. Ahora, tantos años después, estaban divorciados y él se había comprado su propia casa.

Se apoyó en él.

—Has hecho bien. La casa es preciosa. Si quieres que te ayude con los cambios, te daré ideas encantada.

—Claro que quiero.

Mikki pensó en lo que había dicho su madre y se apartó.

—Doy por hecho que estás saliendo con alguien. ¿No querrá opinar sobre la reforma de la casa?

Perry frunció el ceño.

—No estoy saliendo con nadie. ¿Por qué piensas eso?

—Has comprado una casa. ¿En serio es solo para ti?

Él desvió la mirada.

—De momento sí.

—Así que hay alguien.

Mikki pensó en su cita con Duane y estuvo a punto de decir que entendía la emoción de una relación nueva. Pero se contuvo. Aunque Perry y ella hubieran quedado como amigos, hablar de sus respectivas vidas amorosas se le hacía un poco raro.

—Bueno, sea como sea, te ofreceré sugerencias y me meteré contigo cuando no las aceptes.

—Gracias. ¿Seguro que te gusta la casa?

Mikki miró a su alrededor y asintió.

—En el fondo me da envidia —dijo. Se rio—. No me malinterpretes. Me encanta donde vivo. Es mi hogar. Pero este lugar tiene muchísimo potencial.

—Aceptaré toda ayuda que quieras darme. Vamos a fijar un día para hablarlo en serio. Y hasta te invitaré a cenar.

Bree miró el portátil.

—La promoción del Día de la Madre me ha dado muchas ventas.

—A mí también —dijo Mikki. Arrugó la nariz—. Aunque no podemos comparar las cifras con las de otros años porque este ha sido nuestro primer Día de la Madre en una ubicación nueva. Creo que también nos irá bien en el Día del Padre.

Bree miró a Ashley, que levantó las manos y se rio.

—Yo solo estoy en esta reunión para decir que sí a lo que decidáis las dos. Mis *muffins* y *cupcakes* tienen una vida muy corta. Mientras tengamos clientes, venderé lo que tenga.

—Debe de ser genial —dijo Bree, sabiendo que el modelo de negocio de Ashley y el suyo eran completamente distintos, pero se complementaban—. Las cestas del Día de la Madre funcionaron superbién. ¿Hacemos más para Navidad y Jánuca?

—Creo que deberíamos, sí —dijo Mikki pasándoles unas hojas—. Se me han ocurrido algunas ideas. Para papá, para adolescentes, para abuelos.

Bree estudió las opciones.

—¿Y si hacemos una lista? Los clientes podrían leer las opciones, elegir tres, cinco o diez artículos, y luego venir y llevarse justo lo que quieren. Podríamos hacer listas de libros y distintos regalos. Podrían elegir la cesta y cuántos *muffins* o *cupcakes* y de qué sabor.

—Es más trabajo —dijo Mikki no muy convencida—. ¿Podremos encontrar suficientes empleados temporales?

«Buena pregunta», pensó Bree. Antes siempre

había podido encontrar ayuda en Navidad, pero las cestas personalizadas requerirían más incluso.

—Y también un espacio de trabajo para montar y almacenar las cestas —añadió.

Ashley dio un toquecito a su tableta.

—Las cestas personalizadas son una gran idea. También deberíamos tener una selección de cestas prediseñadas para clientes que compran en el último momento o a los que les da igual elegir los artículos. Pero, de cualquier modo, Bree tiene razón. No tenemos espacio. Aunque podríamos alquilárselo a MAR.

Bree tuvo que concentrarse para no reclinarse en la silla. El instinto de apartarse no tenía nada que ver con las cestas y sí todo con su interés y su recelo hacia Harding.

—¿MAR? —Mikki parecía confundida—. ¿Alquilan espacios?

—Normalmente no, pero, oye, somos nosotras —dijo Ashley sonriendo—. Tienen un edificio enorme que compraron a bajo precio. La planta de arriba no se usa para nada. Podríamos alquilar un par de salas grandes, una para montaje y la otra para almacenaje. Algunos de los chavales que van allí podrían estar interesados en trabajar en Navidad.

Mikki parecía dudosa.

—¿Serían de fiar?

—En MAR hay programas para ayudar a esos adolescentes a aprender a triunfar en el ámbito laboral.

Bree no tenía ningún interés en ir a MAR por ningún motivo, pero no podía decírselo a sus amigas. Alquilar el espacio probablemente sería la opción más barata.

—Reunamos más información —dijo Bree—. Precios, disponibilidad de ayuda extra... Si los números cuadran, seguiremos adelante con una selección de cestas más amplia.

—Llamaré a Dave hoy mismo —dijo Ashley tecleando en su tableta.

Charlaron unos minutos más antes de volver a sus respectivas tiendas. Bree notó el teléfono vibrar; lo sacó y miró la pantalla.

Hola.

Esperó, pero Harding no escribió nada más. Se quedó mirando a esa única palabra, feliz como una tonta por que le hubiera escrito. Últimamente había estado pensando mucho en Harding. Reviviendo el beso, diciéndose que no merecía la pena malgastar tanta energía en él, deseando que le escribiera y a la vez luchando contra las voces de su cabeza que le advertían que no tuviera nada con él. La estaba agotando, y todo eso simplemente con estar en su mente, lo cual era problema de ella, no de él. Respondió al mensaje:

Hola.

Unos segundos después le sonó el teléfono.

—Creía que estábamos hablando por mensaje —dijo ella al contestar, esperando que la voz no le sonara demasiado alegre.

—Me apetecía mucho hablar contigo, pero no sabía si estarías ocupada en el trabajo.

—Acabamos de tener una reunión —dijo Bree sentándose en su silla de oficina—. ¿Por qué no estás escribiendo?

Él soltó una risita.

—He hecho mis cinco páginas y por la mañana tengo una entrevista con una viuda. Estoy trabajando.

—Eso dicen todos mientras en secreto están jugando al Solitario y comiendo Oreos.

—Me encantan las Oreos. ¿A quién no le gustan las Oreos?

Ella contuvo una risa.

—¿Por qué me llamas?

—Necesitaba oír tu voz.

Esa sencilla frase fue como un puñetazo en el estómago. Quería gritarle que no le hablara así, que no flirteara, ni la provocara, ni le dijera cosas bonitas. Fuera lo que fuera lo que quisiera de ella, no lo tendría.

—No salgo con nadie —dijo con rotundidad—. Hablo en serio, Harding. No me van las relaciones.

—Ya me lo has dicho. ¿Qué tal si vienes al cuartel general de MAR para que pueda enseñarte todo esto y te impresione con lo mucho que le gusto a la gente? Además, Ashley acaba de escribirme diciéndome que a lo mejor alquiláis un espacio. Así puedes verlo y decidir por ti misma.

—No puedo. Estoy ocupada.

—No te he dicho cuándo.

Ya, ya lo sabía.

—Harding, no hagas de esto más de lo que es.

Él suspiró.

—No vas a salir conmigo y no vas a acostarte conmigo. ¿Dónde me deja eso?

—Solo con tus Oreos.

—Ven a MAR. Quiero que lo veas. Estamos haciendo un buen trabajo. Te gustará. Te lo prometo.

No. Quería decir que no, pero, por lo que fuera, lo que salió de su boca fue:

—Vale. Iré a ver MAR, pero nada más.

—¡Has dicho que sí! —dijo él encantado—. No me puedo creer que hayas dicho que sí. Me pondría a gritar ahora mismo.

Ella soltó una carcajada.

—¿A gritar? ¿En serio?

—No eres fácil, Bree. Voy a celebrar cada victoria.

—¿Cuál es tu meta?

—Conseguir que confíes en mí.

—Pues necesitas otro objetivo.

—Jueves —dijo él ignorando su comentario—. Después de surfear. Has dicho que sí.

Ella sacudió la cabeza.

—Mira que eres raro. Bueno, tengo que volver al trabajo, porque yo sí tengo un trabajo de verdad.

—Nada de lo que digas puede hundirme. Nos vemos el jueves.

—Sí. Hasta el jueves.

Bree colgó antes de poder decir alguna estupidez como «vamos a almorzar». O «me equivoqué. Me acostaré contigo».

Las dos cosas serían un error... probablemente irreparable. Volvió a guardarse el móvil en los vaqueros y salió a la tienda. Apenas había llegado a la zona de la caja cuando oyó un familiar:

—Hola, Bree.

Se tensó al girarse hacia el alto y esbelto hombre que estaba ahí de pie en el pasillo. Por fuera era atractivo, con ese aire playero de LA: pelo aclarado por el sol y un moreno permanente. Llevaba una camisa hawaiana sobre unos pantalones de bolsillos.

Había sido un error, pensó apesadumbrada. Aunque le había dejado claro que su relación sería breve, él no la había creído.

Chico Triste, como lo llamaban Mikki y Ashley, aparecía cada ciertas semanas intentando recuperarla. Aunque no la acosaba exactamente. Solo estaba ahí, siempre. Que tuviera un negocio a un par de manzanas tampoco ayudaba.

Bree lo miró sin decir nada.

Él dio un paso hacia ella. Bree quiso retroceder, pero se mantuvo firme.

—Acuéstate conmigo —dijo él sin rodeos—. Una vez más. Necesito saber que no es tan genial como lo recuerdo. Así luego podré olvidarme de ti.

Bree ignoró la escandalosa petición y pensó en lo bien que le iba el mote de Chico Triste. Todo en él, la postura, los ojos, el rictus de la boca, gritaba tristeza. Aunque ella le había dejado claras las condiciones, suponía que tenía algo de responsabilidad en lo que había pasado. Solía estudiar a sus parejas de forma más exhaustiva, pero había estado nerviosa por lo de la mudanza. Los cambios le resultaban duros, y ese había sido un cambio grande. Por eso cuando él se le había acercado en un bar local, ella había dicho que sí. Y ahora los dos estaban pagándolo.

—No —dijo mirándolo a los ojos—. Eso fue exactamente lo que te dije. Un par de noches y nada más.

A él se le tensó el gesto.

—Eres una zorra.

—Sí, así que no soy nadie con quien deberías querer estar.

—¿Crees que quiero sentirme así? Lo odio. Y te odio a ti.

Salió de la tienda. Bree lo vio marcharse mientras se preguntaba cuánto tardaría en volver a aparecer. Qué curiosa era la química. A veces las personas querían lo que querían independientemente de cuánto las perjudicara.

Rita se le acercó.

—¿Ese chico no es el dueño de esa tienda de surf? No me gustan los surfistas, pero el negocio le va bien. Podría ser peor. Cada día serás más vieja. Flirtea con él y a ver qué pasa.

Bree miró a la arena y al océano que se extendía detrás.

—Eres un encanto por preocuparte por mí, pero soy una de esas mujeres destinadas a cuidarse solas.

—¿Tienes un segundo?

Ashley levantó la mirada de su libro. Seth, con una carpeta en la mano, estaba junto al sillón que había enfrente del sofá. Parecía preocupado. «No», pensó ella soltando el libro y estirando las piernas para plantar los pies en el suelo. «Serio, pero no preocupado».

—Claro —dijo ella dando una palmadita al asiento de al lado—. ¿Qué pasa?

Seth soltó la carpeta en la mesita de café y se sentó. Su cálido muslo rozó el de ella haciendo que un cosquilleo la recorriera por dentro.

Incluso después de casi un año, aún sentía mariposas cuando estaba cerca de él. Aún se ilusionaba pensando en pasar la noche con él. Pensaba en cosas que decirle durante el día y siempre estaba deseando volver a verlo. Estaban bien juntos. Enamorados. Estar con él la hacía feliz.

Seth le sonrió.

—Todo marcha genial entre nosotros.

—Estoy de acuerdo.

La sonrisa se volvió más amplia.

—Me entristecería que no lo estuvieras.

—¿Estás diciendo que te molestaría que no estuviera locamente enamorada de ti?

—Más que eso. Me romperías el corazón.

Seth la miraba de un modo que hizo que se le encogiera el pecho. Su expresión era intensa y ella tuvo la inesperada sensación de que la conversación iba a sorprenderla.

¿Iba a pedirle matrimonio? No, imposible. No estaban arreglados y ya habían cenado. ¿Y qué pasaba con el viaje a Whistler? Estaba segurísima de que se lo iba a pedir allí.

—Los dos estamos en una buena situación —continuó él—. Mi trabajo, tu negocio. Estás comprometida con tu voluntariado en MAR y yo estoy segurísimo de que voy a conseguir un ascenso.

¡Ay, Dios! ¡Ay, Dios! ¡Seth iba a pedirle matrimonio! Empezaron a temblarle las manos. Sabía qué iba a responderle, aunque, la verdad, se había esperado algo un poco más romántico y memorable. Aun así, era Seth y lo amaba. Estaba lista.

—Con el mercado inmobiliario en auge, he pensado que sería buen momento para comprar una casa.

Ella se quedó mirándolo, incapaz de asimilar por completo sus palabras.

—¿Una casa?

Seth le agarró las manos.

—Sé que has metido hasta el último centavo en el negocio, y me parece bien. Tengo el dinero para la entrada. Tu negocio crecerá, así que esa inversión será parte de nuestro futuro. Seremos copropietarios de la casa con derechos de supervivencia. ¿Qué opinas? —le preguntó esperanzado.

—¿Quieres que compremos una casa?

—Ha llegado el momento. Estamos preparados.

Ella apartó las manos y se echó hacia atrás en el sofá para verlo mejor. Sí, ya, alguna vez habían comentado de pasada lo de comprarse una casa en algún momento, pero que ahora él sacara el tema parecía... algo.

Seth le pasó varias hojas.

—He hecho cuentas y podemos comprarnos una casa bastante decente de tres dormitorios y dos cuartos de baño en esta zona. Nuestro alquiler vence en cuatro meses, así que eso nos da tiempo para encontrar algo e instalarnos. Tenemos que encontrar una buena. Espero que podamos estar ahí unos cinco años antes de venderla y comprar otra mejor.

Las cuentas tenían sentido, pensó Ashley mientras miraba los papeles. Si él iba a poner el dinero para la entrada, entonces desde luego podrían permitírselo.

—Es un modo un poco raro de organizar nuestro futuro. Quiero decir, comprar una casa antes siquiera de que nos hayamos...

Apretó los labios, sin saber muy bien cómo decir «comprometido» o «casado» sin hacerle pensar que estaba forzando las cosas. Pero es que comprarse una casa juntos era un gran paso, ¿no? ¿No deberían primero tener un plan de vida?

—¿Qué? ¿Es demasiado pronto? ¿No quieres una

casa?

Ashley se dijo que era inteligente, triunfadora y perfectamente capaz de expresarse. Que estaba en todo su derecho de decir lo que pensaba, sentía y quería, aunque estuviera aterrada.

¿En serio? ¿Aterrada? ¿No era una palabra un poco anticuada? Seth y ella eran socios igualitarios en su relación. Los sentimientos de los dos importaban.

Decidida a actuar como una persona madura y autorrealizada, dijo con calma:

—Me sorprende que estemos hablando de comprar una casa cuando nunca hemos hablado de casarnos. Una cosa no tiene por qué ir obligatoriamente antes que la otra, pero creo que deberíamos tener un plan global.

¡Hala! ¡Lo había hecho! Había pronunciado la palabra que empezaba por «M» sin salir ardiendo. Aunque, viendo a Seth, no se sintió especialmente bien por haberlo hecho. No, cuando él agachó los hombros y miró a otro lado.

—Creías que íbamos a casarnos.

La decepción en la voz de él hizo que quisiera retirar desesperadamente lo dicho. Avergonzada, quiso salir corriendo de allí, pero se quedó donde estaba, diciéndose que pensar en el matrimonio era lo natural teniendo en cuenta que estaban enamorados, que vivían juntos y que estaban hablando de comprar una casa.

Él la miró con los ojos cargados de dolor.

—Quieres casarte.

Ashley no tenía ni idea de por qué se sentía tan incómoda y a la defensiva, pero era así como se sentía. Carraspeó e hizo lo posible por hablar con serenidad:

—Entiendo que tú no.

—No. Yo no.

—¿Conmigo o con nadie?

El dolor del rostro de Seth se intensificó hasta mostrar angustia también.

—No es por ti, Ashley. Te quiero. Lo sabes. Pero es que no quiero casarme. Como nunca habías dicho nada, confiaba en que opinaras lo mismo.

La estaban invadiendo demasiadas emociones, y demasiado rápido. Confusión y decepción añadidas a la vergüenza de antes junto con una buena dosis de «¿Pero qué mierda es esto?».

—Me quieres, pero no quieres casarte conmigo —aclaró—. No lo entiendo. La gente que se quiere se casa. Hemos hablado de tener hijos.

—Y sigo queriendo tenerlos —dijo Seth inclinándose hacia ella—. Te quiero. Quiero pasar el resto de mi vida contigo.

Tocó los papeles que habían caído sobre el regazo de Ashley.

—Quiero comprar una casa, tener un perro y amarte para siempre.

—No te entiendo. ¿Por qué una cosa sin la otra? ¿A qué viene tanto problema con lo de casarse?

Él arrugó la boca.

—Podría preguntarte lo mismo. ¿Por qué tenemos que casarnos?

Porque sí. Porque era lo normal y sensato, y aunque ella nunca había sido de las que soñaban con una gran boda, sí que se había imaginado siempre con un marido e hijos. Quería esa vida normal y típica.

—¿Qué objeción tienes? —preguntó en lugar de intentar responder a su pregunta—. No eres muy radical socialmente hablando. Apoyas otras instituciones.

Él respiró hondo.

—Cuando la gente se casa, deja de esforzarse. Se acomoda y deja de valorar al otro porque sabe lo que tiene ahí. Yo quiero pasar mi vida contigo porque es lo que queremos los dos, no porque sea lo que se espera que hagamos. Te quiero a mi lado porque te hace feliz estar conmigo, no porque te veas estancada y sin otra salida. Quiero que siempre intentemos hacer feliz al otro, realizar nuestros sueños juntos. El matrimonio es una excusa para no esforzarse.

Y todo eso sonaba muy bien, pero a ella no acababa de convencerla. Cruzó la habitación mientras se ordenaba las ideas.

Él la observaba con cautela.

—Ashley, lo has visto. Las parejas se casan y de pronto ella está aburrida y él pasa todo el tiempo con sus amigos. Dejan de ser felices. Mientras salen, incluso mientras viven juntos, todo es genial. Están enamorados. Pero una vez se casan, los dos se rinden. No pienso rendirme ni renunciar a ti ni a los dos. Quiero que siempre tengamos lo mejor del otro.

—¿Entonces la vida es una prueba constante? ¿No hay tiempo para relajarse? ¿Y si pillo la gripe? ¿Y si me paso tres días vomitando? ¿Ahí no estaré esforzándome lo suficiente?

Él se acercó y ella se cruzó de brazos.

—No me refiero a eso —dijo mirándola—. Me refiero a dejar de valorarnos porque sabemos que los dos vamos a estar ahí. Me refiero a despertarnos cada mañana y decidir de forma consciente que queremos estar juntos. Quiero que seamos conscientes de lo bien que estamos y la buena vida que tenemos. Quiero que seamos felices.

Esa visión de su relación le resultaba agotadora. El argumento de Seth tenía decenas de fallos, pero ahora mismo Ashley no podía expresarlos. No cuando estaba triste y cansada y destrozada por haber descubierto que el hombre al que amaba más que a nadie no quería casarse con ella.

—No puedo hablar más de esto —dijo apartándose—. Necesito pensar.

—Estás enfadada.

—No.

«Enfadada» no describía lo que estaba sintiendo. A lo mejor no había palabras para describirlo.

—Estoy impactada, supongo. Creía que pensábamos lo mismo. Creía que teníamos un objetivo común. Llevamos juntos casi un año y hasta ahora no he sabido que no querías casarte conmigo.

—Ashley, por favor. Te quiero. Necesito que estés de acuerdo con esto.

—Ni siquiera sé lo que es esto.

Se giró, pero entonces vio que no tenía escapatoria en un apartamento de un dormitorio. Agarró el bolso y las llaves del coche.

—Me voy a la playa a dar un paseo. Estaré en casa a las nueve —añadió mirando el reloj.

Seth se acercó por detrás.

—¿Puedo ir contigo?

—No. Necesito pensar.

Él se quedó acongojado.

—Te quiero. Créetelo. Lo demás se arreglará.

Ashley se marchó sin responder. El estómago le daba vueltas, el corazón le pesaba demasiado, y no tenía ni idea de qué creer o sentir. Lo único que sabía con seguridad era que Seth no quería casarse con ella, y eso lo cambiaba todo.

Capítulo 10

Bree no sabía qué esperarse cuando llegó a la sede de MAR. La descripción que le había hecho Ashley del edificio solo le había servido para imaginar que era grande. Llegó al complejo industrial y encontró una estructura tipo almacén con tres plantas y aparcamiento delante y detrás. No tenía ningún cartel estiloso y la jardinería era mínima. La única característica que se salía un poco de lo corriente era la gran rampa que conducía a la puerta delantera.

Entró en un amplio y abierto vestíbulo con paredes de color turquesa y amarillo. Había zonas de asientos y un mostrador de recepción desocupado. Esperó unos minutos, pero al ver que ahí no aparecía nadie, escribió a Harding.

Bree: *Estoy aquí.*
Harding: *Ahora mismo voy.*

Unos segundos después, Harding caminaba hacia ella. Aunque Bree se dijo que era un chico más y que ni le interesaba él, ni le interesaba tener nada con él, ni le interesaba el sexo, todo su interior estaba palpitando, y eso la cabreó de la leche.

—Has venido —dijo él sonriendo al acercarse.

Aún pensando en cómo se había alegrado su cuerpo al verlo, se apartó para evitar contacto físico.

—Un color de pared interesante.

Él se detuvo a unos metros y se metió las manos en los bolsillos delanteros de los vaqueros.

—El secreto de la alegría está en los colores luminosos. Hay estudios científicos al respecto. Evitamos el gris institucional y las líneas marcadas siempre que podemos. Las curvas resultan menos amenazantes.

—No tengo ni idea de lo que hablas —dijo Bree intentando no fijarse en sus grandes ojos avellana y en su lenta sonrisa de admiración. Ese hombre le había calado hondo por mucho que ella no hubiera querido. Pensaba en él en los momentos más intempestivos, deseando que los dos... Que ella...

Pero no podía correr ese riesgo, se recordó. No era lo bastante fuerte para sobrevivir a que una persona más en la que confiara le arrancara el corazón y lo tirara a la basura.

—Las paredes luminosas ayudan a la gente a sentirse cómoda cuando viene aquí —dijo Harding—. Trabajamos principalmente con chicos de acogida que están a punto de salir del sistema por su edad. Los ayudamos a encontrar alojamiento y a entrar en la universidad, los preparamos para desenvolverse en la vida. Menos de un cuatro por ciento de los jóvenes de acogida se gradúan en la universidad en comparación con el cuarenta y seis por ciento de la población general. Y si te digo el número de chicas que acaban embarazadas antes de los veintiuno...

—Creía que os centrabais más en gente con discapacidad física.

—Empezamos así, pero resultaba demasiado obvio.

El comentario se oyó detrás de ella. Un hombre en silla de ruedas se dirigía hacia los dos. Su belleza era más clásica que la de Harding, con el pelo oscuro y una mandíbula cincelada. Tenía los hombros y el torso enormes. Bree tuvo la sensación de que podría partirla en dos como a una ramita.

Él alargó la mano.

—Soy Dave, el secuaz de Harding.

—Bree. Encantada de conocerte.

—Me alegro de que hayas venido. Estamos haciendo un buen trabajo —dijo y esbozó una amplia sonrisa—. Bueno, técnicamente, yo hago el trabajo y Harding se limita a ser la cara bonita que deslumbra a los donantes.

—No sé... —murmuró Bree—. Tu cara también es muy bonita. Seguro que tienes una buena legión de fans.

Dave soltó una risita.

—Una chica perspicaz. Me gusta. Venga, vamos a enseñarte esto. ¿Quieres montarte en mi regazo?

Bree se rio.

—¿Estás flirteando conmigo?

Harding se situó entre los dos.

—Sí, y va a parar ahora mismo.

Dave le guiñó un ojo.

—Solo estoy jugando contigo.

Señaló el amplio espacio abierto.

—Por esto queríamos este edificio. Aquí dentro podemos celebrar una fiesta de recaudación de fondos para quinientas personas —volvió a sonreír—. Además, el anterior dueño se metió en líos con unos prestamistas y necesitaba vender rápido.

Señaló a la izquierda.

—Cocina, oficinas. Plantilla pequeña para no pasarnos de costes. Dependemos de los voluntarios. Deberías planteártelo. Siempre estamos buscando mentores y empresarios de la comunidad.

Harding la rodeó con un brazo.

—Esta es una visita relajada, sin presiones.

Dave suspiró.

—¿Puedo intentar sacarle dinero para la caridad?

—Claro, pero solo donaciones de tres cifras.

—Me matas, tío.

Dave señaló al otro lado del edificio.

—Aulas, salas de conferencias. Estamos pensando en convertir la segunda planta en un hogar de transición, pero estamos estancados con el papeleo gubernamental. Puede que tengamos que hacerlo en alguna otra parte.

Se dirigieron hacia la parte trasera del edificio.

—Ahora mismo tenemos una red de lugares para alojar a nuestros chicos cuando cumplan la edad de salir del sistema de acogida —le dijo Harding.

—¿Cumplen dieciocho y los echan? —preguntó Bree.

—Básicamente —dijo Dave deteniéndose delante de un ascensor—. Hay un par de programas estatales que mantienen a los chicos dentro del sistema mientras terminan el instituto o la universidad, pero no hay dinero suficiente para cubrir esa necesidad.

—Nunca hay suficiente dinero —dijo Harding indicándole a Bree que entrara al ascensor. Dave y él la siguieron.

—Entonces si un chico de acogida cumple los dieciocho en marzo, ¿ya está? ¿Aunque no se haya graduado?

—Sip —dijo Dave saliendo del ascensor en la tercera planta—. Intentamos llenar ese vacío.

Se dirigió hacia un largo pasillo.

—El espacio que os comentó Ashley está ahí al fondo.

—Cuéntale lo de los exconvictos —dijo Harding.

—Eso es una especie de actividad paralela. Intentamos dar trabajo a exconvictos que están estancados. La mayoría no puede encontrar ni trabajo ni alojamiento.

Harding abrió una puerta.

—Como los chicos de Ashley.

A Bree se le abrieron los ojos de par en par.

—¿Tu hermana tiene contratados a exconvictos?

—Como reposteros. ¿No lo sabías?

Bree negó con la cabeza. Ashley no había dicho nada, aunque tampoco sabía cómo se soltaba algo así en una conversación.

De todos modos, eso le hizo ver a Ashley de otra forma. La hacía parecer más... Bree no sabía qué exactamente, pero era algo.

Miró alrededor de la enorme sala iluminada por el sol.

—La sala que hay al otro lado del pasillo es igual que esta —dijo Dave—. Si la queréis, es vuestra. El alquiler será justo. Ashley dijo que era solo para Navidad, pero podríais plantearos un alquiler de un año. Tendríais un almacén a largo plazo y nosotros tendríamos un flujo de ingresos. Todos salimos ganando.

—Voy a hacer unas fotos —dijo Bree sacando el móvil—. Luego se las pasaré a Mikki y a Ashley y tomaremos una decisión.

Entendía por qué Ashley había creído que el espacio podía funcionar. Ahí podrían montar las cestas con facilidad y podrían almacenar los productos terminados en la sala de enfrente. Sería una solución estupenda.

Volvieron a la planta baja. Dave se disculpó porque tenía que hacer unas llamadas. Harding le mostró las distintas salas de reuniones y recorrieron la enorme cocina.

—Durante el día tenemos almuerzos envasados disponibles para los adolescentes y para el personal —dijo él señalando las pilas de cajas en las cámaras refrigeradas—. Se paga en dólares o con créditos de voluntario. Los adolescentes ganan créditos ayudando por aquí.

—Y así nadie pasa hambre —murmuró ella.

—Sí, es uno de nuestros objetivos. Por la noche Ashley y su equipo ocupan esto y hornean para la tienda. El olor es increíble a las cuatro de la mañana.

Ella solía estar dormida a las cuatro, pero mencionar ese detalle podría llevarlos por unos derroteros que no quería recorrer. A ver, sí que quería, pero sabía que no debía.

—Habéis hecho mucho —dijo mirándolo—. Dave y tú sois impresionantes.

Él se apoyó en una encimera de acero inoxidable.

—¿Ah, sí? ¿Estás impresionada?

Bree ignoró el tonito de provocación.

—¿Le molesta que tú puedas andar y él no?

—Probablemente. No siempre, pero seguro que lo piensa —respondió Harding ahora con tono serio—. Dave hace que parezca sencillo, pero no lo es. Nuestro mundo no está hecho para los que carecen de movilidad. Hay leyes, pero el mundo real no siempre presta atención. Dentro de unas semanas celebramos una recaudación de fondos. Ven conmigo. Quiero presumir de ti y que veas lo que hago.

Ella ignoró lo de «presumir de ti» y dijo:

—No es mi intención verte más impresionante aún.

Él sonrió.

—Me quedan bien los trajes. Venga. Será divertido. Ashley y Seth irán, y también algunos famosos. Puedes distraerte contemplando a las estrellas.

—No es mi estilo.

—Pues entonces hablas conmigo. Por favor, Bree.

Las bromitas podía ignorarlas, pero ignorar esa sincera súplica era más complicado.

—Me lo pensaré.

—Vale. Bueno, ¿te apetecen unos besitos y tal vez un poco de toqueteo en mi despacho?

Ella contuvo la risa.

—No pienso enrollarme contigo en tu despacho.

—Pues di un sitio y allí estaré.

—Olvídate.

—¿Y almorzar?

—Almorzar sí que podría.

—Tengo una cita —dijo Mikki, y esbozó una mueca al darse cuenta de que podía haber sido algo más sutil.

Will levantó la mirada de su tableta.

—Vale.

—Con un hombre —aclaró, y luego se arrepintió—. Es solo una cita, no hay nada serio, pero quería que lo supieras porque...

Gruñó. ¿Por qué se había metido en ese jardín?

—Voy a salir esta noche, pero nada más.

Will se recostó en la silla.

—Mamá, no pasa nada. Tienes una cita, pero ese hombre no va a convertirse en mi padrastro. No soy un crío —dijo con una perezosa sonrisa—. Lo pillo.

Qué bien que al menos él lo entendiera.

—Vale. Te he pedido tacos. Llegarán a las seis y media —sonrió—. Nada de fiestas ni alcohol duro.

Él se rio.

—Ya, ya, eso ya lo sé. Estaré estudiando vídeos de técnicas de carreras.

Miró hacia la parte delantera de la casa.

—¡Cómo suena!

Mikki no había oído nada, pero antes de poder preguntar, Will estaba dirigiéndose a la puerta. La abrió de golpe y la miró.

—¡Hala! ¿Por qué no me lo habías dicho? Mamá, en serio, ¿por qué no me has dicho nada?

—No sé de qué me hablas.

Mientras hablaba, oyó el suave rugido de un motor. ¿Se refería Will al coche de Duane?

Su hijo adolescente salió disparado por la puerta.

Ella corrió tras él y lo encontró mirando boquiabierto un elegante descapotable.

Duane bajó, sonrió a Mikki y se giró hacia Will, que prácticamente se había tirado sobre el capó.

—¿Es tu coche? Tío, es una preciosidad. Los he visto en Internet, pero por aquí nadie tiene uno. Es un doble turbo V8, ¿no? ¿De cero a cien en cuánto?

Duane sonrió.

—Tres coma siete segundos.

Will por poco no se desmayó.

—¿Y lo haces alguna vez? Tío, me gustaría conducirlo en una pista, aunque es una dulzura para eso. Pero esas líneas... Qué belleza. Te he oído llegar. Sabe cantar, ¿eh?

Duane la miró.

—Así que sabe de coches.

—Sí. Will, saluda a Duane.

—Ah, sí. Hola —dijo Will alargando la mano. Miró a su madre—. No me habías dicho nada.

—No lo sabía.

Y seguía sin saberlo.

Will gruñó.

—Mamá, es un Aston puñetero Martin Vantage Roadster.

—Me gusta el color.

Will cerró los ojos.

—No sé quién es esta mujer ni por qué finge ser mi madre.

Duane se rio y abrió la puerta del conductor.

—¿Quieres dar una vuelta rápida?

Mikki estuvo a punto de desmayarse.

—Ni hablar. Solo tiene dieciséis años y...

Duane le guiñó un ojo.

—No pasa nada. Tengo seguro.

Miró al chico.

—Te vas a mantener dentro de la velocidad permitida.

No fue una pregunta, pero Will asintió y dijo:

—Sí, señor.

Al instante, Will se sentó al volante.

—Ahora mismo volvemos —le dijo Duane a Mikki. Se sentó en el asiento del copiloto.

Los dos charlaron alrededor de un minuto antes de que el motor cobrara vida con un rugido. Sinceramente, Mikki no entendía qué atractivo tenía eso, pero sabía que Will se pasaría días hablando del Aston Martin no sé qué.

Entró en casa para preocuparse por su atuendo. Duane había dicho que se vistiera informal, lo que la había hecho dudar de sus opciones. Al final se había puesto unos pantalones tobilleros color topo, un conjunto fino de rebeca y top con cuello redondo, y unos zapatos planos. En los brazos y los hombros se había echado una crema con un brillo sutil. Hasta que se fuera el sol, llevaría la rebeca en la mano y luego se la pondría.

Se atusó el pelo, volvió a echarse brillo labial y caminó de un lado para otro hasta que oyó el rugido del cochazo. Salió justo a tiempo de ver a Will dando vueltas con los brazos abiertos.

—¡El mejor día de mi vida! —gritó antes de parar y sonreírle—. ¡Qué pedazo de coche, mamá! Sé que te encanta tu SUV, pero deberías comprarte uno de estos.

—Lo añadiré a mi lista de tareas.

Will se rio.

—Ya me gustaría.

Subió las escaleras del porche dando saltos, la besó en la mejilla y abrió la puerta.

—Que te diviertas. Me portaré bien. Tacos a las seis y media.

Mikki lo vio entrar.

—Estaré en casa a las once.

—Vale —dijo Will despidiéndose con la mano al

volver a entrar al salón—. Voy a escribir a Anderson para contarle lo que acaba de pasar. No se lo va a creer.

Mikki agarró el bolso y las gafas de sol. Eran poco más de las cuatro; algo temprano para una cita, ¿no? Y eso significaba que Duane tenía algo planeado antes de cenar.

Al pensarlo, sintió un cosquilleo de preocupación y nervios en la boca del estómago. Luego se dijo que no fuera tonta. No iban a ir a ningún sitio a tener sexo. ¿Quién hacía eso? Además, no le habría dicho que se vistiera informal para eso, ¿no? Y hablando de sexo... Si iban a ir por ahí, ¿debería empezar a depilarse? Nunca lo había hecho, aunque sí que había leído algunos artículos sobre citas y algunos lo habían comentado. Joder, si ya se le hacía duro hacerse la cera en las cejas, ¿cómo iba a dejar que le arrancaran pelo de ahí?

Un punto más a favor de Earl, pensó. Él nunca la juzgaba.

Se giró y por poco no se chocó con Duane, que estaba justo al otro lado de la puerta principal. Dio un paso atrás, avergonzada.

—Estoy lista.

—Estás increíble —dijo él acercándose para darle un suave beso en la boca—. Y también hueles muy bien.

—Ah —exclamó ruborizada y sin saber qué responder. Decir «Tú también» le parecía raro—. Gracias.

Duane la acompañó al coche.

—¿Quieres conducir? —le preguntó con tono de broma.

—Gracias, pero no —dijo Mikki sentándose en el asiento de piel—. Qué bonito.

Él se situó a su lado y sonrió.

—Will lo ha pasado genial.

—Sí. Gracias. ¿Así que estás dispuesto a usar a mi hijo para ganarte mi corazón?

—Aprovecharé todas las ventajas que pueda —contestó, y su oscura mirada se topó con la de ella.

Seguro que Duane tenía claro que no necesitaba ninguna ayuda, pero ella tampoco se lo diría.

—Me dijiste que vistiera informal. ¿Adónde vamos?

—A los Pozos de Alquitrán de La Brea.

Mikki se quedó mirándolo atónita.

—¿En serio? ¿A los Pozos de Alquitrán?

¿En eso consistía su cita?

—¿Cuándo estuviste por última vez? —preguntó él con la voz llena de diversión.

—No sé. Con los niños en una excursión del colegio.

—Exacto. No has ido solo por diversión y sin tener que preocuparte por que alguien vaya a perderse. Hay mucho que ver.

¿Los Pozos de Alquitrán? Inesperado pero aceptable.

—Me encanta un buen mamut peludo —dijo, y al instante se llevó la mano a la boca—. Ha sonado bastante peor de lo que imaginaba.

Él le sonrió.

—Yo soy más de lobo feroz, pero podemos verlos a los dos.

No tenían mucha distancia que recorrer, pero en LA siempre había que tener en cuenta el tráfico. Estuvieron un poco atascados en la autopista y luego en Wilshire Boulevard antes de que Duane entrara en un garaje. Él ya había comprado las entradas, así que accedieron directamente y se dirigieron a las exposiciones exteriores.

Los Pozos de Alquitrán de La Brea eran un yacimiento arqueológico con un museo y programas educativos. Su primera parada fue el pozo de observación, donde los visitantes podían experimentar lo que era formar parte de una auténtica excavación. La mayoría de los fósiles eran réplicas, pero algunos eran reales.

Pasaron por la Fosa del Lago, el icónico lago de brea

donde quedó atrapado un mamut mientras otros miraban.

—Esto siempre me recuerda lo dura que es la vida para los animales salvajes —dijo ella—. Los imprevistos no siempre son fáciles.

—Qué compasiva eres.

—¿No lo somos todos?

—No.

—Lo dices con mucha seguridad.

Se detuvieron junto a la exposición. Él miró al mamut y luego la miró a ella.

—¿No crees que en el mundo hay crueldad?

—Claro, pero es la excepción.

—Me alegro de que lo pienses.

Ella se giró hacia él.

—¿Por qué no piensas tú lo mismo?

—La realidad económica en los países en vías de desarrollo es desgarradora —dijo Duane señalando hacia el tablero informativo—. Funciona de otra forma. El mundo nunca ha sido justo. El trabajo que hago a nivel internacional intenta cambiar eso.

—Un objetivo digno.

Él sonrió con una mueca.

—Tengo más fracasos que éxitos.

—Pero no te rindes.

—No. Yo también soy compasivo.

Recorrieron el museo. Él intentó venderle las cualidades del Lobo Feroz, pero ella se mantuvo firme respecto al mamut peludo. Mientras daban vueltas por allí, Duane le agarró la mano, un gesto que casi la hizo hiperventilar. Una tontería, sí, pero ahí estaban el cosquilleo y la excitación.

Cuando volvieron al coche, él preguntó:

—¿Te gusta la comida italiana?

—Sí.

—Bien. Conozco un restaurante pequeñito en West Hollywood que creo que te va a gustar.

Se dirigieron al este y luego un poco al norte y entraron en West Hollywood. Aparcaron junto a un restaurante llamado Cecconi.

—¿Has estado alguna vez? —le preguntó al llevarla adentro.

—No. Es bonito.

Había manteles de cuadros y muchas plantas. Las mesas estaban bien separadas entre sí y olía a ajo y albahaca con un toque de aceite de trufa. Le rugió el estómago.

Duane había hecho una reserva. A Mikki le gustó que hubiera planeado su cita; le hizo sentir que había mostrado interés en el tiempo que iban a pasar juntos. Tenía que admitir que, de momento, lo de las citas estaba siendo divertido.

—¿Sí o no a los Pozos de Alquitrán? —preguntó Duane cuando se sentaron.

—Lo he pasado bien y he aprendido mucho. Sin duda, un sí.

—Bien.

Miraron la carta y pidieron la bebida. Cuando su camarero se marchó, Duane se inclinó hacia ella.

—Cuéntame cómo es que tienes una tienda de regalos. ¿La abriste tú?

—No, la compré hace unos años —se detuvo—. Los padres de Perry tienen unas cuantas franquicias de alquiler de maquinaria de construcción. Retroexcavadoras, minicargadoras, y esas cosas. Cuando Perry y yo nos casamos, entré en el negocio familiar.

—¿Manejando una retroexcavadora? —preguntó él con tono de broma.

—Ya me habría gustado, pero no. En la oficina. Lorraine llevaba la contabilidad. Estaba bien, pero no era un trabajo especialmente interesante. Unos años después les compramos la franquicia que tenía más negocio. A Perry le encantaba, pero con el tiempo contrató a alguien para ocupar mi puesto y que yo pudiera pasar más tiempo con los niños. Cuando crecieron, yo necesitaba tener algo mío. Había una tienda de regalos que siempre había sido mi establecimiento favorito. Acabé conociendo a la dueña y un día me preguntó si me interesaba comprarle el negocio.

—Y te interesaba.

—Sí, pero Perry se negó siquiera a planteárselo.

Recordó que le había dicho que no podían permitírselo y que, aunque pudieran, ella no sabía nada sobre comercio al por menor. Habían estado semanas discutiendo.

—¿Por qué no confiaba en ti?

—Solo fui al instituto. Nunca había tenido un negocio.

—Pero habías estado años trabajando en uno. El comercio al por menor es distinto, pero tienes pinta de ser una persona trabajadora y cumplidora.

—Gracias. Así me veo yo, pero él no pensaba lo mismo. No fue una época feliz. Fue lo más cerca que estuvimos de divorciarnos hasta que al final lo hicimos.

El camarero llegó con las bebidas. Pidieron unos entrantes y decidieron compartir una *pizza*. Cuando volvieron a quedarse solos, ella dijo:

—Nunca me ha perdonado por presionarlo. Cuando compré la tienda, se negó a ayudarme. Estuvo un año entero sin ir a verla siquiera.

Había habido más. A Perry le había molestado el tiempo que Mikki pasaba en el trabajo a la vez que había esperado que ella entendiera las noches que él se quedaba hasta tarde.

—A lo mejor era el principio del fin —admitió—. Yo era demasiado independiente —dijo y levantó una mano antes de que él pudiera decir nada—. Lo que quiero decir con eso es que en todas las relaciones hay reglas tácitas.

—Las rompiste por querer tener algo tuyo —dijo Duane mirándola a los ojos con tanta intensidad que ella sintió que se iba a desmayar—. Él esperaba que siguieras en el negocio familiar.

—Algo así —respondió Mikki intentando, no con poco esfuerzo, controlar la respiración—. Pero cuando nos separamos, entró en razón. Ahora me apoya mucho —sonrió—. Ahora que no estamos juntos, estamos genial juntos —se rio—. Paradójico, ¿no?

—Pero un desenlace feliz.

Mikki pensó en lo que le había mencionado antes.

—¿Te molesta que no haya ido a la universidad?

—No. ¿Por qué?

—Hay gente a la que le importan esas cosas.

—A mí me importa quién eres —dijo sin dejar de mirarla a la vez que sonreía—. Y tu aspecto.

—Ah.

—Pareces sorprendida.

—Porque yo no soy... ya sabes... especial. Deberías ver a mi socia Bree. Es increíble. Preciosa, atlética y segura de sí misma.

—No es mi tipo.

—No la conoces.

Él se encogió de hombros.

—¿No te gustan las mujeres preciosas y seguras de sí mismas? —preguntó Mikki sin saber por qué sentía la necesidad de defender a su amiga.

—Me encantan las mujeres preciosas y seguras de sí mismas —respondió Duane tocándole la mano—. Como tú.

—Yo no soy así.

—Sí, sí que lo eres. Pero, claro, no tienes ni idea de cómo te veo yo, y puede que sea lo mejor. Si supieras el poder que ejerces sobre mí, estaría en una grave desventaja.

¿Estaba de broma? ¿Pretendía ser gracioso? En cambio, no parecía que le estuviera tomando el pelo.

—Bueno —dijo Duane despacio—, en cuanto a Earl... ¿De qué color es? Di por hecho que sería rosa, pero después de investigar un poco, he descubierto que hay todo un arcoíris de posibilidades.

Ella gruñó.

—No vamos a hablar de Earl en la cena.

—¿Y cuándo te gustaría que habláramos de él?

A pesar de la vergüenza que sentía, Mikki se rio.

—Vale. Es morado claro.

—Espero conocerlo algún día.

—Eso no va a pasar nunca. Y ahora vamos a hablar de otra cosa.

Duane se inclinó sobre la mesa y la besó con suavidad.

—Elige tú el tema. Yo estaré encantado de quedarme aquí sentado escuchándote toda la noche.

Capítulo 11

Ashley, con cuidado, echaba glaseado sobre el *muffin* usando una boquilla. Solía hacerlo en la cocina de MAR, pero le había preocupado que el glaseado se moviera en el trayecto. Mejor hacerlo ahí, en la tienda, aunque fuera apresuradamente. Al menos, la familiar actividad le daría algo en lo que centrarse que no fuera la sensación de náusea y miedo que llevaba dos días sin poder quitarse de encima.

«Seth no quiere casarse conmigo».

Esas cinco palabras la habían atormentado desde aquella conversación. Habían resonado a su alrededor, le habían gritado, se habían burlado de ella y se le habían grabado en su ahora trastornada psique. Él decía que la amaba y que quería pasar el resto de su vida a su lado, pero, por razones que ella no comprendía, no quería casarse.

Ashley sabía que seguía conmocionada, aún intentando asimilarlo todo y encontrarle sentido a lo que Seth le había dicho. Sus emociones subían y bajaban como la marea; ninguna de ellas positiva, la mayoría acusatorias. Debía de haber hecho algo mal. No debía de ser lo bastante guapa o inteligente o lo bastante algo. ¿Él quería decir que no quería casarse, en general, o es que no tenía ningún interés en casarse con ella? ¿Y por qué, ¡por qué!, que ella quisiera casarse y él no la hacía sentirse avergonzada y pequeña? Como si tuviera que justificarse. Porque por dentro no podía dejar de decirse que, si de verdad era una mujer tan cabal e independiente como decía ser, no debería importarle tanto lo de casarse. Pero sí le importaba. Y mucho.

Estaba confusa y avergonzada. Quería algo de perspectiva. Quería hablar con alguien que se lo explicara o, al menos, la ayudara a dejar de sentirse como una pobre desgraciada. Pero no sabía con quién. Con sus padres no. En cuanto les dijera lo que había dicho Seth, lo odiarían para siempre. Sus amigas se pondrían de su parte, pero seguro que por dentro se compadecerían de ella por haberse enamorado de Seth. Así que estaba sola, disgustada y con demasiadas náuseas.

—Oye, he estado pensando en lo del proyecto de las cestas.

Ashley se giró y se encontró a Bree de pie junto al mostrador con una tableta en la mano.

—¿Qué?

Bree la miró.

—Las cestas. He visto... —se detuvo y frunció el ceño—. ¿Estás bien?

Ashley cerró los ojos. «No», pensó sin fuerzas. Se negaba a creer que se le reflejaran las emociones en la cara. Ella era demasiado fuerte para eso.

De pronto apareció Mikki, resplandeciente y feliz.

—¿Qué estáis tramando, chicas? —preguntó con un destello de diversión en la mirada.

Bree no dejaba de mirar a Ashley.

—Pregúntale a ella —le dijo a Mikki—. Algo pasa.

—Estoy bien —mintió Ashley.

Mikki la observó.

—No estás bien. Has estado llorando y te tiemblan las manos. Nunca te he visto hacer unas líneas de glaseado tan torcidas.

Ashley soltó la manga pastelera y se limpió las

manos con un paño. Genial. Estaba tan mal que hasta Bree lo había notado.

—Es Seth —dijo Mikki con rotundidad—. La culpa siempre la tiene el hombre. ¿Tengo razón o no? ¿Qué ha hecho?

Ashley intentó pensar en algo disparatado que las despistara o las hiciera reír. Ojalá cayera un meteorito en el océano, pero fuera de la tienda solo había un cielo azul y una suave brisa.

—Quiere que nos compremos una casa.

Bree y Mikki se miraron.

—¿Y qué tiene eso de malo? —preguntó Mikki—. Es lógico. Os comprometéis, compráis una casa, os casáis. No lo entiendo.

Bree estrechó la mirada.

—Te has acobardado.

—Seth no quiere casarse.

Mikki se quedó completamente atónita mientras que Bree parecía confusa. Ashley respiró hondo.

—Dice que está enamorado de mí y comprometido con lo nuestro. Incluso ha hablado de tener hijos. Pero no quiere casarse.

—¿Por qué no? —preguntó Mikki—. ¿Por qué tener hijos y no casarse? No tiene sentido.

Ashley contenía las lágrimas.

—Me ha dicho que cuando la gente se casa, deja de intentarlo. Como tienen lo que quieren, ya no se esfuerzan por nada. Quiere que elijamos estar juntos.

—Ya, claro —contestó Mikki estrechando la mirada—. Gilipolleces. Mándalo a la mierda.

—¿Qué? No. Lo quiero. Estoy dolida y asustada, pero no voy a romper con él.

O eso creía. Ahora mismo no sabía nada.

—¿Crees que te quiere? —preguntó Bree.

—Sí. Es amable y considerado y cariñoso. Hace todas las cosas típicas de un buen novio —dijo conteniendo más lágrimas—. No lo entiendo.

—¿Crees que va en serio lo que dice del matrimonio?

Mikki se giró hacia Bree.

—¿Te estás poniendo del lado de Seth?

—Solo estoy preguntando. No se equivoca al pensar que la gente se aprovecha de sus parejas en un matrimonio. Esas cosas pasan.

—Ella ha dicho que él dice que la gente deja de esforzarse —dijo Mikki señalando a Ashley—. Eso no tiene nada que ver con aprovecharse de alguien.

—A mí me parece lo mismo.

—Mira, admito que tras varios años de matrimonio, es fácil olvidarse de estar ahí a cada minuto. Perry y yo nos alejamos, pero no creo que el hecho de estar casados tuviera algo que ver con eso. Hacíamos vidas separadas. Por eso rompimos. Pero al menos estuvimos dispuestos a comprometernos el uno con el otro. Comprometernos del todo. No estar dispuesto a comprometerte ante Dios y tus amigos significa algo.

Bree enarcó las cejas.

—Hablas del tema con mucho fervor.

—El matrimonio importa, sobre todo si hay niños. ¿Tú no querías casarte con Lewis?

Bree dio un paso atrás.

—Sí, pero eso era distinto.

—Era exactamente lo mismo. Ashley está enamorada de Seth y quiere pasar su vida con él. ¡Cómo no va a querer casarse! No me puedo creer que me cayera bien ese chico —dijo Mikki frustrada—. Creía en él. ¡Será gilipollas! Ahora tengo que odiarlo.

—¡No! —corrió a decir Ashley—. No lo odies. No quiero eso. Solo... —dijo sin saber cómo terminar la frase—. Ojalá pudiera entender qué le pasa.

Había oído las palabras, pero no había sabido qué significaban. No en el contexto de su relación.

—No todo el mundo tiene que casarse —dijo

Bree—. Hay parejas que están juntas durante años y nunca se casan. Y les va bien así. ¿Tú podrías estar bien así?

—No lo sé. Nunca he sido una chica que soñara con una boda grande, pero siempre me he visto casada. Es lo que toca hacer.

—Estoy rodeada de tradicionalistas —dijo Bree a la ligera—. Deberías hablar con Seth y decirle lo que piensas.

—Ya. Hablaré con él en cuanto lo averigüe.

Porque ahora mismo Ashley solo era una herida gigantesca. Seth lo había sido todo para él y que eso hubiera cambiado, que ahora estuviera tan insegura, la hacía sentirse perdida y más sola que en toda su vida.

Bree sacó una botella de champán de la nevera de la sala de descanso y agarró tres copas. Había elegido una botella de Veuve Clicquot para su ritual de viernes por la noche. Ashley ya estaba esperando junto a la puerta con un par de mantas sobre un brazo.

—Llegas pronto —dijo Bree fijándose en que Ashley seguía pálida. Estaba claro que las cosas no habían mejorado con Seth.

—Llevo todo el día deseando que llegara este momento —admitió su amiga. Esbozó una lánguida sonrisa—. Va a ser lo más interesante de mi semana.

Mikki se unió a ellas y miró la botella.

—Una elección excelente. Siempre está entre los cinco mejores champanes de *Las chicas saben de vino*.

—¡Menos mal que tenemos su sello de aprobación! —bromeó Bree—. ¿Vamos?

Salieron de la tienda y accedieron a la arena. El sol estaba bajo sobre el horizonte y parecía más grande de lo normal mientras lanzaba cintas amarillas y naranjas sobre el agua. El cielo era de mil tonos de azul, desde el más claro justo junto al océano hasta casi un violeta en la parte este del horizonte. Ashley y Mikki tendieron las mantas mientras Bree abría la botella. Una vez sentadas, ella sirvió las copas.

—Antes de que empecemos, no quiero hablar de Seth —dijo Ashley—. Estoy agotada y deprimida y solo quiero una hora para pensar en otra cosa.

—Hecho —dijo Mikki brindando con Ashley—. No vamos a mencionarlo.

—Estoy de acuerdo —dijo Bree brindando con sus amigas. Dio un trago del fresco y burbujeante champán y miró al océano. La tarde aún era cálida y la playa estaba abarrotada. El aroma a protector solar flotaba en el aire.

—Dave me ha mandado el contrato de MAR —comentó Mikki—. Le diré a mi abogado que lo revise y os diré si hay algún problema.

—Tendremos mucho espacio —dijo Bree. Después de visitar MAR, les había dicho a las chicas que, si iban a seguir adelante con lo de las cestas navideñas, sin duda tendrían que alquilar el espacio—. Y un ascensor de servicio grande.

—Y también acceso al edificio las veinticuatro horas del día —añadió Ashley.

—¿Para recoger una cesta a las tres de la madrugada? —preguntó Mikki riéndose.

—Solo digo que podemos entrar y salir cuando queramos —dijo Ashley antes de mirar a Bree—. ¿Qué te pareció lo que hacen en MAR?

—Me quedé impresionada. No sabía que los chicos de acogida salen del sistema al cumplir cierta edad. Tendría que haber un plan mejor que echar a un chico sin más cuando cumple los dieciocho incluso aunque no haya terminado el instituto.

Ashley asintió.

—Es un problema.

—Dave me pareció impresionante —añadió Bree—. Ha montado toda esa organización.

—Siempre le digo a Harding que Dave es el cerebro de todo —dijo Ashley sonriendo—. Tiene a mi hermano a raya, y eso me gusta.

—¿Está casado?

Mikki miró a Bree.

—¿Interesada?

Bree se rio.

—No. Solo intrigada. Es muy guapo.

—No está casado —dijo Ashley—. Es, más bien, un ligón en serie.

—Está en silla de ruedas, ¿no? —preguntó Mikki.

Ashley y Bree asintieron.

—¿Y cómo de grave es la lesión? —preguntó Mikki—. ¿Puede... eh... ya sabéis?

—¿Practicar sexo? —preguntó Bree—. Pues a lo mejor te sorprende, pero no hablamos de eso.

Mikki se dirigió a Ashley.

—¿Y?

—Nunca he salido con él.

—Habéis tenido que hablarlo en algún momento. Hace años que lo conoces.

Ashley levantó la copa.

—Sí, claro. «Hola, Dave. ¿Puedes tener una erección?». Hablamos de eso constantemente.

Dio un sorbo de champán.

—Por lo que han dicho sus distintas novias, desde luego que no supone ningún problema. ¿Por qué te interesa tanto?

—Me ha parecido una pregunta obvia. ¿Y vosotros dos por qué no habéis salido nunca?

Bree se sorprendió cuando Ashley se sonrojó.

—Soy la hermana pequeña de Harding. Somos prácticamente familia.

A Bree le pareció notar algo en su tono.

—Estabas coladita por él.

Ashley gruñó.

—Cuando tenía diecisiete años. A él no le interesaba

y se me pasó el enamoramiento. Somos amigos. Por favor, ¿podemos dejar de hablar sobre Dave, su pene y mi enamoramiento adolescente?

—¿Y del pene de quién quieres hablar? —preguntó Mikki antes de echarse a reír—. Esta noche estoy animada.

—Deberías llamar a Duane —le dijo Bree—. Deja que se aproveche.

—No estoy lista para eso. Me gusta y me produce cosquilleos, pero pasará un tiempo hasta que esté lista para dejarle ver mi culo desnudo.

Bree soltó una risita.

—No va a estar mirándote el culo.

Brindaron mientras Ashley se llevaba las piernas al pecho y apoyaba la frente en las rodillas.

—Sois lo peor —farfulló.

—Sí que lo somos —dijo Mikki con tono alegre—. Y por eso nos quieres.

—«Querer» es una palabra muy fuerte —dijo Ashley—. Más bien diría «tolerar».

—No te cargues este momento mintiendo.

Todo eso, pensó Bree. Ese momento, esas risas, esa amistad... Todo era inesperado, pero le gustaba. En poco tiempo esas mujeres se habían vuelto importantes para ella. Su ritual semanal la hacía sentirse conectada, le hacía sentir que era parte de algo. Después de tantos años sola, incluso habiendo estado casada con Lewis, estaba sorprendida y feliz de ser parte de algo.

—Pero si odias los braseros —dijo Mikki desenvolviendo su sándwich.

Perry y ella estaban sentados en una vieja mesa de pícnic que él había llevado a su casa nueva. Había querido que Mikki lo ayudara a elegir la pintura para la planta baja, y para ello la había chantajeado con llevarle el almuerzo de su tienda *gourmet* favorita.

Habían optado por un tono topo claro que quedaría bien con la carpintería una vez se lijara y tintara.

—Decías que son sucios y que todo el mundo los quiere pero nadie los usa.

Y Mikki lo sabía bien porque los niños y ella le habían suplicado tener un brasero en el jardín y Perry se había negado. Un año después del divorcio, Mikki había mandado instalar uno, aunque de propano en lugar de madera. No era tan divertido, pero sí más fácil de manejar sola.

—He madurado y cambiado —le dijo él sonriendo—. Tú usas el tuyo sin parar. A los niños les encanta. Voy a poner uno del mismo tipo cuando reforme el jardín trasero.

Ella se llevó la mano al pecho fingiendo sorpresa.

—Ahora irás a decirme que te gustan las coles de Bruselas.

—Nadie madura tanto como para eso.

Mikki se rio.

—Pues un brasero entonces. Creo que te gustará mucho. Tenías razón con los de madera. Dan mucho trabajo. ¿En qué parte vas a ponerlo?

Él señaló el extremo más alejado del patio.

—Esa zona la voy a ampliar. Aun así, quedaría mucho espacio en el jardín.

—Es un buen sitio para ponerlo.

Mikki se detuvo para pensar hacia dónde estaban orientados.

—Es la zona norte del jardín, así que en verano debería haber bastante sombra. Muy bien.

Le dio un mordisco a su sándwich de carne de vaca curada y pan de centeno. Perry tenía buenas ideas para la casa. Le había enseñado el diseño preliminar para el dormitorio principal que quería añadir. El vestidor era enorme y la disposición del baño le encantaba.

—Vas a ser feliz aquí.

Perry la miró.

—Ese es el plan. Debería haberme comprado una casa hace tiempo. Mis padres me lo pusieron demasiado fácil al alquilarme su casa.

—¿Por qué dices eso? Fue bueno para todos. Los chicos estaban cerca de los dos y trabajaste mucho arreglando la casa de tus padres. Todos salimos ganando.

—Fui un vago.

Su rotunda afirmación la sorprendió.

—¿En qué sentido?

—En muchos. Fui vago en nuestro matrimonio. Me gustaba cómo estaban las cosas y nunca quise que cambiara nada, sobre todo porque tú me cuidabas muy bien. Debería haberme esforzado más para ser lo que querías.

—Eso ya me lo has dicho. ¿Por qué le estás dando tantas vueltas últimamente?

—He estado pensando.

«La típica frase», pensó Mikki. Sin embargo, hubo algo en el tono en que lo dijo que hizo saltar las alarmas. Mikki soltó el sándwich. Se quedó mirándolo mientras unos terribles pensamientos le salpicaban el cerebro.

—¡Ay, Dios, estás enfermo!

—¿Qué?

—Tienes una enfermedad o algo. ¿Qué te pasa? Dímelo.

Perry la sorprendió al reírse.

—No estoy enfermo. ¿Es que un hombre no puede pensar un poco en su conducta sin estar próximo a la muerte?

—No sé. ¿Puede?

Perry le sonrió.

—No estoy enfermo —repitió—. Mira, los chicos se están haciendo mayores y vamos a pasar a otra fase de nuestra vida. ¿Nunca te paras a pensar y analizar las cosas?

Mikki recordó que ser consciente de que podía vivir otros cincuenta años era lo que la había animado a apuntarse a una web de citas. Por eso estaba saliendo con Duane.

—Tienes razón —dijo agarrando el sándwich otra vez—. Está bien reflexionar y hacer cambios positivos.

—A veces pienso en cómo sería todo si las cosas hubieran sido distintas entre los dos.

¿Sí? Ella hacía tiempo que había dejado de pensar en eso. Había remordimientos, por supuesto. Había querido un tercer hijo, pero Perry no había mostrado ningún interés. Había querido que los dos salieran alguna noche y que viajaran juntos, pero nada de eso había pasado nunca. En muchos aspectos, las cosas eran más sencillas entre los dos desde el divorcio.

—Me alegro de dónde estamos ahora. Nos llevamos bien. Y eso es bueno para nosotros y para los niños.

Perry se quedó observándola un momento antes de darle un mordisco al sándwich.

—Sydney y Will van a venir a ayudarme a pintar. ¿Te apuntas?

—Claro. Dime cuándo y me aseguraré de dejarlo todo en orden en la tienda.

Él se levantó.

—Voy a por las muestras de azulejos.

Mientras Perry entraba en la casa, ella se preguntó si debería mencionar a Duane. Si seguía viéndolo, en algún momento tendría que conocer a Perry. Y, desde luego, debería contarle que estaba saliendo con alguien antes de que se lo contara uno de sus hijos. Pero no sabía qué decir ni cómo decirlo, así que decidió posponerlo unas semanas. De todos modos, a su ex tampoco le importaría mucho con quién salía. Lo suyo estaba acabado y pertenecía al pasado.

—No puedes estar aquí —dijo una voz detrás de ella.

Ashley se sobresaltó y, al girarse, vio a Oscar entrando en la cocina de MAR.

Su por lo general imperturbable repostero frunció el ceño.

—Son las dos de la madrugada. Es la tercera vez esta semana que te encuentro aquí cuando deberías estar en casa durmiendo.

Se acercó y la miró.

—¿Qué pasa?

Era un tipo grande; no solo alto, sino increíblemente fuerte, y eso sin contar ese aire peligroso que tenía. Ashley, con su menos impresionante metro setenta, le sostuvo la mirada.

—No eres mi jefe.

Un músculo se contrajo en la comisura de la boca de Oscar. Ashley se había esperado un poco más, una ligera sonrisa tal vez, pero lo único que obtuvo fue esa contracción.

—No puedes estar aquí —repitió él con un tono algo más delicado esta vez—. No te hace bien. Estás en la tienda todo el día —dijo, y estrechando la mirada añadió—: ¿Por qué estás evitando a Seth?

—No lo hago.

La mentira fue involuntaria. Ashley respiró hondo.

—No exactamente. Lo que quiero decir es que no quiero hablar con él ahora mismo, pero eso no significa que lo esté evitando. Evitarlo implica un acto deliberado. Solo estoy... poniéndome al día con trabajo atrasado.

—¿Intentas convencerte a ti misma o convencerme a mí?

—A mí principalmente. Tú ya sabes que estoy mintiendo.

La oscura mirada de Oscar se posó en su cara.

—¿Te ha hecho daño?

—No. No como crees. Es que yo pensaba... —apretó los labios, no muy segura de cuánto contar—. Acabo de enterarme de que queremos cosas distintas —dijo, y corriendo levantó una mano y añadió—: Me quiere y quiere pasar el resto de su vida conmigo. No deja de decírmelo.

Oscar la observaba con tanta intensidad que Ashley pensó que podía leerle la mente. Finalmente él dijo:

—Esconderte no ayuda. Esconderte le da más poder al problema. Cada vez que te escondes, el problema crece hasta sobrepasarte. Si crees en Seth, dale una oportunidad de hacerlo bien. Si no crees en él, aléjate y busca a alguien a quien puedas respetar y en quien puedas confiar.

Tenía razón.

—¿Cómo puedes darme un consejo tan bueno sobre mi vida privada y que luego no le pidas a Carrie salir a tomar un café?

—No tiene nada que ver una cosa con la otra.

—Es muy dulce contigo.

La expresión de Oscar se endureció.

—No vayas por ahí, niña. No es asunto tuyo.

—Creo que deberías plantearte pedirle salir. Sería bueno para los dos.

Ashley se detuvo al pensar algo.

—¿Es que eres gay? Nunca has dicho nada, así que supongo que lo no eres, pero, si lo eres, dejaré de presionarte con que salgas con chicas.

Aunque Oscar no se movió ni un ápice físicamente, de algún modo su postura se volvió amenazante.

—¿Acabas de preguntarme si soy gay?

—Es una pregunta lógica.

—No, no lo es.

—Ser gay no tiene nada de malo. Mucha gente lo es. Lo entiendo. Incluso entiendo a los bisexuales. A ver, en la naturaleza hay toda una gama de opciones.

Oscar murmuró algo y se acercó a la cafetera que Ashley había hecho una hora antes.

—Vete a casa —le dijo sirviéndose una taza.

—¿Entonces de lo de gay nada?

—No.

—Solo voy a decir una última vez que Carrie sabe lo de tu pasado y no le importa. Y además es guapa y divertida y...

—¡Vete a casa!

La voz de Oscar fue como un rugido. Ashley se sobresaltó ligeramente y luego sacó el bolso de un cajón.

—Esta noche estás de muy mal humor, ¿no? Vale. Me voy a casa. Pero no creas que hemos terminado de hablar de Carrie.

—Deberías tenerme miedo.

Ashley lo miró.

—¿En serio?

Él rictus de Oscar se relajó un poco.

—No. Yo jamás te haría daño.

—Ya lo sé, Oscar. Buenas noches.

—Igualmente.

El buen humor le duró todo el trayecto hasta el edificio de apartamentos, pero cuando accedió a su plaza de aparcamiento, se encontró cayendo de nuevo en una espiral de tristeza y confusión. Llevaba casi una semana evitando a Seth y en algún momento tendrían que hablar. El problema era que seguía igual que cuando él le había dicho que no quería casarse con ella: sin saber qué decir.

Entró en el apartamento esperando encontrarse el salón vacío y a oscuras excepto por la lamparita que Seth siempre le dejaba encendida, pero, en lugar de eso, la sala estaba iluminada por completo y él estaba sentado en el sofá, claramente esperándola.

—Sigues levantado —dijo ella sorprendida—. Es tarde. Mañana tienes que trabajar.

—Y tú —contestó Seth. Se levantó—. Llevas casi toda la semana llegando después de medianoche y, aun así, madrugas para ir a la tienda.

—No he estado durmiendo bien.

Él se acercó y le quitó el bolso. Después de dejarlo en la mesa junto a la puerta, la llevó hacia sí.

—Lo siento —susurró abrazándola—. Ashley, te he hecho daño y nunca fue mi intención. Te quiero. Por favor, créeme. Siento haberlo estropeado todo cuando hablamos de la casa. Debería haber estado más preparado y haber manejado mejor la situación.

Su familiar abrazo, la calidez de su cuerpo y la sinceridad de sus palabras aplacaron algo de su tensión. Ella lo abrazó deseando borrar los últimos días y volver adonde habían estado antes.

Al cabo de unos minutos, Seth la llevó al sofá. Se sentaron girándose el uno hacia el otro y él le agarró una mano.

—Tenemos que hablar para arreglar esto —dijo con tono suave—. La cagué, y lo siento.

Un moderado optimismo invadió a Ashley.

—¿Qué significa eso?

—Nunca habíamos hablado de matrimonio. Sí que habíamos hablado de nuestro futuro, pero nunca de la palabra que empieza por «M» —dijo con una breve sonrisa—. Eso me hacía pensar o, mejor dicho, confiar en que no te interesaran los boatos del matrimonio. Que querías lo mismo que yo.

—Un compromiso sin casarnos —dijo ella con aspereza a la vez que su optimismo se aplastaba y estallaba en llamas.

—Exacto —respondió Seth apretándole los dedos—. Podemos hacerlo. Redactaremos los papeles de la casa de modo que, si uno de los dos muere, vaya automáticamente al otro. Firmaremos instrucciones que nos permitan tomar decisiones médicas. Estaremos comprometidos al cien por cien el uno con el otro durante el resto de nuestra vida.

Ella apartó la mano.

—Hasta que a uno de los dos le entre la pereza.

¿Qué pasa si accedo y me quedo embarazada? Ni siquiera así te casarás conmigo.

—No tenemos que estar casados para tener hijos.

—Biológicamente no, pero ¿qué pasa con ellos? ¿Cómo vamos a explicarles que papá y mamá no están casados? ¿Cómo van a decírselo a sus amigos?

Él frunció las cejas.

—Eso ya no es un problema. Muchos padres no están casados.

—Porque no están enamorados —dijo Ashley echándose atrás en el sofá—. Tu argumento contra el matrimonio es que la gente se vuelve perezosa y deja de esforzarse por la relación.

—Sí —respondió Seth con cautela.

—¿Y si tengo un embarazo complicado? ¿Y si me paso tres meses vomitando y no puedo hacer todo lo que esperas que haga? ¿Y si engordo quince kilos y tardo un año en perderlos? ¿Y si no los pierdo nunca? ¿Eso lo catalogarías como «volverse perezosa»? —preguntó haciendo el gesto de las comillas con los dedos—. ¿Como si no estuviera dando lo suficiente? ¿Como si no estuviera intentándolo lo suficiente?

—Te estás tomando mis palabras demasiado al pie de la letra.

—Tus palabras son lo único que tengo. Entiendo lo que dices sobre que hay gente que se aprovecha de la institución del matrimonio, y estoy de acuerdo en que hemos visto parejas que hacen lo mínimo por la relación. Pero, tal como te expresas, me haces sentir que con un solo desliz, con una sola mala tarde, habremos acabado. Nadie puede vivir así. Se supone que la persona que amas es la única con la que te puedes sentir relajado de verdad, con la que puedes ser tú mismo sin que te juzguen ni te presionen. Amar a alguien, comprometerte con alguien, significa dejarle respirar, cuidar de él o de ella más que de ti, y es que si ambas personas hacen eso, entonces tienes un matrimonio perfecto.

Él bajó los hombros.

—Lo estás viendo desde un punto de vista emocional y no lógico.

—Estamos hablando de amor, Seth. Ahí solo hay emociones.

Creía que Seth contestaría algo, pero, en lugar de eso, él se levantó y la levantó a ella.

—Estás agotada —dijo llevándola al dormitorio—. Has estado quedándote despierta hasta tarde, evitándome y pensando en esto. Duerme un poco. Yo me quedo en el sofá. Volveremos a hablar dentro de unos días, cuando los dos estemos descansados.

Ashley quería decirle que aún quedaba mucho por hablar. Pero Seth tenía razón. Estaba agotada.

—Gracias.

Entró en el dormitorio y cerró la puerta. Incluso en una situación tan mierda, él estaba siendo amable, algo que ella jamás entendería. Si estaba tan dispuesto a ser el bueno, el tipo cariñoso y solidario, ¿por qué no veía que el matrimonio era importante para ella?

Esa noche no obtendría ninguna respuesta. Así que durante las siguientes horas se olvidaría del tema.

Capítulo 12

Bree estudió el informe de ventas y sacó las cifras de mayo del año anterior para hacer una comparativa directa. Después de seis meses y pico, tenía que admitir que la mudanza había sido beneficiosa para el negocio. Las ventas habían ido subiendo cada mes desde enero, y en mayo habían subido un treinta y ocho por ciento. No sabía cuánto se debía a la nueva ubicación y cuánto a la clientela atraída por los negocios de Ashley y de Mikki, aunque tampoco sabía si importaba. The Boardwalk Bookshop estaba funcionando aún mejor de lo que había esperado.

Había tenido que aumentar sus pedidos, lo cual hacía muy feliz a su representante de cuentas. La sección infantil era la que más vendía, aunque los otros departamentos tampoco se quedaban muy atrás.

El teléfono de la tienda sonó.

—The Boardwalk Bookshop —dijo sonriendo a las felices cifras—. Soy Bree.

—Hola, Bree. Soy Idalina Gray. ¿Cómo estás?

El tono amable y la cordial pregunta implicaban que Bree debería conocer a la persona que llamaba. Estaba segura de que ese nombre le sonaba, pero ¿de qué? ¿Sería una instructora de gimnasia? ¿De *spinning*? De pilates seguro que no, porque entrenaba básicamente con Nicole. ¿Sería alguna de esas superturgentes mujeres de CrossFit que...?

—La publicista de tu madre —dijo Idalina rompiendo el silencio.

—Ah, sí.

¿La publicista de su madre? ¿Por qué?

—Me alegro de hablar contigo.

«La verdad es que no», añadió en silencio mientras se preguntaba por qué narices la llamaba Idalina. No recordaba la última vez que habían hablado. ¿Cinco años atrás? ¿Seis? No había hablado con ninguno de sus padres en al menos un año y no los había visto desde el funeral de Lewis.

—A tu madre le gustaría hacer una firma de libros en tu tienda.

—¿Por qué?

Su madre no había pisado la tienda desde antes de que Lewis muriera, y solo había sido una visita breve. Ninguno de sus padres había firmado nunca ahí, ni siquiera cuando el dueño había sido Lewis.

—¿Cómo que por qué? Es un establecimiento mencionado en el *New York Times* y con una reputación maravillosa. Organizas firmas de mucho éxito y gran asistencia. ¿Qué fechas te irían bien?

—Ninguna —contestó Bree con brusquedad—. No voy a concertar una firma de libros contigo. Si mi madre tiene tantas ganas de aparecer por aquí, que mueva el culo y me llame ella.

Hubo unos segundos de silencio antes de que Idalina murmurara:

—Le pasaré tu mensaje.

Y colgó.

Bree colgó también con un golpe.

—¡Me has estropeado el día! —gritó al teléfono—. Estaba teniendo un día buenísimo hasta que has llamado.

—Toc, toc.

Mikki estaba en la puerta.

—¿Qué? —soltó Bree antes de recostarse en la

silla—. Perdona. Estoy rabiosa y tú eres la inocente que pasaba por aquí.

Mikki ocupó la silla de las visitas.

—¿Qué pasa? Y no me digas que estás bien. Las dos sabemos que no lo estás. Si te resistes, me veré obligada a usar la voz de mi madre, y ni tú ni yo queremos eso.

La mezcla de preocupación e irreverencia casi hizo sonreír a Bree. Señaló al teléfono.

—La publicista de mi madre me ha llamado para organizar una firma. ¡Más quisiera!

Mikki abrió los ojos de par en par.

—¿Tu madre es escritora? ¿Por qué no lo sabía? Ya, espera. Nunca hablas de tu familia. ¿Tu madre es escritora? ¿En serio?

—Y mi padre también. ¿Alguna vez has oído hablar de Naomi y Gerard Days?

—Puede —respondió Mikki con cautela—. ¡Ay, espera! Sí que los conozco. Son unos literatos icónicos. Son lo más —miró a Bree—. Joder, ¿son tus padres? Pero son famosos e importantes y tú no vendes ficción literaria. Vale, ya lo entiendo. Rechazo máximo a quienes son y lo que hacen. Muy bueno. ¿Sabes? Puede que necesites terapia.

—Lo he intentado. No funcionó.

—Aun así, podrías reconsiderar un segundo intento. Tus padres... ¿siguen vivos los dos?

—Sí, y viven en Manhattan. También tienen una casa de verano en los Hamptons y una casita de campo en Suiza. Mi padre va allí a escribir. Es el único momento en que se separan. Siguen muy enamorados. Su única hija fue más una interrupción y un fastidio que un miembro de la familia, y por eso no tenemos mucho contacto.

—Sigo alucinada —admitió Mikki—. Y asimilándolo. ¿Ves el reloj de arena encima de mi cabeza? —se detuvo—. ¿Entonces nunca has estado unida a ninguno de ellos?

—No. Siempre he sentido que la desatención de mi padre era más orgánica, no sé si me explico. Parecía constantemente sorprendido de mi existencia. Yo entraba en una habitación y podía verlo intentando recordar quién era. A mi madre, en cambio, sencillamente le daba igual.

—La madre siempre tiene la culpa de todo —murmuró Mikki.

—Cierra el pico.

Su amiga sonrió.

—Vale, así que odiamos a mamá. Lo pillo. ¿Cuándo fue la última vez que hizo una firma en la tienda?

—Nunca ha firmado aquí. Nunca le ha importado lo suficiente. Cuando era de Lewis, no tenía muchos clientes ni prestigio. En lo que respecta a sus libros, mis padres solo se fijan en las apariencias. Todos los eventos tienen que ser perfectos. No sé por qué tiene que venir a molestarme ahora.

—¿Ha publicado un libro nuevo?

Bree no tenía ni idea. Tecleó en el ordenador y negó con la cabeza.

—Su último lanzamiento fue hace seis meses. Imposible que esté de promoción —dijo mientras se desplazaba hacia abajo en la pantalla, mirando—. Las reseñas son fantásticas. Dicen que es su mejor novela hasta la fecha.

—Sigo odiándola.

No era la respuesta más madura, pero sí una que hizo que Bree se sintiera cuidada.

—Gracias.

—¿Y ahora qué? ¿Vas a celebrar la firma de libros?

—Le he dicho a su publicista que, si quiere firmar aquí, me llame y me lo pida ella —dijo Bree levantándose—. Y eso nunca pasará, hazme caso.

Mikki se levantó.

—Si pasa, avísanos. Te protegeremos de ella.

—No necesito protección.

Mikki la abrazó y fue un gesto que Bree encontró sorprendentemente reconfortante.

—Claro que sí —murmuró Mikki—. Es tu madre. De todas las personas que hay en el planeta, es la que tiene mayor capacidad de romperte el corazón en pedacitos y luego servírtelos en una tartaleta.

—Qué imagen tan desagradable.

—Sí, no pretendía hacer ninguna referencia al canibalismo. Me ha salido mal, pero ya sabes lo que quiero decir.

—Lo sé.

—Te agradezco que te hayas levantado tan temprano —le dijo Ashley a su hermano mientras servía dos tazas de café.

Le había preguntado si podía pasarse por su casa, pero, ahora que estaba ahí, deseaba no haberse decidido a hablar con él. Confiaba en su consejo y en que le guardaría el secreto, pero no sabía cómo explicarle su situación sin parecer tonta. Era la mujer que se había enamorado del tipo que no quería casarse con ella. No era algo de lo que sentirse orgullosa.

Harding aún estaba despeinado, como si hubiera salido de la cama minutos antes de que ella llegara. Estaba descalzo y llevaba unos pantalones de deporte sueltos y una camiseta. Se estiró antes de aceptar el café y sonreírle.

—No es temprano. Los jueves me levanto antes del amanecer para mi clase de surf.

Ashley se sentó a la pequeña mesa de la cocina y se rio.

—Los jueves te levantas tan temprano para poder pasar un rato con Bree en «su» clase de surf. Prácticamente la estás acosando. Es patético.

—Estoy dispuesto a ser patético por ella.

Ashley enarcó las cejas.

—¿Estás seguro de que es buena idea? En primer lugar, y no te ofendas, las mujeres no nos sentimos atraídas por los hombres que nos parecen patéticos. En segundo, Bree ha dejado claro que no busca una relación. Cuando alguien te dice la verdad, deberías hacer caso.

Mientras hablaba, Ashley tuvo la mala sensación de que también estaba hablando consigo misma, y no fue muy alentador.

—Correré el riesgo. Merece la pena arriesgarse por Bree.

—¿Qué objetivo tienes?

—Dos hijos y una hipoteca.

Sabía que su hermano estaba medio en broma, pero, aun así, el comentario fue como un buen golpe. Unas inesperadas lágrimas le llenaron los ojos. Giró la cabeza, aunque no a tiempo de que él no viera que estaba disgustada.

—Ey, hermanita —dijo Harding con suavidad—. No te preocupes tanto por Bree y por mí. ¿A qué vienen esas lágrimas?

—No eres tú —dijo ella, e intentó reírse—. Soy yo.

Harding ignoró el triste intento de bromear y esbozó su gesto de «Tengo todo el tiempo del mundo».

Dieron un trago de café mientras ella intentaba averiguar qué decir.

—No puedes decírselo a papá y mamá. Lo digo en serio. No lo van a entender y todo cambiará y...

—¿Te ha pegado?

—¿Qué?

Se quedó mirando a su hermano, que fingía un leve interés por la pregunta. «Una fachada», pensó Ashley. Calmado por fuera y, por dentro, dispuesto a machacar a Seth.

—No, no me ha pegado. Y tampoco se ha puesto furioso conmigo. No es eso.

Rodeó la taza con las manos.

—Las cosas nos van bien. Muy bien. En otoño vamos a ir a Whistler y, viendo cómo hablaba del hotel y teniendo en cuenta que es nuestro primer aniversario desde que nos dijimos que nos queremos —miró a Harding—, pensé que tenía pensado pedirme matrimonio.

—¿Y no?

—No.

Le contó lo de la casa y que él quería tener hijos con ella, pero no quería casarse. Que creía que la gente que se casaba dejaba de esforzarse. Que se volvían perezosos y dejaban de valorarse.

Cuando dejó de hablar, Harding se terminó la taza de café.

—¿Tú qué piensas? —le preguntó su hermano.

Las lágrimas volvieron.

—Que me he enamorado de un hombre que no va a casarse conmigo.

—¿Crees que te quiere?

—No lo sé. Antes sí lo creía.

Los ojos oscuros de Harding se clavaron en los de ella.

—¿Crees que te quiere?

Ashley analizó la pregunta con el corazón. En todas las facetas de su vida juntos, Seth era todo lo que había querido siempre: trabajador, atento, bueno, inteligente y divertido. La trataba bien y quería que el mundo entero supiera que la adoraba.

—Me quiere.

—Y tú lo quieres.

—Ahora menos.

Harding ignoró el comentario.

—No puedes obviar tus sentimientos lo bastante como para poder ver, desde un punto de vista lógico, lo que él dice. ¿Es posible tener una pareja comprometida sin casarse?

—Claro. El tema legal se puede solucionar. Esa no es la cuestión.

—¿No? Te está ofreciendo todo lo que quieres.

—El matrimonio no. Quiero estar casada.

—¿Por qué? No eres de esas personas que se vuelven locas con las bodas. Nunca te he oído soñar con un vestido o una luna de miel.

—Eso no significa que no quiera llevar una alianza en el dedo. La gente se casa. Se enamora, decide pasar su vida junta y se casa. Si quieres establecer un vínculo de pareja en esta ciudad, más te vale soltar una proposición de matrimonio.

—Seth no quiere casarse.

Ella gruñó.

—Por eso he venido a verte. Aunque estoy empezando a arrepentirme.

—Eso es porque aún estás muy afectada. Dices que quieres casarte porque es lo que hace la gente. Pero ¿por qué? Tú nunca has seguido las normas. Dejaste un trabajo estupendo para empezar de cero haciendo *muffins*. Tienes a dos exconvictos trabajando para ti. Cuando surgió la oportunidad de trabajar con Bree y Mikki, no lo dudaste. Siempre has sido fuerte y has estado dispuesta a correr riesgos.

Harding le agarró la mano que tenía libre y le dio un apretón.

—¿Por qué te importa tanto el matrimonio? ¿Qué cambia para ti llevar un anillo?

Ella se soltó.

—Es difícil de explicar.

—A eso me refiero. Mientras solo puedas expresar que eso es lo que quieres y lo que se espera que hagas, no podrás mantener una conversación de verdad con Seth. Él está analizando la situación desde otra perspectiva. Tienes que entender su punto de vista y él tiene que entender el tuyo. Luego podréis decidir qué os importa más a cada uno.

Todo eso sonaba muy bien, sí, pero ella no tenía ninguna esperanza de que funcionara.

—Si Bree te dijera que te quiere y que está dispuesta a tener hijos contigo, pero que no quiere casarse contigo, ¿tú aceptarías?

—Sí.

—¿Así? ¿Sin más?

—Quiero estar con Bree. Si esas son sus condiciones, entonces me parece bien —contestó Harding. Levantó un hombro al añadir—: ¿Que si preferiría casarme con ella? Pues claro. Quiero ponerme ante Dios y ante todo el mundo que me importa y decir que es la mujer que he elegido. Para siempre. Soy suyo y ella es mía. Pero no es un factor decisivo. Con tenerla en mi vida, ya tengo todo lo que podría querer.

Ella lo miró con cierto recelo.

—Eso lo dices metafóricamente, ¿verdad? No estás enamorado de ella.

Harding sonrió.

—Aún no.

—Eres insoportable —dijo ella suspirando—. ¿Por qué me importa tanto estar casada?

—No lo sé, pero tú sí.

—Creo que es porque me tomo como algo personal lo de que no quiere casarse. Creo que me lo tomo como si fuera solo conmigo, no con todas las mujeres. Pienso que se casaría con cualquier otra menos conmigo.

—¿En serio crees eso?

—En el fondo no. Sé que me quiere. Pero, cuando lo hablamos, siento que es así.

Ashley esbozó una ligera sonrisa y continuó:

—Tienes razón. Tengo que solucionar esto. Tengo que ignorar las emociones y centrarme en lo que me importa.

Y sonaba muy sensato, pero no tenía ni idea de cómo hacerlo.

Harding se levantó y la levantó a ella.

—Ten un poco de fe en ese hombre y ten más fe en

ti. Lo solucionarás. Y si resulta que es un gilipollas, le doy una paliza con mi tabla de surf.

Ella se rio y luego empezó a llorar. En todo momento Harding estuvo abrazándola fuerte, porque su hermano mayor siempre había estado a su lado, y ella sabía que eso nunca cambiaría.

—Te busca un hombre guapo —dijo Lorraine con tono algo tenso.

Mikki ignoró el fogonazo de culpabilidad al mirar detrás de su suegra y ver a Duane junto a la caja registradora. Sus anchos hombros y su agradable sonrisa hicieron que le palpitara el corazón y que un cosquilleo recorriera sus partes femeninas. Nada que quisiera experimentar bajo la atenta mirada de Lorraine.

—Es Duane —dijo intentando hablar con naturalidad.

Lorraine los miró a los dos.

—No sabía que estuvieras saliendo con alguien.

El nivel de culpabilidad se triplicó.

—Eh... pues... Perdona.

Se acercó a él.

—Hola. Estás en mi tienda.

—Sí —respondió él mirándola a los ojos y sonriendo de nuevo—. ¿Te parece bien?

Mikki se rio.

—Sí. Es una tienda. Puedes estar aquí. Aunque me sorprende un poco.

—Quería ver dónde trabajas para poder imaginármelo cuando fantaseo contigo.

¿Cuando hacía qué?

—¿Fantaseas conmigo? —preguntó ella sin poder contenerse.

Él se acercó más y susurró:

—Constantemente. Eres una distracción terrible.

Ah. Abrió la boca y la cerró, no muy segura de qué

decir a eso, pero apreciando cómo la hacían sentir sus palabras.

—Bueno, pues esta es mi tienda —dijo esperando que no se le notara lo nerviosa que estaba—. Donde... eh... vendo cosas.

—Es bonita. Se parece a ti —dijo él mirando a su alrededor—. Cálida y acogedora y un poco inesperada —volvió a mirarla—. ¿Podríamos salir fuera? Quiero preguntarte algo.

—Claro.

Mikki se detuvo un instante, dudando si decirle algo a Lorraine o no. Justo hasta ese momento, tener a su suegra trabajando para ella no había sido nunca un problema, pero de pronto había escollos que no sabía sortear.

Diciéndose que Lorraine lo entendería, salió afuera.

La tarde era calurosa y soleada, y la playa estaba abarrotada. Duane señaló un banco a la sombra del edificio. Se sentaron el uno al lado del otro.

—¿Cómo llevas el día? —preguntó ella.

—Bien. He estado en una teleconferencia desde las tres —dijo Duane, y añadió con pesar—: Las diferencias horarias pueden ser una pesadilla.

—¿Tres de la madrugada?

—Eso es. Me implico más en mi voluntariado cuando no hay clases.

—Los países en vía de desarrollo no esperan a nadie.

—Exacto. Por eso quería preguntarte por un evento de *Las chicas saben de vino*.

—¿Una cata? Estoy en su lista de correo para los eventos locales. No me ha llegado ninguno.

—No es local —dijo él mirándola—. Van a hacer una celebración grande en Monterrey. Durante un fin de semana largo. He pensado que podríamos ir.

¿A Monterrey? ¿Un fin de semana largo? ¿Con él? ¿Él y ella juntos? ¿Como si...?

¿Podría hacerlo? ¿Quería hacerlo?

Pensó en lo mucho que le gustaba Duane y en el cuerpo tan fantástico que tenía y supo que sí, que claro que quería ir con él, pero querer y estar preparada eran dos cosas muy distintas.

El sexo era complicado. No solo lo de hacerlo o no hacerlo, sino la preparación. Tenía que perder diez kilos, comprarse lencería nueva y posiblemente depilarse. Además, hacía una eternidad que no se acostaba con un hombre, y aunque estaba segura de que se acordaría de cómo se hacía, estaba nerviosa y asustada y...

—Para —dijo él con delicadeza—. Déjame acabar antes de que te dé algo.

—No me va a dar algo. Estoy tranquila. Soy una roca.

—Sí, ya. Si te vieras la cara...

Duane le agarró la mano y le dijo:

—Dos habitaciones de hotel. Por mucho que me apetece que hagamos el amor, es demasiado pronto. No quiero ahuyentarte. Así que dejaremos de lado lo del sexo y nos limitaremos a pasar el fin de semana juntos. ¿Qué me dices?

La decepción y el alivio se enfrentaron. Ganó el alivio, y eso le permitió relajarse lo suficiente para decir:

—Me encantaría.

—¿Lo de las dos habitaciones de hotel? ¿Lo de salir de viaje conmigo? ¿Lo del vino?

Ella sonrió.

—Todo.

Duane le dijo la fecha.

—Es dentro de dos semanas. ¿Te parece demasiado pronto?

«A lo mejor si dejo de comer del todo...», pensó.

—Me parece perfecto. Los chicos están con Perry, así que estoy libre.

—Genial —dijo Duane acercándose. La besó suavemente—. Sacaré las entradas y haré las reservas. Lo pasaremos bien —y le susurró al oído—: A lo mejor quieres llevarte a Earl. Por si se calienta la cosa.

Ella se rio y lo apartó.

—A Earl le gusta quedarse en casa.

—Pues yo sigo deseando conocerlo.

—Eso no va a pasar nunca.

Él se levantó y la levantó a ella.

—No sé. Puedo ser muy persuasivo.

La acompañó a la tienda y volvió a besarla.

—Te enviaré un mensaje con los detalles.

—Lo estoy deseando.

Duane se marchó y ella prácticamente entró en la tienda flotando. Pero, una vez ahí, su exsuegra se acercó corriendo y dijo:

—Parece que os lleváis muy bien.

Mikki volvió a la tierra de golpe.

—Sí.

No sabía qué más decir. Comentar que Perry y ella llevaban tres años divorciados le parecía innecesario, y tampoco estaba segura de que mencionar a las antiguas novias de Perry fuera a servir de algo.

—Llevo sola mucho tiempo. Estoy lista para encontrar a alguien. Por favor, no se lo digas a nadie, pero lo último que quiero es acabar como mi madre. Podría vivir cincuenta años más y quiero vivirlos con una pareja.

Su exsuegra apretó la boca.

—Por supuesto que tienes todo el derecho del mundo a salir con quien quieras, pero es que siempre he pensado... Mejor dicho, siempre he esperado... que Perry y tú acabarais encontrando el modo de volver a estar juntos. Tenéis dos hijos juntos y vuestro matrimonio funcionó la mayor parte del tiempo.

Mikki la abrazó.

—Lo siento. No quiero hacerte sufrir, pero ni Perry ni yo queremos eso. Los dos estamos bien tal como estamos.

—Lo sé. Soy una estúpida —dijo Lorraine dándole una palmadita en el brazo—. Me alegro de que seas feliz.

—Gracias.

La mujer asintió y se marchó. Mikki se dijo que no estaba haciendo nada malo; sin embargo, que Lorraine hubiera mencionado a Perry había pinchado su burbuja de felicidad. Menos mal que un fin de semana fuera con Duane la ayudaría a volver a flotar.

Capítulo 13

El restaurante era uno de esos pequeños locales de barrio con un patio y un menú ecléctico. Estaba lo bastante lleno como para asegurarle a Bree que la comida era buena, pero no tan concurrido como para haberse puesto de moda y convertido en un lugar estirado y pretencioso.

Salió del Uber y vio a Harding esperando en la entrada.

Estaba guapo, pensó encantada de verlo y a la vez furiosa consigo misma por haber aceptado su invitación a cenar. No estaban saliendo; no había motivos para pasar tiempo con él. Sin embargo, por lo que fuera, se había visto incapaz de negarse. Ni siquiera había sido brusca al aceptar.

Supo el momento exacto en que él la vio porque se le iluminó la cara entera y echó a andar hacia ella. Bree se obligó a esperar a que se acercara, pero ese juego de poder fracasó del todo cuando prácticamente se abalanzó sobre él. Lo abrazó y se derritió en sus brazos. Era raro, pero necesitaba sentir su cuerpo.

Harding era esbelto y fuerte, y todo en él la atraía. Pensó en él después de las clases de surf; en que siempre estaba temblando y ella tenía que ayudarlo a quitarse el neopreno para poder secarlo y hacerlo entrar en calor. Aunque estaba agotado, hacía bromas. Pensó en las cicatrices, en su cojera, en cómo la buscaba y en que ella, en el fondo, sabía que la pura bondad y el idealismo de Harding eran tan letales como sus cálidos y sensuales besos.

—Eres preciosa —le dijo cuando caminaban hacia el restaurante—. Estás muy por encima de mi nivel.

—Tú eres bastante guapo.

Ese comentario hizo que Harding se riera con ganas y echando la cabeza hacia atrás.

—¿Bastante guapo? —preguntó cuando entraron juntos—. O sea, no tan guapo como para dejarte sin respiración, pero tampoco tan feo como para que te avergüences.

—Exacto.

—Con eso me conformo.

Él le dio su nombre a la recepcionista del restaurante, que los llevó a una mesa en un rincón del patio. El cielo aún tenía matices rosas de la puesta de sol y había estufas listas por si la temperatura bajaba de veintitrés grados. LA era una ciudad a la que no le sentaba bien el frío.

Se sentaron uno enfrente del otro. Harding se inclinó hacia ella.

—Cuéntame qué tal el día.

—He vendido libros.

—¿Has pensado en mí?

Sí, pero no lo admitiría. No se sentía especialmente segura acercándose a la gente. De vez en cuando hacía excepciones, como con Mikki y Ashley. Trabajaba con ellas y ser distante complicaría las cosas. Aun así, al principio, mientras estuvieron conociéndose, mantuvo sus defensas en alto para protegerse. Lo que Harding quería, o lo que ella sentía que quería, era algo completamente distinto. Querría abrirse camino hasta lo más profundo de su alma, descubrir todos sus secretos y luego contarle los suyos. Quería que el uno formara parte de la vida del otro, que estuvieran entrelazados. Quería una relación. Era esa clase de hombre.

—Nunca seré lo que quieres —le dijo Bree.

—A lo mejor soy un superficial y solo me interesas porque estás buena y estoy segurísimo de que eres genial en la cama.

Ella sonrió.

—Ojalá fueras tan superficial, pero no lo eres —dijo echándose atrás en la silla—. Cuéntame tú qué tal tu día.

—Me ha llamado un chico que conocí en el instituto. Tiene una empresa de diseño de páginas web y quería hablar conmigo para actualizar la web de MAR.

—¿Estaba buscando trabajo?

—Sip.

—¿Qué le has dicho?

—Que ya tenía un diseñador web, pero que lo avisaría si la situación cambiaba. Luego le he dado nombres de algunas empresas que conozco que podrían necesitarlo.

—¿Habíais hablado desde el instituto?

—Una o dos veces. No éramos amigos, si es lo que preguntas.

—¿No estuvo a tu lado después del accidente?

La cálida expresión de Harding nunca se inmutaba.

—No. Me evitaba.

—Hay gente que evita lo que les da miedo. Como, por ejemplo, que tú no volvieras a andar nunca.

—No todo el mundo puede sobrellevar las cosas malas. Lo entiendo.

El camarero tomó nota de las bebidas y se marchó.

—Pero ahora quiere algo de ti —señaló Bree—. Me parece egoísta.

—Yo no juzgo.

—Todo el mundo juzga. ¿Aún tienes amigos del instituto?

—Algunos.

—¿Y tus antiguas novias?

Bree se esperaba que se riera, pero, en lugar de eso, Harding resopló.

—Tenía una novia formal cuando tuve el accidente.

Bree deseó no haber preguntado. A juzgar por esa ligera tensión en el cuerpo de Harding, la historia no tuvo un final feliz.

«Cabrona imbécil», pensó con dureza. «¿Dejarlo después de que lo atropellara el coche? ¿Quién hace eso? ¡Hay que ser muy egoísta, muy cruel...!».

—Estuvo a mi lado todos los días —añadió él encogiéndose de hombros—. Esperanzada, dando su apoyo. Se turnaba con mis padres y con Ashley para que nunca estuviera solo. Me leía, me hacía comer, me decía que me mejoraría. Me decía que era lo bastante fuerte para vencer los pronósticos.

—Ah —exclamó Bree cambiando de opinión sobre la desconocida adolescente—. Tiene que ser una chica estupenda.

—Lo era. Yo sabía que estaba enamorándose cada vez más de mí. Sabía que estaba preparándose para comprometerse conmigo el resto de nuestra vida, pasara lo que pasara. Así de fuerte era ella.

—¿Y qué pasó?

Él la miró.

—Rompí la relación —dijo, y levantando una mano añadió—: Pero no por ningún motivo altruista. No lo hice por salvarla ni por hacerme el valiente. Simplemente no me importaba tanto como yo le importaba a ella, y que viniera a visitarme todos los días empezó a agobiarme mucho. Chica, déjame cinco segundos solo. No te metas en cada uno de los tratamientos de fisioterapia. Estaba obsesionada y me ponía de los nervios.

Esas palabras tenían tan poco que ver con lo que Bree se había esperado oír que soltó una carcajada. Y una vez que empezó a reírse, ya no pudo parar.

—Debería darte vergüenza —dijo intentando controlar el estallido de risas—. Esa pobre chica estaba dispuesta a renunciar a todo por estar a tu lado. ¿Por qué no lo valoras?

—Tenía una risa estridente y molesta. No es culpa mía.

—¿Lo ves? Sí que juzgas. ¡Lo sabía! Por cierto, yo jamás cuidaré de ti. No eres lo bastante agradecido.

—Si cuidaras de mí, sería superagradecido.

Su camarero volvió con las bebidas. Ya que Bree no conducía, había optado por algo sencillo pero bien potente. Un vodka martini con viruta de limón.

—Pregúntame por Lewis —dijo ella sorprendiéndose y, sin duda, dejándolo asombrado a él—. Quieres hacerlo.

—¿Qué quieres que sepa? Además de que fue escritor, que es justo lo que no te gusta de un hombre y hace que todo resulte confuso.

—Era mayor. Tenía mundo, o eso me parecía. No en el sentido de haber viajado mucho, sino de un esnobismo petulante de hombre muy leído que yo debería haber detestado y que, por lo que fuera, me parecía encantador.

—¿Más guapo que yo?

Ella miró a Harding.

—Sí —mintió.

—Mierda. Al menos pensaba que yo era más mono.

Bree sonrió.

—Tú tienes otras cualidades.

—¿Como por ejemplo?

—No me recuerdas a mis padres.

—¿Y él sí?

—En algún aspecto —«en más de alguno», pensó antes de corregir su respuesta—: Mucho, la verdad, así que no me pareció para tanto que me ignorara e infravalorara. Estaba loquita por él. Creo que pensaba que con él por fin conseguiría lo que siempre me había faltado en mis padres: atención y amor. Pero como en el fondo nunca conté con que funcionara, el dolor de no recibirlo me resultó familiar. ¿Tiene sentido lo que digo?

—Sí. Los humanos siempre buscamos patrones.

—Un día me miró por encima de una caja de libros y me dijo que me quería.

Aún recordaba lo impactada que se había quedado. Y lo feliz. Él la había besado y esa había sido su perdición.

—Con Lewis lo tenía todo. Toda esa mierda intelectual y literaria a la que me acostumbraron de pequeña y un hombre que me adoraba. Por fin había encontrado a alguien que se preocupaba por mí.

—Era irresistible.

—En aquel momento.

Le contó que por entonces estaba a meses de licenciarse en Empresariales y que tenía pensado irse a trabajar a Nueva York o Londres, pero que Lewis la amara le había cambiado los planes. Se había quedado y había trabajado en la librería.

—Renunciaste a tu futuro por él.

—Yo no lo veía así. Era feliz. Mis padres lo conocieron y se quedaron impresionados.

Se terminó la copa.

—Mi madre lo llevó a un lado para preguntarle si estaba seguro de que quería casarse conmigo. Yo no parecía su tipo.

Lo que Naomi había dicho en realidad era que su hija no le parecía lo bastante buena para él, pero había ciertos secretos que Bree no estaba dispuesta a contar.

—Nos casamos y yo nunca había sido tan feliz. Llevaba la tienda mientras él escribía.

—¿Y hablasteis de tener hijos?

—A Lewis no le iba eso.

—¿Y a ti?

En cierto momento, Bree había querido tenerlos, ¿pero ahora?

—No es lo mío, la verdad.

—¿Por qué no? Serías una buena mamá.

—Eso no puedes saberlo.

Lo que Bree sabía con seguridad era que no quería que sus hijos sintieran nunca lo que ella sentía por su madre.

—¿Y entonces Lewis enfermó? —preguntó Harding, claramente dejando a un lado el tema de los niños.

—No, entonces se divorció de mí.

Él se quedó mirándola sorprendido. El camarero apareció de nuevo y les explicó los platos especiales. Rápidamente, hicieron su elección y Harding eligió una botella de vino. Cuando el camarero se marchó, Harding esperó a que ella continuara.

—Me dijo que ya no estaba enamorado de mí —dijo Bree sin más, evitando mencionar cómo la habían hecho sentir esas palabras.

Su rechazo había sido como si la hubieran tirado al suelo de un golpe y la hubieran dejado ahí para morir. Se había sentido perdida y confundida y dispuesta a hacer lo que fuera por hacerle cambiar de opinión. Sin embargo, él no le había dado esa opción.

—Me dijo que llevaba un tiempo sin quererme, que ya no le resultaba interesante —añadió deseando haber pedido otra copa—. No tenía ni idea de que era infeliz. Yo estaba tan enamorada como siempre.

—¿Y qué hiciste?

—Me mudé. La casa y la tienda eran suyas. Sin él, no tenía nada que me importara. Unos cuantos ahorros, un fondo de mis padres. Alquilé un apartamento y estuve escondida casi un año. Mi madre, por supuesto, dijo que no le sorprendía. Me dijo que me diera por afortunada por haber tenido a Lewis el tiempo que lo tuve —fingió una sonrisa—. Que no era lo bastante buena para él.

—Intento que no me caiga mal la gente que no he conocido nunca, pero no me gusta tu madre.

—Pues te encandilaría.

—No lo creo.

Bree dio un sorbo de agua.

—Conseguí un trabajo en un banco. De cajera. Fue un inicio para volver a tener una vida normal.

Con el tiempo había aprendido que lo que la había destrozado no había sido el fin de su matrimonio, sino haber perdido el amor de Lewis. Había estado segura de que por fin había encontrado el amor que le había faltado toda su vida y se lo habían arrebatado. En los meses que siguieron al divorcio, había entendido cuál era el problema: tenía algo que no la hacía digna de ser amada.

El camarero apareció con una botella de vino. La abrió, se la dio a probar a Harding y luego sirvió dos copas.

Bree agarró la suya con fuerza.

—Dos años después, volvió. Me dijo que había cometido un error terrible y que me echaba de menos. Me suplicó que le diera otra oportunidad —dijo, y con una sonrisa vacía añadió—: En ningún momento se me pasó por la cabeza decirle que no o cuestionarlo siquiera. Me daba igual que por fin estuviera recomponiéndome, que me hubiera recuperado. En lugar de pensar en protegerme, me lancé de nuevo a mi antigua vida y vi que podía volver a respirar.

Recordó haberse despertado en la cama de los dos aquella primera mañana. Tendida bajo la luz del sol, respirando aromas familiares. Con Lewis durmiendo a su lado, con el calor de su cuerpo, el tacto de las sábanas... Todo tan perfecto. La herida abierta en la que se había convertido su corazón había sanado.

—Pero algo no funcionaba. Intenté que nuestra relación volviera a ser como antes, pero no pude. No sé si tenía el corazón demasiado roto o qué, pero nunca encontramos el camino de vuelta a nuestro pasado y tampoco parecía que pudiéramos avanzar.

Miró a Harding.

—Tres meses después a Lewis le diagnosticaron cáncer de pulmón. Pasó por quimioterapia y todo tipo de tratamientos. Hubo un par de años de remisión. Cuando la enfermedad volvió, yo había averiguado la verdad.

Harding la miraba fijamente a los ojos y la tristeza que Bree vio en su mirada le dijo que había descubierto su más oscuro secreto.

—Sabía lo del cáncer antes de que te pidiera reconciliaros.

Ella asintió.

—Sabía que la enfermedad era terminal y que al menos a mí se me daba bien cuidar de él. Y eso fue lo que hice. Hasta el final.

—¿Por qué te quedaste?

—No lo sé. Para cuando entendí lo que estaba pasando, él ya estaba cerca del final. No tenía a nadie más. Tal vez me lo merecí por haber sido tan estúpida. Por dejarlo todo por un hombre que nunca me había amado.

—¿Piensas eso de verdad?

—A veces creo que me amó todo lo que pudo, al menos durante un tiempo, pero a lo mejor solo me hago ilusiones. Bueno, el caso es que murió y me dejó su casa y la tienda. Vendí la casa en cuanto pude y me mudé adonde estoy ahora. Hice algunos cambios en la tienda.

—¿Nada de alta literatura?

Ella sonrió.

—Nada. Ahora es mi tienda. Lewis no la reconocería.

Y tampoco le harían ninguna gracia los cambios, pero a Bree le daba igual. Lo que fuera que había sentido por él se había esfumado hacía tiempo; lo había destruido él al usar sus sentimientos en su contra. Bree le había dado todo lo que había tenido, todo lo que era, y él se había aprovechado. En cierto modo, la indiferencia de sus padres era menos dañina. Al menos ellos nunca habían fingido ser más de lo que eran.

—¿Me dijiste que nunca había publicado nada?

La pregunta la sorprendió.

—No. No era bastante bueno. Cuando murió, le envié a mi madre algunos de sus manuscritos y me dijo que eran horribles. Y supe que era verdad, porque ella siempre había sentido debilidad por Lewis.

—¿Los guardaste?

—No. Trituré las copias y borré los archivos. Pasé página.

Algunos días le gustaba fingir que nunca había conocido a Lewis. Era un juego tonto, pero la hacía feliz.

—Y esa es mi historia con Lewis —dijo, y añadió ladeando la cabeza—: Imagino que ahora quieres preguntarme por mi dolor.

Harding pareció asombrado por el comentario.

—¿Lo dices por mi libro? No. No. No estás lista para hablar de ello.

Harding se equivocaba. Y mucho. El error que había cometido era dar por hecho que Bree tenía sentimientos estancados dentro. Pero lo cierto era que no sentía nada. Se esforzaba mucho por no sentir nada. Se mantenía alejada, no dejaba que nadie entrara en su vida.

Llegaron las ensaladas y la conversación se centró en MAR y en el plan de las cestas navideñas. Bree mencionó que Duane había aparecido por la tienda y que había dejado pasmadas a Mikki y a Lorraine.

—La madre de Mikki trabaja para ti, ¿no?

—Sí. Rita es mi mejor empleada. No es la persona más alegre del planeta, pero trabaja mucho y su actitud no me molesta.

—Qué dinámica tan interesante. Tú trabajas con la madre de Mikki, ella trabaja con su suegra, y tú estás saliendo con el hermano de tu socia.

Bree soltó el tenedor.

—No estamos saliendo.

—Claro que sí.

—Harding, no hagas de esto más de lo que es.

Sus preciosos ojos avellana se llenaron de determinación.

—No hagas esto menos de lo que es —dijo, y ahora con tono coloquial añadió—: ¿Por qué no te acuestas conmigo?

Esa pregunta tan directa la sorprendió. Antes de que pudiera encontrar una respuesta, él dijo:

—Sabes que lo nuestro estaría bien. Nos llevamos bien, los dos somos personas a las que nos gusta el contacto físico. Sé que has imaginado cómo sería sentir mis manos y mi boca en ti. Yo desde luego que he pensado en estar dentro de ti.

Sus palabras le produjeron un cosquilleo mientras la recorría un deseo líquido. Por supuesto que había pensado en cómo sería estar con Harding. Tenerlo dentro, acercándola al placer con cada roce. En las últimas semanas se había masturbado pensando en él, pero sus dedos habían sido unos flojos sustitutos de lo que Harding podría hacerle.

—No —dijo, aunque se le tensaron los pechos y sintió humedad entre las piernas—. No pienso hacer eso contigo.

—Pues entonces háztelo tú y déjame verlo.

A pesar de la mezcla de deseo y desconfianza, se rio.

—Eso tampoco. Harding, no vamos a ir por ahí.

—Porque tienes miedo.

—Porque no es buena idea.

Y, sí, porque tenía miedo. De él, de los dos, de sentir. De perderse y no volver a encontrarse jamás. De mil cosas que no podía expresar y que temía instintivamente como los animales temían el fuego. No le hacía falta saber qué era para saber que le haría mal.

Él la sorprendió al sonreír.

—Peor para ti.

Y ahora más serio añadió:

—Esperaré. Cuando estés lista, aquí estaré.

—No me esperes. No valgo tanto.

—¿Eso crees?

Ella lo miró fijamente.

—Harding, es lo que sé y es algo que tienes que entender tarde o temprano.

Mikki había estado deseando que llegara la quedada que habían organizado para pintar en casa de Perry, pero al acceder al camino de entrada y parar detrás de la camioneta de él, sintió cierto nerviosismo y una molesta y persistente sensación que, en otras circunstancias, habría definido como sentimiento de culpa.

Decirse que no estaba haciendo nada malo no pareció hacerla sentir mejor. Estaba divorciada. Tenía permiso para salir con gente. Es más, seguir adelante con su vida era señal de salud mental. Suponía que lo de sentirse incómoda se debía a los comentarios de su suegra y a que siempre había sido Perry el que había tenido otra pareja.

Mientras se dirigía a la puerta, se dijo que no pasaba nada. Llamó una vez y entró.

—Soy yo.

—¡En el salón! —gritó Sydney.

Mikki soltó su bolsa junto a la puerta, se detuvo para mirar la madera desnuda del mobiliario empotrado y entró en el salón, donde encontró a su hija poniendo cinta alrededor de las ventanas. Los suelos ya estaban pulidos. Había latas de tinte en una mesa vieja.

—Papá y Will están en el salón.

Mikki recorrió la casa. Como era de esperar, Will estaba aplicando una capa de imprimación en bordes y esquinas mientras que Perry estaba subido en una escalera pintando el techo. Manejaba el rodillo con maestría, cubriendo la superficie plana con una pintura rosa brillante que se volvería blanca al secarse. Esa pintura especial te permitía ver si te habías dejado alguna zona al aplicar una capa de blanco sobre otra de blanco.

—¡Hola! —gritó Mikki—. Qué trabajadores todos.

—¡Sí! —dijo Perry con alegría—. Qué bien que hayas podido venir.

Will se puso de pie de un salto.

—Hola, mamá. ¿Quieres seguir tú? Voy a ayudar a Syd a poner la cinta y luego vamos a teñir la madera del comedor.

—Claro.

Se había puesto ropa vieja y un pañuelo para no mancharse el pelo. Le quitó la brocha a su hijo y se arrodilló en el suelo para seguir cubriendo con imprimación la zona justo encima del rodapié.

—Ya está casi todo lijado —le dijo Perry hundiendo el rodillo en una bandeja de pintura—. Pensé que yo solo tardaría demasiado, así que contraté a unos profesionales. La madera está en un estado estupendo.

—He visto los muebles empotrados de la chimenea del salón. Son preciosos. Imagino que todas esas capas han protegido la madera.

—Ahora las teñiremos y durarán otros cincuenta años.

El tono de Perry era cordial y su lenguaje corporal relajado. Mikki se calmó al suponer que Lorraine no le había contado nada de Duane o que, si lo había hecho, a Perry no le había importado. Y era lógico. No sabía por qué se había preocupado tanto.

—Voy a usar el mismo que elegimos para nuestra casa —continuó él.

El tono medio se había integrado bien con los suelos y los armarios de madera, pensó Mikki.

—Es uno de mis favoritos y aguanta bien.

—El arquitecto me ha dado los diseños del dormitorio principal. Cuando terminemos aquí, te los enseño.

—Genial.

Perry terminó el techo y la ayudó con la imprimación. Una vez que acabaron, cada uno se fue a un lado de la habitación y empezaron a pintar las paredes. A mediodía, Mikki encargó unos sándwiches en su local favorito y Will fue a buscarlos. Sydney y ella llevaron unos platos de papel y unos refrescos a la mesa de pícnic de la terraza.

—Quiero terminar mi habitación antes de volver a la universidad —dijo Sydney—. Así, cuando vuelva para Acción de Gracias, ya estaré instalada.

Perry se acercó.

—Voy a poner ventanas de panel doble arriba.

—Para eso no hace falta que estés —le dijo Mikki a su hija—. Así que, en cuanto tengamos tu habitación pintada, podrás irte.

Miró a Perry y añadió:

—¿Cuándo te mudas?

—Más o menos cuando ella vuelva a la universidad. Para vivir aquí no necesito tener construido el añadido. Mis padres firman el cierre de la venta el martes después del Día del Trabajo.

Mikki sonrió a su hija.

—Y tú te irás justo antes. Así que les pediremos a algunos de tus amigos que se lleven lo más pesado y los demás ayudaremos con las cosas pequeñas. No debería llevarnos más de una mañana.

—Gracias, mamá. Eres una buena organizadora.

—Lo intento.

Sydney sonrió.

—¿Te acuerdas de cuando fuimos en coche a Washington D.C. y tú planeaste todo el trayecto? Teníamos que conducir una cantidad concreta de kilómetros cada día para poder llegar a cada reserva de hotel que habías hecho.

Sí, se acordaba. Organizar un viaje familiar en coche cruzando el país no había sido fácil, y menos con Perry oponiéndose a todo lo que podía.

Sydney señaló a su padre.

—¿Te acuerdas de que las tres primeras noches querías dar la vuelta y volver? No dejabas de refunfuñar porque el viaje era un derroche de tiempo y dinero y no aprenderíamos nada.

Perry cambió de postura, incómodo, y dijo:

—Debería haber cooperado más.

—Aun así, fueron unas buenas vacaciones —se apresuró a decir Mikki—. Lo pasamos genial.

—A mí me encantó el Smithsonian —dijo Sydney pasándole un refresco sin azúcar a su madre—. La exposición de las primeras damas fue total.

Will entró con dos bolsas grandes de comida.

—¿Qué primeras damas?

—Aquella vez que fuimos a DC —dijo Sydney.

—A mí me gustó el Museo del Aire y el Espacio —dijo Will mientras repartía los sándwiches—. Además, papá y yo fuimos a un partido de los Nationals y lo suspendieron por la lluvia y luego no encontrábamos el coche —añadió sonriendo al sentarse frente a su hermana—. Fue lo más.

—¿Empaparse y perder el coche? —preguntó Perry sentándose a su lado.

—Estábamos a gusto y divirtiéndonos. Estuvo bien.

Había habido bastantes desastres, pensó Mikki, pero también mucha diversión.

—No como cuando hicimos aquel crucero con los abuelos —farfulló Sydney—. Fue horrible.

—Las vacaciones que no deben mencionarse nunca —murmuró Perry sonriendo a Mikki, que se estremeció.

Los abuelos por ambas partes habían organizado

un crucero a Alaska. Se lo habían regalado a Perry, Mikki y los niños por Navidad. Perry, como siempre, no se había mostrado nada cooperativo con el asunto, y Mikki había tenido sus propios miedos: sus padres habían estado discutiendo y la idea de verse atrapada en un barco con una pareja mayor al borde del divorcio la había inquietado.

Cómo no, su madre y su padre habían empezado a meterse el uno con el otro en el aeropuerto y no habían parado en ningún momento del viaje.

—Al menos se marcharon en el primer puerto —dijo Sydney antes de darle una palmadita en el brazo a Mikki—. No te ofendas, mamá.

—No era yo la que gritaba, así que no me ofendo. Qué tranquilo se quedó todo cuando se fueron.

Sus padres habían vuelto a casa en avión y habían solicitado el divorcio a la semana siguiente.

—No recuerdo nada de eso —protestó Will.

—Eras demasiado pequeño —le dijo Perry—. Da gracias de no acordarte. Yo aún me acuerdo de tu abuela durmiendo en nuestro pequeño sofá la primera noche.

Mikki también. Rita se había negado a compartir cama con su marido después de una de sus discusiones, pero en un barco no había muchos sitios a los que ir.

—Me alegro de que papá y tú nunca hayáis sido así —dijo Sydney—. Llevasteis bien el divorcio.

—Es una cosa algo rara de la que sentirse orgulloso, pero me siento orgullosa de eso —dijo Mikki sonriendo a Perry.

—Fue todo gracias a ti. No dejabas de decirme que teníamos que pensar en los niños.

—Me gusta cuando pensáis en mí —bromeó Will—. Deberíais hacerlo más.

Terminaron de almorzar y volvieron al trabajo. A última hora de la tarde, la madera del salón y del comedor tenían una capa de tinte, el comedor tenía una primera capa de pintura en color neutro y todos los techos de abajo estaban pintados. Mikki ayudó a Perry a limpiar las brochas y los rodillos en el garaje.

—Ha sido divertido —dijo él tapando las latas.

—Sí. Y hemos trabajado muy bien.

Perry la miró.

—Has sido una ayuda estupenda con la casa. Te lo agradezco mucho. Me gustaría darte las gracias haciéndote la cena.

—No dejas de prometer que me vas a cocinar algo, pero aún no he visto comida de verdad.

—Prepárate, vas a alucinar. Te enviaré un mensaje con algunas fechas y horas.

Sorprendente, pero agradable.

—Lo estoy deseando.

Capítulo 14

Ashley pensó que tal vez se le había ido de las manos, pero al parecer el kale y el ruibarbo combinaban mejor de lo que se habría esperado. Los *minimuffins*, de color verde medio por fuera y verde más claro por dentro, tenían un sabor ligeramente dulce por el ruibarbo. Puso varios en una bandeja y recorrió la librería hasta que vio a Bree recolocando un expositor. Al acercarse a su amiga, le señaló los *muffins*.

—Algo nuevo.

Bree los miró no muy convencida.

—¿Por qué son verdes?

—He usado kale.

Bree se estremeció visiblemente.

—¿En un *muffin*? ¿Tan mal están las cosas?

—Las cosas están genial. A veces experimento.

Bree agarró uno a regañadientes y mordisqueó un borde.

—Bueno... Está menos asqueroso de lo que pensaba.

—Diseñaré una campaña publicitaria inspirada en ti.

Bree se rio.

—No están mal. Son raros, pero no están mal. ¿Estás experimentando mucho?

—También tengo de pesto, piñones y parmesano. Están muy buenos.

—¿Y también verdes? ¿Te ha dado ahora por ese color?

Ashley intentó pensar en una respuesta divertida, pero estaba demasiado cansada. Las noches en vela, sin dejar de preguntarse si era ella la que se estaba equivocando o si Seth estaba siendo poco razonable, la habían dejado como si un vampiro energético la hubiera dejado seca y tirada en un arcén.

—No sé qué hacer —admitió.

—Te quiere. ¿No lo tienes claro? Porque te quiere.

Ashley dejó la bandeja sobre una pila de libros.

—Así que ya no vamos a hablar más de *muffins*.

—Tú no has hablado de *muffins* en ningún momento.

—Bueno sí, cuando he mencionado el kale —dijo Ashley antes de respirar hondo y añadir—: No dejo de darle vueltas a la cabeza, como un hámster en una rueda. No me aclaro. La cabeza me dice que Seth tiene derecho a opinar lo que opina, pero el corazón lo tengo roto.

—Porque lo que está diciendo te lo estás tomando como un rechazo personal.

Ashley asintió.

—Es que no dejo de preguntarme si lo que rechaza es casarse en general, con cualquiera, o casarse conmigo. Y luego me pregunto por qué tengo que casarme. ¿Por qué es tan importante para mí? Hay gente que no se casa. No mucha, pero la hay. Tampoco es que me esté pidiendo que me disfrace de elefante.

—Serías un elefante muy mono.

—Gracias. Solo quiero que quiera casarse conmigo —dijo mirando a su amiga.

—Lo sé.

—Tú estuviste casada. Alguien quiso casarse contigo. Mikki ha estado casada. La mayoría de las mujeres que conozco han recibido una proposición de matrimonio.

—No es solo la proposición.

—No lo es. Es todo. Dar el salto, firmar el papel, el anillo, el compromiso. Saber que vamos a intentar hacer que lo nuestro funcione durante el resto de nuestra vida. Hay gente que sigue enamorada. Tú estabas enamorada de Lewis cuando murió, ¿no?

Bree vaciló lo suficiente para que Ashley diera un paso atrás.

—¡Noo! —gimoteó—. No me digas que al final fue horrible.

—Lo quería menos.

—Así que los matrimonios fracasan. Estás demostrando el argumento de Seth.

—No. Tú quieres lo que quieres, y es justo. La cuestión es ¿te ves siendo feliz con Seth sin casarte con él? Os queréis, estáis comprometidos el uno con el otro. ¿Hay alguna parte de ti que pudiera plantearse un acuerdo permanente que no implicara el matrimonio?

«¡No!». Ashley solo lo pensó, pero la palabra resonó con fuerza en su cabeza. ¿No casarse? ¿Qué significaba eso? Quería la seguridad del matrimonio. No quería pasarse el resto de su vida explicando a la gente por qué Seth y ella eran distintos.

Pero, si iba por ahí, ¿no era como admitir que le importaba más lo que pensaran los demás que lo que pensaban ellos dos?

—No sé. No sé si podría.

—A lo mejor esa es la pregunta que tienes que responder. A lo mejor deberías planteártelo durante unas semanas y ver si tus emociones cambian.

—¿Por qué tengo que ser yo la que cambie? ¿Por qué no puede cambiar Seth?

Las palabras salieron con más brusquedad de la que Ashley había pretendido. En lugar de contestar del mismo modo, Bree le tocó el brazo con delicadeza y dijo:

—Si Seth estuviera aquí ahora, le estaría diciendo lo mismo. O podrías decírselo tú.

—¿Qué?

—Pídele que contemple la idea de estar casados mientras tú contemplas la idea de no estarlo. Luego os juntáis y lo habláis.

Ashley se quedó mirando los *muffins*.

—Eso es muy razonable. No me había planteado que él viera las cosas desde mi punto de vista. He dado por hecho... —se encogió de hombros—. No sé qué he dado por hecho. Supongo que él ya había contemplado todas las opciones, pero ¿y si no? A lo mejor tiene una imagen anticuada del matrimonio. A lo mejor... —se detuvo al ver a Bree sacudiendo la cabeza—. ¿Qué?

—No te adelantes. Ya estás confiando en que entre en razón. Vivir con la idea de no casarse significa justo eso. Aceptas el concepto y ves cómo te hace sentir. Decir que Seth podría cambiar de opinión echa por tierra el ejercicio.

—Pero yo no quiero cambiar. Quiero que cambie él.

—Y precisamente por eso estáis en un punto muerto.

Ashley sabía que Bree tenía razón, pero no le gustaba.

—¿Por qué no ha podido tener un defecto distinto?

—¿Acaso hay algún defecto bueno?

—Podría odiar a los gatos. Soportaría vivir con un hombre que odiara a los gatos.

—Pues lo siento, chica. Te toca el que ya tienes.

—Hola, Bree.

Bree, con el teléfono en la oreja, se tensó. Había estado tan emocionada por un nuevo envío de libros que no se había molestado en mirar la pantalla antes de responder. Por lo general no le preocupaba quién

pudiera llamar, pero de vez en cuando se veía al teléfono con alguien con quien preferiría no hablar. Alguien como...

—Hola, madre —murmuró.

¿Estaría muy mal colgar directamente?

—Me saltaré los cumplidos de rigor, que nos dan
igual a las dos —dijo su madre con tono enérgico—.
Está claro que te parecía importante hablar conmigo,
así que aquí estoy. Llamando.

—No necesitaba que me llamaras. Simplemente
mencioné que, si querías algo de mí, deberías pedirlo
directamente y no hacerlo a través de tu publicista. Me
parece muy pasivoagresivo y un poco sorprendente
también.

Hubo una pausa y luego un profundo suspiro.

—Pensé que preferirías que la petición proviniera
de una tercera parte no emparentada.

—Pues no. Pero ya que te tengo al teléfono, ¿a qué
viene ahora lo de firmar en mi tienda? Nunca has venido a firmar. Ni siquiera vendo alta literatura.

—Ya, lo has dejado muy claro, y esa no es la cuestión. Me gustaría mucho firmar en tu tienda, si es posible.

Bree se apartó el teléfono de la oreja, lo miró un
segundo y volvió a acercárselo.

—¿Por qué?

—No firmar allí se está convirtiendo en un problema. Eres mi hija y tienes una librería. Obviamente,
hay ciertas expectativas.

Bree se alegró de no inmutarse ni emocional ni físicamente. Estaba sorprendida, pero no decepcionada.

—¿Desde cuándo te ha importado lo que piensen
los demás? —preguntó Bree.

—De nuevo, esa no es la cuestión. ¿Puedo firmar en
tu tienda o no?

Su primera intención fue decir que no; su instinto
de autoprotección le dictaba que debía evitar a sus

padres todo lo posible. Aun así, negarse la haría parecer mezquina.

—Claro —murmuró—. Dile a tu publicista que se ponga en contacto conmigo y fijaremos una fecha.

—Gracias. Evitaré mencionar la obviedad de que eso podrías haberlo hecho desde un primer momento.

—Pero entonces nosotras no habríamos tenido esta maravillosa conversación. ¿Cuánto tiempo estarás en la ciudad?

—Solo una noche. Tu padre está en Suiza. Escribiendo. No va a venir.

—Gracias por ponerme al corriente.

—¿Eso es sarcasmo?

—¿Acaso importa?

—La verdad, no. Pues nada, Bree. Esperaré a que me digan la fecha y la hora. Pero será ir y volver.

Traducción: *No tendré nada de tiempo para verte.*

—Lo entiendo.

Su madre vaciló como si no supiera si debía decir algo más. Unos segundos después, le dirigió un rápido «Gracias y adiós» y colgó.

Bree volvió a guardarse el móvil en el bolsillo de los vaqueros y siguió con los libros que estaba desembalando. Sin embargo, la tarea había dejado de entusiasmarla y ahora sentía una extraña inquietud que no podía explicar.

Agarró el bolso y salió corriendo de la trastienda. En la zona de tienda vio a Rita junto a la caja registradora.

—Voy a salir una hora.

Rita asintió a la vez que le indicaba al siguiente cliente que se acercara.

—No necesito supervisión. No soy una adolescente enfurruñada.

Bree contuvo las ganas de abrazar a su malhumorada empleada y se dirigió al coche. No tenía ni idea de adónde ir.

En circunstancias normales, iría a una clase de *spinning* o a correr, pero ninguna de esas opciones la atraía. Arrancó el coche con la idea de recorrer la Carretera del Pacífico unos kilómetros para despejarse la cabeza.

Pero en lugar de lidiar con el tráfico veraniego de la carretera, se vio dirigiéndose a un tranquilo y viejo vecindario y aparcando delante de una pequeña casa.

«Qué ridículo», se dijo. Ni siquiera sabía por qué había ido ahí. No necesitaba a nadie, nunca necesitaba a nadie. Era autosuficiente y competente. Había aprendido esas habilidades bien y pronto. ¿Qué importaba la indiferencia de su madre? No era ninguna novedad. Ninguno de sus padres la afectaba; ya no.

La puerta del conductor se abrió y Harding le sonrió.

—Inesperado, pero agradable. Aunque me gustaría pensar que has venido aquí para tener sexo, sé que no tengo tanta suerte. ¿Qué pasa?

Ella miró sus familiares ojos avellana y vio afecto y un toque de preocupación. Harding tenía el pelo revuelto, como si no se hubiera molestado en peinarse después de la ducha. Llevaba una camiseta desgastada y unos vaqueros desteñidos. Pero todo eso era pura fachada. Lo que importaba era que Harding era la persona más fuerte que conocía. Era inquebrantable, era compasivo y no jugaba con las emociones.

Bree se quitó el cinturón de seguridad y se abalanzó sobre él. Harding la agarró y la abrazó con fuerza. No hubo preguntas, solo la calidez de su cuerpo y el regular latido de su corazón.

—No ha pasado nada —le dijo Bree sin soltarlo—. Nada en absoluto.

—A veces eso es lo que más duele.

Bree se apartó lo justo para mirarlo a los ojos.

—No me sueltes tu rollo emocional. Guárdatelo para tus seguidores.

Él esbozó media sonrisa.

—Te crees muy dura.

—Soy muy dura.

Bree esperaba que Harding le dijera que, si tan fuerte fuera, no estaría aferrada a él en ese momento. Pero Harding, porque era Harding, no lo dijo.

La rodeó con un brazo y la besó en la cabeza.

—¿Entonces no a lo del sexo?

Bree no podía ir por ahí; no lo habría hecho ni teniendo un gran día y, desde luego, mucho menos ahora, que estaba tan afectada por una conversación que en realidad no importaba.

—Eso no va a pasar.

Harding miró el reloj.

—Es casi mediodía. ¿Qué tal si te invito a un sándwich y hablamos de todo lo que no tiene relación con eso que no ha pasado?

—¿Y si lo quiero con extra de tomate?

—Bree, por mí puedes tener todo lo que quieras.

Mikki se pasó el trayecto desde LA a Monterrey intentando con todas sus fuerzas no vomitar. Más que mareada por el coche, estaba nerviosa. Mucho. Sentada al lado de Duane en su lujoso coche, hablando de los hijos, del tiempo y de las tasas de cambio internacionales, conversación por cierto sobre la que tuvo muy poco que añadir, intentó distraerse pensando en las clases de enología del fin de semana. Sin embargo, eso no le bastó. No cuando, por primera vez en su vida, estaba saliendo de viaje con un hombre que no era Perry.

No dejaba de mirarlo de reojo y de fijarse en lo cerca que estaban. Cada ciertos minutos tenía que apretar los labios para evitar soltar un chillido. Recordarse que solo eran dos amigos que iban a aprender de vino no sirvió de nada. Duane era un hombre, no un amigo.

Un hombre al que encontraba atractivo, que la había besado y con el que se había planteado acostarse. Aunque él le había dicho que eso no pasaría, Mikki no podía evitar preguntarse si ocurriría y, de ser así, si era apropiado.

Cuando creía que iba a implosionar mentalmente, llegaron al hotel. Duane dejó el coche en la zona del servicio de aparcacoches y le sonrió.

—Lo vamos a pasar genial —le dijo apretándole la mano—. Gracias por acceder a venir.

Mikki asintió porque tenía el corazón en la garganta y le era imposible hablar. «¡Ay, Dios! ¡Ay, Dios!». ¿Por qué había accedido a ir con un hombre? No estaba lista. No era lo bastante sofisticada. Tenía casi cuarenta años y sobrepeso, y no sabía cómo funcionaban las divisas internacionales lo suficiente como para sobrevivir al fin de semana.

Duane rodeó el coche y le abrió la puerta mientras el botones se ocupaba del equipaje. Ella agarró su bolso y bajó.

El hotel, de cuatro plantas, tenía vistas al mar. Estaba a unos pasos de Cannery Row, con tiendas, restaurantes y multitud de turistas. El cielo era azul y la temperatura perfecta con veinticinco grados. Las gaviotas graznaban y el aire olía a sal, café y protector solar.

Duane le agarró una mano, se la colocó en el hueco de su brazo y la llevó hacia el hotel. Mikki hizo lo posible por aparentar que se sentía cómoda. ¿Notaría todo el mundo que había salido de viaje por primera vez con un hombre con el que no estaba casada? ¡Qué más daba! Estaba siendo una anticuada de narices. Pero la sensación de que la estaban mirando y juzgando se sumó a la tensión que sentía en el pecho.

Duane hizo el registro en recepción. El botones los acompañó a sus habitaciones, contiguas pero no conectadas.

Primero entraron en la de ella. Tenía una cama de tamaño gigante, una zona de estar con una chimenea, y unas vistas increíbles del mar. El baño era enorme, con una bañera para dos y una ducha a ras de suelo lo bastante grande para celebrar en ella un cóctel. Fisgoneó los preciosos artículos de tocador, de una marca que solo había visto en las revistas.

La habitación de Duane era similar. El botones dejó las maletas y aceptó la propina que le ofreció él. Cuando cerró la puerta dejándolos solos, Duane la llevó a sí y le puso las manos en la cintura.

—¿Estás bien? —le preguntó preocupado.

—Estoy bien.

Mikki respondió con un tono algo más agudo de lo que había pretendido. Él sonrió.

—¿Has salido de viaje con alguien desde el divorcio?

Ella negó con la cabeza.

Él la miró a los ojos.

—No va a pasar nada. No he venido aquí a seducirte, Mikki —sonrió—. Quiero hacerlo, eso que quede claro. Me cuesta estar en la misma habitación que tú sin tener una erección, pero puedo soportarlo. Quiero pasar tiempo contigo y que nos conozcamos mejor. Quiero ir a los eventos de *Las chicas saben de vino* y sentarme frente a ti en la cena mientras me pregunto cómo he podido tener la suerte de tener una cita con una mujer increíblemente preciosa y sexi que me hace reír y me hace contar los segundos que faltan para volver a verla.

Mikki no tenía la más mínima idea de qué responder. Era lo más alucinante que le habían dicho nunca, y aunque le había encantado lo de «preciosa y sexi», lo que más le había llamado la atención era lo de la erección. ¿En serio? ¿Solo por estar cerca de ella?

—Gracias —susurró—. Por todo esto.

—De nada.

Ella le puso las manos en los hombros.

—Vamos a pasarlo genial.

—Sí —contestó Duane mirándola a los ojos—. El sexo está totalmente descartado. Por eso no tenemos habitaciones conectadas. No estaba seguro de poder resistir la tentación.

—¿Y si decido que me parece bien?

La mirada de Duane se oscureció con pasión.

—Me desnudaría en un instante —dijo, y con gesto de pesar añadió—: Pero creo que los dos sabemos que no estás lista.

—Quiero estarlo —admitió Mikki—, pero no lo estoy.

Duane la besó con suavidad.

—Te propongo que deshagamos el equipaje y luego salgamos a explorar. Podemos ir a recoger las entradas. Si no recuerdo mal, la clase empieza a las cuatro. He hecho reserva para cenar a las siete.

—Me estás encandilando.

—Bien. Es el objetivo.

—¿Ya has rellenado la solicitud? —le preguntó Ashley a un niño que debía de tener unos siete años.

Él le sonrió y le pasó un papel.

—Queremos un perro adulto —dijo con alegría—. Todo el mundo quiere un cachorro, pero a los perros más mayores les cuesta que los adopten, así que vamos a adoptar uno de esos. Va a ser nuestro nuevo mejor amigo.

—Seguro que sí —dijo Ashley sonriendo al niño.

El evento de adopciones del sábado había sido un gran éxito; los refugios de la zona habían llevado perros y gatos al enorme aparcamiento junto a la playa. La empresa de Seth había pedido a sus empleados que fueran como voluntarios, y Ashley había ido. Se ocupaban de la mesa de registro.

Como siempre, Seth estuvo divertido y encantador. Explicó con paciencia el proceso, bromeó con los niños y les recordó a todos que una tienda de animales local tenía un puesto donde los nuevos dueños podían encontrar todo lo que necesitaran para sus mascotas.

Ella les indicó al niño y a sus padres dónde estaban los perros e intentó no fijarse en el juego de alianzas de compromiso y boda que llevaba la mujer embarazada. Quedaba claro que eran una familia. Él le habría pedido matrimonio, ella había dicho que sí y ahora tenían un hijo y otro en camino. Nada fuera de lo normal; nada que requiriera una explicación.

Había estado haciendo lo posible por seguir el consejo de Bree y vivir con la idea de no casarse. El problema era que cuanto más pensaba en no ser la esposa de Seth, más quería que él cambiara de opinión. Era como lo del viejo ejercicio ese de no pensar en un elefante rosa. Al momento, no tenías otra cosa en la cabeza.

Cuando acabaron su turno, Ashley y Seth se dirigieron al coche de él.

—Ha sido divertido —dijo Seth—. Me han entrado ganas de tener una mascota. Los dos trabajamos mucho, así que puede que un gato sea mejor que un perro —le sonrió—. Aunque me han gustado mucho algunos de los perros que había. ¿Tú qué opinas?

—¿Sobre que adoptes un perro?

Él se detuvo y la miró.

—Sobre que los dos adoptemos una mascota.

—¿De quién sería? ¿Tuya o mía?

Seth arrugó la boca.

—Ashley, ¿tienes que ir por ahí?

—¿Por qué no? Creo que es una pregunta lógica. ¿Quién sería el dueño de esa mascota imaginaria? Los dos no podemos responsabilizarnos. ¿A quién llamaría el veterinario para ponerlo al tanto de su salud? ¿Quién es el contacto de emergencia?

Se cruzó de brazos.

—¿Cómo se supone que funciona todo esto? O sea, si queremos muebles nuevos para el comedor, ¿yo compro la mesa y tú las sillas? Supongo que podríamos ir habitación por habitación. Yo me haré cargo del dormitorio y tú de los muebles del salón.

Se quedaron el uno frente al otro junto al coche.

—Estás enfadada. Lo siento. No quería que esto fuera tan complicado.

—Bueno, pues es complicado. Es que no lo entiendo. No entiendo el proceso. ¿Qué parte de todo eso es transaccional? ¿Llevamos un inventario con lo que es de cada uno? ¿Cómo vamos a llevar los gastos comunes? ¿Cada uno tiene una cuenta bancaria y luego metemos dinero en una que compartamos?

—Eso podría funcionar.

—¿Entonces hacemos listas, marcamos suficientes casillas de verificación y ya está todo bien?

Se dirigió a la puerta del copiloto. Necesitaba una barrera entre los dos.

—¿Sabes lo que me gustaba de la idea de estar casados? Que no tienes que responder a ninguna de esas preguntas porque todo es tuyo. El perro y los muebles del comedor. Es sencillo, lo entiendo y resulta agradable. Me gusta que el matrimonio se base principalmente en la esperanza. Esperanza de futuro, de una vida juntos. Para siempre. ¿Los matrimonios fracasan? Por supuesto, pero las parejas que no están casadas también rompen. No busco una garantía, pero sí busco compromiso y objetivos compartidos. Quiero alguien que cuide de mí y de quien yo cuide, pase lo que pase.

—Yo también quiero eso.

—Sí, ya, hasta que una mañana no te haga el desayuno y decidas que no me estoy esforzando lo suficiente.

Él la miró.

—¿Crees que me refiero a eso? Ashley, te quiero. Quiero pasar el resto de mi vida contigo porque eres la mujer más alucinante que he conocido en mi vida. Quiero hacerte feliz. Quiero que nos hagamos mayores juntos y que tengamos una familia —dijo, y esbozó una ligera sonrisa al añadir—: Y a lo mejor un perro.

Y todo sonaba genial, pero, por lo que fuera, Ashley seguía sintiéndose rechazada e insegura.

—Quiero que nos casemos —dijo y levantó una mano—. Déjame acabar. Estuve hablando con Bree y me sugirió que intentase hacerme a la idea de no casarme. Que aceptase mentalmente todo lo que habías dicho. Que estaríamos comprometidos para siempre, compraríamos una casa, formaríamos una familia, seríamos fieles. Veríamos cómo hacerlo funcionar todo, pero estaríamos de acuerdo en que entraríamos en la siguiente fase de nuestra relación con la idea de que sería para el resto de nuestra vida.

A Seth se le iluminaron los ojos de esperanza.

—¿Crees que podrías?

—No lo sé, pero esto es lo que hay: si quieres que me plantee lo que propones, entonces tú tienes que intentar plantearte también lo que quiero yo. Tienes que imaginarnos casados. No la boda, eso me da igual. Podemos fugarnos y casarnos en el ayuntamiento. Lo que sea. Pero tú y yo, casados. Con anillos y compartiendo apellido. El resto se queda igual. La casa, los niños, el perro. Pero lo hacemos casados.

Él asintió lentamente.

—Me parece justo. Me apunto. Pero ¿cómo lo hacemos? ¿Vemos el otro punto de vista y nos lo planteamos en serio? ¿Quieres que hablemos más de ello?

—¡Dios, no! —dijo Ashley, y sonrió—. Lo creas o no, no me gusta discutir contigo.

—A mí tampoco me gusta que discutamos —respondió Seth apoyando las manos en el techo del coche—. ¿Y si nos enviamos cinco artículos sobre el tema? Tú me envías información sobre por qué es mejor casarse y yo te envío cinco artículos sobre por qué una relación de compromiso es igual o mejor.

—Me parece bien.

—Y a mí. Y añado algo mejor —le dijo Seth con una amplia sonrisa—. Hasta me voy a leer una revista de novias.

—¿Eso serviría de algo?

—¿Eso haría algún daño? —sonrió más aún—. De camino a casa pararemos a comprar una. Te prometo que me la voy a leer de principio a fin.

Se puso serio.

—Lo digo en serio, Ashley. Quiero que arreglemos esto.

Ashley sabía que sí, igual que sabía que Seth la quería. El problema era que no estaba segura de que eso importara. Seguían queriendo cosas distintas. Pero al menos lo iban a intentar.

—Una revista de novias para ti —dijo Ashley con tono animado—. Y para que sea justo, cuando lleguemos a casa yo voy a leer algo sobre «copropiedad con derechos de supervivencia».

—Y luego llegaremos a un acuerdo —dijo él rodeando el coche y poniéndole las manos en los hombros—. En lo que concierne a ti, siempre quiero que estemos de acuerdo.

Ella se puso de puntillas y lo besó.

—Yo también.

Capítulo 15

—No suelo estar achispado durante el día —dijo Duane entrelazando los dedos con los de Mikki mientras volvían al hotel dando un paseo después de la clase «Todo lo que querías saber sobre el merlot».

—Yo tampoco. Me alegro de que esta tarde no tengamos nada previsto. Quiero quitarme la borrachera y beber mucha agua —dijo Mikki riéndose—. A mi madre le va a encantar saber que no bebes de día.

—¿Le preocupaba?

—Probablemente. Mi madre disfruta imaginando que las cosas salgan mal. Así funciona su cerebro.

—Tienes una actitud positiva. Me gusta.

—Soy una persona alegre. Según mi madre, fui una niña feliz —sonrió—. Claro que, cuando lo dice, lo lanza a modo de acusación.

—¿Eres hija única?

—Sí, por eso quise tener dos hijos. Siempre quise una hermana o un hermano —arrugó la nariz—. Mis padres discutían mucho y, como estaba yo sola, yo era su justificación para las discusiones. Un hermano o una hermana habrían sido una buena distracción.

—Yo tengo tres —dijo Duane—. Soy el pequeño y siempre estaba deseando que mis hermanas se fueran de casa para poder tener a mis padres para mí solo.

—¿Cuatro hijos y tres de ellos niñas? —Mikki sacudió la cabeza—. Debían de tenerte mimado.

—Constantemente.

—Ahora sé por qué se te dan tan bien las mujeres.

Él soltó una risita.

—Sí que sé desenvolverme bien con el género —dijo, y la detuvo sobre la acera—. Pero que quede claro que esto no es palabrería. Todo lo que te digo lo digo en serio, Mikki. Estoy loco por ti.

Habían ido a unas cuantas clases de enología, habían compartido una cena maravillosa la noche anterior y habían dormido en habitaciones separadas. Estaba conociendo a Duane, y cuanto más sabía de él, más le gustaba. Ahora, mientras él la miraba con dos tercios de sinceridad y uno de preocupación, supo que le estaba diciendo la verdad.

Duane la acercó y la besó con suavidad. Le agarró la mano de nuevo cuando echaron a andar otra vez.

Era un hombre tocón en el buen sentido; mucho más que Perry. Sí, sí, el sexo siempre había estado bien con él, pero el resto del tiempo Perry no había querido mucho contacto físico.

Duane era distinto. Siempre estaba dándole la mano o abrazándola o acariciándole el brazo. A ella le gustaba esa cercanía, esa conexión. Incluso cuando se paraban a hablar con alguien, él posaba los dedos en la parte baja de su espalda. Como si estuvieran hechos el uno para el otro.

Se detuvieron frente al escaparate de una tienda de regalos. Él se le acercó más.

—El tuyo es mejor —susurró.

—Has estado en mi tienda cinco segundos. No puedes saber si mis escaparates y expositores son o no mejores.

—Nadie tiene mejores escaparates.

Mikki se rio.

—No me puedo creer que hayas dicho eso.

—Lo he dicho.

Lo miró a los ojos e intentó no suspirar por lo guapo que era y lo genial que se sentía en su compañía.

—¿Qué estarías haciendo ahora si no estuvieras conmigo? —le preguntó él.

Mikki miró el reloj.

—Trabajando. Los sábados son días de mucho trabajo. ¿Y tú?

—Pensando en ti.

—Anda, venga. En serio.

—Hablo en serio, pero puedo darte otra respuesta. Estaría trabajando en alguna política monetaria y luego me iría a dar una vuelta en bici. Y luego pensaría en ti.

—Tenemos unas vidas muy distintas.

—Puedo enseñarte a montar en bici.

—Sé montar en bici.

Él se rio.

—Solo quería comprobarlo. Me dijiste que habías trasladado la tienda hace unos siete meses. ¿Ya estabas antes asociada con Bree y Ashley?

—No. Nos conocimos en diciembre cuando todas nos presentamos en el local babeando por alquilarlo. Era demasiado grande para lo que necesitábamos cada una y demasiado caro. Bree propuso que lo alquiláramos juntas y aquí estamos.

—Fue muy valiente que lo hicierais.

—Podría haber sido un desastre. ¿Y si nos hubiéramos odiado? Pero no. Somos amigas. Todos los viernes cuando se pone el sol nos llevamos una botella de champán a la playa y pasamos allí un rato.

—Pues te lo has perdido por mi culpa.

—Tú lo vales.

Duane le acercó la mano a su boca y le besó los nudillos con suavidad.

—Me alegro de que pienses eso. Háblame de Bree y Ashley.

Habían llegado al hotel. En lugar de subir a sus habitaciones, se sentaron en unas sillas en la terraza con vistas al mar.

—Bree es alucinante. Independiente, preciosa, fuerte —se detuvo pensando en su amiga—. Tiene una sabiduría que no deja de sorprenderme, pero la aterra dejar que alguien se le acerque emocionalmente. Aun así, confío en ella, aunque pueda parecer raro.

—En absoluto. Tienes las cosas claras.

—Por fuera lo parece, pero estoy trabajando en ello. Ashley es un encanto. Decidida, inteligente. Vive con un chico estupendo. Bueno, ahora no tan estupendo.

La expresión de Duane cambió, como preguntándole más.

—Seth no tiene interés en casarse. Quiere comprometerse con ella, comprar una casa juntos y tener hijos, pero es antimatrimonio. Ashley está intentando averiguar qué le importa más a ella. Si casarse o estar con el hombre que quiere.

—Una decisión complicada.

—Puede. Lo que tiene con Seth es algo seguro. Si lo deja sabiendo que se quieren, se arriesga a no volver a amar tanto a nadie y a que no la amen a ella así.

—¿Eso es lo que le has dicho?

Mikki negó con la cabeza.

—Le he dicho que lo mande a la mierda.

Duane se rio.

—No los conozco, pero estoy de acuerdo. El matrimonio es más que una tradición. Es una necesidad económica. En las sociedades donde hay más parejas casadas, hay menos niños en situación de pobreza y menos violencia —le sonrió—. Las mujeres sacáis lo mejorcito de los hombres.

—No lo sabía.

—Es la verdad. Los niños crecen mejor con dos padres que los quieren y las mujeres tienen más opciones cuando tienen una pareja estable. Los hombres son más felices cuando están casados. Según las estadísticas, las mujeres suelen ser menos felices cuando están casadas, pero con suerte los hombres se esforzarán por cambiar eso. Puedo darte cifras reales, pero la cuestión es que, a menos que Seth pueda dar un argumento razonable, tiene que ponerle un anillo. Si no, es que es un gilipollas.

Mikki le sonrió.

—Tienes una opinión muy firme al respecto.

—Sí. ¿Tú qué opinas del matrimonio?

Ella no sabía qué responder.

—¿Me estás preguntando si me veo volviendo a casarme?

Él la miraba fijamente.

—Sí.

¿Era sensación de Mikki o la conversación se había vuelto un poco incómoda?

—Eh, pues, no quiero pasarme sola el resto de mi vida —respondió con cautela, queriendo ser sincera, pero sin querer parecer necesitada. Curioso que eso le preocupara cuando había sido él quien había sacado el tema.

—¿En qué estás pensando?

—En que de pronto me siento nerviosa por decir algo que no debo. No me extraña que a Ashley le esté costando hablar con Seth de sus sentimientos. Existe esa presunción societal según la cual las mujeres queremos casarnos, pero ¿y los hombres qué? ¿Para eso hay que cazarlos o tenderles una trampa? ¿No te parece una idea muy anticuada? Y luego las mujeres reciben un símbolo de compromiso y los hombres no. Los hombres no tienen anillo de compromiso.

Él le agarró la mano.

—Mikki, no pretendía ponerte en una situación incómoda. Me gustas y solo quería saber si estás abierta a que lo nuestro vaya a alguna parte.

¡Hala! ¡Haaaaala! El corazón le golpeteaba el pecho. ¿Se habría puesto roja?

—Admiro tu habilidad para decirlo así.

Él la miró sin decir nada y ella respiró hondo.

—Yo también estoy abierta a que lo nuestro vaya a alguna parte.

—Bien —respondió él acercándose para besarla—. Y ahora vamos a cambiar de tema antes de que la cosa se ponga demasiado embarazosa.

—Una idea excelente.

—Estás siendo ridículo —dijo Bree mientras desvainaba el maíz fresco que había llevado.

Harding echó carbón a la parrilla.

—No querías cenar conmigo en mi casa. No estamos en mi casa.

No lo estaban. Estaban en un parque, bajo la sombra de los árboles y flanqueados por familias que habían salido a hacer una barbacoa una preciosa tarde de verano.

—Lo que quería decir era que no iba a cenar contigo —dijo ella.

Él sonrió con astucia.

—Pues está claro que no es lo que querías decir.

—Te crees muy listo —farfulló Bree mientras se decía que debía estar enfadada aunque, por extraño que fuera, no lo estaba.

Le gustaba Harding. ¡Hala, ya lo había dicho! O al menos se lo había admitido a sí misma. Le gustaba estar con él. Era formal y franco; unas cualidades que nunca se había planteado buscar en un hombre, pero que ahora había descubierto que quería. Tampoco podía decirse que tuvieran una relación, porque no la tenían. Pero eran amigos. Eso podía soportarlo.

—¿Por qué estuviste fuera tanto tiempo? ¿Y por qué estás aquí ahora?

Él sacó una bolsa de pollo despiezado marinado de la nevera portátil.

—Dijiste que harías ensalada de maíz tostado. Es mi favorita.

—Muy gracioso. ¿Por qué has estado fuera de LA tanto tiempo? No has estado todo ese tiempo haciendo promoción e investigación, ¿verdad?

En lugar de responder, Harding prendió el carbón.

—El carbón tardará un poco en calentarse.

Ella lo miró.

—Estás esquivando las preguntas y tú nunca haces eso. Fue por una mujer. ¡Te marchaste por una mujer! —dijo Bree complacida consigo misma por haberlo descubierto y a la vez intrigada—. ¿Qué pasó?

Él le dio una botella de cerveza.

—Nada. Ese fue el problema. Que la cosa no despegaba.

Ella, involuntariamente, bajó la mirada a su entrepierna. Harding gruñó.

—No en ese sentido. Emocionalmente. Salimos seis meses y decidimos irnos a vivir juntos. Estuvo bien, pero no espectacular. No estaba enamorado de ella.

—¿Y ella estaba enamorada de ti?

—No lo sé. Lo decía, pero nunca la creí.

Bree dio un trago de cerveza.

—Así que acabaste la relación con la novia del instituto y luego con esta. ¿Problemas para comprometerte?

—Principios. Quiero estar totalmente enamorado de todo lo que implique la relación. Cuando eso suceda, perseguiré a esa mujer hasta convencerla o hasta que ella acabe atropellándome.

—Pero no en plan ilegal y acosador.

Él sonrió.

—Metafóricamente. No literal.

—Así que estabas huyendo.

La sonrisa desapareció.

—Yo no huyo.

—Dejaste tu casa para evitar a una mujer. ¿Cómo llamarías a eso?

—Un cambio de circunstancias estratégico.

—¡Y una mierda! —dijo ella riéndose—. ¿Y esta vez qué? ¿Vas a volver a huir?

Harding la miró fijamente.

—No. Estoy en casa para siempre.

Ella sacudió la botella.

—No me mires así. No soy nada para ti.

—Eso no es verdad.

—Vale, sí, somos amigos.

Los ojos avellana de Harding se iluminaron con humor.

—Genial. Pues ven conmigo a la recaudación de fondos de MAR, amiga.

—Eres muy insistente.

Bree dio otro trago e iba a decirle «de eso nada», pero entonces, sin darse cuenta, se vio diciendo:

—Vale. Pero solo como amigos.

—Que se besan.

—Yo no beso a mis amigos. Tu hermana y yo no nos hemos besado nunca.

—Somos amigos chica y chico. Es distinto.

Bree no quería admitir que Harding tenía razón, pero la tenía. Su relación no se parecía a ninguna otra que hubiera tenido nunca. Harding tenía algo... algo que le hacía desear...

«No», se dijo con firmeza. «Nada de desear, ni de soñar, ni de pensar más allá».

Puso el maíz desvainado en una bandeja. Una vez que el carbón estuviera caliente, asaría las mazorcas rápidamente y luego sacaría los granos y los añadiría a la ensalada. Sin tener nada qué hacer más que esperar a que estuviera lista la barbacoa, se sentó frente a Harding.

—Bueno, pues ahora que sabes que tengo problemas emocionales, cuéntame por qué estabas tan

disgustada el otro día —le dijo él mirándola con atención.

«Me lo esperaba», pensó Bree. Después de que se
hubiera presentado en su casa y se hubiera engancha-
do a él como una niña perdida, Harding no le había
hecho ninguna pregunta. Pero seguro que tenía curiosidad y, conociéndolo, estaría preocupado.

Podía mentirle. Podía inventarse que tenía una
amiga con una mascota enferma o...

—Me llamó mi madre. Quiere hacer una firma de
libros en la tienda —dijo agitando la cerveza—. Al parecer, a la gente le extraña que nunca haya hecho ninguna aparición en la librería de su hija.

—¿Y no quiere explicar que es una zorra despiadada?

Harding lo dijo con serenidad, sin mucha energía,
pero las palabras tuvieron impacto de todos modos.

—Ojalá fuera así de sencillo. Para mí sería más sencillo que fuera mala y ya.

Bajó la mirada a la mesa de pícnic. Había grupos de
iniciales talladas en la superficie desgastada. ¿Segui-
rían juntos M.J. + R.Z.?

—Cuando tenía doce años, le pregunté si se arre-
pentía de haberme tenido.

Harding alargó la mano por encima de la mesa y le
rodeó la barbilla obligándola a mirarlo a los ojos.

—¿Qué te dijo?

—Que «arrepentirse» no era la palabra adecuada.
Que tener un hijo no era lo que se habían esperado y
que requería mucho más tiempo del que habían pensado.

Forzó una ligera sonrisa.

—Que los alejé de lo importante.

—Lo siento.

—No fue una sorpresa —dijo ella sin querer recordar cómo en aquel momento se había dicho que debía
mantenerse fuerte. Que estremecerse o llorar las

distraería a las dos del propósito de la conversación—. Yo había buscado internados y había elegido dos que me llamaban la atención. Le dije que los dos tenían programas de verano y Navidad que me mantendrían ocupada.

—Traducción: que no volverías a casa —murmuró él.

—Exacto. Mi madre se quedó impresionada con mi meticulosidad y usó sus contactos para que me admitieran el siguiente septiembre. Fue la última vez que viví con ellos.

Él enarcó las cejas.

—¿Y después del instituto?

—Se habían mudado a la costa este, así que yo volví aquí para ir a la universidad. Viví en residencias de estudiantes, pasaba la Navidad en casa de mis amigas o hacía viajes con los distintos programas de la facultad —dijo y agarró la cerveza—. Recibí una educación fabulosa, vi mucho mundo e hice muchos amigos. Fui feliz.

—Más feliz de lo que habrías sido con ellos —contestó Harding observándola—. Pero siempre de un lado para otro. Nunca yendo a casa de la misma amiga dos veces seguidas. Nunca repitiendo la experiencia. No porque te aburrieras, sino para evitar que nadie se te acercara.

Sus palabras la hicieron tensarse, pero Bree se obligó a relajar el cuerpo.

—Deja de intentar meterte en mi cabeza. Nunca lo conseguirás.

—Se me da bien hacer conjeturas. ¿Se sorprendieron cuando acabaste con Lewis?

—Sí, pero no por la razón que crees. Mis padres pensaban que era demasiado bueno para mí. Oí a mi madre decirle que podía haber encontrado a una mujer mejor.

—¿Y él no le soltó un puñetazo?

Bree se rio.

—No, aunque sí que le dijo que yo era el amor de su vida, y eso me hizo sentir bien. Por entonces aún creía que teníamos lo que tenían mis padres: un amor verdadero que nos consumiría. Me equivoqué.

—Tú no serías feliz con un amor así de arrollador. Eres demasiado independiente y fuerte.

Bree se sorprendió al ver que pensaba lo mismo.

—Viéndolo ahora, que han pasado unos años, sé que tienes razón. Ninguna relación romántica va a compensar lo que pasó con mis padres. Necesitaba encontrar mi camino y tener una relación separada de ellos.

—Y eso no pasó con Lewis.

—No.

—¿Ha pasado desde entonces?

Bree negó con la cabeza en lugar de soltar la verdad. ¿Arriesgarse a amar otra vez? Eso jamás. ¿Por qué iba a querer abrirle su corazón a alguien? El amor era para otros, no para ella. No dejaría que nadie se le acercara demasiado. Ya se habían aprovechado de ella una vez. No amar era lo único que la mantenía a salvo.

—El amor debería ser una asociación.

—¿Hablas por experiencia?

Él sonrió.

—Si por experiencia te refieres a que el amor salga mal, sí. Pero lo veo con otras personas. Mis padres tienen una buena asociación. Y algunos de mis amigos. Yo quiero eso. Que uno sea fuerte cuando el otro es débil. Compartir objetivos. Compartir valores.

—Eres un idealista.

—A veces. Tú eres una pesimista.

Bree se rio.

—Y muy orgullosa de serlo —se detuvo—. Harding, pensar así no me hace infeliz. No tengo expectativas poco realistas y es mejor para mí. Es más seguro. Veo el mundo como es, no como debería ser.

—Yo no debería haber vuelto a andar y aquí estoy.

—Sentado —bromeó Bree, pero luego suspiró y añadió—: Lo siento. Vale, sí, tú venciste los pronósticos. Pero eso es distinto. Trabajaste mucho y tuviste unos médicos estupendos. ¿Qué tiene eso que ver con no creer en el amor?

—Pero tú sí crees en el amor. Si no, no te empeñarías tanto en huir de él.

—Estás obsesionado con el tema.

—A lo mejor lo estoy porque me estoy enamorando de ti.

Bree no se lo había visto venir. Miró a Harding mientras oía a las familias jugando a lo lejos y captaba el olor de las briquetas de carbón calentándose. Un avión sobrevolaba y unos pájaros piaban en un árbol cercano. Aun así, el mundo se redujo a ese momento y ese hombre.

—No lo hagas —dijo levantándose—. No lo hagas.

—¿Enamorarme o admitirlo?

—Las dos cosas.

Bree se cruzó de brazos como intentando contener algo ahí o, tal vez, solo protegerse.

¿Amor? ¿Amor?

—¿Por qué me dices eso? Estábamos bien y has tenido que...

—¿Estropearlo todo? —preguntó él levantándose—. Bree, esto no puede ser ninguna sorpresa para ti. Te he dicho que estoy loco por ti.

—No así. No con palabras.

—Si no crees en el amor, ¿por qué importan mis sentimientos?

Una pregunta razonable, pensó ella. Y una que no podía responder.

—Porque sí.

Bree agarró el bolso y corrió al coche. Mientras salía del aparcamiento, vio a Harding de pie junto a la mesa de pícnic. Solo y viéndola marchar.

Capítulo 16

Había pasado más de una semana desde el fin de semana con Duane y Mikki seguía sin poder dejar de sonreír. Lo habían pasado genial. Habían charlado sin problema, se habían reído mucho y parecían estar de acuerdo en casi todo. Igual de emocionante había sido la química sexual entre los dos, como un minimilagro. Cuanto más tiempo pasaba con él, más le gustaba, y esa realidad la ilusionaba y aterrorizaba a la vez. El último hombre del que se había enamorado había sido su exmarido algo más de veinte años atrás. Pero no permitiría que el miedo se interpusiera en su camino. Sacaría a la Bree que llevaba dentro y seguiría adelante.

Aparcó en la entrada de Perry. Él le había preguntado si podían hablar del cumpleaños de Will y ella se había ofrecido a pasarse al salir del trabajo. Estaba esperándola en la puerta.

—¿Qué tal la mudanza? —preguntó Mikki al acercarse a los escalones delanteros. Perry se había mudado el fin de semana que ella había estado en Monterrey.

—Nos dio más trabajo del que se esperaban los niños —dijo él sonriendo y dejándola entrar.

En el salón, el básico mobiliario beis de Perry desentonaba con el acogedor espacio.

—Ya, ya —dijo Perry con una agradable sonrisa—. No es el estilo adecuado.

—A lo mejor una alfombra ayudaría un poco.

—Tengo que comprar muebles nuevos. Estos quedaban bien en casa de mis padres. Podrías darme algunas ideas.

—Claro. Podemos ir a algunas tiendas, si quieres. Te daré sugerencias, pero la decisión final la tienes que tomar tú. Eres tú el que va a vivir aquí, no yo.

Perry la miró y desvió la mirada otra vez.

—Vamos a ver la ampliación. El armazón y el tejado están terminados.

Mikki lo siguió hasta lo que sería el nuevo dormitorio principal.

—Es más grande de lo que pensaba. Me encantan las ventanas.

Perry le enseñó el diseño del vestidor y del baño.

—Perfecto —dijo ella pensando que era un poco grande para él solo. Aunque, claro, tampoco estaría soltero para siempre. Perry era un buen hombre. La verdad, le sorprendía un poco que llevara tanto tiempo sin una novia formal.

Él la llevó a la cocina y Mikki se asombró al ver dos servicios colocados en la isla. Los niños estaban con ella esa semana, así que sabía que Perry no iba a cenar con ninguno de ellos.

—¿Esperas a alguien para cenar? —preguntó pensando que era raro que la hubiera invitado si luego tenía una cita.

—No. He hecho unos aperitivos para que nos los tomemos mientras hablamos de Will —sonrió—. Voy a tentarte con un rico rosado para que te apuntes al plan.

¿Aperitivos? ¿Perry? Muy raro, pero bueno...

—Siempre estoy abierta a un vino, pero a ti no te gusta el rosado.

—Eso decía antes de haberlo probado. He probado un par y están buenos.

Perry sacó una botella de la nevera.

—Es por el rosa. Me cuesta soportarlo.

—Entiendo que eso suponga un problema para muchos hombres.

Mikki se sentó mientras Perry servía el vino. Luego por poco no se cayó de la silla cuando él le puso delante una bandeja con unos aperitivos con una pinta increíble.

—Minipastelitos de cangrejo con *crème fraîche*. Minitartaletas con queso crema especiado y coronadas con gamba pochada. Y por último, pero no por ello menos importante, tomates cherri rellenos de pepino y eneldo.

Mikki miró la comida y lo miró a él.

—¿Has... hecho tú todo esto?

—He comprado los pasteles de cangrejo y la *crème fraîche*, pero los otros dos los he hecho yo.

—Pero si tú no sabes cocinar así.

—He estado viendo programas de cocina y aprendiendo por mi cuenta. A veces le pido trucos a mi madre.

Perry le hablaba en su idioma, pero Mikki no entendía nada. El Perry que había conocido apenas había sabido hacer unos huevos revueltos y nunca había pasado tiempo en la cocina.

Él se sentó enfrente y sonrió.

—Sírvete.

Mikki se sirvió un par de cada y probó la minitartaleta de gamba.

—Deliciosa —dijo esperando no parecer demasiado sorprendida. Perry cocinando. ¿Quién lo iba a decir?

—Sobre lo de Will... —dijo Perry sirviéndose un tomate relleno—. Sé que hablamos de que le regalaría unas ruedas nuevas, pero he cambiado de idea. Quiero llevarlo a un par de carreras de NASCAR. Será un fin de semana.

—Le va a encantar —dijo Mikki suspirando.

—¿No quieres que lo haga?

—No quiero que conduzca coches de carrera. Sé que es un conductor estupendo, pero cuando me lo imagino chocándose, me da miedo.

Perry la observaba sin decir nada.

—Ya lo sé —continuó ella—, tengo que dejar que persiga sus sueños. ¡Guau! Sus abuelos le van a regalar clases para ser piloto de carreras y tú vas a llevarlo a NASCAR. El regalo de los demás será mejor que el mío.

—Si quieres, podemos compartir los gastos de NASCAR. A fin de cuentas, es un buen regalo.

Una buena solución y un gesto generoso.

—Gracias. Sí, me gustaría que fuera un regalo de los dos —dijo Mikki, y riéndose añadió—: Siempre que no tenga que ir yo.

—Pues serías bienvenida.

—No me atrae nada del plan.

Mordisqueó un pastelito de cangrejo.

—Para el cumpleaños de Sydney vamos a tener que ser muy creativos y regalarle algo divertido. Unas ecovacaciones, por ejemplo.

Él dio un sorbo de vino.

—Vale, puedes llevarla tú si quieres.

—¿En serio? ¿No quieres estudiar una selva tropical en tu tiempo libre?

—Esta semana no.

—Al menos hemos resuelto lo del gran regalo de cumpleaños de Will. Puedo tacharlo de mi lista. Y empezaré a pensar en qué regalarle a Sydney. Solo faltan tres meses. Bromeo con lo de las ecovacaciones, pero no tengo claro si la haría feliz. Le daré unas vueltas.

Miró a su alrededor.

—Los anteriores dueños hicieron un buen trabajo al remodelar la cocina. Yo aquí no cambiaría nada.

—Entonces te gusta la casa.

—Sí. La ubicación es perfecta y tiene unos detalles originales encantadores. Serás feliz aquí.

—Tú también podrías serlo.

Mikki se quedó mirándolo; no estaba segura de a qué se refería. ¿Se estaba planteando Perry preguntarle si quería comprarle la casa? No, eso no tenía sentido. ¿Por qué iba a...?

Él esbozó una sonrisa compungida.

—Lo he dicho mal.

La dejó pasmadísima cuando le agarró la mano.

—Mikki, te echo de menos. Nos echo de menos. Nos divorciamos de forma demasiado apresurada, y asumo la culpa. Debería haberme dado cuenta de lo que tenía.

Su mirada era profunda y directa.

—Me gustaría pensar que podamos volver. Sigo enamorado de ti y espero que tú sientas lo mismo por mí.

Ella abrió la boca y volvió a cerrarla. De verdad que no tenía palabras más allá de la voz que le gritaba dentro de la cabeza: «¿Qué?».

—Tú eres el motivo por el que he comprado esta casa —continuó Perry sin dejar de mirarla a los ojos—. La vi y al instante pensé en ti. Podríamos ser felices aquí. Empezar de nuevo, un poco mayores y sabiendo más.

Ella apartó la mano.

—Estoy saliendo con alguien.

No había pretendido soltarlo así, pero se alegró de haberlo hecho.

Perry asintió despacio.

—Ya, mi madre me ha dicho algo sobre un hombre. ¿El del Aston Martin?

La sacudida de culpa que sintió la sorprendió. Al instante quiso dar marcha atrás o disculparse, lo que era ridículo. Perry y ella llevaban tres años divorciados. Podía salir con alguien si quería. Podría haberse casado quince veces si hubiera querido.

—Sí, ese es el hombre con el que estoy saliendo —dijo en voz baja.

—¿Vais en serio?

—No lo sé. No llevamos saliendo tanto tiempo.

Ni siquiera sabía qué significaba «serio» en lo que respectaba a su vida amorosa. O a lo mejor simplemente no podía pensar. Estaba demasiado impactada. ¿Que Perry tenía sentimientos por ella? ¿Qué significaba eso? No, un momento. No quería que le aclarara nada. Solo de pensar en esas palabras se sentía incómoda.

Sacudió una mano.

—No sigues enamorado de mí.

—¿Y eso cómo lo sabes?

Mikki ignoró la pregunta.

—Somos amigos. Buenos amigos. Nos llevamos bien y compartimos nuestras responsabilidades como padres. Así nos va bien, desde luego mucho mejor que cuando estábamos casados.

Él soltó aire despacio.

—No te apoyé lo suficiente. Pienso mucho en eso. Debería haber ido a Londres contigo. Podríamos haberlo pasado genial juntos. He estado trabajando para cambiar, para ser un marido mejor.

—Eras un buen marido. No quiero que pienses lo contrario. Simplemente no evolucionamos en la misma dirección. Queríamos cosas distintas.

—¿Y si pudiéramos querer lo mismo?

¿Qué se suponía que tenía que responder a eso?

—Tuvimos nuestra oportunidad. La tuvimos y la cagamos —dijo Mikki deseando que Perry no hubiera hablado de sentimientos—. No hagas esto. No podemos cambiar el pasado y no quiero cambiar lo que tenemos ahora mismo. Estamos bien. Con eso basta.

—Podemos cambiar el futuro. No pienso renunciar a nosotros.

—No hay ningún «nosotros». Ya no.

Perry la sorprendió sonriendo.

—Eso ya lo veremos. Tú y yo estamos bien juntos.

Creo que aún hay conexión. Puede que me equivoque, pero quiero otra oportunidad.

De nuevo, ese hombre la dejó sin palabras.

—Ni siquiera sé qué decir.

—Al menos no has dicho «no». Es un comienzo.

—Los colores de la boda son lavanda y salvia —dijo Seth mientras aparcaba en la iglesia para asistir a otra boda más.

Ashley lo miró.

—¿Y eso cómo lo sabes?

—Por la invitación. Era lavanda y salvia.

—¿Cómo puedes acordarte?

Él le lanzó una sonrisa.

—Oye, que he estado leyendo mucho y ahora soy un experto en bodas. Pregúntame lo que quieras.

—¿Quién elige el lavanda y el salvia como sus colores? No creo que combinen bien.

Él se acercó y la besó.

—Supongo que estamos a punto de poner a prueba tu teoría.

Ella suspiró.

—Seth, sabes que plantearte el matrimonio es mucho más que saber de colores para bodas, ¿no?

Él se puso serio.

—Sí. Se trata de si nos veo teniendo todo lo que queremos estando casados en lugar de sin estarlo. La boda es solo pura fachada —volvió a sonreír—. Pero me sigue pareciendo divertido hablar de que hayan elegido el lavanda y el salvia como sus colores.

Salió del coche. Ella vaciló antes de bajar. Así que ese era su modo de demostrarle que lo estaba intentando. Había leído unas cuantas revistas de novias y todos los artículos que ella le había enviado. A cambio, ella había empezado un libro que explicaba por qué casarse era mala idea y había leído los artículos que

Seth le había enviado. Ese día unas horas antes, habían ido a visitar un par de casas para empezar a ver cómo estaba el mercado inmobiliario de la zona.

Quitando que no se ponían de acuerdo sobre si casarse o no, por lo demás estaban bien, pensó agarrándolo de la mano.

Entraron en la iglesia por la parte de atrás y vieron a las damas de honor alineadas para una foto. Por supuesto, los vestidos eran lavanda claro. Mientras Seth y ella buscaban asiento, Ashley vio al padrino del novio con un esmoquin negro, chaleco salvia y pajarita.

—Te lo dije —le susurró Seth al oído—. No sé tú, pero yo estoy deseando ver cómo han decorado el banquete. ¿Pondrán bajoplatos? Yo los pondría plateados más que dorados. Van mejor con los colores de la boda.

Ella contuvo una carcajada.

—Ahora sí que me estás asustando.

Dos horas después, los invitados estaban en un salón de banquetes esperando a los novios. Los camareros circulaban por allí con vino blanco y tinto y con la bebida insignia de la boda: *sling* de lavanda y salvia.

—Tenías razón —dijo Ashley sirviéndose uno.

Seth asintió hacia las mesas redondas, donde había unos bajoplatos plateados y encima unos platos blancos coronados por cajitas de regalo en tonos salvia y decoradas con una ramita de lavanda.

—Han puesto cubresillas. Cuestan unos tres cincuenta cada una y tienen al menos doscientos invitados. Qué chorrada gastarse setecientos dólares en eso.

Ashley miró las cubiertas de las sillas.

—Ni siquiera me había fijado.

—Ahora esto es lo mío. ¿Quieres que hablemos de los centros de mesa?

Antes de que ella pudiera responder, Krissy y Karl

se acercaron a ellos. Krissy los abrazó y alargó la mano izquierda.

—¡Mirad! Estamos prometidos.

Ashley no estaba preparada para la puñalada de envidia que la atravesó. ¿Krissy y Karl? No sabía que la cosa fuera tan seria.

—¿Sí? Qué maravilla. Enhorabuena.

Ashley contempló el anillo, un diamante corte princesa rodeado de piedras más pequeñas.

—Es precioso.

Karl cambió el peso de un pie a otro.

—Cuando lo vi, me recordó a ella.

Seth le dio una palmadita al hombre en la espalda.

—Bien hecho. A la hora de elegir joyas, siempre guíate por tu instinto.

—¿Cómo fue? —preguntó Ashley, sabiendo que era la siguiente pregunta que tocaba.

—Me llevó a cenar a nuestro restaurante favorito —dijo Krissy feliz—. No tenía ni idea de que iba a hacerlo.

Mientras Krissy detallaba la proposición sorpresa y cómo se había implicado todo el personal del restaurante, Ashley se decía a sí misma que no pasaba nada; que ese nudo que sentía en el estómago no era para tanto y que era lo bastante buena persona como para poder alegrarse de verdad por su amiga. Su compromiso no tenía nada que ver con ella.

El problema era que no se lo creía del todo.

Asintió en todos los momentos adecuados y, después de felicitar a su amiga otra vez, dijo:

—Iba de camino al baño. Perdonad.

—¡Ay, te acompaño! —dijo Krissy agarrándola del brazo—. Ahora volvemos, chicos.

¡Y ella que quería estar un momento sola!

Ashley le dio su copa a Seth y se marchó con Krissy. Habían cruzado la mitad de la sala cuando Krissy se giró hacia ella.

—¿Y vosotros dos qué? ¿Alguna idea de cuándo va a soltarte la pregunta Seth?

Ashley se dijo que era la oportunidad perfecta para poner en práctica su parte del trato con Seth.

—No vamos a casarnos. Eso no nos va.

Krissy se detuvo en seco y la miró boquiabierta.

—¿Vais a romper?

Lo dijo lo bastante alto como para que su voz llegara a los rincones más alejados de la sala. Varias parejas se giraron para mirarlas.

—No vamos a romper —dijo Ashley en voz baja—. Estamos enamorados y felices.

—¿Entonces por qué no os prometéis?

—No nos interesa casarnos.

Krissy la miraba atónita.

—¿Por qué no?

—No necesitamos casarnos para saber que queremos pasar el resto de nuestra vida juntos. Estamos comprometidos el uno con el otro de todas las formas posibles. Hemos empezado a mirar casas.

Ashley se sintió orgullosa de sí misma por haber soltado ese discurso. No estaba convencida al cien por cien con la idea, pero se veía haciéndolo. Algún día. Tal vez.

—Pero tú quieres casarte —le dijo Krissy—. ¿Cómo no vas a querer? Es lo que toca ahora. Casarte y luego tener hijos.

—No necesitamos estar casados para tener hijos.

—No, pero no lo entiendo. ¿Qué está pasando aquí?

Se ahorró tener que responder cuando Seth y Karl aparecieron.

—Creía que ibais al baño —dijo Karl.

Krissy miró a Ashley un momento y luego fingió una sonrisa.

—Tranquila, no diré nada —dijo mirando a Seth como si sospechara que el problema era él—. Luego nos vemos.

Agarró a Karl del brazo y se lo llevó de allí. Seth frunció el ceño.

—Qué raro ha sido eso. ¿Qué ha pasado?

Ashley dejó de mirar a su amiga.

—Nada. No pasa nada. Todo perfecto.

—Estás de mal humor —farfulló Rita antes de girarse y empujar un carrito de libros hacia el centro de la tienda—. Sigue así y pediré un aumento de sueldo.

Bree vio a la mujer alejarse y supo que en esa ocasión la brusquedad de Rita era culpa suya. Llevaba días de mal humor. Además, no había estado durmiendo, no podía comer y, por muchos kilómetros que corriera o recorriera en bici, no podía dejar de pensar en Harding. O, mejor dicho, en lo que había dicho.

«Me estoy enamorando de ti».

Amor. Ella no creía en el amor ni confiaba en la gente que decía que la quería. ¿Por qué Harding no podía limitarse a querer tirársela? Le diría que no, pero al menos al deseo le veía sentido. Podía confiar en el deseo, pero ¿en el amor?

—Gilipollas —murmuró antes de hacer lo posible por centrarse en el trabajo.

Atendió a clientes, registró ventas, reorganizó expositores y, cuando la tienda cerró, limpió el polvo de todos y cada uno de los estantes. Eran casi las diez cuando admitió que estaba evitando irse a casa porque al menos en el trabajo podía mantenerse lo bastante ocupada para fingir que no estaba pensando en Harding. Y encima sin dormir.

«Me estoy enamorando de ti».

Las palabras le resonaban por el cerebro haciéndola sentirse expuesta. O, peor aún, vulnerable. Ella no era vulnerable, nunca. No dejaba entrar a nadie. Ella nunca compartía su corazón ni se ponía en un riesgo emocional. Había pasado los primeros doce años de su vida suplicándoles atención a sus padres, y durante los dos últimos de su matrimonio su marido había jugado con ella. El amor era para los panolis, y ella no volvería a serlo nunca.

Comprobó todas las puertas, activó la alarma y luego salió por detrás. De camino al coche vio las luces encendidas encima de la tienda de surf, donde Chico Triste tenía un piso.

Sin pensarlo, se vio caminando decidida hacia el edificio. Aunque no tenía ningún interés por ese hombre, él le había dicho que quería acostarse con ella una vez más para poder olvidarla y pasar página. Pues muy bien. Si quería sexo, tendría sexo con él. Se entregaría a otro hombre.

Ese despiadado acto de traición destruiría lo que fuera que estaba pasando entre Harding y ella. Él se espantaría, se daría cuenta de que era una persona horrible, y luego se marcharía. Problema resuelto.

Llegó a la puerta lateral y llamó al timbre. Al cabo de unos segundos una voz salió por el pequeño altavoz situado junto al timbre.

—¿Sí?

—Soy Bree. Dijiste que querías una última vez. Aquí estoy.

Unos segundos después, sonó el pitido que le abrió la puerta.

Chico Triste estaba esperándola en lo alto de las escaleras. Bree hizo lo que pudo por no mirarlo mientras entraba en su grande y espacioso piso. Había estado ahí un par de veces el último enero. El mobiliario era el mismo: una combinación playera de madera y estampados de palmeras. Soltó el bolso sobre una mesita auxiliar y se descalzó.

—No lo entiendo —dijo él.

Bree se obligó a mirarlo.

—He venido por sexo. Es lo que dijiste que querías. Una última vez.

Un brillo de esperanza le iluminó los ojos. Una esperanza que a ella la machacó de la hostia.

—Esto no significa nada —le dijo.

Él la sorprendió al sonreír.

—Contigo nunca significa nada.

Se acercó a ella. Bree se preparó para su beso y su roce. Tenía que hacerlo. Si se acostaba con Chico Triste, ganaría. No sabía muy bien qué, pero sabía que la victoria estaba ahí, en la punta de los dedos.

Él la llevó a sí y apretó su cuerpo contra el suyo. Ya estaba excitado y rozaba su erección contra su vientre. Un aliento caliente le quemó la mejilla. Él le rozó la boca con la suya.

—Qué bien hueles —susurró mientras seguía rozándose la polla contra ella—. Llevo mucho tiempo pensando en esto.

A Bree la garganta se le llenó de bilis. Ignoró la sensación y con determinación lo rodeó con los brazos y separó los labios. Pero en cuanto la lengua de él la rozó, supo que no podía hacerlo. Y, peor aún, que iba a vomitar.

Lo apartó y corrió al aseo. Apenas tuvo tiempo de levantar la tapa de la taza antes de vomitar un montón de fluidos y los restos del medio sándwich que le había servido de cena.

Se puso de rodillas mientras esperaba a ver si salía más. El estómago le dio un par de vuelcos y luego se calmó. Intentó controlar la respiración y luchó contra las lágrimas. Su vida ya era una mierda, ni de coña iba a llorar. Hacía mucho tiempo que había dejado de llorar.

Después de levantarse, se aclaró la boca y se giró hacia Chico Triste. Él estaba en la puerta, mirándola con recelo.

—Vamos a hacerlo —dijo ella agarrándolo de la camiseta.

—Joder, Bree, ¿qué haces? —dijo dando un paso

atrás con gesto triste y confundido—. No vamos a hacerlo. Te estaba dando tanto asco que has vomitado.

—No es por eso. Mi estómago no tiene nada que ver contigo. Estoy lista.

Él se quedó mirándola un momento y negó con la cabeza.

—Deberías irte.

No quería estar ahí, y, desde luego, no quería acostarse con él, pero, aun así, sus palabras fueron como una bofetada. Su estremecimiento fue involuntario y habría dado lo que fuera por quedarse ahí de pie, fuerte y desafiante, pero dentro no le quedaba nada y derrumbarse delante de él no era una opción.

Corrió al salón, recogió los zapatos y el bolso y bajó las escaleras a toda prisa. Una vez fuera, en la tranquila noche, respiró el aire salado y se dijo que se pondría bien. Siempre estaba bien. Eso había sido solo un pequeño bache en el camino, nada más.

Ya dentro del coche, se vio conduciendo en dirección opuesta a su casa. Según se acercaba a casa de Harding, se dijo que era demasiado tarde para presentarse allí, que podría estar dormido. Pero sabía que era un noctámbulo que no solía meterse en la cama antes de medianoche.

A lo mejor estaba con alguien. A lo mejor alguna admiradora había ido a verlo y ahora mismo se la estaba follando como un loco. Los dos estarían desnudos. ¿Qué pasaba con eso de que se había enamorado de ella? No podía fiarse de él. Siempre lo había sabido. Era...

—¡Para!

Gritó la palabra dentro del coche y después agarró el volante con más fuerza. Estaba al límite, lo sabía. Todas esas partes que había creído sanadas se estaban desmoronando. Lewis había jugado con ella y tal vez Harding estuviera haciendo lo mismo.

Pero sabía que no. Y si no estaba jugando, ¿le

estaría diciendo la verdad y sentiría algo por ella?
¿Cómo podría sobrevivir a algo así?

Aparcó delante de la casa y apagó el motor. Como
era de esperar, las luces estaban encendidas, salpican-
do la oscuridad. Se quedó sentada en el coche unos
minutos antes de rendirse ante lo inevitable. Caminó
hasta la puerta y llamó.

Harding abrió. Llevaba vaqueros y una camiseta.
Estaba descalzo y despeinado, y su sonrisa... A Bree el
corazón le dio un bandazo. Su sonrisa era un poco pícara y totalmente amable.

—¿Qué tal? —le dijo dando un paso atrás para invi-
tarla a pasar—. Hacía mucho que no te veía. Te he
echado de menos.

Ella entró y lo miró.

—¿Ya está? Llevo días sin hablar contigo. No atien-
do tus llamadas ni respondo tus mensajes. ¿He pasado
de ti por completo y lo único que puedes decirme es
que me has echado de menos?

Él se metió las manos en los bolsillos delanteros
del vaquero y se encogió de hombros.

—Es que te he echado de menos.

—Me he acostado con Chico Triste —dijo Bree con
tono desafiante y mirándolo, preparada para las acusaciones y el dolor. Él explotaría y luego la echaría.

Harding no dijo nada. Bree vio cómo se le borraba
la sonrisa, pero, por lo demás, no sabía qué estaría
pensando.

—Justo ahora —aclaró—. Vengo de allí.

Él fue hacia la cocina.

—¿Quieres agua? ¿O algo más fuerte?

Ella lo siguió, esperando la arremetida. Pero en lugar de gritar, Harding sacó de un armario una botella
con forma cuadrada y sirvió dos vasos. Le dio uno.

—Es de mis favoritos. Casa Noble. Su tequila Añejo.
Lo envejecen durante dos años en barricas de roble
blanco francés.

Bree agarró el vaso mirándolo con recelo.

—Pareces Mikki dando lecciones de champán.

Él sonrió.

—Me cae bien Mikki.

Harding señaló al salón, como si fueran a sentarse.

—¿Pero a ti qué te pasa? —preguntó Bree con un tono más agudo del que le habría gustado—. ¿Por qué no estás enfadado? ¿Por qué no estás gritándome o echándome de aquí?

—¿Por qué?

—Joder, porque me he tirado a otro hombre. Se supone que estás enamorado de mí. Debería importarte que lo haya hecho con otro.

—Me importa —dijo él mirando el vaso—. Estoy sorprendido y dolido. Está claro que esto lo ha provocado que te dijera lo que siento. No estoy diciendo que sea culpa mía. Tus actos son responsabilidad tuya. Pero sabía que reaccionarías de algún modo. Aunque no me esperaba esto.

Volvió a sonreír, pero esta vez con tristeza.

—Me he equivocado.

—¿Y ya?

—¿Qué más quieres? No estoy contento, Bree. ¿Es lo que quieres oír? No lo estoy. Pero no somos pareja, y mucho menos exclusivos. Has dejado claro que no quieres tener una relación conmigo y, aunque no te creo, no puedo decir que no hayas sido sincera. ¿Podemos sentarnos?

Impactada por sus palabras, lo siguió al salón. Se acurrucó en un rincón del sofá mientras que él se sentaba frente a ella en una butaca.

—Quería que te sintieras decepcionado —admitió dejando el vaso en la mesita auxiliar que tenía al lado—. Quería que me despacharas.

—Para que fuera yo el que acabara todo —dijo él más para sí que para ella—. Interesante. Y al hacerlo, reforzaría tu creencia de que no puedes confiar en nadie y que no es seguro entregar tu corazón.

—Mira, no quiero hablar de esto —dijo Bree antes de dar un sorbo de tequila. Era ahumado con un toque especiado—. Está rico.

Se miraron. Bree no vio furia en sus preciosos ojos, solo dolor. Harding no le gritaría ni la acusaría, pero ella le había hecho daño.

Se dijo que debería marcharse, que era mejor. Con el tiempo Harding vería que ella no merecía la pena, que estar a su lado sería un desastre. Entendería que ella jamás podría corresponder su amor y...

—No he podido hacerlo —soltó Bree antes de dejar la copa en la mesita y rodearse la cintura con los brazos—. Lo he intentado, he ido allí a hacerlo. Él vino a la tienda hace unas semanas pidiendo una última vez para poder olvidarse de mí y pasar página, así que yo sabía que sería algo seguro.

Harding elevó una comisura de la boca.

—¿Cuántos hombres no son algo seguro?

—No muchos. Pero esto era distinto. No se trataba de echar un polvo. No quería que me tocara ni me besara y... —tragó saliva—. He vomitado. Ha sido horrible. He intentado acostarme con Chico Triste y he echado la pota. Luego me ha dicho que me fuera.

Estaba a punto de llorar y le dolía el pecho, pero se obligó a ignorar ambas sensaciones.

—Supongo que no era algo tan seguro como me pensaba.

Harding contrajo los labios. Ella lo miró.

—¿Te estás riendo de mí?

Él soltó la copa, se puso de pie, fue hacia Bree y la levantó.

—Estoy feliz —dijo acercándola—. Muy muy feliz.

Bree lo empujó, intentando apartarlo. Cuando él dio un paso atrás, ella se le abalanzó y lo abrazó.

—Eso es una estupidez enorme —murmuró contra su pecho—. ¿Cómo puedes estar feliz?

—Te importo.

—¿Qué?

La palabra salió como un grito. Ahora sí que se apartó para que él pudiera verla.

—No.

Harding sonrió.

—Claro que sí. Si no, ¿a qué ha venido lo de Chico Triste? Te importo lo bastante como para que te tomes tantas molestias en cargártelo todo. Algo que, por cierto, has hecho con un estilo increíble. Punto para ti.

Bree por poco no se cayó al suelo al ser consciente de que lo que decía Harding era la verdad. No y no. ¿Importarle? No le importaba. No se lo permitiría.

—No me gustas nada —insistió—. No eres mi tipo.

—Bree, soy tu fantasía. Admítelo. Encantador, guapo, fuerte, sensible. Soy básicamente todo lo que has querido siempre.

Ella dio otro paso atrás.

—¿Así es como intentas hacerme sentir mejor?

Él se puso serio.

—Perdona. Tienes razón. Vamos a ver, esta es la situación: te gusto y los dos sabemos que estoy loco por ti. Deja de hacer gilipolleces y no volveré a decirte que te quiero. No hasta que estés lista para oírlo.

—Nunca estaré lista.

Bree pensó que Harding se ofendería, pero él sonrió.

—Puedo soportarlo.

—¡No! Búscate a alguien que no esté tan roto.

—Todos estamos rotos, y tus roturas encajan con las mías.

—Tú no tienes ninguna —dijo Bree mirándolo—. ¿Por qué no puedes enfadarte conmigo?

—Puedo, pero no por esto.

—¿Y si me hubiera acostado con él?

—No lo has hecho.

—¡Responde!

Él sonrió.

—¿Y si lo hubiera hecho yo?

Bree miró a su alrededor buscando algo pesado que lanzarle a la cabeza.

—Me vuelves loca.

—Sé que cuesta aguantarme cuando me pongo razonable. Vas a tener que aprender a vivir con ello.

Bree quería decirle que no tenía que aprender a vivir con nada. Que no significaba nada para ella y que se equivocaba si pensaba que tenían algo. Pero en lugar de gritar o buscar una lámpara que tirarle, se acercó a él y volvió a rodearlo con los brazos.

—Abrázame —le susurró.

—Siempre. Todo lo que necesites.

—Ojalá fuera verdad.

Harding la acercó con fuerza y apoyó la cabeza en la suya.

—No me voy a rendir, Bree. Espero que en algún momento empieces a darte cuenta.

—No vamos a acostarnos.

Él soltó una risita.

—Estoy de acuerdo. Pero lo haremos pronto. Y hasta entonces, voy a limitarme a esperar.

Bree no confiaría en él; supondría un riesgo demasiado grande. Pero solo por esa noche estaba dispuesta a fingir que, al final, todo saldría bien.

Capítulo 17

—Estás de peor humor que Bree —dijo la madre de Mikki—. Pero ¿qué os pasa, chicas?

Mikki quería decir que estaba más cerca de los cuarenta que de los treinta y nueve, y que tal vez la palabra «chica» no era la más apropiada. No sabía qué le pasaba a Bree, que había estado evitándolas a Ashley y a ella, pero sí sabía qué le pasaba a ella.

Estaba cabreada. Cuanto más pensaba en lo que había dicho Perry, más se cabreaba. ¿Cómo se atrevía a soltarle ese disparate de que volvieran juntos y a interrumpir su vida ahora que de pronto estaba yendo en la dirección correcta? Estaban divorciados. Habían acabado. A-CA-BA-DO.

Sí, claro, eran amigos y a ella le gustaba su compañía. Lo estaban haciendo bien como padres y Perry la hacía reír. Podía confiar en él en asuntos como problemas con el coche. Había madurado y cambiado, y eso estaba muy bien, pero no había motivos para volver juntos.

Tenía que hablar con alguien y no sabía en quién confiar. Desde luego, su suegra quedaba descartada; Lorraine no le había contado a ella lo de la casa nueva de Perry, pero a él sí que le había contado lo de Duane. Todas sus amigas de fuera del trabajo ya la conocían cuando había estado casada y habían vivido el divorcio con ella, así que no tenía claro que quisiera contarles lo que había dicho Perry. En cuanto a Ashley y Bree, a veces no sabía dónde se situaban en la escala de la amistad. Trabajaban juntas y quedaban a veces. Solo la habían conocido como mujer soltera y...

—Vale —dijo su madre apretando los labios—. Si no quieres hablar, pues nada. Total, solo soy la persona que te trajo al mundo.

Mikki limpió con la mano la tetera que acababa de desembalar y la dejó en la encimera.

—Lo siento, mamá. Tengo muchas cosas en la cabeza.

Rita aguardó, expectante. Mikki miró a su alrededor para asegurarse de que no había nadie cerca. Pero la tienda no estaba abierta y los empleados no habían llegado.

—Es Perry —empezó a decir.

—¡Se casa! —exclamó su madre—. ¿Con una veinteañera? Por Dios, dime que es mayor que Sydney.

—¿Qué? No, no se casa. No exactamente.

—¿Es gay? ¿A estas alturas? Jamás pensé que lo fuera, pero hoy en día la gente te sorprende.

Mikki soltó una risa estrangulada.

—No es gay. Quiere... —dijo Mikki intentando encontrar las palabras adecuadas—. Perry dice que sigue enamorado de mí. Ha comprado la casa por mí y quiere que volvamos a estar juntos.

Era raro ver a su madre quedarse sin palabras, y en otras circunstancias habría disfrutado de ese momento, pero ahora mismo esperaba ansiosa sus comentarios, algo nada habitual. Que su madre le dijera lo que tenía que hacer no solía acabar bien.

—¡Qué ridiculez! —dijo su madre—. ¿Volver? Demasiado tarde. Tuvisteis vuestra oportunidad y ahora habéis terminado y habéis pasado página. Yo jamás volvería con tu padre. Nuestro matrimonio fue horrible y estoy mejor sin él.

Mikki intentó no estremecerse.

—Mamá, ya hemos hablado de esto. Es mi padre y me hace sentir incómoda que hables mal de él.

—O sea, ¿que debería sufrir en silencio? ¿Y todas las peleas diarias, y todas esas veces que era tan distante? Podía pasarse semanas sin hablar.

«Um... no exactamente», pensó Mikki sobre lo de las peleas diarias. Pero no lo dijo. No había necesidad.

—No podéis volver. Ahora todo es distinto —dijo su madre, y sacudió la cabeza—. Que sigue enamorado de ti... ¡Idiota! Es un vago. No quiere molestarse en buscar a otra persona. Volver contigo es lo fácil. Tú lo cuidas bien y, mientras, él vive a cuerpo de rey. ¡Pues no! ¡De eso nada!

Mikki se dijo que su madre tenía buenas intenciones. En cierto modo, la estaba defendiendo, si ignoraba todo eso de «solo le interesas porque es un vago y tú haces buenos asados».

—¿Le has dicho lo de Duane?

—Sí, y me dijo que ya lo sabía.

—Se lo dijo Lorraine.

—Es su madre.

—Pero trabaja para ti. ¿Qué ha pasado con la lealtad? Estoy decepcionada con Perry. Debería plantarse y no dejarse influenciar. ¿Se cree que puede chascar los dedos y que tú vayas corriendo?

—No ha chascado los dedos.

—Siempre se creyó con derecho a todo. Siempre quería hacer lo que le diera la gana sin pensar en ti o en los niños.

Mikki deseó no haber dicho nada. Como de costumbre, el consejo de su madre le hizo querer hacer justo lo contrario. Era la verdad, aunque no la dejara en muy buen lugar.

—¿Te acuerdas de las peleas que tuvisteis por las entradas para los Dodgers? —preguntó Rita.

—Mamá, eso fue hace mucho tiempo.

—Él insistió en comprar aquellos abonos tan caros para toda la temporada, y eso que teníais unos bebés que criar. Y luego se enfadaba cuando no lo dejabas todo para ir a los partidos con él, una semana tras otra, a pesar de que le habías dicho que no te gustaba el béisbol. ¿Te acuerdas de que iba con sus amigos? Se marchaba a ver todos los partidos que jugaban como equipo local y te dejaba a ti sola con la casa y los niños.

—Me acuerdo, sí —dijo Mikki sumisamente—. Pero dejó de sacar los abonos unos años antes del divorcio para que pudiéramos pasar más tiempo juntos.

—Pero no lo pasabais.

No. Mikki intentó recordar por qué no. ¿Había sido justo cuando ella había comprado el negocio? ¿Había sido ella la que había estado fuera todo el tiempo? Echando la vista atrás, se preguntaba por qué él había vendido los abonos. Siempre le habían encantado los partidos. Había sido seguidor de los Dodgers desde que era un niño. ¿Había estado intentado acercarse y ella no se había dado cuenta?

¡Ay! Bueno, daba igual, se dijo. Como había dicho su madre, y por mucho que odiara estar de acuerdo con ella, el pasado era el pasado.

—Mamá, no pasa nada. No vamos a volver. Ha sido una cosa muy rara que me dijera eso.

Rita parecía dudosa.

—Nunca le pudiste negar nada a ese chico. ¿Recuerdas cómo dejaste el colegio universitario para trabajar en el negocio familiar? ¿Recuerdas cuando Perry te dijo que no a tener otro bebé? Tienes buena cabeza para los negocios, Mikki, pero cuando se trata de Perry, te dejas llevar. Si Perry quiere volver, cuidado. Ese hombre tiene algo que hace que te cueste mucho decirle que no.

Qué comentario tan inesperadamente perspicaz, pensó Mikki asombrada y más que algo inquietada por las palabras de su madre.

—Tendré cuidado —prometió.

Rita no parecía convencida.

Diez horas después, Mikki seguía dándole vueltas a la cabeza. Fue a su despensa y abrió la nevera. Le tocaba a ella llevar el champán. En un principio había elegido un Billecart-Salmon Brut Rosé, pero el precioso color le había recordado demasiado a la noche que había cenado con Perry. Lo reservaría para otro viernes noche. En su lugar sacó una encantadora botella de Tattinger Brut La Francaise. *Las chicas saben de vino* decía que el énfasis puesto en el chardonnay le aportaba una maravillosa estructura y una altísima palatabilidad. Mikki tenía intención de beberse lo suyo esa noche.

Cuarenta minutos antes de la puesta de sol, llegó a la puerta de la tienda con unas copas y su manta. Ashley estaba esperando ahí, con una manta sobre el hombro y un bolso grande y cuadrado en la mano.

—He traído comida —dijo con timidez—. Sé que no solemos comer mientras disfrutamos de la puesta de sol, pero me parecía que esta noche debíamos... no sé... Darnos un capricho.

Mikki se fijó en sus ojeras.

—¿Estás bien?

—Básicamente.

Bree se unió a ellas con una botella de Veuve Clicquot. La agitó.

—Me dijisteis que siempre tuviera una de más a mano. Os he hecho caso.

—Pero hoy me toca a mí —dijo Mikki enseñándole su botella.

—Cree que vamos a necesitar más de una —señaló Ashley.

Mikki pensó en el silencio de Ashley, en el mal humor de Bree y en los días espantosos que llevaba ella encima.

—Puede que tengas razón. Debería haberlo pensado yo también.

Entraron a la arena y encontraron una zona vacía donde podían extender las mantas. Mikki se sentó en el centro y abrió el Tattinger mientras Ashley desenvolvía un plato de queso, dos variedades de galletas saladas, melón en rodajas, una bandeja de fiambre y una caja de *cannoli*.

—De pronto me estoy muriendo de hambre —murmuró Bree.

Mikki llenó las copas.

—Feliz viernes a todas.

—Feliz viernes.

Mikki miró la copa.

—Bueno, ¿quién quiere empezar?

—¿Qué quieres decir? —preguntó Bree poniéndose una porción de *brie* sobre una galletita.

—Está claro que todas estamos en la mierda —comentó Mikki con suavidad—. Alcohol de sobra, comida. No es nuestra puesta de sol habitual.

Bree miró al agua.

—Yo estoy bien.

—Mentirosa.

Bree alzó una comisura de la boca.

Mikki agarró uno de los platos que Ashley había tenido el miramiento de llevar y se sirvió melón, un par de rodajas de salami y queso.

—Empiezo yo —dijo Ashley antes de beberse la mitad de la copa—. He seguido tu consejo, Bree.

—No sé si eso es buena idea —murmuró Bree mirándola—. Tengo muchos fallos.

—Puede, pero tenías razón con lo de Seth. Estamos intentando ver lo del matrimonio desde el punto de vista del otro. Seth ha estado leyendo revistas y artículos de bodas sobre por qué es una institución tan importante para la sociedad. La semana pasada fuimos a una boda y se sabía los precios del alquiler de fundas para las sillas e incluso adivinó los colores de la celebración basándose en la invitación.

Mikki notó tristeza en su voz.

—¿Pero? —preguntó con delicadeza.

Ashley parpadeó varias veces como conteniendo las lágrimas.

—No me importa la boda. Lo que me importa es estar casada. Una amiga mía acaba de prometerse de pronto y me ha afectado mucho. Estaba feliz y tenía un anillo, y Karl la quiere y quiere casarse con ella.

—Seth también te quiere —dijo Mikki pensando que el novio de Ashley era un idiota. Estaban juntos y enamorados. ¡Tenía que pedirle matrimonio!

—Me preguntó cuándo íbamos a dar el siguiente paso —continuó Ashley— y le dije que no nos iba lo del matrimonio. Pronuncié todas las palabras y lo intenté con todas mis fuerzas, pero me sentí incómoda y ella se quedó espantada y luego me quedé supertriste.

Girándose hacia las dos, añadió:

—Solo quiero que Seth se case conmigo. No sé cómo seguir con él de otra forma.

—¿Entonces vais a romper? —preguntó Bree sin rodeos.

—¿Qué? No. Lo quiero. Es un tipo estupendo. Lo está intentando y hemos mirado casas. Nos veo juntos el resto de nuestra vida. Será un papá genial. Es divertido y paciente y presta atención a los detalles.

—A lo mejor cambia de opinión —dijo Mikki esperanzada.

—A lo mejor. Es que no sé cómo olvidarme de esto del matrimonio.

—Date algo más de tiempo —dijo Bree.

Ashley asintió.

—Tienes razón. Los artículos que me ha enviado son interesantes y sí que entiendo lo que me quiere decir. Si la mitad de los matrimonios acaban en divorcio, ¿por qué estoy tan empeñada en empezar algo que probablemente fracasará?

—Ahora pareces mi madre —dijo Mikki—. ¿En serio quieres pensar eso?

Ashley esbozó una ligera sonrisa antes de terminarse el champán y rellenarse la copa.

—En fin, así soy yo. Enamorada de Seth y triste a la vez.

Se sirvió una porción de queso.

—Vamos a hablar de otra.

Mikki miró a Bree.

—Te toca. ¿Qué te pasa?

Bree volvió a mirar hacia el océano.

—Puede que me esté planteando la posibilidad de salir con Harding.

Mikki miró a Ashley, que parecía tan confundida como se sentía ella.

—Ya estás saliendo con él.

Bree la miró.

—No. No hemos salido. Yo no salgo con nadie, y desde luego no he estado saliendo con él. A mí no me van las relaciones.

—Pero sí que vais a almorzar y hacéis surf juntos y la otra noche cenasteis en el parque —dijo Ashley frunciendo el ceño—. ¿Eso no es salir?

—No. Es otra cosa.

En muchos aspectos Mikki admiraba a Bree, pero debía admitir que su amiga era un poco retorcida.

—¿Entonces habéis estado quedando, sin salir, pero ahora puede que empecéis a salir?

—Puede. No lo he decidido.

Mikki mordió un trocito de *gouda*.

—¿Y esa decisión es tan trascendental como para requerir una botella más de champán?

—Sí.

—Pero te gusta Harding —dijo Mikki—. Y está claro que él te adora.

—No quiero hablar de eso.

Ashley intercambió otra mirada de confusión con Mikki.

—¿Pero ahora vas a empezar a salir con él? —preguntó con tono de duda—. ¿Mi hermano sabe que eres así de rara?

—Le he dicho que tengo algunos problemas.

—¿Así vamos a llamarlo? —murmuró Mikki.

Bree la fulminó con la mirada.

—Eh, que te oigo.

—Estás sentada a mi lado, claro que me oyes.

Bree se terminó el champán y se rellenó la copa.

—Por eso odio las relaciones. Son tan... Tan...

—¿Tan como las relaciones? —preguntó Mikki.

—Te crees graciosa, pero no lo eres.

Mikki la rodeó con un brazo.

—Ay, sí que lo soy. Todos los días. Es un hecho. Puede gustarte o no, pero es así.

Bree suspiró.

—No se me da bien tener pareja. No me gusta.

—No te fías —dijo Ashley.

Bree se echó atrás y la miró.

—Yo no he dicho eso.

—No hace falta. Te contienes emocionalmente. En ciertos aspectos eres la persona más abierta que conozco. Te muestras tal cual. Pero no dejas entrar a nadie en tu corazón porque te han hecho mucho daño. Pero puedes fiarte de Harding. Es un buen tío.

—Voy a cambiar de tema —dijo Bree mirando a Mikki—. ¿Y a ti qué te pasa? —se detuvo—. Me ha salido más brusco de lo que pretendía.

Mikki bebió más champán.

—Te he entendido. Solo quieres que dejemos de hablar de ti.

Pensó en su semana y añadió:

—Puedo hacer que las dos dejéis de pensar en vuestros problemas con una sola frase.

Ashley y Bree se echaron hacia delante para mirarse. Las dos sacudieron la cabeza.

—Imposible —dijo Ashley.

Mikki miró los *cannoli*, que sabía que se le irían directos a los muslos. Esperaría, se dijo. Y luego se comería solo uno. O tal vez dos.

—Perry sigue enamorado de mí y quiere que volvamos.

—¿Qué?

—¿Que ha dicho qué?

Mikki bebió más champán.

—Os lo he dicho.

Bree se movió para poder estar frente a Mikki.

—¿Quiere que volváis?

La petulancia de Mikki se esfumó cuando las emociones la embargaron.

—No me lo podía creer —admitió—. Estaba en su casa para ver el añadido que ha construido y me dijo que había comprado la casa porque sabía que me gustaría. Me habló de lo mucho que ha cambiado y de lo bien que estábamos y de que sigue enamorado de mí.

—Pero estás saliendo con Duane —dijo Bree—. Te gusta Duane.

—Eso le dije —dijo Mikki con el pecho encogido—. Que hemos terminado. Que han pasado tres años y no me planteo que volvamos a estar juntos. Pero ahora que lo ha dicho, no puedo olvidarlo y he cometido el terrible error de hablarlo con mi madre, que me ha recordado que, cuando se trata de Perry, siempre cedo, y no quiero hacerlo.

—Pues no lo hagas.

—No lo haré —dijo Mikki con firmeza—. A ver, ¿por qué iba a querer volver a lo que teníamos?

—Sería distinto —dijo Bree sirviéndose un *cannolo*—. Has dicho que ha cambiado. Ahora sabe de vino. Y sí que os lleváis muy bien, y con los niños también y todo...

—No me estás ayudando. No quiero volver con él.

Bree no parecía convencida.

—Si fuera verdad, ¿dónde está el problema? Le dices que no y sigues con tu vida.

Miró a Ashley.

—Estás muy callada.

Ashley suspiró.

—Me parece bonito que quiera casarse contigo dos veces. Yo no puedo convencer a Seth de que lo haga ni una sola.

Mikki la abrazó.

—Lo siento. No debería haber dicho nada.

—No, no pasa nada. O sea, no puedes no hablar de tu vida por mí —dijo con los ojos llenos de lágrimas—. Estoy bien.

—Sí, ya lo vemos —dijo Bree secamente.

—Estaré bien —se corrigió Ashley—. Con el tiempo. Por si sirve de algo, creo que Perry merece otra oportunidad. No rompisteis porque os odiarais. Tenéis mucho en común. Le diste cerca de veinte años de tu vida. ¿No deberías darte un poco de tiempo para asegurarte de si estás haciendo lo correcto?

Era una opinión que Mikki no se habría esperado.

—Pero estamos divorciados.

—La gente vuelve a casarse constantemente.

—Pero me gusta Duane y no estoy enamorada de Perry.

—A lo mejor podrías volver a estarlo. No sé... ¿Acaso vuestra historia no se merece algo?

Mikki se frotó la frente.

—Me dejas impactada.

—Ya. Intento liar las cosas un poco.

Bree se encogió de hombros.

—Yo no tengo ningún consejo. Puedo argumentar ambas partes. ¿Por qué has estado casi tres años sin salir con nadie después del divorcio? A lo mejor estabas esperando a que Perry entrara en razón.

—No, nada de eso. Duane. ¿Por qué no puedo parar de nombrarlo? Me gusta. Quiero acostarme con él. Esos no son los sentimientos de una mujer que sigue enamorada de su exmarido.

¿Qué les pasaba a todas? Primero, su madre diciéndole que no era capaz de enfrentarse a Perry, y ahora Bree y Ashley poniéndose de parte de él.

—Vamos a cambiar de tema —dijo—. Ahora mismo. Hablad de otra cosa.

Bree se entretuvo abriendo la segunda botella de champán mientras Ashley se comía un *cannolo*.

Cuando las copas estuvieron rellenas, Mikki miró hacia la puesta de sol.

—He oído que los Dodgers están teniendo un buen año.

Sus amigas se rieron.

—Yo también —dijo Bree—. Brindemos por eso.

—¿Estás bien? —preguntó Seth el sábado en el desayuno.

Ashley sonrió lánguidamente.

—Demasiado champán.

Sus amigas y ella se habían terminado las dos botellas y habían vuelto a la tienda a por una tercera. Seth tuvo que ir a recogerla, y eso significaba que ahora tendría que llevarla también a recoger su coche.

Se quedó mirándola a la cara.

—¿Es todo? ¿O ha habido algo inquietándote toda la semana?

Ella hizo lo posible por no parecer culpable ni a la defensiva. El encuentro con Krissy seguía torturándola y, por mucho que se decía que no fuera ridícula, no podía quitarse de encima esa sensación de angustia.

—Mis padres vienen a la ciudad.

Seth enarcó una ceja.

—Ya lo sé. Cielo, me llevo genial con tus padres. No te preocupes.

—Ya. No es eso —agarró el café y lo soltó—. Es que no quiero decirles lo que estamos haciendo.

—¿Vivir juntos? Ya lo saben.

—No, todo lo de «me plantearé no casarnos y tú pensarás en que nos casemos». No quiero hablarlo con ellos. Si se enteran de lo que piensas, es probable que se enfaden contigo y...

Se detuvo, no muy segura de lo que pensarían sus padres. ¿Le dirían que se largara o la animarían a seguir ahí aguantando? La verdad, no lo sabía.

—No es un tema que quiera hablar ahora mismo.

Seth se inclinó hacia ella.

—¿Estás disgustada por el compromiso de Krissy?

—¿Qué? ¡No! —dijo soltando una carcajada que esperaba que sonara sincera—. Me alegro por ella. No tengo muy claro lo de que se haya comprometido con Karl porque... bueno... es Karl..., pero si la hace feliz, me alegro por ellos.

Él la miraba fijamente.

—¿Segura?

—Totalmente. Aún me cuesta asumir lo de «no nos casemos» y no quiero meter a mis padres en la conversación.

Ojalá no hubiera dicho nada. Ahora ya estaba atrapada.

—Por favor, ¿podemos no hablar de esto?

—Claro. Yo no tenía pensado sacar el tema —dijo Seth alargando el brazo sobre la mesa para acariciarle la mano—. ¿Seguro que estás bien, por lo demás?

—Sí. Segurísimo.

Mentira, pero, oye, era temprano y tenía resaca. En ese momento esperar la verdad era pedir demasiado.

—Sabes que te quiero, ¿verdad?

En esa ocasión la sonrisa de Ashley sí que fue auténtica.

—Sí que lo sé, Seth. Me quieres mucho. Y luego vas a llevarme al trabajo en coche por lo del champán.

Él ahora parecía algo menos preocupado.

—Encantado. Eres mi chica favorita y yo soy el novio servicial.

No «el prometido», pensó ella con tristeza. Ni el marido. El novio. El compañero de vida. El hombre que no quería casarse con ella.

Capítulo 18

Mikki abrió la puerta principal y se encontró a su suegra en el porche. Qué raro, teniendo en cuenta que se verían en el trabajo en un par de horas.

—Lorraine —dijo dando un paso atrás para dejar entrar a la mujer—. ¿Qué pasa?

—Quería hablar contigo en privado.

A Mikki no le gustó cómo sonó eso. Se detuvo en el centro del salón, pero no le dijo a su suegra que se sentara.

Lorraine esbozó una tímida sonrisa.

—Sobre Perry. Me dijo que había hablado contigo y he pensado...

—¿Que ha hecho qué? —dijo Mikki con un chillido. ¿Perry le había dicho a su madre que estaba enamorado de ella?

—Ya, ya. Es una situación algo embarazosa. Por eso quería pasarme por aquí, para que pudiéramos llegar a un entendimiento —dijo Lorraine antes de darle una palmadita en el brazo y añadir—: Sería maravilloso que encontrarais el modo de volver a estar juntos. Erais tan felices.

¡Joder! Eso no podía estar pasando.

—Querrás decir hasta que nos divorciamos —dijo Mikki obligándose a mantenerse calmada—. No vamos a hablar de esto. Siempre has sido buena conmigo y maravillosa con los niños y te quiero, pero no. No es asunto tuyo y no tienes nada que opinar aquí. Al menos, no una opinión que puedas compartir conmigo. Perry y yo hemos hecho funcionar nuestro divorcio, y eso debería ser motivo de celebración. Pero eso es todo lo que hay. Un divorcio satisfactorio.

Lorraine suspiró.

—Pero si al menos pudieras darle una oportunidad... Ha cambiado mucho y lo ha hecho por ti. Te quiere, Mikki.

—¡Para! Para ya. Hablo en serio. No te metas en esto. No tienes derecho a presionarme para hacer nada que tenga que ver con Perry. ¿No lo entiendes?

Lo último que necesitaba era que su suegra se entrometiera en su vida personal.

—Sé que tienes razón, pero es que no puedo evitar pensar que os apresurasteis demasiado...

Mikki dio un paso atrás.

—¿Qué estás haciendo? ¿Es que no oyes nada de lo que digo?

Su suegra esbozó una mueca de pesar.

—Tienes razón. Lo siento. Solo quería que supieras que lo sé. No le diré nada a Rita y nosotras no tenemos por qué volver a hablar de esto —se detuvo—. A menos que necesites a alguien que te escuche. Lo haría.

—Gracias, pero, de nuevo, no.

—Estás enfadada.

—No estoy contenta.

—Lo he estropeado todo.

—En realidad el que lo ha estropeado ha sido Perry, pero tú tampoco has ayudado.

Lorraine asintió.

—Te veo en el trabajo.

Se detuvo.

Mikki no sabía si Lorraine iba a volver a soltar que Perry y ella deberían volver juntos o si dejaría el tema de una vez. Estaba bullendo de rabia, pero gritarle no serviría de nada, y desde luego no quería discutir con ella.

Por suerte, Lorraine se limitó a lanzarle una ligera sonrisa antes de marcharse. Mikki le dijo adiós, cerró la puerta y se apoyó en ella.

—¿Perry se lo ha contado a su madre?

¿Cómo había podido? Sabía que Lorraine trabajaba para ella. Se veían prácticamente todos los días, si no en la tienda, en casa de la una o de la otra. Toda la familia solía reunirse para cenar o comer.

¿Y si les decía algo a los niños? ¿Y si se lo decía Perry?

Gruñó, agarró el bolso y se dirigió al garaje. Veinte minutos después aparcó delante del edificio de alquiler de maquinaria de construcción y entró con paso airado en el despacho de Perry. Lo encontró al teléfono.

Él la miró y le dijo a la persona con la que hablaba que volvería a llamarla.

—Tu madre ha venido a verme —dijo Mikki en cuanto el auricular estuvo en la base—. ¡Tu madre! Le parece maravilloso que sigas enamorado de mí y me ha dejado claro que cree que deberíamos volver sí o sí. Ha sido precioso.

Perry se estremeció.

—Lo siento.

—¿Lo sientes? Se lo has dicho a ¡tu madre!

De pronto recordó que ella también se lo había dicho a la suya, pero luego se dijo que no era lo mismo. Rita no le diría nada a nadie y, desde luego, no forzaría una reconciliación.

—Hablaré con ella —dijo Perry levantándose—. No volverá a decirte nada.

—Y voy yo y me lo creo. ¿A quién más se lo has dicho? ¿Tienes pensado soltarles a nuestros hijos tu revelación emocional para poder usarlos para manipularme?

—Yo no haría eso.

Mikki lo miró.

—No lo haré —se corrigió él—. Siento lo de mi madre. Necesitaba hablar con alguien y la tenía ahí.

—Pues llama a un amigo. Ve a un loquero. Es mi suegra. Trabaja para mí. ¿Sabes lo tremendamente incómodo que es esto?

—No volverá a mencionártelo.

—No le hará falta. Se lo veré en los ojos. ¿Por qué lo has hecho?

—Quería que me diera su opinión sobre cómo recuperarte.

—¡Así no!

—Perdona —dijo Perry, y bordeó el escritorio—. Mikki, lo siento mucho, de verdad. Tienes razón, me he equivocado.

Mikki lo miró, sorprendida por su sinceridad. Perry siempre había sido la clase de hombre que farfullaba un «lo siento» y luego esperaba que ella no volviera a mencionar nunca su error.

—Sé que aún tengo mucho trabajo que hacer. Ya no te intereso desde el punto de vista amoroso, pero espero hacerte cambiar de opinión —sonrió—. Cuesta olvidarse de ti.

—Perry...

—Ya paro.

Le agarró la mano.

—¿Sabe que te has enfadado?

—Lo ha supuesto. Ahora me siento mal por haberle gritado.

—No le has gritado. Tú nunca has sido gritona —esbozó otra sonrisa—. Menos aquella vez que...

Ella apartó la mano con brusquedad.

—Ni te atrevas a sacar el tema del sexo.

—Al menos eso estuvo bien.

La furia de Mikki se aplacó.

—Sí, pero hubo muchas cosas mal.

—El amor no murió, Mikki. Lo ignoramos y acabó

escondiéndose. Los dos estábamos ocupados. No nos cuidamos el uno al otro ni priorizamos nuestro matrimonio, pero nunca matamos al amor.

—No hizo falta. Murió solo.

—En mi caso, no. Al menos plantéate lo que te digo. Dedica un poco de tiempo a pensar en los buenos momentos y en que podríamos volver a tenerlos. Veinte años, Mikki. ¿No merecen una segunda oportunidad?

Eso era justo lo que había dicho Ashley la otra noche, pensó Mikki sorprendida.

Antes de poder saber qué decir, él se inclinó y la besó. El roce de su boca le produjo una sensación cálida y familiar. Siempre le había gustado besar a Perry y siempre había sentido que, después de casarse, no se habían besado lo suficiente.

Ahora, en cambio, le había dado un beso lo bastante largo como para confundirla. Se quedaron mirándose.

—Me ocuparé de mi madre. Y, de nuevo, perdona. Me he equivocado.

Un cosquilleo le recorría los labios, las emociones se le arremolinaban y no sabía qué acababa de pasar.

—Eh... gracias.

Mikki asintió una vez, abrió la puerta y salió al pasillo. «Ha sido solo un beso», se dijo de camino al coche. No significaba nada.

Hacía tiempo que Bree había aprendido a vivir con su pelo. Los obstinados rizos eran resistentes a los químicos, así que alisarlos requería tiempo y esfuerzo, y sin ningún resultado seguro. Se había pasado gran parte de sus años de instituto probando distintas formas de conseguir un pelo largo y lustroso como el de la mayoría de sus amigas. El verano que había cumplido los diecisiete, había pasado un mes de vacaciones con una amiga en la casa de veraneo que la familia de esta tenía en los Hamptons.

La casa era una mansión enorme en la playa. Tenían sirvientes y celebraban fiestas todos los fines de semana. Las listas de invitados incluían a todo el mundo, desde políticos a estrellas de cine. El segundo día allí, la amiga de Bree había reconectado con un chico al que conocía de siempre, y su aventura de verano había hecho que ella se quedara sola.

El padre de su amiga, que estaba cerrando algún negocio en Asia, se había pasado la mayoría de los días y las noches al teléfono, dejando sola a su relativamente nueva segunda, o posiblemente tercera, esposa. La chica solo era unos años mayor que Bree y, aun siendo increíblemente guapa, era muy simpática.

Bree y Chandra se habían conocido en la piscina y enseguida habían descubierto que leían los mismos libros, que no entendían la obsesión que tenía todo el mundo por la ensalada de langosta y que les gustaba ver reposiciones de dibujos animados. Además, compartían un cabello denso y rebelde.

Chandra le había enseñado a apreciar sus rizos y la había iniciado en el extraño y maravilloso mundo de los productos capilares. Bree había aprendido a mantener los rizos firmes y uniformes o a dejarlos caer suavemente casi en forma de tirabuzones. Chandra también la había enseñado a maquillarse como para aparentar veinticuatro años y le había explicado la importancia de los métodos anticonceptivos y de hacer que un chico usara preservativo.

En el mundo de Chandra, el sexo era poder. En un principio Bree no había tenido claro que hubiera entendido la lección, y es que sus experiencias en el internado no habían incluido a muchos chicos. Pero ante la insistencia de su nueva amiga, en la siguiente fiesta en la piscina se había puesto un bikini tipo tanga y había visto que sí, que, efectivamente, los hombres le prestaban atención a su cuerpo.

Siguió las lecciones de Chandra al pie de la letra, y

aunque luego las dos no mantuvieron el contacto, Bree recordaba aquel mes con cariño. El año siguiente lo había pasado experimentando cómo atraer a un chico que le interesara. Había sido cuidadosa y selectiva y al final le había entregado su virginidad a un chico encantador de Australia que había estado tan nervioso que se había corrido dos veces contra su pierna antes de por fin aguantar lo suficiente para penetrarla.

En la universidad había probado a muchos, practicando con quien quería y dejando que ellos practicaran con ella. Era meticulosa con el asunto de los condones y los métodos anticonceptivos. Había descubierto que le gustaba el sexo mucho más que las relaciones... al menos hasta que el idiota de su corazón se había enamorado de Lewis.

Como consecuencia, ahora se sentía cómoda con su cabello y su sexualidad, pero no estaba dispuesta a arriesgar su corazón. Y eso significaba que salir con Harding supondría un problema. Aunque tampoco es que hubiera nada entre los dos. Solo se lo estaba planteando. Más o menos.

Mientras tanto, tenía que prepararse para la recaudación de fondos de MAR. La situación le provocaba unos nervios raros; iba a salir con Harding en lo que podía describirse como una cita, y no sabía qué esperaba él de ella. ¿Lo acompañaba en calidad de mujer florero? ¿Quería él que hablara con algún donante en concreto y, de ser así, qué se suponía que tenía que decir? No habían hablado al respecto más que cuando él la había invitado y cuando le había enviado un mensaje diciéndole la hora a la que la recogería.

Ashley le había dicho que se arreglara como para un cóctel, así que Bree había usado tres productos distintos para mantener los rizos bien controlados. Cuando hubo logrado la forma y la textura que quería, su pelo parecía cinco centímetros más corto, pero cada rizo tenía un brillo y una definición perfectos.

Se quitó el albornoz y, ataviada solo con un tanga, se situó delante del vestidor. «Sexi, pero no demasiado», pensó. Marcando escote, pero sin dejar que sus chicas salieran volando.

Su surtido de vestidos de cóctel era limitado, su estilo de vida era más informal, pero tenía un par de vestidos negros cortos clásicos y uno o dos más desenfadados.

Sacó uno de cuentas negras que había comprado de rebajas y no se había puesto nunca. La parte de arriba estilo camiseta de tirantes era sencilla y con un escote redondo no demasiado bajo. La falda caía hasta medio muslo. Lo que lo hacía especial era la capa transparente con cuentas incrustadas en bucle que empezaba en los hombros y caía justo por debajo del dobladillo.

Se puso un sujetador *push-up*, metió las piernas por el vestido y se lo colocó. Se miró desde todos los ángulos y se puso los pequeños aros de diamante que Lewis le había regalado cuando habían empezado a salir. Apenas se los ponía, pero esa noche le parecían apropiados.

Por último, se calzó unos zapatos negros de corte clásico y tacón de diez centímetros. A media noche sus pies estarían gimoteando, pero los zapatos le sentaban bien y tenía la sensación de que saber eso la ayudaría a sobrevivir a la velada.

Cinco minutos antes de la hora a la que llegaría Harding, se quitó los tacones y bajó descalza. Habían estado dándole vueltas a si él la recogía o no. Ella había dicho que no y él había insistido. Explicarle que no dejaba a nadie ir a su casa no lo había impresionado. Él había prometido no cruzar la puerta ni aunque tuviera que ir al baño.

Que Harding hubiera intentado bromear con el tema había hecho que se sintiera más inquieta aún con respecto a la noche, a él, a ellos y a la vida en general, pero, por lo que fuera, había accedido.

Nerviosa, fue de un lado para otro hasta que la camioneta de Harding accedió a su camino de entrada. Después se puso los tacones, agarró su pequeño bolso de noche y salió al porche.

Harding bajó de la camioneta, se llevó una mano al pecho y soltó una carcajada ligeramente entrecortada.

—Estás increíble. Me dejas sin respiración, y eso me complicará lo de pedirle dinero a la gente.

—Tú también estás guapo.

Y lo estaba. El traje negro y la corbata contrastaban con la camisa blanca. Los ojos se le veían más verdosos de lo habitual y tenía la mandíbula recién afeitada.

Los nervios se le agarraron al estómago, pero los ignoró. Era solo una recaudación de fondos, no nada romántico. Estaría bien. Se le daba bien estar bien.

Él la acompañó a la camioneta y le abrió la puerta.

—¿Puedes subir con ese vestido? —le preguntó mirando la distancia que había—. Podría levantarte.

Ella le sonrió.

—La falda no es tan ajustada. No pasa nada.

Apoyó la mano en su hombro y subió a la cabina.

—Mierda —murmuró él—. Esperaba que se te viera algo un poquito.

—Llevo un tanga. Sería más que un poquito.

Un músculo se le tensó a Harding en la mandíbula.

—¿Por qué has tenido que decirme eso? Se supone que tengo que mantener unas conversaciones inteligentes con gente durante las próximas horas y vas tú y me dices que llevas un tanga.

Ella sonrió sin el más mínimo arrepentimiento.

—Menos mal que llevo sujetador. Si no, sería peor. Aunque, claro, es un *push-up* negro a juego con el tanga. No te digo más...

Él sonrió.

—Eso es juego sucio.

—No, claro que no.

—Me gusta —dijo Harding inclinándose hacia

ella—. No quiero estropearte el pintalabios, así que mejor haré esto —añadió antes de posar la boca sobre un lado de su cuello.

La cálida presión generó un impacto que le recorrió el cuerpo. Sus adentros se contrajeron y los pezones se le tensaron. El deseo la arrolló y ahora era ella la que no podía respirar.

Harding le besó el cuello y bajó hasta la clavícula dándole mordisquitos. Mientras, le puso una mano en la rodilla y fue deslizándola hacia el muslo. Se movió con decisión hasta que llegó arriba y entonces ligera, muy ligeramente, rozó su montículo con el pulgar.

Se miraron. Los ojos de Harding ardían de deseo. A ella, anhelante con desesperación, se le secó la garganta. Él tragó saliva y entonces, con cuidado, apartó la mano y se puso recto.

—Bueno —dijo con la voz tensa—. Se suponía que iba a jugar un poco contigo, pero me ha salido el tiro por la culata. Necesito un minuto.

Ella se planteó hacer una broma sobre su erección, pero no le pareció bien. No había sido un momento de broma y diversión. Había sido un momento de conexión.

—Esta noche he usado tres tipos distintos de productos para el pelo —dijo Bree en voz baja—. Uno contiene mucho alcohol, así que mantenme alejada de cualquier fuego abierto.

Él sonrió como pudo.

—¿Así me ayudas a distraerme?

—Sí.

—Gracias.

Harding agachó la cabeza.

—No recuerdo la última vez que casi se me escapa en los pantalones.

—Probablemente tendrías quince años y le estabas tocando el pecho a una chica.

—Algo así.

La miró.

—Vaya cosas me haces.

Pero Bree no había hecho nada. En realidad, no.

—A veces me asustas —admitió ella.

Él sonrió.

—Bien, porque tú también me asustas. La diferencia es que a ti te aterra que te destruya y mi pesadilla es que salgas corriendo.

Porque la conocía.

—¿Lista para ir a una fiesta?

Bree asintió.

Él cerró la puerta y fue hacia el lado del conductor.

Treinta minutos después, Harding le daba las llaves a un aparcacoches. Bree esperó a que le abriera la puerta y se apoyó en su hombro antes de bajar con cuidado. El aparcamiento del edificio MAR estaba lleno de coches. La música salía por las puertas abiertas y unos voluntarios con camisetas de colores vivos estaban listos para recibirlos.

La noche era una celebración de logros. Se concederían becas a alumnos que habían conseguido entrar en la universidad y se anunciaría un nuevo programa. Unos patrocinadores habían proporcionado la comida, un sello discográfico había proporcionado el entretenimiento, y se pediría dinero de forma muy directa.

Bree llevaba en el bolso un cheque por valor de cinco mil dólares. Nunca había donado a una buena causa, pero pasar tiempo con Harding le había hecho replanteárselo. Había hecho una lista de organizaciones benéficas con las que quería colaborar: protección del medioambiente, un refugio para mujeres, MAR y un centro de rescate de gatos en Torrance. Iba a reservar un presupuesto para donar cada tres meses. La donación de esa noche era su primera incursión en la actividad de pensar económicamente en otras personas.

El enorme espacio dentro del edificio estaba lleno de invitados bien vestidos que se reían y charlaban. Los camareros circulaban por allí con aperitivos y había barras en cada rincón. Harding se sacó varios tiques del bolsillo.

—He pillado unos cupones para bebidas —dijo sonriendo—. Conozco a un tipo.

Bree acababa de agarrar uno cuando dos mujeres se acercaron a Harding.

La más joven le lanzó una breve sonrisa a Bree antes de girarse hacia él.

—Hay algunas personas que quieren conocerte. He hecho una lista. Los Martin representan a una fundación que quiere ampliar su misión y creen que MAR sería una buena opción —dijo, y añadió riéndose—: La señora Martin ha leído tus libros y es una gran admiradora, así que es la promotora de la idea, ya sabes...

Mientras hablaba, el círculo que los rodeaba iba agrandándose a medida que los invitados iban dándose cuenta de que Harding había llegado. El murmullo de las conversaciones fue en aumento.

Bree sabía lo que era estar cerca de la estrella. Había aprendido a actuar al mismo tiempo que había aprendido a caminar asistiendo a eventos con sus padres. Lo que se esperaba de ella era que fuera agradable, simpática, que resultara atractiva y, sobre todo, que estuviera callada. La noche no giraba en torno a ella.

Después, con Lewis, aunque la condición de celebridad de él había sido más fruto de su imaginación que una realidad, las expectativas habían sido las mismas. Él necesitaba ser el centro de atención. Ella le había sido de utilidad al pasar ofreciendo bebida y comida, y siempre con cuidado de mantenerse en segundo plano y no dar nunca ninguna opinión.

Durante los primeros años de su matrimonio, Bree

había dado por hecho que él tenía razón y que ella no podía tener nada interesante que decir. Conforme había ido pasando el tiempo, había empezado a darse cuenta de que a los narcisistas no les importaba nadie más. Esa revelación se había producido poco antes de que hubiera descubierto que a él ya le habían diagnosticado el cáncer cuando le había pedido que volviera. Si un golpe no había bastado para matar su amor, el segundo desde luego lo había hecho.

Se sacó a Lewis de la cabeza y fue hacia una de las barras. Mientras esperaba en la cola, se fijó en la selección de champán y supo que Mikki se estremecería al ver las baratas opciones. Cuando le llegó el turno, pidió un vino blanco. No era su favorito, pero sí era algo que podría tener durante horas sin necesidad de pedirse otra copa.

Mientras miraba a su alrededor en busca de Ashley, sintió a alguien acercándose tras ella. Al girarse vio a un hombre de unos cuarenta años y belleza de estrella de cine sonriéndole.

—Hola. Soy Jefferson.

Mediría uno noventa y tenía los hombros anchos y una sonrisa amable y practicada. Suponía que el traje era hecho a medida y que en algún lugar del aparcamiento habría un coche muy caro. Tenía las uñas pulidas y zapatos de diseño.

¿Magnate del cine? ¿Inversor de capital de riesgo?

—No —dijo ella en voz baja, y se giró.

—Podría hacerte feliz.

Bree volvió a mirarlo.

—No, no podrías.

Encontró a Ashley y a Seth hablando con otra pareja. Seth tenía la mano en la espalda baja de Ashley y la miraba con una mezcla de orgullo y amor que incluso Bree reconoció.

Estaba loco por ella, así que, ¿a qué venía eso de no querer casarse con ella? ¿Su renuencia estaba tan bien definida como él hacía ver o había alguna herida oculta que no quería reconocer?

Ashley, preciosa con un vestido esmeralda brillante que resaltaba su cabello rojizo y sus ojos verdes, la vio.

—Estás aquí. Un beso al aire. Solo me he estado dando besos al aire con personas que me dan igual y quiero que eso cambie.

Bree la complació y miró a Seth.

—¿Ha empezado pronto con los cócteles?

—No estoy borracha —insistió Ashley—. Solo un poco nerviosa. ¿Qué tal tú? Estás increíble.

—Tú también. Me encanta el vestido.

Ashley giró en círculo.

—Elegante, ¿eh? Lo he alquilado. Necesitaría otro trabajo más para permitirme vestidos bonitos para todos los eventos de este verano. Alquilar es facilísimo —dijo, y se llevó una mano a la boca—. Parezco borracha. Te juro que solo me he tomado una copa de vino.

—Sin comer nada —dijo Seth rodeándola por la cintura—. Debería haberte preguntado si habías comido algo. Perdónanos —añadió sonriendo a Bree—, tengo que darle algo de comida. No quiero que le dé un bajón de azúcar.

—¡No es para tanto! —protestó Ashley despidiéndose con la mano mientras Seth se la llevaba.

—Aquí estás —dijo Harding de pronto a su lado y frunciendo el ceño—. ¿Por qué has desaparecido?

—No he desaparecido. Eres Harding Burton. Todo el mundo ha venido a verte. Yo solo me he quitado de en medio para que pudieras tener tu momento de gloria.

—Esto no funciona así —le dijo él agarrándole la mano—. Estás conmigo, Bree. No te he pedido que vengas para tenerte en un rincón esperándome a que acabe.

—En ningún momento he pensado que lo hubieras hecho. Solo intentaba dejarte espacio para que cumplas con tus deberes como anfitrión.

—No necesito espacio. Te necesito conmigo.

—Pues entonces estaré contigo.

Capítulo 19

Bree y Harding se movían por la sala deteniéndose de vez en cuando para que él saludara a gente y se la presentara. No tuvo ningún problema en que dijera que era la dueña de The Boardwalk Bookshop, pero cuando la llamó su «novia», por poco no se le cayó la bebida.

—No soy tu novia —susurró cuando estuvieron solos—. Apenas estamos saliendo y ni siquiera nos hemos acostado.

Tampoco iban a hacerlo, pero ¿para qué sacar ese tema ahora?

Él le quitó la copa, la dejó en la mesa, le agarró las manos y la miró a los ojos.

—Estamos saliendo. Y eres mi novia.

El corazón le palpitó de miedo.

—No se me dan bien esas cosas.

—¿Las relaciones?

—Sí. Ni hacer pan. No logro que me suba la masa.

Él seguía mirándola.

—Saliendo —dijo con firmeza—. Novia.

—Vale, lo que tú digas.

—Bree, hablo en serio.

¿Por qué era tan complicado? ¿Por qué hacía eso Harding?

—¡Ey, vosotros dos! —dijo Dave acercándose en su

silla con una rubia despampanante al lado—. Os presento a Dionne. A Harding ya lo conoces y ella es Bree.

—Hola —murmuró Bree—. Encantada —dijo, y sonrió a Dave—. Te sienta bien el traje. Os pasa a todos, ¿no?

Charlaron unos minutos. Bree temía que Harding siguiera soltando la palabra «novia», pero no lo hizo y al final ella acabó relajándose.

—Hora de buscar nuestros asientos —dijo Dave, que con una risita añadió—: Yo ya sé dónde está el mío.

Fueron hacia las mesas al otro lado de la sala. A Bree no le sorprendió encontrar sus nombres en una de las mesas VIP cerca del escenario. Dave y su acompañante estaban en la mesa de al lado, y Ashley y Seth al fondo.

Según fueron llegando más invitados, Bree se preparó para las presentaciones. Todo el mundo conocía a Harding, así que el centro de atención fue ella.

—Bree Larton —dijo él.

—¡Ah, la novia! —contestó una mujer mayor riéndose—. Todos hemos oído hablar de ti. The Boardwalk Bookshop es uno de mis locales favoritos de la playa. ¡Y esa tienda de regalos tan encantadora!

—Es de mi amiga Mikki.

—Y mi nueva tienda de referencia para cuando necesito comprarle un detallito a una amiga.

Otra mujer se inclinó sobre la mesa.

—Vamos a acribillarte a preguntas, querida. Harding no suele traer pareja a estas cosas. Hubo una joven hace unos años, pero ni mucho menos tan guapa como tú —la mujer se detuvo—. Ay, querida, eso suena terriblemente anticuado. ¿Debería comparar mejor vuestros logros?

—Ay, Doris, no cambies nunca —le dijo su marido con cariño.

Harding sacudió la cabeza.

—Como imaginarás, conozco a toda esta gente desde hace años. Han apoyado a MAR desde el principio. Te pido disculpas por adelantado por cualquier cosa que puedan decir.

Todos se rieron. Bree no sabía si debía unirse a las risas o salir corriendo. Se limitó a sonreír y a esperar que cambiaran de tema.

Por suerte, Harding tomó las riendas de la conversación y la centró en los alumnos de las becas. Bree pudo recostarse en la silla y escuchar sin más.

La cena se sirvió y empezaron las presentaciones. Durante una pausa, la mujer sentada a su lado se le acercó.

—Está feliz contigo. Todos podemos verlo. Está más relajado de lo habitual, pero con un propósito claro. No sé si lo que digo tiene sentido, pero quería que supieras que es genial verlo así. Eres muy buena para él.

Bree murmuró un rápido «gracias» porque fue incapaz de decir más. Y tal vez fuera lo más inteligente, porque ¿qué más iba a decir? ¿Que no era buena para él? Era la verdad, sí, pero provocaría un incómodo cambio de ambiente en la velada.

Su buen humor se esfumó. ¿Qué hacía ahí? No era la novia de Harding. Apenas sabía qué significaba esa palabra y no se veía siendo algo parecido. No era «buena para él» porque no era buena para nadie. Tenía muchos defectos, era desconfiada y siempre pensaba lo peor. Cuando se veía amenazada por algo, ya fuera real o imaginado, retrocedía. No lucharía por Harding, no cuidaría de él. Cuando las cosas se complicaran, saldría corriendo.

No, peor aún. No permitiría que la cosa fuera demasiado buena para luego acabar mal. Una relación requería un nivel de fe que ella ya no tenía.

Cuando terminó la noche, tenía un enfado bastante considerable. Se negó a darle la mano al salir y le dio unas escuetas gracias cuando él le abrió la puerta de la camioneta.

Una vez fuera del aparcamiento, Harding se detuvo en un lado de la carretera y se giró hacia ella.

—¿Demasiado? —preguntó con calma—. ¿Demasiada gente haciendo demasiadas preguntas? ¿O lo que te ha molestado es lo que han dado por hecho sobre nosotros?

—No sé de qué me hablas.

—Estás cabreada. No sé si conmigo o con el mundo.

—No pienso acostarme contigo esta noche.

—Ya.

—O tal vez nunca.

Él esbozó una mueca.

—Eso es duro de aceptar. Puedo esperar, pero «nunca» es mucho tiempo. Un hombre puede masturbarse, pero llega un momento en que resulta patético.

—Nadie te consideraría patético.

—No sabes cuántas pajas me hago a la semana.

Ella notó que iba a sonreír, pero se obligó a mantener los labios apretados.

—Hablo en serio.

—Y yo. Nunca hemos hablado de la cantidad, y tampoco la vas a saber ahora mismo. ¿Y tú? ¿Con qué frecuencia te ocupas del asunto? Y si no te importa compartirlo conmigo, ¿es manual o hay implicado algún tipo de dispositivo?

Se recostó en el asiento y cerró los ojos.

—Te imagino en la cama, tumbada boca arriba, con las piernas separadas. Vello recortado. A mí lo de que no haya nada ahí abajo no me va. Empiezas despacio, trazando círculos alrededor del clítoris, y luego vas más y más deprisa.

Abrió los ojos y la miró.

—Me gustaría decir que hay más, pero para cuando tú empiezas a echar la cabeza hacia atrás, yo ya me estoy corriendo prácticamente, así que ahí acaba todo.

Era audaz, pensó ella aterrorizada a la vez que un deseo líquido la llenaba. La gente decía que ella era valiente, pero no lo era. No como él. Obtenía lo que quería y luego se marchaba cuando ella decía, pero eso no era ser valiente. Como no arriesgaba nada, no tenía nada que perder. Marcharse no implicaba nada si no dejaba nada de sí atrás. Había tantos muros y tantas barreras alrededor de su corazón que no recordaba la última vez que había sentido auténtico afecto por alguien, y mucho menos amor. Después de lo que le había hecho Lewis, no estaba segura de ser capaz.

—Esto va a acabar mal —susurró Bree—. Crees que dentro de mí hay algo esperando a salir. Crees que me estoy conteniendo, que soy capaz de amar a lo grande, y por eso estás dispuesto a esperar. Pero ¿y si te equivocas? Esto es lo que hay, Harding. Es todo lo que tengo para dar y no me interesa nada más.

Él se acercó su mano a la boca y le besó los nudillos.

—Mis padres están en la ciudad la próxima semana. Ven a cenar con nosotros. Ashley y Seth irán también, así que estaremos solos los seis.

Le giró la mano y le besó la palma.

—Y, para que quede claro, he oído lo que acabas de decir —continuó—. No sé muy bien cómo responder, así que no lo haré. A menos que aceptes mi invitación a cenar.

—Con tus padres.

—Sí.

—Nunca he conocido a los padres de nadie.

Harding la miró.

—Imposible. Casi todo el mundo tiene padres. ¿Y tus amigas del colegio? Me dijiste que viajabas con sus familias. Ahí conociste a padres.

Ella se soltó la mano.

—Ya sabes a qué me refiero.

Él fingió asombro y luego le lanzó una sonrisa.

—Ah, vale, que nunca has conocido a los padres del «novio».

—Los de Lewis murieron años antes de que yo lo conociera.

—Tampoco es tanto problema. Seguro que puedes verlo en Internet. ¿Entonces es un «sí»?

Cinco minutos antes había estado cabreada y dispuesta a ponerle fin a todo. Cuatro minutos antes había estado desesperada por acostarse con él, y tres minutos antes había estado, otra vez, dispuesta a acabarlo todo. O elegía una emoción y la mantenía durante media hora entera o buscaba ayuda profesional.

—Te quiero, Bree —dijo él en el silencio—. Sé que prometí no decirlo, pero mentí. Te quiero de verdad. Sé que estas palabras te incomodan, pero creo que tú quieres quererme también. Solo tienes que encontrar tu camino —volvió a sonreír—. Apostaría mi corazón a ello.

—¿Y cuando se te rompa el corazón?

—Pues entonces estaremos empatados. ¿Entonces «sí» a lo de los padres?

Ella asintió despacio.

—Excelente.

Arrancó el motor.

—Ahora voy a llevarte a casa y a no acostarme contigo.

Y eso hizo. La acompañó a la puerta, la besó en la mejilla y se marchó sin mirar atrás. Bree entró y se descalzó. En el dormitorio se quitó la ropa, se puso un camisón y se lavó la cara. Sola en la cama, miró al techo.

Imágenes de la noche se le arremolinaban en el cerebro, moviéndose demasiado rápido como para permitirle analizarlas. Pero, al cabo de unos minutos, se centró en una conversación. Sonriendo, levantó el teléfono.

Nada de juguetes, solo mis dedos. Como has dicho, tumbada boca arriba y con las piernas separadas.

Envió el mensaje y esperó. Unos segundos después, aparecieron unos puntos suspensivos en la pantalla.

Harding: *¿Desnuda?*
Bree: *Acabo de levantarme el camisón.*
Harding: *Me estás matando.*
Bree: *No es mi objetivo. ¿Y ahora qué?*

Prácticamente podía oírle soltar una risita.

Creo que ya sabes lo que viene ahora. ¿Hablamos en cinco minutos?

Ella sonrió.

Bree: *¿En serio? ¿Vas a tardar cinco minutos?*
Harding: *No, pero intentaba impresionarte. Escríbeme cuando hayas terminado.*

Bree soltó el teléfono y cerró los ojos mientras deslizaba la mano por su vientre y la posaba entre las piernas. Ya estaba húmeda e inflamada. Lista. Pensó en Harding y en lo que estaría haciendo en ese mismo instante.

Su orgasmo tardó menos de dos minutos. Esperó otros dos antes de escribir.

Bree: *¿Ya?*
Harding: *Sí. Desde hace un rato.*

Ella soltó una carcajada.

Bree: *¿Y qué tal?*

Harding: *No tan bien como si hubieras estado aquí. ¿Has pensado en mí?*

Bree: *Sí.*

Harding: *¿Te ha sorprendido lo grande que la tengo?*

Bree volvió a reírse.

Bree: *Estoy impresionadísima. Buenas noches, Harding.*

Harding: *Buenas noches, Bree. No voy a decirlo, pero ya sabes lo que estoy pensando.*

Sí, lo sabía. Estaba pensando que la quería. Unas palabras que siempre la incomodaban hasta el punto de querer salir corriendo. Pero esa noche no.

Mikki se planteó si ir o no a su recogida de basura matutina en la playa. No estaba segura de querer pasar un rato con Perry. Pero no ir le parecía mal, así que fue.

Había unos diez voluntarios. Después de que les dieran su equipo y les asignaran zona, se subieron al coche de Perry, condujeron hacia allí y empezaron a andar por la arena.

—No sabía si vendrías —dijo Perry recogiendo un par de latas de cerveza vacías.

—¿Por qué? Somos amigos. Recogemos basura cada dos semanas. No es nada del otro mundo.

Valientes palabras que no había sentido cuarenta y cinco minutos antes, pensó Mikki, aunque no lo dijo.

—¿No sigues enfadada?

—No he estado enfadada nunca. Bueno, menos por lo de tu madre.

—¿Están mejor las cosas?

—No ha vuelto a decir nada sobre que volvamos juntos, pero sigue siendo una situación incómoda. Ya mejorará.

Eso esperaba. Lorraine era una empleada estupenda.

Caminaron en silencio unos minutos.

—Parecía que también estuvieras enfadada conmigo.

Mikki usó sus pinzas extensibles para recoger unos papeles y los echó en la bolsa de basura.

—Has cambiado las normas. Estábamos viviendo nuestra vida y siendo amigos y de pronto soltaste que sigues enamorado de mí y que quieres que volvamos. ¿Quién hace eso? Sin previo aviso ni nada. No es justo. Nuestra relación no es así.

Él dejó de andar.

—Quiero que nuestra relación cambie.

—Yo no —dijo ella girándose para mirarlo—. Perry, estoy viendo a alguien.

A él le cambió la cara.

—¿Todavía? Creía que habías dejado de verlo.

—No. Seguimos saliendo y no tengo pensado parar. Tú y yo no vamos a volver.

Perry miró detrás de ella.

—Creía que al menos nos darías una oportunidad.

—Ya la hemos tenido.

Él volvió a mirarla.

—No. Nos distanciamos. Estábamos muy ocupados. Pero tú y yo nunca nos sentamos a hablar de lo que estaba pasando y luego tampoco intentamos arreglarlo. Simplemente dejamos escapar a nuestro matrimonio. ¿Nunca te preguntas qué habría pasado si los dos hubiéramos hecho un esfuerzo?

Aunque nunca se lo había preguntado, sabía que Perry tenía razón. No habían hecho ningún esfuerzo; ni yendo a terapia ni intentando arreglar las cosas solos. A lo mejor eso portaba un mensaje.

—He cambiado —añadió él—. Deberías tomarte algo de tiempo y explorar a mi nuevo yo —sonrió—. Eso ha sonado peor de lo que pretendía.

El comentario le hizo gracia y la exasperó a partes iguales.

—Joder, Perry. ¿Qué pasa aquí? Me estás volviendo loca con todo esto. ¿Estás seguro de que quieres que vuelva y que esto no es solo porque por fin estoy saliendo con alguien que me gusta? Me parece muy sospechoso que lo hayas dicho justo ahora. ¿Has tenido tres años para pensar todo esto, y justo llegas a la conclusión cuando te enteras de lo de Duane?

—No es así. Llevo un tiempo trabajando en esto. Enterarme de lo de ese tipo solo me ha dado un empujoncito. Solo en lo de decírtelo. La casa ya la había comprado. Y tienes que reconocer que te gusta.

—Para ti, sí. Es genial.

—El añadido era para nosotros —dijo dando un paso hacia ella—. Los chicos estarán en casa un tiempo, volviendo en verano y en Navidad. Pero habrá un tercer dormitorio.

Perry se detuvo como si esa información fuera importante.

—¿Para una habitación de invitados? —preguntó Mikki sin saber quién podría ir a alojarse allí. Sus respectivas familias estaban cerca.

—No, para ese bebé que has querido siempre. Podríamos hacerlo, Mikki. Tener un tercer hijo. Me arrepiento muchísimo de no haber accedido cuando lo pediste.

A Mikki se le cayeron las pinzas al suelo mientras abría la boca y volvía a cerrarla. «Ni de coña», pensó sintiéndose algo mareada y horrorizada al mismo tiempo.

—¿A ti qué te pasa? —preguntó con un tono inquietantemente alto—. ¿Un bebé? Tengo casi cuarenta años. No quiero un bebé ahora. En serio, ¿es eso lo que has estado pensando? ¿Que tendríamos otro hijo?

—Querías uno.

—Hace ocho años. No hoy. Mis hijos son casi adultos. Estoy lista para seguir adelante con mi vida. Quiero una vida con cosas de adultos; viajar y salir y hacer lo que no puedes hacer con un bebé en casa.

Recogió las pinzas y siguió andando por la playa.

—¡Un bebé! ¡Menudo disparate! No. ¡No y no!

Recogió una botella y la metió en la bolsa con brusquedad.

—Estás fatal, Perry Bartholomew. Deberías buscar ayuda.

—Te juro que este centro comercial es más grande cada vez que vengo —dijo Joy Burton riéndose mientras Ashley y ella salían con sus bolsas del Nordstrom del Centro de Moda Del Amo.

Había otros centros comerciales más cerca de su casa y del hotel de sus padres, pero Del Amo era al que iban siempre.

—Que sea más grande siempre es bueno cuando se trata de ir de compras —dijo Ashley. Señaló hacia el garaje donde habían dejado su SUV—. Mira qué rebajas tan buenas había.

Sus padres estaban en la ciudad haciendo una visita rápida. Volaban desde Portland un par de veces al año o Ashley subía a verlos. Era un vuelo sencillo, de menos de dos horas.

—Estoy muy orgullosa de todo lo que me he ahorrado —dijo su madre—. No sé si tu padre pensará lo mismo.

—Ay, mamá, ya sabes que no le importa.

—Es verdad, pero sí que le gusta meterse conmigo.

Metieron las bolsas en la parte trasera del SUV.

—¿Al hotel? —preguntó Ashley.

—Sí, por favor. Tengo ganas de tumbarme un rato. Seguro que tu padre hace lo mismo cuando vuelva.

Mientras su madre y ella habían pasado el día de compras, Harding había llevado a su padre al Observatorio Griffith.

Ashley se dirigió a la Carretera del Pacífico. A esa hora del día, las calles y avenidas urbanas irían tan rápidas como la autopista y las vistas eran más bonitas. Sus padres se alojaban en Santa Mónica, en un hotel frente al mar.

—Te veo bien, cariño —dijo su madre—. Un poco cansada, pero feliz por lo demás.

—Me encuentro bien —mintió Ashley—. Ocupada con el trabajo y el voluntariado.

Si su madre pensaba que era feliz, entonces es que estaba fingiéndolo mejor de lo que creía. Tampoco es que le hiciera gracia mentir a sus padres, pero sería imposible hablar del tema de Seth sin que dramatizaran. Además, tampoco es que fuera infeliz exactamente. Solo estaba confundida.

—A tu hermano le va muy bien —continuó su madre—. Dice que está avanzando con el libro.

—Eso me dice, pero aún no he visto ninguna página —bromeó Ashley.

Su madre se rio.

—Harding es, ante todo, muy trabajador. No me preocupa —dijo su madre recostándose en el asiento, relajada—. Ha llegado muy lejos. Si no hubiera vivido con él todo lo de su accidente, me costaría creer que pasó de verdad —miró a Ashley—. Aún tengo pesadillas.

—Yo también. Me daba tanto miedo que muriera...

Su madre le dio un cariñoso apretón en el brazo.

—Fuiste muy valiente.

—Yo solo estuve a un lado como observadora. Es él el que tuvo que recuperarse y luego aprender a caminar otra vez.

—Hiciste más de lo que crees. Fuiste un apoyo para todos nosotros. Cuidaste de ti misma para que nosotros pudiéramos estar con Harding. Nunca te quejaste.

Ashley paró en un semáforo y sonrió a su madre.

—¿Llevo el halo bien puesto? Nunca estoy segura.

Su madre volvió a reírse.

—Hablo en serio.

—Y yo también. Mamá, lo hice bien, pero no soy la heroína de esta historia. Aunque sí que reconozco que por muy terrible que fue, vivir el accidente de Harding nos hizo más fuertes a todos emocionalmente. Y nos unió más.

—Aprendimos varias lecciones duras. Después prosperasteis. Mírate, con un negocio de éxito antes de los treinta. ¡Qué orgullosa estoy de ti!

—Gracias. Estoy feliz con cómo está funcionando Muffins to the Max.

—Estoy orgullosa de mis dos hijos —dijo su madre—. Y también me gusta presumir un poco de tu padre y de mí. Varias enfermeras nos advirtieron que habían visto parejas separarse por el estrés de semejante accidente. Tu padre y yo nos empeñamos en mantener nuestra decisión de tenernos siempre el uno al otro. Nuestro matrimonio es más fuerte que nunca.

Joy sacudió la cabeza y continuó:

—Bueno, ya basta de hablar de aquella época tan horrible. Vamos a hablar de algo más animado. ¿Cómo está Seth?

—Bien. Ocupado. Va a trabajar en la próxima película de Johnny Blaze.

—¡Ay, Johnny Blaze! Qué guapo es.

Ashley sonrió.

—¿Ahora nos van los jovencitos? No sé si sabes que está felizmente casado y con hijos.

—¿Y qué más da? Solo digo que es guapo.

Hablaron de famosos y de quién salía con quién en esa locura de mundo. Ashley logró concentrarse lo suficiente para seguir la conversación, pero después de dejar a su madre en el hotel, lo que quería era parar a un lado de la carretera y echarse una buena llantina.

Que ridículo, se dijo. A su vida no le pasaba nada malo. Ella estaba bien. Su negocio, como había dicho su madre, marchaba bien. Tenía amigas y un hombre que la adoraba. Aunque, por muy bien que sonara todo, solo disfrazaba el problema real: Seth y ella querían cosas distintas. No, no «cosas» en plural. Solo la más importante.

Condujo a casa y entró en el apartamento. Seth tardaría en llegar una hora o dos, tiempo suficiente para compadecerse de sí misma antes de recomponerse de nuevo.

Se acurrucó en la cama y se rindió a las lágrimas que habían estado amenazando con brotar. Le cayeron por las mejillas y empaparon la almohada mientras se preguntaba por qué Seth tenía que ser así. ¿Por qué no podía entender lo importante que era el matrimonio para ella y lo equivocado que estaba él al no querer casarse?

Le temblaba el cuerpo y gastó casi una caja entera de pañuelos. Pensar en cuánto se le enrojecería la piel y se le hincharían los ojos fue lo único que la animó a intentar calmarse un poco. Se incorporó y se obligó a respirar, pero tomar aire la hizo romper a llorar otra vez. Tenía que...

—¿Ashley?

Contuvo el sollozo y se secó la cara a toda prisa. Pero antes de poder ocultarse las lágrimas, Seth entró en la habitación y la vio.

—¿Qué pasa? —le preguntó corriendo hacia ella. La abrazó—. ¿Estás enferma? ¿Has tenido un accidente con el coche? Ashley, ¿qué está pasando?

Ella quería recostarse sobre él y llorar sobre su fuerte hombro. A lo mejor luego, durante un segundo o dos, podría fingir ser lo bastante fuerte para hacer lo que él pedía.

—Estoy bien —susurró—. Solo triste.

—¿Por qué? —preguntó Seth echándose hacia atrás para poder mirarla—. Cielo, ¿qué pasa? ¿Cómo puedo arreglarlo?

Parecía preocupado y confundido y completamente enamorado de ella. Eso era lo malísimo de todo; que ella de verdad creía que la amaba.

—Lo estoy intentando —le dijo secándose la cara—. De verdad que sí. Estoy leyendo todo lo que me sugeriste y pienso mucho en nuestro futuro. Pero las cosas pasan. Mi madre ha estado hablando sobre lo terrible que fue todo cuando Harding estuvo en el hospital, pero que mi padre y ella se comprometieron a hacer que su matrimonio sobreviviera a lo que estaban pasando. No querían perderse el uno al otro.

—Y no lo hicieron —dijo Seth acariciándole la mejilla—. No te entiendo.

—Quiero eso. Quiero que cada año que pasemos juntos seamos más fuertes. Quiero que estemos enamorados siempre.

—Y yo también. Ya lo sabes.

—Pero es que tengo la sensación de que voy a estar a prueba todo el tiempo. Te preocupa que me confíe demasiado, pero no sé qué significa eso. ¿Y si engordo cinco kilos o no hago la colada el día que crees que debería hacerla? ¿Te marcharás? No quiero pasarme la vida pendiente de que de pronto un día decidas que no me estoy esforzando lo suficiente.

Él la acercó más a sí.

—Ashley, no. No me refiero a eso. No es una prueba. Es para siempre. Los dos comprometiéndonos el uno con el otro.

Se apartó para añadir:

—Yo también he estado pensando y estoy empezando a entender por qué la gente celebra bodas.

Ella tragó saliva.

—¿Sí?

—Es una representación del plan de futuro de una pareja. Su momento para decirle al mundo que están empezando ese viaje juntos. Todos somos testigos de ese momento.

Una chispa de esperanza saltó, pero Ashley la ignoró.

—No sé qué tiene eso que ver con nosotros.

—Deberíamos hacer lo mismo.

¿Estaba diciendo lo que ella creía que estaba diciendo?

—¿Celebrar una boda?

Él descartó el comentario con un ademán de muñeca.

—No, eso no. Una ceremonia de compromiso. Nos prometeremos nuestro amor delante de todas las personas que conocemos —sonrió—. Pero sin cubresillas. No las soporto.

A ella se le cayó el alma a los pies. Incluso la oyó caer mientras esa brizna de esperanza se extinguía. Cerró los ojos y se imaginó cómo sería ese día. No se casarían, ella no llevaría un vestido de novia, no pronunciarían las palabras tradicionales, no firmarían el certificado de matrimonio. Solo serían ellos dos delante de sus amigos y respectivas familias diciendo que para nada iban a casarse.

Seth se inclinó y la besó en la frente.

—Piénsalo, ¿vale?

Ashley asintió despacio, sabiendo que, si intentaba hablar, gritaría. Diría cosas que no podría retirar y, al decirlas, destruiría lo que tenían.

—Queda una hora para irnos —añadió—. ¿Qué puedo hacer para ayudarte?

—Nada —susurró ella apoyándose en él y sintiendo

sus brazos rodeándola. Al menos en eso no mentía, pensó abatida. Seth no entendía en absoluto su punto de vista. Y lo que era peor, ella no tenía ni idea de cómo hacerlo cambiar a él o cambiarse a sí misma, lo que los dejaba al borde de un precipicio, tambaleándose hacia el desastre.

Capítulo 20

—Es una idea malísima —dijo Bree al salir y cerrar la puerta.

Harding le sonrió.

—No vas a dejarme entrar en tu casa, ¿verdad?

—No.

¡Qué manía con eso! No había necesidad de entrar, iban de camino a una cena. Una cena a la que ella no quería ir para nada.

—Estás como reprimida emocionalmente —dijo Harding antes de besarla.

—¿Ahora te das cuenta? Tengo un montón de problemas, que por cierto estás empeorando. Me cuesta admitir que estamos saliendo y tú vas a llevarme a conocer a tus padres, que me parece una idea terrible. No me llevo bien con los padres.

Y menos con los suyos, pero ¿para qué entrar en eso?

Llevaba todo el día estresada por lo de la cena, sin saber qué iba a decir o cómo iba a actuar. Esperaba que fueran simpáticos, pero a saber. ¿Y si la interrogaban sobre su pasado? ¿Y si veían más allá de su fachada de normalidad y sacaban a relucir todos sus defectos delante de Harding y Ashley? ¿Y si...?

—Ey —dijo él antes de besarla con suavidad—, deja de darle tantas vueltas.

—No tienes ni idea de lo que estoy pensando. A lo mejor me estoy planteando tener un gato.

Harding no parecía convencido.

—Les vas a encantar.

—Eres un puñetero idealista. Es insoportable. ¿Voy bien vestida? No tenía ni idea de qué ponerme.

Bree había elegido uno de sus dos vestidos de verano «bonitos». Uno sencillo amarillo limón sin mangas, entallado arriba y con vuelo abajo. El color le resaltaba el bronceado y los ojos marrones. Había ido a hacerse la pedicura para que los dedos se le vieran bonitos con las sandalias de tiras.

—Estás genial. Me gustan las sandalias. Son sexis.

—Las he comprado de rebajas.

Él soltó una risita, le puso la mano en la cintura y la guio hacia su camioneta. Una vez que ella estuvo sentada en el asiento del copiloto, él se acercó y la miró a los ojos.

—Bree, eres preciosa, divertida, inteligente y bondadosa. Eres un partidazo y no sé qué ves en mí, pero me alegro de que estés dispuesta a casi salir conmigo.

Parecía sincero y ella lo conocía bastante como para saber que hablaba en serio. Lo que no entendía era por qué tenía esa ansia de pasar por alto la verdad. ¿Es que no había visto ya que la razón por la que ella no quería saber que él la quería era que no era capaz de quererse a sí misma?

—No quiero hacerte daño —admitió Bree—. De verdad que no.

La mirada de afecto de Harding no vaciló ni un instante.

—Pues no me lo hagas.

—No es así de sencillo.

—Podría serlo.

Harding volvió a besarla, cerró la puerta y fue hacia su lado de la camioneta.

Llegaron al restaurante de Santa Mónica mucho

antes de que ella estuviera preparada. Al bajar, se dijo que debía respirar y sonreír y no dar por sentado lo peor hasta que sucediera.

Ashley y Seth estaban esperando en la entrada.

—Os hemos esperado para entrar todos juntos. Me he imaginado que lo de conocer a los padres no te va mucho.

El inesperado y dulce gesto dejó a Bree feliz e inquieta al mismo tiempo. Estaba a punto de darle las gracias a su amiga cuando notó algo en la mirada de Ashley.

—¿Estás bien?

—Genial. He pasado el día con mi madre y nos hemos divertido. Harding y mi padre han ido al Observatorio. ¿Te lo ha dicho?

Harding le agarró la mano a Bree y sonrió.

—No, no quiero que descubra aún mi lado friki. Mejor que primero se deleite con mi encanto y mi belleza durante un tiempo.

—¿Es encantador? —le preguntó Seth a Ashley fingiendo confusión—. Pues no lo sabía. ¿Eso es nuevo?

Los tres se rieron. Bree sonrió, pero no dejó de mirar a Ashley. ¿Eran imaginaciones suyas o Ashley había desviado el tema para no ser el centro de atención? Ojalá Mikki estuviera ahí. Ella sí que habría sabido si Ashley ocultaba algo o si Bree estaba dramatizando.

Antes de poder decidirse, Seth se dirigió a ella:

—Conozco a los padres de Ashley desde hace tiempo. Son buena gente. Intenta relajarte.

—Genial. Así que se nota que estoy nerviosa.

Entraron en el restaurante. Ashley saludó con la mano a una pareja sentada en una mesa al fondo. Bree, instintivamente, agarró con más fuerza la mano de Harding según se acercaban.

Sus padres eran una pareja guapa que rondaba los sesenta. Joy, pelirroja y con unos grandes ojos azules, se parecía mucho a su hija. Kevin Burton tenía la constitución y la sonrisa simpática de Harding. Tenía el pelo un poco más oscuro y las sienes moteadas de canas.

Joy y Kevin se levantaron. Le dieron un beso a Ashley en la mejilla y abrazaron a Seth y a Harding. Luego se giraron hacia ella.

—Es un placer conocerte —dijo Joy lanzándole una cálida sonrisa—. Ashley te adora y está claro que Harding está loquito por ti.

¿Loquito por ella? ¿Qué significaba eso? Le lanzó una mirada de preocupación esperando que él no hubiera mencionado la palabra «amor» al hablar con sus padres.

Harding se inclinó hacia ella.

—Quiere decir que no puedo dejar de hablar de ti. Nunca he dicho nada de ese tatuaje que tienes.

Joy los miró a los dos.

—¿Qué tatuaje llevas? Yo tengo una paloma pequeña en el hombro. Me lo hice el día que Harding salió del hospital. Es mi símbolo de esperanza.

—Me parece precioso —murmuró Bree—. Harding solo está de broma. No tengo ningún tatuaje.

Se sentaron. A Bree le tocó la silla situada entre Harding y Seth y frente a Kevin.

—Me he tomado la libertad de pedir champán —dijo el padre de Harding—. ¿Os parece bien?

Ashley miró a Bree y sonrió.

—Pues no sé, papá. Mikki, nuestra socia, nos ha convertido en una especie de esnobs del champán y tenemos ciertas expectativas.

Su padre se rio.

—Pues ya me diréis si las he cumplido.

Joy se acercó a Seth.

—Ashley me ha dicho que vas a trabajar en la nueva película de Johnny Blaze. Estoy emocionadísima de que vayas a poder conocerlo.

—Los administradores no solemos ir al rodaje, Joy, así que Johnny y yo no vamos a coincidir.

—Bueno, pues fíngelo y luego me lo cuentas.

—Prometido.

La conversación fluyó con facilidad. Bree se relajó mientras ellos cinco charlaban y bromeaban. Estaba claro que Kevin y Joy se sentían cómodos con Seth y él con ellos. Vio cómo Seth no dejaba de mirar a Ashley con expresión de felicidad y llena de amor. Desde fuera parecía que estaba enamoradito perdido, así que, ¿qué problema tenía con casarse?

Pero no lo preguntaría esa noche. Estaba segurísima de que Ashley no había hablado del tema con sus padres.

Llegó el champán. Kevin les preguntó a Ashley y a ella qué les parecía.

—Yo no pienso opinar —dijo Bree con naturalidad—. Me gustan las burbujas y seré feliz con lo que sea que hayas elegido.

—Muy diplomática —dijo Joy con aprobación mientras Kevin llenaba las copas.

Harding comentó que la recaudación de fondos de MAR había superado su objetivo de dos millones de dólares.

—Queremos poder meter a más de nuestros chicos en la escuela de oficios. La universidad no es para todos, pero parece que apoyar esa iniciativa es más popular que ayudar a un alumno a aprender a reparar aires acondicionados o a ser electricistas. Nos gustaría ayudarlos con becas además de alojamiento y un salario.

—Es un proyecto muy ambicioso —comentó Joy.

—Lo estamos intentando. Me ha contactado una empresa que recicla contenedores de mercancías y los convierte en casas para asociaciones sin ánimo de lucro que combaten la crisis de la vivienda. Estamos pensando que podríamos crear una especie de aldea para nuestros chicos. Viviendas de transición. Nos han prometido un par de terrenos que podrían servir.

No sé... Como has dicho, es ambicioso, pero Dave cree que podemos hacerlo.

Bree se quedó sorprendida. Harding no le había mencionado lo de los terrenos ni lo de las casas hechas de contenedores de mercancías.

—¿Cuánto costaría cada casa? —preguntó Joy.

—Depende. Creemos que nos pueden donar los contenedores y algunos de los materiales. También estamos pensando que los alumnos podrían donar un número de horas de trabajo a cambio de un alquiler gratuito.

—Deberíais hacer una lista de la compra para vuestros donantes —añadió Bree—. Ponerles precio a ventanas o accesorios para que sus donaciones compren algo material. Creo que les resultaría más gratificante comprar mil metros cuadrados de suelo que emitir un cheque para algo indeterminado.

Harding la miró.

—Es una idea genial. Que los donativos fueran así de específicos haría el proyecto más interesante y real.

Su camarero les dijo los platos especiales y luego tomó nota. Joy le preguntó a Ashley por sus nuevos sabores de *muffins*. Después, la conversación pasó a centrarse en las diferencias climatológicas entre Los Ángeles y Portland. Bree se relajó mientras se limitaba a escuchar la mayor parte del tiempo. La situación le recordó a cuando pasaba las vacaciones con distintas amigas del internado. Algunas familias habían sido más serias, pero muchas habían sido de trato cercano y abiertas, como los padres de Harding.

¿Cómo de distinta habría sido ella si sus padres hubieran querido tenerla cerca? ¿Cómo habría sido crecer protegida y cuidada por ellos? Aunque era complicado echar de menos algo que no había tenido nunca, admitía que sentía cierto pesar por lo que habría podido tener.

—¿Cuánto tiempo lleváis saliendo Harding y tú? —preguntó Joy.

Bree tardó un segundo en darse cuenta de que la pregunta iba dirigida a ella.

—Unos dos meses —dijo Harding rodeándola con el brazo—. Hice una firma de libros en su tienda y le parecí encantador —añadió guiñándole un ojo.

Bree sonrió.

—Y aunque no me lo hubiera parecido, él ni se habría dado cuenta. ¿Habéis estado en alguna de sus firmas de libros? Las mujeres hacen cola durante horas. Aquel día vendí un montón de libros.

—Ya. Esas multitudes me impresionan y me confunden a partes iguales —admitió Joy—. Algunas de esas mujeres son muy intensas.

Kevin miró a su hijo con orgullo.

—Harding puede desenvolverse bien en cualquier situación. Lo aprendió mientras estaba en el hospital y en rehabilitación. Cada día surgía algo nuevo que tenía que manejar.

—Tuve mis días malos —dijo Harding con tono suave.

—No muchos.

Joy miró a Bree.

—Creo haber oído que estuviste casada. ¿Es así?

—Sí. Soy viuda.

—Ay, lo siento.

—Gracias. Han pasado algunos años.

—No tuvisteis hijos —dijo Joyce con tono amigable pero especulativo—. ¿No queríais?

Fue un cambio de tema que Bree no se había visto venir. Se tensó, sin saber qué decir. Lo de tener hijos le había generado sentimientos encontrados. ¿Sentirían por ella lo mismo que sentía ella por su madre? Había veces en las que se había dicho que ella no era como Naomi. Que tal vez no supiera qué hacer, pero desde luego sí que sabría qué no hacer. Sin embargo, pronto había descubierto que el mayor problema había sido Lewis.

—A mi difunto marido no le hacía mucha gracia la idea.

—¿Pero tú habrías tenido uno o dos?

—Mamá, creo que ya hemos llevado este asunto demasiado lejos —dijo Harding con tono relajado—. Hace una hora que conoces a Bree. Vamos a darle un respiro.

Ashley le lanzó a Bree una mirada de apoyo.

—Mamá y yo hemos encontrado unas buenas gangas hoy —se apresuró a decir.

Joy miró a su hija.

—¿Les contamos a todos los zapatos que hemos comprado?

Harding metió la mano debajo de la mesa y le agarró la suya. Bree lo vio susurrar en silencio las palabras «Lo siento». Ella fingió una sonrisa, como si no le hubiera importado.

Hacía años que no pensaba en la maternidad. No desde mucho antes de que Lewis y ella se hubieran separado. Después de su muerte, se había visto demasiado decidida a eliminar de su vida cualquier rastro de él como para pararse a lamentar no haber tenido hijos.

Pero si hubiera encontrado a otra persona, pensó por un instante, y tal vez si tuviera la mitad de las habilidades maternales de Mikki, confiaría en sí misma lo bastante para tener hijos.

Miró a Harding, que se reía a carcajadas por algo que había dicho Ashley. Él querría una familia. Querría una esposa, hijos y mascotas. Todo el boato de lo normal. Grandes cenas familiares, vacaciones de verano y tradiciones anuales que marcaran el paso del tiempo.

Si la amaba, ¿querría eso con ella? Solo pensar que pudiera ser así la aterrorizaba. Ella no era persona de llevar una vida ordinaria. Si ni siquiera dejaba entrar a un hombre en casa, ¿cómo iba a ser la anfitriona de las celebraciones navideñas? ¿O tener un bebé o formar parte de una familia?

Sí, en el pasado había querido todo eso, antes de que Lewis hubiera destrozado su confianza y despedazado su corazón. Harding decía que le gustaban sus partes rotas porque encajaban con las de él. Pero pensaba que ella se había sanado, que era más fuerte por esas heridas. Y no lo era. Era como un cristal rajado. La más mínima presión la rompería en mil pedazos y, una vez eso pasara, jamás podría recomponerse. Y lo que era peor, si se permitía sentir algo por Harding, corría el riesgo de destruirlo con ella.

Las ensaladas llegaron. Mientras uno a uno iban aceptando o rechazando la oferta de pimienta molida y Kevin pedía una botella de vino, Bree se permitió darse un segundo para fingir que todo saldría bien. Que maduraría y cambiaría lo suficiente para poder aceptar lo que Harding quería darle. Que unos bebés con ojos avellana y un hombre fuerte y cariñoso eran parte de su futuro. Pero entonces, tal como había aprendido de pequeña, mentalmente rechazó esa imagen y se recordó que desear no cambiaba nada. Su maldición había sido lanzada y no había forma de cambiarla.

—Entiendo los motivos, pero no estoy de acuerdo —dijo Duane antes de sonreír—. Tal vez no deberíamos hablar de política. ¿Y si discutimos?

—¿Por el Brexit? —dijo Mikki riéndose—. Veo la decisión desde la distancia. Olvidas que mi triste vida carente de turismo no incluye viajes fugaces por todo el mundo para hablar de Economía. Me limito a hacer una lista de lo que quiero ver y confío en poder manejarme bien con el cambio de moneda.

Se detuvo antes de continuar:

—Eso no suena nada sofisticado, ¿verdad? Tengo que salir más.

—Yo te quiero enseñar el mundo —dijo Duane entrelazando los dedos con los suyos. Se detuvo—. ¿No dicen algo parecido en una canción de Disney?

—*Aladdín* —dijeron los dos a la vez. Luego se rieron.

—Los encantos de tener hijos —bromeó Mikki—. Las canciones de su niñez se te quedan estancadas en la cabeza eternamente.

—Me alegro de que mis hijos fueran ya mayores para querer ver *Frozen* ochenta y siete veces. La canción de *Suéltalo* me gusta, la verdad, pero será porque solo la he oído alguna que otra vez.

—A mí me gusta *Hazme un muñeco de nieve* —dijo Mikki antes de mirar los jardines que los rodeaban—. No tenía ni idea de que hubiera tantos tipos de palmeras en el mundo, y mucho menos prácticamente en mi jardín.

Duane la había llevado al Jardín Botánico Mildred E. Mathias de la UCLA.

—Me gusta venir aquí —dijo él—. Si me sobran un par de horas entre clase y clase, es un lugar estupendo para pensar.

Mikki suponía que las cuestiones sobre las que los dos reflexionaban no tendrían nada que ver. Ella no sabía nada sobre Economía y se había apuntado a un curso introductorio *online* que empezaría en septiembre. Pero no pensaba comentárselo a Duane. Aunque en su momento había tenido esperanzas de sacarse un título de Técnico Superior, nunca se había planteado en serio un grado de cuatro años. No tenía ni idea de si era lo bastante inteligente como para hacer el curso de economía introductoria, que, por cierto, ni siquiera se llamaba así. De hecho, el libro que había descargado y también comprado en papel era de Macroeconomía. Si completaba el curso y seguía cuerda al terminarlo, lo siguiente sería Microeconomía.

Esperaba que esas clases le dieran un conocimiento básico de lo que Duane enseñaba y hacía en su trabajo sin ánimo de lucro. El tema del dinero era complicado. Aún recordaba un par de episodios de *The Crown* en los que el primer ministro había hablado sobre devaluar la libra y ella no había sabido qué quería decir.

—Tenemos que ir al Jardín del Hábitat —dijo él—. Veremos colibríes y mariposas.

—Uno de los pocos bichos aceptables —dijo ella—. Junto con las mariquitas y las abejas.

—¿Te gustan las abejas?

—De lejos. Mi afecto se debe más al importante lugar que ocupan en el ecosistema. La población de abejas está amenazada. Algunas ciudades europeas están usando todos los espacios disponibles para crear jardines autóctonos con los que alimentarlas, arcenes y medianas de carreteras, techos de paradas de autobús —suspiró—. Ojalá hiciéramos algo así aquí. Tenemos montones de rincones de tierra inutilizados para ayudar a las abejas.

Duane le sonrió.

Ella se llevó a la cadera la mano que tenía libre.

—Estás a punto de hacer un comentario burlón, ¿verdad? Crees que soy una tonta con lo de las abejas.

—Creo que tienes toda la razón sobre lo de las abejas, y yo jamás me burlaría de ti. Puede que bromee, pero burlarme, nunca.

Ella lo miró fijamente. Había algo en su oscura mirada.

—¿Qué no me estás diciendo?

Él la sorprendió al girarse.

—No pasa nada, Mikki. Vamos a ver las mariposas.

Ella se soltó la mano.

—Espera. Aquí pasa algo. Lo noto.

¿Le habría parecido idiota con su charla sobre las abejas? ¿La veía aburrida? ¿Gorda? ¿Debería buscar cosas interesantes sobre las que hablar y empezar a hacer ejercicio?

Por un instante él se mantuvo ahí, de espaldas a ella, con los hombros tensos. A Mikki se le hizo un nudo de preocupación en el estómago. Había esperado equivocarse al pensar que hubiera algún problema, pero no se había equivocado. Duane estaba...

Él se giró hacia ella con gesto adusto.

—Estoy bien —empezó a decir.

—Pues no lo parece.

—Estoy intentando no ser un gilipollas —dijo, y apretó los labios—. Me gusta mucho estar contigo. Es divertido y sencillo y me gusta tenerte cerca.

¡No! ¡Iba a romper con ella! Lo sabía. ¿Por qué? ¿En qué había fallado? Creía que lo había estado haciendo bien. Se reían mucho. Se escribían a diario y... ¿Qué era? ¿La veía necesitada, desesperada?

—No lo entiendo —susurró—. Creía que te gustaba lo que teníamos.

—¿Qué? —dijo él frunciendo el ceño—. Es lo que acabo de decir.

—Pero estás rompiendo conmigo —contestó Mikki parpadeando para contener las instantáneas lágrimas. ¡No! No lloraría—. Creía que... —carraspeó—. Supongo que da igual lo que yo crea —fingió una sonrisa—. Da igual. Gracias por decírmelo.

Duane emitió un profundo sonido estrangulado. Se acercó a ella, la llevó hacia sí y la besó con innegable pasión. Su boca devoraba la suya, su lengua danzaba con la suya. Mikki no pudo evitar dejarse caer en él y abrazarlo. Al juntar sus cuerpos, su larguísima erección entró en contacto con su vientre.

Un momento.

Mikki se apartó y lo miró.

—No lo entiendo.

Él esbozó media sonrisa.

—Ya me lo he imaginado por lo que has dicho. Mikki, no quiero acabar nada. Quiero seguir viéndote. Si notas algo distinto, eso es porque me está costando un poco asimilar cuánto te deseo. La mayor parte del tiempo puedo controlarme, pero de vez en cuando, al estar contigo, al verte moverte o al fijarme en alguna curva o un atisbo de... —dijo señalando a su pecho—. Me afecta, y cuando eso pasa, necesito unos minutos para recordar que debo comportarme como un hombre civilizado. Necesitas tiempo y yo estoy decidido a no meterte prisa.

Espera, ¿qué?

—¿Es por el sexo? —preguntó aliviada.

Duane no quería romper con ella, quería hacerlo con ella.

Él volvió a acercarse y la rodeó por la cintura.

—Por el sexo, por hacer el amor, depende de la fantasía que tenga ese día.

Duane veía una diferencia. Ella diría que el sexo era rápido y estaba condicionado por el orgasmo mientras que hacer el amor giraba en torno a la experiencia en sí.

—¿Por qué piensas que tenías que seguir esperando? —preguntó Mikki.

Él se acercó un poco más, con una sexi sonrisa y bajando las manos a su trasero.

—No has salido con muchos hombres. No estoy seguro de que haya habido alguno entre Perry y yo —esbozó una sonrisa más amplia—. Sin contar a Earl, claro.

Ella ignoró el comentario sobre Earl.

—Hubo uno unos meses después del divorcio. Fue horrible —y rápido y deprimente.

Mikki recorrió los dos últimos centímetros de separación que quedaban entre los dos y presionó el vientre contra su erección. Él reaccionó hundiendo los dedos en sus nalgas y pellizcándoselas. A Mikki le gustó y le puso las manos en el torso.

—Estás excitado —susurró, y se sintió sonrojar.

—Prácticamente cada segundo que estoy contigo.

—¿En serio? No me he dado cuenta.

—Intento ser discreto.

Mikki bajó la mirada hacia el impresionante abultamiento.

—No creo que haya una buena forma de ocultar eso.

Él se rio y la besó.

—A ver, para que quede claro. No quiero romper contigo y espero que tú opines lo mismo.

—Totalmente.

Duane dio un paso atrás y le agarró la mano.

—Entonces puede que lo mejor sea mirar unos cuantos hábitats naturales. Tendremos que caminar despacio hasta que las cosas se calmen.

Era un hombre alucinante, pensó Mikki algo impactada por todo lo que él le había dicho. No la había forzado a hacer algo para lo que pensaba que no estaba preparada. Siempre tan amable y considerado.

—Creo que deberíamos volver a tu casa —le dijo Mikki.

—¿Te refieres a que pidamos comida para llevar?

¿Quién era el obtuso ahora?

Mikki se dijo que si él había estado dispuesto a decirle lo que quería en lo que respectaba a su relación, ella debería estar dispuesta a ser igual de valiente.

Miró a su alrededor para asegurarse de que no hubiera nadie cerca, le agarró las manos y se las llevó a sus pechos.

—Para pedir comida no. Al menos, no al principio.

La mirada de Duane reflejó que ahora sí lo había entendido y se cubrió de pasión inmediatamente. Movió las manos y con los pulgares le rozó los pezones, que de pronto se le habían endurecido.

—¿Segura?

Mikki ardía por dentro y a los pocos segundos sintió esa reveladora tensión entre los muslos.

—Mucho. Pero tendremos que parar a comprar preservativos. No llevo ninguno encima.

Duane la rodeó con el brazo y empezó a andar hacia el coche. A andar deprisa.

—Creía que teníamos que ir despacio —bromeó ella.

—Estoy motivado. Puedo aguantar la incomodidad. Y tengo condones en casa.

Capítulo 21

Cerca de la medianoche, Mikki entraba en su garaje. Duane había querido que pasara la noche con él, pero no se sentía cómoda quedándose allí hasta no poder decirles a sus hijos dónde encontrarla. Esa semana estaban con Perry, así que tampoco es que fueran a quedarse despiertos a esperarla, pero de vez en cuando volvían a casa antes de lo previsto o la necesitaban para algo.

Abrió la puerta del coche y se preguntó si tendría fuerzas para caminar unos metros hasta el interior de la casa. Había oído el término «desmadejada», aunque nunca había tenido ocasión de aplicárselo a sí misma. No hasta esa noche.

Se obligó a ponerse de pie y se rio cuando le fallaron las piernas. Tambaleándose, entró en casa y subió a su dormitorio, donde corriendo se desnudó para darse una ducha. Mientras esperaba que el agua se calentara, se vio reflejada en el espejo de cuerpo entero que había en la pared. Por norma, ver sus tetas caídas y su barriga fofa y con estrías la deprimía. Pero esa noche no.

Por motivos que no podía entender, y que tampoco analizaría, Duane adoraba cada centímetro de su cuerpo. Le encantaban sus pechos, su trasero y sus muslos flácidos. La había explorado centímetro a centímetro, la había mordisqueado, lamido y acariciado hasta que ella había llegado al clímax una y otra vez.

Entró en la ducha. El agua caliente le recordaba a su lengua y a cómo la había usado entre sus piernas. La primera vez le había dado vergüenza correrse en menos de treinta segundos. Entonces él había bromeado sobre repetirlo, algo que a ella le había parecido imposible y que había resultado no serlo. Había vuelto a correrse, gritando de placer, incapaz de contenerse y suplicándole que no parara.

Se echó champú, se lavó entera y se aclaró rápidamente antes de salir de la ducha.

Duane había resultado más impresionante desnudo de lo que se había imaginado. Esbelto y con una polla perfecta que se había deslizado en su interior de tal forma que le había hecho preguntarse en qué había estado pensando al depender de Earl todo ese tiempo. Los hombres, o tal vez solo Duane, eran diez veces mejor.

Se secó el pelo y se puso el pijama antes de caer en la cama. Seguía sonriendo cuando se quedó dormida.

Pero a las cinco y veintisiete se le abrieron los ojos, cuando el arrepentimiento y la culpabilidad le lanzaron piedras. Se incorporó con brusquedad y miró a su alrededor, cansada, desorientada y emocionalmente confusa por la noche anterior. Agarró el teléfono.

Necesito hablar con alguien. ¿Puedes venir? ¿Por favor? Estoy despierta y voy a preparar café. Y a lo mejor rollitos de canela.

Miró el reloj y añadió: *¿Es demasiado pronto?*

Esperó ansiosa hasta que los tres puntos salieron en la pantalla. La respuesta de Bree apareció unos segundos después.

Bree: *¿Estás bien?*
Mikki: *No me estoy desangrando. Estoy conmocionada. Necesito hablar.*

Bree: *Entendido. Voy para allá. Más te vale no haberme mentido con lo de los rollitos de canela.*

Mikki se vistió, bajó a la cocina y se puso a hacer los rollitos. Una vez que estaban en el horno, preparó el café y, frente a la puerta principal, fue de un lado a otro hasta que el Mini de Bree se detuvo en la entrada. Salió a recibir a su amiga.

Bree la miraba con desconfianza.

—¿Debería preocuparme?

—No. Todo va bien. Genial. Estoy bien.

—Si estuvieras bien, no me habrías escrito a las cinco y media de la mañana.

Entraron.

—¿Te he despertado? —preguntó Mikki nerviosa.

—No. Estaba despierta. Estaba pensando en ir a una clase de *spinning* o salir a correr —dijo mientras se dirigía a la cocina delante de Mikki. Al entrar y respirar el aroma a canela y mantequilla añadió—: Esto está mejor.

Mikki señaló a la isla. Sirvió una taza de café para cada una y sacó la leche. Ya había preparado la cobertura para que, cuando sonara el temporizador, solo tuvieran que esperar un par de minutos a que los rollitos se enfriaran.

—¿Quieres huevos? ¿O fruta? Tengo...

—Para —dijo Bree con la taza entre las manos, antes de dar un sorbo—. No me des de comer. Cuéntame qué ha pasado. Desde el principio.

Mikki se sentó y levantó su taza. Luego la soltó. Por suerte, sonó el temporizador y pudo entretenerse sacando los rollitos del horno. Pero mientras esperaba a que se enfriaran, no tenía nada que hacer y Bree la estaba mirando.

Respiró hondo y miró a su amiga.

—Me he acostado con Duane.

La sonrisa de Bree fue inmediata.

—¡Bien hecho! ¿Y qué tal? ¿Digno de Earl?

—Alucinante. Es una belleza de hombre, y las cosas

que hace... Había olvidado lo que era la experiencia completa piel con piel. Ni siquiera sé cuántas veces lo hemos hecho.

—Lo dudo —dijo Bree con gesto altivo.

Mikki contuvo una sonrisa.

—Vale, sí que lo sé.

Sacó los rollitos de la bandeja y los untó con abundante cobertura. Después de acercárselos a Bree, sacó dos platos y se sentó.

—Se ha puesto un condón cada vez —admitió sonrojándose—. Y es muy entusiasta. Prácticamente he venido a casa flotando. Ha sido genial.

—Pero te sientes culpable.

Mikki alzó la cabeza con brusquedad.

—¿Cómo lo sabes?

Bree se sirvió un rollito.

—No has salido con nadie desde el divorcio. No en serio. Creo que alguna vez mencionaste a un par de tíos, pero no significaron nada y, aunque te acostaras con ellos, no era lo mismo. No eres de las que disfrutan con la variedad de hombres. Te gusta Duane, está claro que le gustas, así que, aunque es genial, también es una novedad que te hace sentir incómoda.

—Justo eso —dijo Mikki—. Estaba feliz cuando me he ido a dormir, pero me he despertado sintiéndome como si hubiera sido infiel. Y lo odio. Porque no lo he hecho. No le debo nada a Perry —se inclinó hacia Bree—. Es por lo de que Perry haya estado insistiendo en que volvamos, ¿verdad? Me ha hecho pensar y, aunque no me interesa lo que me dijo, no puedo evitar pensar en ello. Además, es el padre de mis hijos y somos amigos.

—Yo soy tu amiga y no hago que te sientas culpable por haberte acostado con Duane. Te apoyo totalmente. Creo que deberías hacerlo más.

—Entonces ¿qué me pasa? ¿Estoy asustada y por eso intento encontrar un problema? ¿Y con Perry qué? Una parte de mí se pregunta si de verdad él quiere que volvamos. No puedo evitar pensar que lo único que quiere es que no me tenga nadie más.

Bree se terminó el rollito y se relamió los dedos.

—Delicioso. Merece la pena cada caloría. ¿Por qué te importa lo que piense Perry? Es tu vida, Mikki, y tu decisión. ¿Tú qué quieres? ¿Más Duane?

—Sí, por favor. Me gusta mucho. Pero es que con Perry...

Bree sacudió la cabeza.

—Para. Como has dicho, a Perry no le debes nada. Los dos habéis terminado. Sean cuales sean sus razones para volver a intentarlo, no es problema tuyo. Olvídalo. Le has dicho que no, así que sigue adelante con tu vida.

«Sabio consejo», pensó Mikki. Brillante.

—Me está diciendo que tengamos un hijo.

Bree por poco no se atragantó con el café.

—¿Perry y tú?

—Sí. Hace unos ocho años yo quería un tercer hijo, pero Perry se opuso por completo, así que descarté la idea. El otro día lo sacó a relucir y me quedé atónita. Le dije que era demasiado tarde. Mis hijos ya son casi adultos. No quiero empezar de nuevo.

—¿Duane quiere un bebé?

—No creo. Nunca ha surgido el tema. Cuando hablamos del futuro, siempre es sobre los lugares a los que viajaremos. Experiencias que queremos vivir. Creo que él ya ha cumplido en el tema hijos.

—¿Y tú?

—Te he dicho que sí.

Bree la miraba fijamente.

—¿Y lo has dicho en serio?

Mikki mordisqueó su rollito y pensó en la pregunta.

—No quiero más hijos. Estoy más que lista para hacer cosas de adultos. Estoy feliz con esa parte de mi vida.

—Y con Duane.

Mikki sonrió.

—Sobre todo con Duane. Lo de anoche fue alucinante. No solo por el sexo, sino por cómo me ve y lo que piensa de mí.

—¡Ajá! Te lo dije. Te ve como una invitación andante para follar.

—Más o menos, sí.

—¿Entonces por qué te trastorna tanto que Perry quiera volver contigo?

—No lo sé —admitió—. Pero es la pregunta correcta, ¿no? Y descubrir la respuesta va a ayudarme a saber qué hacer a continuación.

—Y con quién.

—Nunca he visto a Bree nerviosa —murmuró Mikki—. Me está haciendo sentir incómoda.

Ashley asintió mientras veía a Bree recorrer toda la superficie de la librería.

—Sí, como descubrir que las montañas se mueven. A ver, si no puedes fiarte de una montaña, ¿entonces de qué?

Mikki la miró.

—Qué analogía más rara. ¿Ves a Bree como una montaña?

—No, pero sí como algo sólido y fuerte. Puedes gritar a una montaña todo lo que quieras que no se va a acobardar.

—Eres muy rara.

Ashley se rio.

—Probablemente.

Miró el reloj. La firma de libros empezaría en un par de horas. Las sillas estaban colocadas, había un atril con un micrófono y una mesa con una pila de la última obra maestra literaria de Naomi Days. Ashley había leído un par de reseñas y una transcripción de una discusión de un club de lectura. Al parecer, el libro trataba de una mujer perfectamente corriente que de forma inesperada derivaba hacia la locura. Al final del libro se prendía fuego y moría. No muy alegre, que digamos.

—¿A qué hora llega? —preguntó Ashley.

—¿La autora? —preguntó Mikki arrugando la nariz—. O sea, ¿la madre de Bree? Ni idea. He estado mirando a ver si la veo, pero no he visto a nadie que se le parezca.

Bree las miró y se acercó.

—Dejad de hablar de mí.

—¿Cómo sabes que estamos hablando de ti? —preguntó Ashley.

—Me estáis mirando, señalando y hablando. No es tan difícil.

—Estamos preocupadas por ti —dijo Mikki con rotundidad—. Y queremos que sepas que estamos contigo.

Bree esbozó una tensa sonrisa.

—Estoy bien.

—No lo estás —dijo Ashley—. Pero lo estarás. Eres más fuerte de lo que crees.

—Ojalá fuera verdad —dijo Bree echando los hombros hacia delante—. ¿Por qué accedí a la firma? No quiero verla. No tenemos nada que hablar. Encontrará el modo de recordarme lo poco que le importo y luego se marchará.

—Si dice algo malo, me enfrentaré a ella —dijo Ashley cerrando los puños—. Sé defensa personal.

—¿Vas a pegar a una mujer de casi sesenta años? —preguntó Mikki.

—Ah, es verdad. No, supongo que no. Pero haré algo.

La preocupación de Bree se disipó un poco.

—Eres muy valiente, gatita, pero nadie va a pegar a nadie. No es para tanto. Llevo toda la vida soportándola. Puedo soportar una firma de libros.

—Estaremos aquí —le recordó Ashley—. Vamos a

hacer turnos para no parecer unas piradas, pero no vas a estar sola con ella.

Bree parecía perpleja.

—No lo entiendo.

Ashley miró a Mikki, como si no entendiera qué era lo que no quedaba claro.

—Una de nosotras estará rondando por aquí todo el rato —dijo Ashley—. Mikki, yo, Rita y Lorraine. Tenemos un plan.

—Sé cuidarme sola.

Mikki sonrió.

—Sí, pero no tienes por qué hacerlo. Esa es la cuestión. Tienes que cargar con nosotras. Acéptalo.

—Ni siquiera sé cómo tomarme ese comentario —murmuró Bree antes de volver a caminar de un lado a otro.

Ashley la vio alejarse.

—Yo haré el primer turno. Me siento con energía para protegerla con uñas y dientes.

—Ya me he dado cuenta con lo de las amenazas de violencia física. No es nada propio de ti.

—¿A que no? No sé de dónde me ha salido, pero lo he dicho en serio.

Cuidaría de su amiga, pasara lo que pasara. Porque Bree le importaba. Y no era algo nuevo, pero, aun así, la idea la hizo detenerse a pensar.

Estaba preocupada por su amiga y haría lo que fuera por mantenerla a salvo. Sin esperar nada a cambio. Sin reglas ni requisitos. Estaba actuando de corazón.

¿A eso se había referido Seth al hablar de una relación en la que los dos miembros estaban ahí porque querían y no porque tuvieran que hacerlo? ¿Intentaba explicar una actitud más que una prueba? No lo tenía claro, pero si no se equivocaba, entonces a lo mejor no estaban tan distanciados como pensaba. Perfectamente podría aceptar la idea de dar y preocuparse por otra persona como forma de mostrar amor. Comprometerse por amor y afrontar cada día como una oportunidad de hacer que la pareja que formaban los dos estuviera más fuerte y protegida.

Tendría que pensar en ello, se dijo. Pero lo haría luego, cuando no estuviera preocupada por proteger a su amiga de su espeluznante y cruel madre.

Bree enseguida comprobó que Ashley no había bromeado al decir que sus amigas la vigilarían. Lorraine estaba rondando por la puerta principal, Rita no dejaba de murmurar algo sobre «ciertas personas que no saben tratar a su única hija», y Ashley y Mikki estaban cerca constantemente.

Quería decirles que estaba bien, pero, por lo que fuera, no podía pronunciar esas palabras, probablemente porque no estaba bien. Estaba tensa e inquieta.

En su cabeza sabía que la firma de libros era algo insignificante. A su madre no le importaban ni ella ni la tienda; solo quería poder decirles a sus amigos que había estado ahí. Bree no era más que un instrumento para conseguir un objetivo.

Pero su corazón iba por otro lado. Por mucho que intentaba desconectar emocionalmente, en lo más profundo seguía siendo una niña de doce años cuyos padres se arrepentían de haberla tenido.

En la puerta, Lorraine empezó a hacer una especie de bailecito de alerta con los brazos sobre la cabeza. Los paró y los bajó de pronto. Había llegado el momento.

Bree se preparó y fue hacia la entrada. Su madre entró con actitud airada y una joven a su lado. Seguro que sería Idalina, su publicista. Naomi no viajaba sola.

Bree vio a su madre detenerse y mirar a su alrededor. ¿Apreciaría Naomi los techos altos, los expositores de regalos y libros minuciosamente diseñados, y el atrayente aroma a chocolate y naranja de una tanda de *cupcakes* recién hechos? Intentando ver la tienda como lo haría una desconocida, a Bree la invadió el orgullo. Sus amigas y ella lo habían hecho muy bien.

Volvió a centrar la atención en su madre. Naomi estaba como siempre: bien vestida, con unos pantalones sastre y una blusa de seda. Llevaba el pelo, tan rizado como el suyo, alisado y cortado con un pulcro estilo *bob*. Sus joyas eran de buen gusto y sus zapatos, caros y atemporales. Todo en ella decía a gritos que era una mujer que prestaba atención al detalle, a la que le preocupaba que todo estuviera «impecable».

Su madre siguió escudriñando la tienda y apretando la boca cada vez más. Le susurró algo a Idalina antes de girarse y ver a Bree.

—Bien, aquí estás —dijo Naomi caminando hacia ella—. Hola, Bree. Te presento a mi publicista, Idalina. Habéis hablado por teléfono. ¿Estamos listas para la firma o tienes que preparar algo?

Idalina las miró a las dos con claro gesto de confusión. Bree entendió su reacción. Madre e hija se habían reunido después de más de un año separadas. ¿No tendría que haber algo más?

Esperó a sentir la bofetada de semejante desaire, el pesar por tanta frialdad, pero lo único que sintió fue una sensación de familiaridad ante esa falta de conexión.

—Todo está listo.

—Eso espero.

Bree vio a Ashley a solo unos metros y a Lorraine acercándose corriendo. Pero antes de que alguna interviniera, Harding apareció a su lado. Le guiñó un ojo y luego le lanzó una sonrisa a su madre.

—Señora Days, encantado de conocerla. Harding Burton. El novio.

¿El novio? Bree contuvo un gruñido. No quería comentar su vida personal con su madre.

—«Naomi», por favor. Ella es Idalina, mi publicista —dijo. Y frunció el ceño al añadir—: ¿De qué me suena tu nombre? ¿Nos conocemos?

—Soy escritor —respondió él con naturalidad—. Aunque no estoy a su nivel, claro. Lo mío es la no ficción.

A su madre se le iluminó la cara.

—¡Claro! Las memorias. Las he leído. Una historia fascinante. Bien escrita. Aunque podrías mejorar tu prosa. Deberías plantearte ir a clases de poesía para que te ayuden con la imaginería y la elección de palabras.

Se dirigió a Bree.

—Así que estáis saliendo.

—Eso parece.

—Interesante. ¿Vamos a prepararnos?

Bree la llevó hacia las hileras de sillas. Su madre inspeccionó el atril y la mesa, y luego asintió.

—Está bien. Esperaré en tu oficina.

—Te acompaño.

Antes de que Bree se fuera, Harding la llevó hacia sí.

—Estaré aquí si me necesitas.

Tras él estaban Ashley y Rita, que apilaba y volvía a apilar los libros. Bree se relajó.

—Tendrás que ponerte a la cola —bromeó.

—Todos nos preocupamos por ti.

Y eso era algo con lo que Bree nunca había podido contar. Apoyo. Era agradable.

Llevó a su madre a la oficina. Y solo cuando Naomi se sentó junto al escritorio, Bree fue consciente de que Idalina había ido con ellas, lo que significaba que tendrían que charlar.

—¿Qué tal el vuelo?

Su madre suspiró.

—Y luego preguntarás por el tiempo. ¿Contabas con que cenemos después?

No veía a su madre desde la muerte de Lewis. No solían hablar, así que era lógico pensar que después de tanto tiempo hubiera mucho que decir. Pero no lo había. Naomi no tenía ningún interés en su vida y lo mismo sucedía al contrario. Excepto por su conexión biológica, eran unas extrañas obligadas a estar juntas unas horas.

Recordó cómo había querido hablar con su madre cuando era pequeña. Solía buscar temas con la esperanza de que resultaran interesantes y pudieran discutirlos. A veces los investigaba o tomaba notas, pero aunque su madre de vez en cuando comentaba algo al respecto, su interés era fugaz. Al cabo de unos minutos tenía que volver al trabajo y Bree volvía a quedarse sola. Hasta el internado, su mundo había sido pequeño y solitario.

Pero ya no. Tenía amigas. Según Harding, incluso tenía novio. Ya no importaban ninguno de los jueguecitos que se habían traído su madre y ella.

—Vamos a saltarnos la cena para que puedas volver antes a Nueva York.

Su madre esbozó una sincera sonrisa.

—Me vendría mejor, sí.

—Pues entonces deberías pedirle a Idalina que cambie el billete. Disculpadme. Quiero ir a recibir a los lectores. Volveré a buscaros cuando llegue el momento.

Salió de la oficina y cerró la puerta. Al girarse, se chocó con Harding.

—¿Estabas escuchando? —susurró.

Él la llevó hacia la zona de la tienda.

—Estaba controlándolo todo.

—Es penoso. Pero gracias —dijo Bree apoyándose en él.

—¿Cómo lo estás llevando?

—Bien, teniendo en cuenta que es mi madre. Pensé que me sentiría más dolida, pero es como si no sintiera nada. Y me parece que eso es positivo.

—A mí también —dijo él mirándola a los ojos—. Es una persona emocionalmente atrofiada y tú hiciste un buen trabajo al criarte sola. Deberías sentirte orgullosa.

—No eres imparcial.

—Soy escritor, y eso me convierte en un observador entrenado.

—No eres infalible.

—No, pero soy muy guapo.

Eso la hizo reír.

—Sí que lo eres. Bueno, tengo trabajo que hacer.

Bree vio a unas treinta personas esperando. No es que fuera un público muy numeroso, pero lo cierto era que ella no tenía una clientela aficionada a la alta literatura. Recogió un par de hileras de sillas para que la zona no se viera triste y vacía. Exactamente a las dos, llamó a la puerta de la oficina antes de abrirla.

—Estamos listas.

Su madre la siguió afuera y esperó mientras Bree la presentaba ante la pequeña multitud.

En lugar de dar una especie de charla, Naomi leyó unos extractos de su libro y luego respondió algunas preguntas. Bree no había mencionado la relación que las unía y su madre tampoco se había referido a ella. No fue hasta que la gente se puso a hacer cola para que les firmara el libro que salió el tema.

—Debe de estar muy orgullosa de su hija —dijo Rita abriendo su ejemplar.

Naomi la miró sorprendida.

—¿Por qué demonios dice eso?

De inmediato, Ashley dio un paso hacia ella. Harding la agarró del brazo y la contuvo. Lorraine parecía afligida y Mikki gruñó.

—Porque es la dueña de esta tienda y tiene mucho éxito.

—Pero es un comercio minorista.

Rita tiró de su libro y lo cerró con brusquedad.

—He cambiado de idea. Ya no quiero una copia firmada.

Se marchó con la cabeza bien alta. Bree, sintiéndose protegida y querida, la vio marchar. Miró atrás y vio a todas sus amigas observándola con preocupación.

—Estoy bien —les dijo mientras le indicaba al siguiente cliente que se acercara a la mesa. Y lo más alucinante de esa frase fue que era verdad.

Una hora después la firma llegó a su fin. Bree le pidió a su madre que firmara diez libros más. Los libros firmados siempre se vendían bien; la gente los compraba como regalos.

Naomi recogió su bolso de la oficina y se dirigió a Bree.

—Nuestro vuelo sale en dos horas. Vamos directas al aeropuerto —dijo Naomi, que se detuvo como pensando qué decir—. Gracias por organizar la firma. Sé que mi clase de libros no son lo tuyo.

—Seguro que a mis clientes les ha gustado el cambio —dijo Bree cruzando con ella la tienda hacia la puerta—. Que tengas buen vuelo.

—Sí. Le diré a tu padre que estás bien.

Se quedaron mirándose. Bree se preguntó si su madre sentiría la tristeza de ese momento o si era incapaz de cualquier emoción que no incluyera a su marido o a un personaje. ¿Alguna vez entendería Naomi todo lo que se habían perdido?

«Lo dudo», pensó Bree mientras Idalina llegaba en un coche de alquiler.

—Adiós, madre.

—Bree.

Su madre caminó hasta el vehículo que la esperaba. Entró, cerró la puerta, y se marcharon.

Harding se acercó y la rodeó por la cintura con un brazo.

—¿Estás bien?

—Más o menos. No estoy disgustada y molesta como de costumbre. Al principio, no sentía nada, pero ahora estoy triste. Deberíamos haber sido una familia.

—¿Es lo que quieres?

—No hay forma de acercarse a mi padre o a mi madre. Me pasé los primeros doce años de mi vida pensando en modos de hacer que se preocuparan por mí. Pero no tienen ningún interés en mí y yo ya estoy harta de intentarlo. Les deseo lo mejor, pero no necesito nada de ellos. Ya no.

Miró atrás, hacia la tienda. Rita estaba atendiendo a un cliente. Mikki estaba charlando con Lorraine mientras Ashley cobraba una venta.

Sus amigas habían estado a su lado, protegiéndola, dispuestas a luchar si era necesario. Igual que Harding.

—¿Vas a ir a clases de poesía?

Él sonrió.

—¿Pues sabes qué? A lo mejor sí. Así podré escribir un soneto sobre ti.

—¿En lugar de una quintilla picantona?

Harding soltó una risita.

—Eso ya puedo hacerlo. ¿Te lo demuestro?

—Mejor otro día. Tengo que volver al trabajo —dijo Bree, y le puso una mano en el pecho al añadir—: Gracias por venir hoy.

Los ojos avellana de Harding se quedaron clavados en los suyos.

—Siempre es un placer, Bree. Siempre.

Capítulo 22

Mikki estaba sentada con las piernas cruzadas en la cama de Duane. El dormitorio era amplio, con una terraza grande con vistas que dejaban entrever el océano Pacífico. El baño *en suite* tenía una ducha lo bastante grande para dos, además de lavabos dobles y una bañera. A ella no le gustaban mucho los pisos, pero debía admitir que ese era muy bonito. Y teniendo en cuenta que Duane era un hombre soltero que viajaba bastante, tenía sentido.

Lo vio meter los calcetines y la ropa interior en la maleta de cabina que estaba preparando.

—Yo no podría —admitió Mikki—. Te vas cuatro días. ¿Cómo puedes llevar algo tan pequeño? No sé si me entrarían todos los cosméticos en esa cosa diminuta.

Él se rio.

—Sabes que eres demasiado guapa para necesitar maquillaje, ¿verdad?

—Ya me gustaría. Bueno, ¿y cómo funciona esto? ¿Te llevas un par de camisas, das por hecho que los vaqueros no se te van a manchar y ya?

—Sip. Si necesito unos nuevos, me los compro allí, pero es solo una conferencia de cuatro días.

Levantó unos pantalones negros.

—Estos para salir a cenar.

—Muy bonitos.

Duane iba a Madrid para una reunión sobre Economía. Le había dicho que lo acompañara, pero cuando le había enseñado la programación, los dos habían visto que él estaría trabajando entre ocho y diez horas al día y que ella estaría sola. Y Mikki ya había estado sola en una ciudad extranjera y no había disfrutado la experiencia.

—Te agradezco que pensaras en llevarme contigo.

Él parecía perplejo.

—¿Qué querías que hiciera? Te echaré de menos. En octubre tengo un viaje a Japón. Estoy intentando que me den la programación con antelación para que veamos si tiene sentido que vengas conmigo. Espero que haya más tiempo libre.

¿Japón? ¿Japón en Japón?

—Es un vuelo largo.

—Estamos en la costa oeste de los Estados Unidos. Todo es un vuelo largo. ¿Has terminado de hacer los pedidos de mercancía para Navidad?

—Vaya cambio de tema.

—Mis clases empiezan en menos de un mes y eso me ha hecho pensar en el otoño y la Navidad. Sé que tienes que hacer los pedidos con antelación para poder satisfacer la demanda.

Ella se rio.

—Sí, Duane. He hecho los pedidos. ¿Quieres ver las confirmaciones?

Él enarcó las cejas mientras su boca se curvaba en una sonrisa.

—Veré todo lo que quieras enseñarme.

Una invitación tentadora, pero iban muy mal de tiempo. Ella señaló la maleta.

—Usted siga haciendo el equipaje, señor.

Vio cómo revisaba el kit de afeitado. Duane se afanaba con eficiencia, sin duda gracias a mucha práctica. Prestaba atención a los pequeños detalles.

—¿Fuiste un buen marido?

Él la miró.

—Lo intenté —dijo, y añadió con gesto compungido—: Mejoré con la práctica, pero, por desgracia, con el tiempo ella fue perdiendo cada vez más interés en mí. Creo que fui un buen padre. Me gustaba mucho serlo y a veces me gustaría que siguieran necesitándome tanto como antes.

—A mí me preocupa esa siguiente fase —admitió ella—. Sydney ya está en la universidad y solo me queda otro año con Will. Va a ser duro verlos marchar.

Mikki bajó la mirada a la colcha y volvió a mirarlo a él.

—¿Alguna vez has pensado en tener más hijos?

La cara de impacto de Duane y sus ojos como platos le dieron la respuesta, pensó Mikki mientras él contestaba de todos modos:

—No. Los echo de menos, pero no tengo en mente repetir el proceso. ¿Tú quieres más hijos?

—No, solo era una pregunta.

Porque había estado dándole vueltas. No tanto a lo de tener hijos como a lo ridícula que había sido la sugerencia de Perry.

Él metió el estuche de afeitado en la maleta y luego se sentó a su lado.

—Mikki, me hice la vasectomía hace años.

—¿Sí? Pero usas preservativo.

Él le acarició la cara.

—No para no dejarte embarazada, sino para protegerte. Espero que lleguemos a estar en situación de hacernos pruebas y poder dejar de usarlos —se detuvo—. Aunque, bueno, supongo que el único que tiene que hacerse pruebas soy yo. No creo que Earl suponga mucho peligro.

Pruebas para ETS. Porque eso era lo que hacía la gente ahora. No era algo que formara parte de la vida habitual de Mikki.

—Significaría que nos estamos comprometiendo a una relación monógama —añadió él—. ¿Estás lista para eso?

¡La leche!

—Entiendo que este es un momento muy dulce y me invaden las emociones, pero no puedo obviar el hecho de que me veas capaz de acostarme con dos hombres a la vez. Yo jamás haría eso. No solo porque me parecería mal, sino porque me asustaría. En serio, no podría hacerlo.

Él se rio.

—Entendido. Yo tampoco he sido infiel nunca. ¿Entonces me hago las pruebas y llevamos esto al siguiente nivel?

Mikki no sabía muy bien qué significaba todo eso, pero se moría por descubrirlo. Salir con Duane era mucho más de lo que se había esperado de una auténtica relación de adultos.

—Me apunto. Y gracias por usar condón.

—Quiero cuidar de ti.

—Yo también quiero cuidar de ti —dijo ella mirándolo a los ojos—. Sé que solo son cuatro días, pero voy a echarte de menos.

—Y yo a ti.

La besó.

—Bueno, me quedan cuarenta y cinco minutos antes de irme al aeropuerto. ¿Quieres demostrarme cuánto vas a echarme de menos?

Ella se quitó la camiseta y se desabrochó el sujetador.

—Creía que no me lo pedirías nunca.

Bree observaba mientras Harding braceaba hacia la orilla. Él había logrado subirse a la tabla dos veces e incluso había montado una ola, pero Bree, desde la arena, podía ver que tenía frío y estaba cansado.

La preocupación se apoderó de ella y le hizo querer entrar en el agua y sacarlo a rastras. Harding se forzaba demasiado y siempre acababa temblando de agotamiento. No era persona de madrugar, la mayoría de las noches se iba a la cama bastante después de la uno o las dos, así que ¿por qué se levantaba antes del amanecer para una clase de surf semana tras semana?

Para cuando salió tambaleándose del agua, ella estaba bastante enfadada. Fue hacia él con paso airado y se arrodilló para poder desengancharle la tabla. Después la agarró y lo miró.

—¿A ti qué te pasa? ¿Por qué te haces esto? No es tu deporte. Estás azul, prácticamente. Estás temblando y pálido. Vuelve al ciclismo. No tienes que hacer esto para impresionarme. Ya casi estamos saliendo. Considéralo una victoria y deja de asustarme cada puñetera semana.

Como pudo, él esbozó una ligera sonrisa.

—No vengo aquí por ti. Me gusta hacer surf.

—Eso es una gilipollez, y lo sabes.

—Pues acuéstate conmigo y dejaré el surf.

Bree por poco no lo atizó con la tabla.

—Es broma, ¿no? ¿Esa es tu oferta? ¿Me acuesto contigo y dejas de actuar como un idiota?

—Ah, no, seguiré actuando como un idiota, pero de otra forma.

Los hombres eran imbéciles, pensó Bree más preocupada por él que ofendida por lo que había dicho. Le bajó la cremallera del neopreno y se lo bajó por el torso mientras él sacaba los brazos. Luego agarró una toalla y empezó a secarlo.

A veces Harding protestaba diciendo que no era un niño pequeño, pero esa mañana le dejó salirse con la suya. Bree movía la toalla sobre los fuertes músculos de sus brazos y su espalda. Él se apoyó en la camioneta mientras terminaba de quitarse el neopreno. Le castañeteaban los dientes y tenía los labios azules.

—Estás hecho una pena.

—Arrebatador, ¿eh? Porque los chicos perfectos son muy aburridos.

Ella lo miró y vio su pelo mojado cayéndole sobre la frente y cómo, a pesar de que debía de estar hecho una mierda, le sonreía. Harding no defraudaba. Eso tenía que reconocérselo. Era paciente, sexi y divertido, y, por razones que Bree no tenía muy claras, creía que estaba enamorado de ella.

—¿Puedes conducir? —le preguntó Bree.

—Desde que tenía dieciséis años. Luego vino aquel año que estuve en el hospital y todo eso, pero, por lo demás, llevo bastante tiempo conduciendo.

—Muy gracioso. ¿Eres capaz de conducir o estás temblando demasiado?

—Puedo conducir. ¿Te marchas a casa? —le preguntó ahora sin tanta diversión en la mirada.

—Sí —respondió Bree. Se detuvo y añadió—: Contigo.

Lo observó mientras él procesaba la respuesta. La confusión se transformó en sorpresa. Se le levantaron las cejas.

—¿Para hacer qué?

Bree metió la tabla en la parte trasera de la camioneta y echó a andar hacia su Mini.

—Primero voy a necesitar una ducha para quitarme la sal. Asegúrate de que el agua esté caliente cuando llegue.

Él condujo algo por encima del límite permitido. Ella lo siguió más despacio al pensar que no había necesidad de que les pusieran una multa a los dos.

Aparcó detrás de la camioneta en el camino de acceso y entró. Después de cerrar la puerta con llave, se quitó las sandalias y llevó su bolsa arriba.

Aunque no había planificado la mañana exactamente, sí que se había planteado esa posibilidad. Se había llevado en la bolsa una muda limpia de bragas y sujetador, unos vaqueros y una camiseta. Ah, y una caja de preservativos, porque a veces los chicos se olvidaban de lo básico.

Al entrar en el dormitorio, oyó el sonido del agua corriendo dentro del baño. Sacó el champú de la bolsa, se quitó el vestido de tirantes y el bañador. Lo colgó en el respaldo de la silla del escritorio y entró en el baño desnuda.

Harding estaba de pie junto a la humeante ducha y aún con el bañador. Su erección tensaba la ceñida tela. Estaba temblando, pero parecía tener menos frío.

Bree sabía que hacer el amor con él suponía sobrepasar una línea; que se vería ahí tirada en medio de lo que fuera que había estado intentando evitar. Harding era peligroso para ella de formas que ningún hombre había sido nunca, no desde Lewis. Su difunto marido había destruido su capacidad de volver a creer en un hombre. O eso pensaba ella. Y ahí estaba ahora, prácticamente creyendo en Harding.

En una resbaladiza carretera al infierno, se dijo mientras se acercaba a él y le ponía las manos en el pecho.

—Tengo que lavarme el pelo. No es de lo más sexi, pero tiene algo. Cuando termine, estaré disponible para lo que se te ocurra que quieras hacer conmigo —se puso de puntillas y lo besó en la boca—. Luego haremos lo que yo quiera. Y si después aún sigues vivo, te prepararé un *brunch*.

Él necesitó carraspear antes de poder hablar.

—¿Cocinas?

Bree se rio.

—En las circunstancias apropiadas.

Fue hacia la ducha y se detuvo para mirarlo mientras abría la puerta.

—Eres bienvenido si quieres entrar y mirar. Pero déjame lavarme el pelo antes de tocar.

En una fracción de segundo, Harding se había

quitado el bañador. La ducha era bastante grande y tenía una buena presión de agua. Ella, de espaldas al chorro, se empapó el pelo y luego usó su desorbitadamente caro champú para quitarse el aceite de coco que se había pulverizado antes de entrar al mar.

Mientras tanto, era consciente de que Harding estaba observándola. Él le recorrió el cuerpo con la mirada y se detuvo justo donde ella se había esperado. Bree también miró un poco y se fijó en sus anchos hombros, su vientre plano y su gran erección. Estar tan cerca de él, los dos desnudos y con la promesa de sexo a solo unos minutos, la excitó. Se le tensaron los pechos y se le inflamó el clítoris.

Tenía la sensación de que estarían bien juntos. Él se aseguraría de que se quedara satisfecha y ella sería su voluntariosa pareja en cualquier jueguecito sexual que quisiera.

Ladeó la cabeza para aclararse el champú. Acababa de terminar cuando sintió las manos de Harding en los muslos. Miró abajo y lo vio arrodillándose sobre las baldosas. Unos segundos después su lengua le acarició el clítoris. Fue solo un toquecito que la hizo jadear y la animó a separar las piernas.

El deseo ardía. Hacía meses que no estaba con un hombre y, a diferencia de Mikki, no disfrutaba de un Earl en casa. Cuando necesitaba echar un polvo, quería lo auténtico. Pero desde que había conocido a Harding, no se había molestado en seguir su práctica habitual de buscar a un hombre para una noche o dos. Estaba excitada, estaba cachonda y estaba más que preparada.

—No juegues —le dijo—. Cómeme con ganas.

De inmediato, él abrió los labios para succionar, y lo hizo tan fuerte que ella jadeó de placer. Al mismo tiempo hundió dos dedos en su interior y los retiró. La combinación de acciones hizo que Bree tuviera que plantar las manos en la pared para mantenerse en pie. Empezaron a temblarle las piernas.

Harding la amó con la lengua, ejerciendo presión, y luego succionando otra vez. Dobló los dedos dentro de ella y encontró su punto G. Frotó la piel inflamada con la misma velocidad e intensidad de su lengua y sus labios, hasta que Bree gritó, invadida por un inesperado clímax que casi la hizo caer de rodillas.

Unas sacudidas la recorrieron, dejándola incapaz de hacer nada más que suplicarle que no parara. El orgasmo siguió y siguió, sus músculos convulsionaban alrededor de los dedos de él, su clítoris fue recibiendo más y más hasta que, al final, el esplendor del momento se fue disipando y ella pudo volver a pensar de forma racional.

Harding se levantó y la miró con una ligera sonrisa de satisfacción.

—Me gusta cuando te lavas el pelo.

Bree no sabía qué decir. Parte del trato de tener sexo con alguien era que los dos disfrutaran. Ella disfrutaba de un orgasmo como la que más, pero no solían ser tan... explosivos. Y tampoco la dejaban desesperada por más.

Lo giró para situarlo debajo de la ducha. Por un segundo se planteó devolverle el favor, pero era demasiado egoísta. Quería sentirlo dentro de ella. La mamada podía esperar para otro momento.

Mientras el agua caía sobre Harding, ella presionó el cuerpo contra el suyo, le agarró las manos y se las llevó a sus pechos. A la vez que se besaban y sus lenguas se enroscaban, sintió sus dedos en los pezones. Los presionó, acarició y pellizcó justo como a ella le gustaba. Lo bastante fuerte como para hacerla jadear, pero no tanto como para hacerle daño.

Su erección presionaba contra su vientre, grande y con toda clase de promesas. Ella se apartó y tiró de él.

—Te necesito.

Harding la miró fijamente. Bree vio su deseo y eso avivó el suyo. Cerró el grifo y salió de la ducha. Él la siguió. Bree agarró dos toallas y se dirigió al dormitorio. Se envolvió con una y puso la otra sobre la colcha antes de tenderse boca arriba.

Harding se detuvo para abrir la mesita de noche y sacar varios preservativos. Se puso uno antes de arrodillarse entre sus muslos. Ella se estiró para rodearlo con los brazos y besarlo. Justo antes de posar la boca en la de él, le susurró:

—Házmelo.

Harding se hundió en ella, con una embestida profunda y auténtica. Bree jadeó cuando él la llenó por completo y al instante se retiró. Volvió a adentrarse, haciéndola gemir con su deliciosa fricción. Ella lo rodeó con las piernas por las caderas para empujarlo más hacia su interior. Él se apoyó en los brazos y la miró a los ojos.

—Vamos, quiero mirarte.

Mientras con sus movimientos la acercaba cada vez más al orgasmo, Bree no tenía clara su petición. Sabía lo que quería, sí, pero dejarle ver su clímax era algo muy íntimo. En ese momento de puro placer no había dónde esconderse. No era algo a lo que accediera por norma, pero, por lo que fuera, con Harding era imposible negarse.

Él se movió más rápido, acercándola cada vez más al placer. Sentirlo, sentir su grosor y esa presión, la llevaron hasta ahí. Ella le clavó las uñas en la espalda mientras se medio alzaba de la cama. Estaba a punto de caer.

—Abre los ojos.

Fue imposible negarse a esa delicada petición. Bree se entregó al orgasmo y gritó su nombre mientras abría los ojos y lo miraba. El placer se apoderó de ella y de su respiración, dejándola jadeando. Apenas dos segundos después, él la embistió una última vez y se corrió dentro. Sus ojos avellana se oscurecieron mientras ella lo veía rendirse a su cuerpo.

Una vez que los temblores se disiparon, Harding se quitó el preservativo, se tumbó boca arriba y empezó a reírse.

—Creo que no puedo andar. Aún me tiemblan las piernas de esta mañana y seguro que también por lo que acabamos de hacer.

Bree se levantó y lo tapó con la colcha.

—Duérmete. Te despierto en una hora.

Él le agarró la mano.

—No te vas, ¿no?

—No —dijo ella sonriendo—. Te he prometido un *brunch*.

—No quiero que te vayas.

—Aquí estaré.

Bree recogió su ropa y bajó. Se vistió y preparó café. Después de llenarse una taza, se sentó en el jardín y respiró el cálido aire de la mañana.

Estaba bien. Acostarse con Harding había sido inevitable desde el principio, pero no tenía que preocuparse por eso. En todo caso, debería verlo como una muestra de haber madurado, de haber cambiado de forma positiva. Se había acostado con alguien que le importaba. Estaban saliendo y el sexo era el siguiente paso lógico en la relación. Le parecía genial. En serio.

Pero no se sentía bien. Sí, su cuerpo bullía por las hormonas que la recorrían y estaban generándole buenas sensaciones, aunque también había una subyacente sensación de malestar. Era como saber que se avecinaba una tormenta. Sí, ahora el cielo estaba azul, pero ¿durante cuánto tiempo? Y cuando azotara la tormenta, ¿cómo de grave sería?

Dio un trago de café e intentó relajarse, pero la tensión fue acumulándosele dentro hasta que le entraron ganas de salir corriendo. Tenía su coche allí, podía dejarle una nota y marcharse. ¿Por qué no hacerlo? Pero, ¿adónde iba a ir? ¿Y qué pasaría cuando llegara a ese lugar?

Volvió a la cocina. Había unas hojas escritas y apiladas por capítulos sobre la barra de desayuno. Muchas estaban cubiertas por notas escritas a mano. Eligió un capítulo al azar y empezó a leer.

Después de treinta y dos años de matrimonio, Maggie Truxillo había perdido a su marido. Por primera vez en su vida adulta, estaba sola e intentando averiguar dónde encajaba en lo que consideraba «una nueva normalidad de mierda».

Maggie explica: «Es más difícil vivir con desesperanza que con tristeza. Estuve triste el primer año, pero luego eso se convirtió en desesperanza. ¿Qué hay sin esperanza? No hay nada por lo que vivir. Sé que sonará a locura, pero salí a rastras de ese gran agujero negro porque mi vecina me pidió que cuidara de su gato. Tenía unos cuatro meses; era una cosita escuálida y llena de energía a la que no caí bien al principio. Me bufaba cuando intentaba darle de comer y me olvidaba de jugar con él. Me tenía la mano llena de arañazos. Mi vecina se había marchado de vacaciones dos semanas, así que no me quedaba otra que aguantarme. Entré en Internet y leí sobre cómo hacerse amigo de un gato. Entonces entendí que el gatito no era malo, sino que tenía miedo. Fui paciente y dejé que fuera él el que se acercara a mí. La primera vez que lo acaricié y ronroneó, empecé a llorar. A lo mejor es ridículo, pero aquel murmullo me caló hondo. Luego se subió a mi regazo para dormir y yo me quedé ahí sentada llorando por todo lo que había perdido. No solo porque Rob hubiera muerto, sino por los meses que me había pasado sin estar al lado de mis hijos y de mis nietos por estar demasiado triste. Ellos también estaban sufriendo y yo no podía ayudarlos. El dolor es algo natural, pero, si no lo tratas, se convierte en algo más grande. Algo que te roba la esperanza. Te cierras en ti misma y no dejas entrar a nadie. Las paredes se hacen más grandes. Lo veo en mi grupo de ayuda. Algunas personas están sanando, pero puede que otras se queden perdidas en su dolor para siempre».

Bree soltó las hojas. Sí, el trabajo de Harding era interesante, pero no tenía nada que ver con ella.

—¡Ey!

Harding entró en la cocina. Se había puesto unos vaqueros y estaba despeinado, adormilado y sexi. A Bree le entraron ganas de correr a sus brazos. Pero, en lugar de hacerlo, le dio unos toquecitos al manuscrito con el dedo.

—Yo no estoy estancada en el dolor.

Él se sirvió una taza de café.

—Vale.

—Lo digo en serio. No lo estoy. No siento dolor en mi vida, así que no vamos a hablar de eso.

Harding se giró hacia ella y se apoyó en la encimera.

—Tienes razón. No vamos a hablarlo. No debería habértelo preguntado nunca. Lo siento.

—Vale. Porque yo no siento dolor. Ni siquiera un poco.

—Todo el mundo sufre, Bree. Por cosas grandes, por cosas pequeñas. A todos nos pasa.

—A mí no. ¿Crees que estuve triste cuando murió Lewis? —le preguntó mirándolo desde el otro lado de la barra—. Pues no. Lo odiaba. Lo detestaba. Jugó conmigo y lo odiaba por eso.

—Porque sabía lo del cáncer antes de pedirte que volvieras con él —dijo Harding en voz baja y mirándola a la cara.

—Sí. Apareció como de la nada diciendo que había cometido un error terrible. Que me quería y quería que volviera —dijo recordando cómo se había sentido al oír aquellas palabras—. ¡Me sentí tan agradecida! Qué idiota. Lo creí. Por primera vez en meses fui feliz. Hasta el diagnóstico.

—Claro.

—¡Me parecía tan injusto que justo cuando por fin habíamos encontrado el modo de volver a estar enamorados llegara ese diagnóstico! Estuve con él en cada tratamiento, en cada consulta médica. Le hacía las comidas que podía tolerar y le limpiaba los vómitos. Lo quería.

Lo había querido. Con cada fibra de su ser. Con el corazón y con el alma, con todo. Hasta que había empezado a notar que él simplemente se estaba dejando llevar por la inercia. Que el amor que hubiera podido sentir se había esfumado.

Se había dicho que se equivocaba, que solo estaba viendo problemas donde no los había. Pero esa sensación siguió ahí, y unos meses después se enteró de que Lewis ya había sabido lo del cáncer antes de pedirle que volviera con él.

—No quería morir solo —dijo en voz alta—. Por eso había vuelto conmigo. Sabía que yo seguía amándolo y que estaría agradecida de tener una segunda oportunidad. Sabía que no lo dejaría ni siquiera cuando descubriera la verdad. Y no lo dejé. Estuve ahí hasta el final, odiándolo y viéndolo morir, pero incapaz de marcharme y abandonarlo como el cabrón que era.

Miró a Harding.

—No sufrí por él y tampoco sufro ahora. En aquel momento juré que jamás volvería a amar a nadie. Que nadie me importaría nunca tanto como para sufrir. No puedes tocarme porque a mí nadie me toca. Si quieres follar, vale, pero si buscas más, yo no puedo dártelo.

Harding parecía más triste que sorprendido. Bree esperaba que le gritase, que la acusara de haberlo engatusado, de ser una persona llena de defectos y a la que no se podía amar, de no ser en absoluto quien él había creído que era. Se preparó para el impacto y se dijo que estaría bien pasara lo que pasara.

Él soltó el café.

—Siempre me ha impresionado tu fortaleza. En tu vida ha habido mucho dolor y mucha traición, pero aquí estás, manteniéndote en pie. Dura. Llena de energía. Viva. Cuando me atropelló el coche, el camino a la recuperación fue largo. Fue duro, pero nunca estuve solo. Mi familia estuvo conmigo. Los médicos y las enfermeras estuvieron ahí. Había desconocidos rezando por mí. Niños al otro lado del país me enviaban tarjetas hechas a mano. Si me cansaba o quería rendirme, siempre había alguien ahí, animándome. No hice nada solo.

La miraba.

—No fue igual en tu caso. Tú no tenías admiradores ni una familia que te mostraba su amor. Pero lo superaste todo. Pensaste que ir a un internado sería mejor para ti y lo llevaste a cabo. Seguiste avanzando. Eres resiliente y valiente, y doy gracias por tenerte en mi vida.

—¡No des gracias! —dijo ella con brusquedad—. ¡Menuda estupidez! No soy alguien que puedas admirar. Esto es lo que hay, Harding. No puedo hacerlo mejor. Tú quieres una vida normal en la que nos enamoremos, nos casemos y tengamos hijos. Quieres que te quiera y que celebremos la Navidad con tu familia.

—Tú también quieres eso.

—Sí, pero no puedo hacerlo. No puedo confiar en ti y, desde luego, no puedo confiar en mí. Jamás volveré a entregarle mi corazón a nadie. Nunca. Se acabó. Lo he intentado. Amar a Lewis y que me hiciera lo que me hizo por poco no me mató. No puedo dejar que vuelvan a hacerme daño de esa forma.

—Yo no lo haría.

—Ahora —dijo Bree con aspereza—. Eso dices ahora, pero me estás pidiendo que confíe en ti para el futuro. Me estás pidiendo que arriesgue mi corazón por ti, y no lo haré. No puedo permitirme que me lo rompan otra vez. Lo sé y he aprendido a protegerme. Mira, cuando terminemos, no sufriré por ti. Me iré y jamás pensaré que he cometido un error. No puedes importarme porque no te lo voy a permitir. No me importas. No me importarás nunca.

Una expresión de puro dolor cruzó el rostro de Harding. Se le contrajeron los músculos como si ella lo hubiera abofeteado. La crudeza de su reacción, ser consciente de lo que acababa de decir, le hizo agarrarse la cintura, como si intentara unir los dos lados de una herida.

—Sabía que estabas asustada —dijo él en voz baja—, y eso podía asumirlo. Pero he de admitir que jamás pensé que directamente no tenías ningún interés por mí —bajó la mirada y volvió a mirarla—. No estás enamorada de mí.

—No.

—Y te da igual si yo te quiero a ti.

—Oírtelo decir me incomoda.

—Y lo que acabamos de hacer ha sido solo sexo.

—Buen sexo. Pero no ha significado nada.

«Mentiras, son todo mentiras», pensó Bree. Pero decirlas la hacía sentirse a salvo. No admitir sus sentimientos, no ponerse en peligro, era lo mejor. Si era vulnerable, él le haría daño. Si no cuidaba de sí misma, nadie más lo haría.

—Te lo dije —susurró—. Desde el principio te advertí que te haría daño.

«Yo sabía que no era digna de ti».

Harding la dejó impactada cuando rodeó la barra y la abrazó. Por un segundo Bree se permitió quedarse ahí, porque abrazarlo siempre la hacía sentir bien.

—Ahora te irás corriendo —le susurró él contra el pelo—. Y puede que sea lo mejor porque estoy a cinco segundos de ponerme a llorar, y llorar no me favorece. Creo que estás mintiendo en casi todo, pero no sé si es verdad o solo me estoy haciendo ilusiones. O puede que te estés mintiendo a ti misma. No lo sé. Solo soy un tipo que te quiere con toda el alma. Lo digo en serio, Bree. Tienes razón cuando dices que lo quiero todo. Casarme contigo, tener bebés y celebrar la Navidad con mi familia. Y un perro. Me encantaría tener un perro.

Se apartó lo justo para besarla.

—Ve a arreglar tus cosas y luego vuelve conmigo. Porque dejarme escapar es una idea superestúpida. Los tipos como yo no aparecemos muy a menudo; no porque yo sea genial, sino porque los dos juntos somos geniales. Te quiero. Estoy comprometido contigo y daré mi vida por ti, así que, si me dejas escapar, vas a lamentarlo durante mucho tiempo.

Miró al techo.

—Y lo que ha pasado ahí arriba no ha sido solo sexo. No hemos follado. Hemos hecho el amor. Los dos. Y sí que ha importado.

A Bree se le saltaron las lágrimas, pero se giró antes de que él pudiera verlas. Salió corriendo de la cocina y subió a por su bolso. Cuando volvió a bajar, Harding no estaba esperándola. Corrió al coche y se marchó mientras se decía que lo que acababa de hacer era escapar de un peligro, y no el último acto desesperado de alguien sin el valor de aceptar lo mejor que le había pasado nunca.

Capítulo 23

—Pero eso no tiene sentido —dijo Ashley intentando asimilar lo que le había dicho su hermano—. Estáis hechos el uno para el otro. ¿Cómo ha podido irse?

—Está asustada y esa es su forma de reaccionar —dijo Harding levantando su cerveza—. Al menos, eso es lo que me digo. Espero tener razón. Si no, va a ser un invierno largo, frío y solitario.

Ashley, de forma impulsiva, se había presentado en su casa con sándwiches de la tienda *gourmet* que le gustaba a su hermano y, al llegar, se lo había encontrado agotado y hundido. Tenía los hombros agachados y los ojos llenos de dolor.

Harding le había contado que Bree había terminado la relación, algo que Ashley no se había visto venir.

—Lleva un par de días enferma en casa —dijo Ashley despacio—. Un virus estomacal.

—Ya, pero no es eso.

Ashley no se podía creer lo que había pasado.

—Pero le importas. Lo sé. Y tú la quieres.

Estaban en el jardín trasero, con los sándwiches intactos sobre la mesa que los separaba.

—Tienes que luchar por ella —dijo Ashley, pero entonces esbozó una mueca y añadió—: Eso ha sonado ridículo. Lo siento. Es que no sé qué decir. Estoy impactada.

—Y yo, aunque debería haberlo imaginado. Con su pasado y sus problemas de confianza, siempre iba a ser un riesgo.

Ashley alargó la mano sobre la mesa y le dio un apretón a su hermano.

—Aquí me tienes. Dime qué puedo hacer y lo haré. Si quieres, puedo odiarla.

Harding tragó saliva.

—No lo hagas. Va a necesitar amigas a su alrededor. Tienes que estar a su lado.

Ashley le soltó la mano con brusquedad y lo miró.

—No pienso elegir a esa zorra antes que a mi hermano. Te ha hecho daño, algo que, por cierto, ya te advertí.

Él la miró a los ojos.

—No la insultes. No es culpa suya.

—¡Y una mierda! Claro que lo es.

—Me advirtió montones de veces de que ni le iban las relaciones ni estaba buscando amor. Fui yo el que no escuchó. La culpa es mía.

—Es imposible que ahora pienses de forma racional. Estás destrozado. Estás sufriendo.

Él se encogió de hombros.

—Es el precio que hay que pagar —dijo, y soltó la cerveza—. La echo de menos con cada aliento. Había estado enamorado antes, pero no así. Estaba empezando a pensar que me pasaba algo, ¿por qué no podía encontrar una mujer con la que quisiera sentar cabeza? ¿Era por la fama? ¿El accidente me había trastornado emocionalmente?

—A ti no te pasa nada malo, Harding. Simplemente no has conocido a la persona adecuada.

Él se quedó mirando a la mesa.

—Ahora sí. Es increíble y la quiero. Quiero casarme con ella y pasar el resto de mi vida siendo el hombre más afortunado del planeta. Pero eso no va a pasar a menos que esté dispuesta a darme una oportunidad, y no puedo forzar esa situación porque corro el riesgo de perderla para siempre —levantó la cerveza—. Y eso sería un horror.

«Quiero casarme con ella y pasar el resto de mi vida siendo el hombre más afortunado del planeta».

Las palabras resonaban en la cabeza de Ashley, conmoviéndola con su sencillez y su sinceridad. Harding quería a Bree y quería casarse con ella. Porque eso era lo que hacía la gente.

Se obligó a volver a centrar la atención en su hermano.

—¿Qué puedo hacer para ayudarte?

—Me has traído un sándwich. Con eso basta.

—¿Vas a comértelo?

—A lo mejor luego.

Ashley metió la comida en la nevera y sacó fruta fresca y leche. En la despensa encontró proteína en polvo y le preparó un batido de proteína de chocolate y frutos rojos. Luego lo miró hasta que se lo terminó. Se quedaron allí sentados otra hora más, hasta que él la despidió.

—Tienes una vida —le dijo al acompañarla a la puerta y abrazarla—. Estaré bien.

—Tienes un aspecto de mierda.

Él, como pudo, soltó una débil risita.

—Gracias. Es justo lo que buscaba.

Ashley lo observó deseando poder hacerlo sentirse mejor.

—No se lo diré a mamá y papá. A lo mejor todo se soluciona.

—A lo mejor —dijo Harding, aunque no muy esperanzado—. No culpes a Bree. No es culpa suya. Ha pasado, y ya está.

—No le gritaré, pero voy a ser un poco menos simpática. Es todo lo que puedo hacer.

Condujo de vuelta a la tienda con el corazón encogido de preocupación. Había querido equivocarse con

Bree, había querido que las cosas funcionaran, pero su amiga era incapaz de cambiar ni siquiera aunque un hombre estupendo la amara.

Porque el amor no transformaba a una persona en otra persona, pensó mientras aparcaba en su plaza. El amor no era ni una cura ni una solución. El amor podía hacer que una persona quisiera ser mejor, pero no alteraba sus creencias. Ashley estaba segura de que Bree estaba enamorada de su hermano, pero ese amor no bastaba para evitar que el miedo condicionara sus reacciones. Y por mucho que Seth la amara a ella, por muchos artículos o libros o muchas revistas que leyera, por mucho que hablaran, nunca querría casarse con ella.

Esa revelación la persiguió toda la tarde. Sirvió *muffins* y *cupcakes*, cobró ventas y escribió a Oscar para preguntarle por los arándanos, pero esa revelación se mezcló con la tristeza que sentía por Harding y le dejó un nudo en el estómago.

Poco después de las seis, condujo hasta MAR, donde iba a impartir un taller sobre cómo plantear un plan de carrera. Ya había dado esa charla antes y daba gracias por tener las notas que necesitaba.

Se presentaron más de una decena de adolescentes. Les habló de las diferencias entre la universidad y la escuela de oficios, y les explicó los recursos económicos de que disponían. Les dijo que lo que querían ahora podía cambiar y que tenían que estar abiertos a esa posibilidad.

—¿Tú siempre quisiste ser repostera? —preguntó Tyra.

Ashley se estremeció.

—No. Yo me cargué por completo mi plan de carrera. Fui a la universidad para ser fisioterapeuta por el accidente y la rehabilitación de Harding. Me saqué mi licenciatura, pero me di cuenta de que no quería sacarme el doctorado en Fisioterapia. Así que trabajé en un laboratorio, y lo odié. Y ahí estaba, con veintitrés años, una licenciatura y un trabajo que me deprimía.

—¿Estabas asustada? —preguntó Tyra.

—Un poco —admitió—. Y también desanimada y avergonzada. Había invertido mucho tiempo y esfuerzo en mis estudios y al final había acabado descubriendo que no quería trabajar en ello. Siempre me había encantado la repostería y decidí ir a la escuela de cocina. Ahorré durante un año, busqué una compañera de piso para compartir gastos y pedí un préstamo para pagar el curso. Cuando me gradué, estaba vendiendo *muffins* y *cupcakes* en una cooperativa junto al muelle de Santa Mónica. Ahora comparto una tienda junto a la playa.

Varios de los adolescentes miraron la bandeja de *cupcakes* que había llevado.

—Sí —dijo riéndose—. Por favor, servíos. Si tenéis alguna otra pregunta, decídmelo.

Se quedó con los chicos otra media hora, básicamente recordándoles los recursos que tenían disponibles a través de MAR. Justo antes de las ocho, acabó el taller. Recogió la basura que habían generado y se dispuso a marcharse. Al salir, pasó por el despacho de Dave. Aunque era tarde, ahí estaba él, tras el escritorio y escribiendo en el ordenador.

—¿Sigues echando catorce horas al día? —le preguntó al entrar.

Dave levantó la mirada y sonrió.

—Solo estaba terminando con unos correos. ¿Qué tal el taller?

—Bien. Estoy intentando que todos hagan uso del centro de recursos.

—Para eso está.

Dave le indicó que tomara asiento.

—Eres una voluntaria estupenda, Ashley. Todos agradecemos tu tiempo y esfuerzo.

—Me gusta ayudar.

Ashley pensó en lo que estaba pasando Harding, pero no sabía si su hermano le habría dado la noticia a su amigo. Y como no estaba segura, decidió no mencionarlo.

Pero pensar en Bree y en Harding la llevó de nuevo al asunto al que llevaba horas dando vueltas: Seth y su postura ante el matrimonio.

—¿Quieres casarte? —le preguntó a Dave de pronto.

—Qué repentino —respondió Dave con tranquilidad, mirándola—. E inesperado, pero, sí, claro. Podemos casarnos. Ah, y por si te lo preguntas, el equipo funciona.

A pesar de sus turbulentas emociones, Ashley se rio.

—No me puedo creer que hayas dicho eso.

—¿Te refieres a que haya accedido a tu propuesta o al comentario sobre el equipo?

—Sabes que no te he propuesto nada. ¿Quieres casarte algún día?

—¿No dices nada de lo otro?

—Ya lo sabía. Una de tus exnovias fue muy explícita al respecto.

—¿Me dejó en buen lugar?

—¡Dave! Hablo en serio.

—Y yo —dijo él riéndose—. Vale, venga. ¿Por qué me preguntas eso? Sí, claro que quiero casarme. Quiero enamorarme, celebrar una boda, tener una familia —se detuvo—. Espera. Esto no tiene nada que ver conmigo, ¿verdad? ¿Qué está pasando?

—Nada. Bueno, nada no, pero no es para tanto.

Ashley se sorprendió al notar que se le iban a saltar las lágrimas.

—Seth no cree en el matrimonio —dijo, y levantó la mano para evitar que Dave hablara—. Me quiere y quiere comprometerse para siempre. Una casa, hijos, el *pack* completo. Pero no quiere casarse.

Dave la observaba sin decir nada.

—Estamos intentando arreglarlo. Ver las cosas desde el punto de vista del otro. No es que lleve planeando mi boda desde los seis años, pero siempre me he visto casándome.

Sacudió la cabeza.

—¿Por qué incluso decir solo eso me hace sentir débil y desesperada? No soy así. No sé. Creo que la relación es más fuerte con el matrimonio. Pero a lo mejor estoy dándole demasiada importancia a la institución. He estado intentando descartar la idea de ser esposa, pero cada vez que estoy a punto de conseguirlo, no puedo dar ese último paso. No puedo convencerme de que estaría bien no casarme. No sé por qué me resulta tan difícil.

—¿Quieres saber lo que pienso?

—Mucho.

Confiaba en Dave, lo consideraba un hombre sincero y le importaba lo que tuviera que decir.

—Son gilipolleces. No sé qué problema tiene Seth, pero te está dando coba. Dice que te quiere y que quiere pasar el resto de su vida contigo, pero no está dispuesto a hacer lo único que hace posible vuestra vida juntos. Tú quieres casarte. Es lo que necesitas. Si él no quiere dártelo, entonces es que es un gilipollas.

Se inclinó hacia ella.

—La razón por la que no puedes imaginarte sin estar casada es que eso no te hace sentir bien. No te sientes cómoda confiándole tu futuro y el futuro de tus hijos al destino. Quieres certeza.

—El matrimonio no es ninguna certeza. Podríamos divorciarnos.

—Sí, ya, pero probablemente no. Además, es lo que quieres, Ashley. Te lo mereces.

Lo que Dave decía tenía sentido, pensó apesadumbrada. Y si él tenía razón, entonces Seth y ella tenían problemas.

—Podría cambiar.

—¿Por qué ibas a tener que cambiar? No estás pidiendo nada poco razonable. Es más, es él quien no está siendo razonable. Espero que valore cuánto lo quieres, porque desde luego no está actuando como si lo valorara.

—Estoy intentando ser paciente y sensata.

—Le estás dando demasiada cuerda.

—Das unas opiniones muy rotundas.

Él sonrió.

—Ya lo sabías cuando me has preguntado qué me parecía.

—Sí.

Él se puso serio.

—No te conformes. Defiende tu postura e insiste en que te escuche.

—Sé fuerte —dijo Ashley—. Eso no siempre se me da bien.

—Pues entonces ahora es un momento estupendo para practicar un poco.

—Ni te atrevas a soltarme la filosofía MAR.

Él se rio.

—No lo haría.

Ashley se levantó.

—Gracias por escucharme. Me siento mejor y peor, no sé si me explico.

—Estaré encantado de darte mi opinión siempre que quieras. Ya sabes dónde encontrarme. Ah, y que quede claro que yo quiero una boda por la iglesia. Me da igual dónde sea el banquete, pero quiero casarme ante Dios.

—Muy tradicional. Jamás lo habría dicho.

—No quiero llevarme sorpresas luego.

Ella se rio.

—Lo tendré en cuenta.

Mikki estaba dividida en dos direcciones. Bueno, mejor dicho, tres. Por un lado, le preocupaba Bree y lo que estaba pasando con Harding. Técnicamente, no se había hablado del tema; al menos, no entre Bree, Ashley y ella. Pero Harding se lo había contado a Ashley, que se lo había contado a ella. Después de dos días diciendo estar enferma, Bree había vuelto a la tienda pálida, delgada y cansada. En otras circunstancias, Mikki se habría creído totalmente la excusa del virus estomacal.

Y aunque Ashley y ella habían acordado no hablar del «asunto Harding» hasta que lo sacara Bree, Mikki estaba cuestionando esa decisión. Estaba claro que Bree necesitaba a sus amigas ahora mismo, y esperar a que soltara la verdad se les haría duro. Por otro lado, Bree no era alguien que contara sus cosas con facilidad y presionarla podría hacer que se contuviera aún más. Era un dilema.

En el otro extremo del espectro de su vida, Duane seguía fuera. El primer ministro británico le había pedido que pasase por allí después de estar en Madrid, así que ese mismo día en algún momento, él viajaría a Londres para una pequeña charla con quien fuera que dirigía las cuestiones monetarias de Gran Bretaña. La noche anterior, que para Duane había sido primera hora de la mañana, se había disculpado mucho. Y además le había enviado unas rosas preciosas y había estado escribiéndole con la regularidad de un adolescente. Había sido un detalle encantador y la había hecho sonreír, pero, sinceramente, Mikki preferiría tener al hombre en cuestión en lugar de mensajes y flores.

Lo echaba de menos. No podía decirse que pasaran juntos cada segundo, pero saber que estaba tan lejos y que seguiría allí más tiempo de lo esperado, la entristeció. Había estado deseando el momento de reunirse con él, de que le contara lo de la conferencia, de pasar otra noche en su cama.

Pero eso tendría que esperar. Al menos, el vuelo desde Londres sería directo, aunque de nueve horas.

Olió las flores. Estaban en el mostrador junto a la caja registradora principal. Se había planteado dejarlas en la oficina, donde llamaban menos la atención, pero había decidido que no iba a ocultar que estaba saliendo con Duane. Lorraine quería que volviera con Perry, pero Mikki tenía otros planes. Mejor ser sincera al respecto.

El chico de UPS entró en la tienda tirando de un carrito a rebosar. Ashley, Bree y ella lo mantenían muy ocupado repartiendo cajas.

—Dime que has traído papel pergamino, Grant —dijo Ashley acercándose a saludar al hombre.

—Oye, lo que haya en las cajas es cosa vuestra. Mi trabajo es traerlas aquí de una pieza.

Ashley observaba las cajas.

—Libros, libros, tazas, marcos, libros. ¡Ay! Mis azúcares aromatizados. ¡Qué emoción!

Mikki estaba a punto de meterse con su amiga por su extraño interés por todos los paquetes cuando oyó un grito agudo en la trastienda. Se giró a tiempo de ver a Lorraine palidecer por completo y tropezarse, con el teléfono junto a la oreja.

—¡No! ¿Cuándo? ¿Adónde lo llevan? —dijo con lágrimas cayéndole por las mejillas—. Allí estaré. Dígale que allí estaré.

Mikki corrió hacia su exsuegra.

—¿Qué ha pasado?

A Lorraine le temblaban los labios.

—Chet se ha desmayado. Los paramédicos creen que ha sido un infarto al corazón. Lo llevan al hospital —agarró a Mikki del brazo—. No puede morir. No puede.

Mikki ignoró el gélido pánico que la recorrió. Ya se asustaría luego; ahora mismo Lorraine la necesitaba.

—¿Qué hospital?

—El City General.

Uno de los mejores, pensó Mikki, y parte del Centro Médico de la UCLA.

—Allí cuidarán de él. Vamos, te llevo.

Lorraine la miró desorientada.

—No lo entiendo. Esta mañana estaba bien. Le he hecho una tortilla.

Mikki la rodeó con el brazo.

—Vamos a averiguar qué está pasando. A lo mejor es otra cosa.

«Algo que dé menos miedo que un ataque al corazón», pensó desesperada.

Ashley se acercó.

—¿Qué puedo hacer?

Mikki cayó en la cuenta de que Lorraine y ella eran las únicas trabajando en su tienda esa mañana.

—Llama a un par de los empleados que tenemos a tiempo parcial para que se ocupen. No sé cuánto tiempo estaré fuera.

Bree y Rita se acercaron.

—¿Qué ha pasado? —preguntó Rita corriendo hacia su amiga.

—Es Chet —dijo Lorraine desplomándose en sus brazos—. Creen que es un infarto al corazón.

Mikki, en silencio, pedía que su madre no dijera nada horrible. «Va a morir seguro» era algo muy del estilo de Rita. Sin embargo, su madre solo murmuró:

—Todo saldrá bien, Lorraine. Ya lo verás.

—Vamos al hospital —dijo Mikki.

—Yo me ocupo de la tienda hasta que encontréis a alguien para que venga a ayudar —dijo su madre sorprendiéndola—. Recuerdo cómo funciona todo.

—Gracias.

Bree, pálida y triste, se acercó más.

—¿Qué puedo hacer?

—Creo que de momento nada. Os llamaré en cuanto sepamos algo.

Su suegra y ella recogieron los bolsos y corrieron al coche de Mikki. Condujo hasta el descomunal hospital y aparcó junto a Urgencias. Entre el aparcamiento y la entrada, Lorraine empezó a llorar. Mikki la llevó hacia sí y siguieron avanzando.

Dentro, miró a su alrededor en busca de un mostrador de recepción o...

Vio a Perry hablando con una enfermera y un fuerte alivio la invadió.

—Perry está aquí.

Corrieron hacia él. Perry asintió hacia la enfermera y las acercó a sí. Mikki se apoyó en él, sabiendo que sería fuerte fuera cual fuera la situación a la que se enfrentaban. Cuando había una crisis, Perry era una roca.

—Está estable. No tiene mucho dolor. Van a hacerle pruebas para determinar si ha sido un infarto al corazón. Pronto podremos verlo.

Lorraine empezó a sollozar. Mikki se apartó para que Perry pudiera abrazar a su madre. Su exmarido parecía tan preocupado como se sentía ella.

—Quiero esperar a decírselo a los niños —dijo—. Vamos a averiguar qué ha pasado antes de asustarlos.

Él asintió.

—¿Cómo están las cosas en el trabajo? ¿Hace falta que vaya y haga algo? —preguntó Mikki.

—Están ocupándose de todo. Luego llamaré para informarlos.

—Ya llamaré yo. Tú ocúpate de tu madre.

Mikki señaló varias sillas vacías en un rincón.

—Vamos a sentarnos.

Una vez que Perry y Lorraine estuvieron sentados, ella fue a por café para todos al puesto situado al fondo del pasillo. Mientras esperaba su turno, escribió a su madre para contarle lo que estaba pasando.

Estamos todas rezando, contestó su madre.

Era lo único que podían hacer, pensó Mikki. Rezar y esperar.

* * *

Cuatro horas después, Mikki vio sorprendida que su madre entraba en la sala de espera seguida por un hombre con pinta de tipo muy duro, la cabeza rapada y un montón de tatuajes. Al verla, Rita fue hacia ella. Su acompañante la siguió y asintió a modo de saludo.

—Mamá, has venido.

Mikki se levantó y abrazó a su madre. Luego se giró hacia el hombre.

—Hola.

—He traído sándwiches —dijo él dejando una caja grande sobre la mesa más cercana—. Bebidas. *Cupcakes*. Lo envía Ashley.

—Es Oscar —dijo Rita—. Mi hija, Mikki. Oscar estuvo en la cárcel, pero ahora está bien.

Mikki intentó no estremecerse de vergüenza ante el brusco comentario de su madre.

—Encantada de conocerte. Espero que mi madre no haya sido un suplicio.

Oscar la sorprendió con una sonrisa.

—Tiene carácter, pero a mí eso me gusta. Siento lo de tu suegro. Espero que se ponga bien.

—Creemos que sí. Están terminando de operarlo para ponerle un *stent*.

Una enfermera había ido a decirles que todo iba bien y que pronto saldría la cirujana.

Rita la observó.

—¿Eso lo estás diciendo solo para ser educada?

—Es lo que han dicho. Con unos cuantos cambios de estilo de vida, Chet debería recuperarse por completo.

—Me vuelvo a la tienda —dijo Oscar.

—Ashley ha llamado a MAR pidiendo voluntarios para que se ocupen de todo —dijo Rita—. Bree ha tomado el mando y ha puesto a todo el mundo a trabajar. ¿Cómo está Lorraine?

Mikki señaló a un rincón de la sala de espera, donde Sydney y Will estaban sentados con su abuela y Perry.

—Conmocionada. Todos lo estamos.

Rita miró a Oscar.

—Voy a quedarme aquí. Mikki o uno de mis nietos pueden llevarme de vuelta a la tienda. Gracias por tu ayuda.

—No hay de qué —dijo Oscar asintiendo antes de marcharse.

Mikki abrazó a su madre.

—Gracias por traer comida. Seguro que todos están hambrientos.

Ella, desde luego, no se imaginaba comiendo, pero los niños sí querrían, y tal vez Perry.

—Solo espero que Chet no muera.

—Han dicho que se pondrá bien.

—¿Y qué van a decir? ¿Que está al borde de la muerte? Las cosas del corazón son peliagudas —dijo Rita sorbiéndose la nariz y secándose los ojos—. Además, Lorraine aún lo quiere. La destrozaría —carraspeó—. No te preocupes. Seré fuerte y no diré nada sobre su muerte inminente.

Y con eso, Rita se puso recta y fue a saludar a Lorraine. Las dos viejas amigas se abrazaron. Sydney hizo hueco para su abuela materna en el sofá mientras Perry se acercaba a Mikki.

—Hay comida —dijo—. La ha enviado Ashley.

En lugar de responder, él alargó los brazos. Ella se dejó rodear por su familiar abrazo y ahí se quedó.

—No me lo puedo creer —dijo Perry presionando el cuerpo contra el suyo—. Papá es siempre tan fuerte. Es un tipo sano. ¿Cómo ha podido pasarle esto?

—A Chet nunca le ha gustado ir al médico. Ya sabes que tu madre lleva años detrás de él para que se vigile la tensión arterial y él nunca ha hecho nada al respecto.

Dio un paso atrás y miró los tristes ojos de Perry.

—Ya has oído a la enfermera. Se pondrá bien. Le va a servir de lección. Ahora empezará a hacer todo lo que debería haber hecho. Ya lo verás. El año que viene a estas alturas, tu padre estará corriendo maratones.

Perry empezó a reírse, pero entonces se derrumbó en un sofá cercano y se cubrió la cara con las manos.

—Podríamos haberlo perdido —dijo con la voz empañada por las lágrimas.

Ella se sentó a su lado y lo rodeó con un brazo.

—Pero no ha sido así. Va a salir adelante. Todos vamos a salir adelante.

Él se secó la cara.

—Tú siempre eres la fuerte. Cuando pasa algo malo, eres una roca.

Perry le agarró la mano.

—Te quiero, Mikki. No lo digo con ninguna intención, sino porque te quiero y doy gracias de que estés aquí. Sé que es por mi padre, pero me gusta volver a ser una familia.

Antes de que ella pudiera responder, Sydney se acercó y se sentó a su lado. Se acurrucó a su madre.

—No soporto la espera. La preocupación. Os quiero, chicos. No os pongáis malos nunca, ¿vale?

Mikki la abrazó.

—Haremos lo que podamos.

Will se unió a ellos. Se sentó en la mesita de café situada enfrente del sofá.

—La abuela Lorraine está fatal. Menos mal que la yaya Rita está aquí para cuidar de ella. Yo no sabía qué decir.

—Hay sándwiches —dijo Mikki señalando la mesa del rincón—. Los mandan Ashley y Bree. Creo que también hay refrescos y *cupcakes*.

—No tengo hambre —dijo Sydney frotándose la tripa—. Tengo el estómago revuelto de tanta preocupación.

—Pues yo estoy hambriento —admitió Will levantándose y andando despacio hacia el festín.

Sydney alargó la mano hacia su padre.

—Necesito que empieces a hacer ejercicio, papá. Y a comer brócoli. Y ensaladas en general.

—Hablas como tu madre —dijo él guiñándole un ojo a Mikki.

—Yo nunca te di la lata para que te cuidaras —protestó Mikki—. Era más sutil.

—Lunes sin carne —dijeron Sydney y Perry a la vez.

—¿Os acordáis de esos tacos de judías que nos daban gases a todos? —preguntó Perry.

—¿Y los buñuelos de calabacín que sabían a barro verde?

—¡Eh, que algunos de mis platos sin carne fueron un éxito!

—Las hamburguesas de champiñones Portobello sí que me gustaron —admitió Perry—. Solo les faltaba una hamburguesita y habrían estado perfectas.

Seguían riéndose cuando la cirujana entró en la sala de espera. Al instante, el lugar se quedó en silencio y todos se levantaron.

—Está bien —dijo la mujer con tranquilidad—. Descansando a gusto.

Buscó con la mirada a Lorraine, que estaba abrazada a Rita.

—Podrá verlo muy pronto. Lo tendremos en el hospital un par de días, solo para observarlo, y luego podrá irse a casa. Si todo va bien, en diez días o así podrá reanudar sus actividades habituales.

Perry hizo unas preguntas y luego la doctora se marchó. Los nietos abrazaron a sus abuelas mientras Perry se abrazaba a Mikki.

—No vamos a perderlo —dijo conmocionado.

—No en mucho tiempo.

Los niños se acercaron a ellos, los abrazaron y empezaron a saltar.

La conexión, esa sensación de estar donde debía, le resultó familiar. Como si después de mucho tiempo, por fin hubiera encontrado el camino a casa.

Pero Perry y ella ya no eran pareja. Siempre serían familia, aunque como exesposos y amigos. No como marido y mujer. Miró el rostro del hombre al que había amado la mayor parte de su vida adulta y se preguntó si de verdad quería seguir adelante sin él, o, como había sugerido Perry, se habrían rendido demasiado pronto.

Capítulo 24

Bree jamás se lo reconocería a Mikki, pero lo cierto era que estaba agradecida por el infarto de Chet. Cubrir a su amiga, coordinar a los voluntarios que habían hecho turnos en la librería y en la tienda de regalos, la mantenía ocupada. Era más fácil pasar el día cuando no había tiempo para pensar.

Con ayuda de Oscar, Ashley y ella habían juntado las cajas registradoras. Era más fácil controlarlo todo si no tenían que estar corriendo constantemente de un lado a otro de la tienda. Con Mikki, Rita y Lorraine ausentes, había más trabajo que horas. Bree se ocupaba del inventario, reponiendo estantes, registrando entregas y haciendo pedidos, mientras Ashley atendía a los clientes.

Trabajaban bien juntas, sin mencionar en ningún momento lo que había pasado. Fuera lo que fuera lo que Ashley pensara sobre cómo había tratado a su hermano, se lo estaba guardando. Y Bree daba gracias por ello.

Cuando estaba sola, en el almacén, cargando libros para reponer antes de que abriera la tienda, estaba dispuesta a admitir que echaba de menos a Harding con locura. Su ausencia era un dolor tangible cada segundo que pasaba despierta. Y lo peor era que también la perseguía mientras dormía, llenando sus sueños con su risa, sus caricias, su sonrisa. Bree quería decirle que había cambiado de idea, que por supuesto podía ser todo lo que él quería y que estarían bien.

Pero se conocía; sabía que le faltaba justo lo que él necesitaba de ella. Confianza. No en él, sino en sí misma. No creía que fuera lo bastante fuerte para sobrevivir a lo que pasara entre los dos. Así que mejor no arriesgar. Mejor perderlo todo directamente.

Pero saber que había hecho lo correcto no era lo mismo que tener que vivir con ello. Estaba agotada, no comía y apenas podía funcionar, pero se obligó a seguir adelante, consciente de que su amiga la necesitaba. O, si era sincera, agradecida de que esa crisis le hubiera dado un lugar donde esconderse.

Salió con un carrito y empezó a colocar libros en las estanterías. Acababa de terminar con la sección de «misterio amable», cuando oyó a alguien detrás.

—Hola, Bree.

Al girarse, se le cayó el alma a los pies. Chico Triste estaba ahí, con el pelo alborotado y una camiseta de estampado hawaiano tan cantosa como de costumbre. El deseo de que se marchara se entremezcló con algo de vergüenza por lo que había pasado la última vez que lo había visto. Teniendo en cuenta que le había ofrecido sexo y luego había vomitado, suponía que le debía una disculpa. Por suerte, él habló antes de que ella pudiera pensar en una.

—Quería decirte que he vendido mi tienda de surf —dijo él con una mirada indescifrable—. Me mudo a Maui. Tengo unos amigos con casa allí y me voy con ellos.

—Enhorabuena.

Él ignoró el comentario.

—No puedo quedarme aquí y verte todos los días cuando sé la verdad —sacudió la cabeza—. Pensaba que eras una mujer increíble, escurridiza y preciosa. Que si lograba llegar a entenderte, podría hacer que te enamoraras de mí. Pero después de lo que pasó aquella noche, me he dado cuenta de que eres una concha vacía fingiendo ser una persona. No me puedo creer todo el tiempo que he malgastado queriendo algo que ha resultado no ser nada.

Luego se marchó. Salió de la tienda sin mirar atrás. Bree se quedó mirándolo, con la piel fría y pegajosa y el corazón acelerado. Por un segundo pensó que iba a vomitar como aquella noche en su casa, pero después de respirar hondo unas cuantas veces, el estómago se le calmó.

Ashley se acercó corriendo, indignada.

—¿Qué ha sido eso? Solo he oído parte de lo que ha dicho, pero ¿de qué va? ¡Gilipollas! Menudo idiota. ¿Estás bien? Me habría encantado pegarle. Debería llamar a Oscar. Siempre me está ofreciendo ocuparse de cualquier hombre que me moleste. Le diré que se ocupe de Chico Triste.

—No siento nada —dijo Bree—. Estoy bien.

—¿Cómo puedes decir eso?

Porque era la verdad. Porque él era una de las pocas personas que había visto quién era en realidad. Sí, claro, se había quedado sorprendida y algo avergonzada también, pero eso tampoco era nada nuevo.

—Estoy bien —repitió—. Se muda a Maui. Espero que sea feliz.

Ashley la agarró de los brazos.

—¿Por qué estás tan tranquila? Ha sido horrible. Te ha hecho daño.

—No. No puede. No siento nada. Yo no sufro ni me pongo triste ni me molesto por nada. Nada de esto me afecta.

Pensó que Ashley se apartaría espantada o que incluso la abofetearía, pero, en lugar de eso, la sorprendió al sonreír.

—Eres una puñetera mentirosa. ¿En serio? ¿No sientes nada? Echas tanto de menos a mi hermano que te estás consumiendo ante mis ojos. Escribes a Mikki cada quince minutos para ver si necesita algo. Preguntas por Seth, te ocupas de las dos tiendas, tienes una relación muy complicada con tu madre. Nada de eso es ejemplo de que no sientas nada. Más bien lo sientes todo y no sabes cómo manejarlo.

Ashley la abrazó.

—¡Ay, Bree! Me importas. ¿Por qué no puedes verte como te vemos nosotros? Ahora somos familia. Sé que eso resultará un poco incómodo con lo de Harding, y en algún momento tenemos que hablar de lo tonta que eres, pero lo superaremos.

Bree se apartó.

—No somos familia. ¿Cómo puedes decir eso? Somos socias, nada más. No veas algo que no es. Estás siendo ridícula.

—Y tú. Te crees muy fuerte, pero no eres la única. Yo también soy fuerte.

—¿Tan fuerte que no puedes decirle a tu novio que o se aguanta y te pide matrimonio o habéis acabado?

Al instante, Bree quiso retirar esas palabras. Vio el brillo de dolor en los ojos de Ashley e instintivamente se movió hacia ella, pero se contuvo. Tenía algo que demostrar y eso importaba más que cómo se sintiera su amiga.

—Tienes razón —dijo Ashley sorprendiéndola—. Tienes toda la razón. Lo he intentado una y otra vez, pero ya no quiero seguir haciéndolo. No quiero fingir que no pasa nada cuando sí que pasa.

El gélido corazón de Bree se derritió. Agarró a Ashley.

—Soy una cabrona. Lo siento. No debería haber dicho eso. Me sentía acorralada y he reaccionado así. No te enfades conmigo. Siento haberte hecho daño. Es que no sé qué hacer con todo lo que siento. Todo está mal.

Ashley la miró a los ojos.

—No, solo hay una cosa mal. Estás enamorada de Harding y o eres demasiado idiota o tienes demasiado miedo para admitirlo —dijo, y esbozó media sonrisa al añadir—: Y a mí nunca me has parecido idiota.

—Hoy estás siendo muy dura.

—He aprendido de una experta.

Bree dio un paso atrás y cerró los ojos.

—No puedo hacerlo. No puedo estar con él. Tenías razón cuando le dijiste que me evitara. Primero voy muy lejos y luego me asusto y huyo. Por eso nunca tengo relaciones serias. Es más sencillo así.

—Pero lo quieres.

Bree abrió los ojos.

—No quiero quererlo, y pensar que pueda hacerlo me aterroriza. No romantices esto, Ashley. No pienses que voy a encontrar una solución, porque no lo voy a hacer. Voy a destruir lo que Harding y yo tenemos porque comprendo el dolor. Confío en el dolor. Es la felicidad en lo que no creo.

No, se corrigió en silencio. No en la felicidad, sino en lo que venía después. En bajar la guardia un segundo y luego dejar que él la destruyera. Igual que habían hecho sus padres una y otra vez y luego había hecho Lewis. Bree no había hecho otra cosa que amarlo y preocuparse por él, y él la había utilizado del peor modo posible. Lewis le había permitido creer que podrían recuperar su amor, pero en el fondo había estado jugando con ella todo el tiempo.

—Estás fatal —le dijo Ashley—. Vas a perderlo, ¿sabes? Un día se repondrá y seguirá con su vida.

—Eso espero. Se merece algo mejor.

Ashley gruñó.

—Me gustaría darte un meneo para ver si espabilas. ¿Y qué pasa con lo que mereces tú? ¿No mereces tener una vida estupenda con un hombre maravilloso que te adore?

Bree negó con la cabeza.

—En esta vida no. Tal vez lo haga mejor la próxima vez.

—Esa es una actitud derrotista.

—Es realista. Sé de lo que soy capaz y de lo que no. Sé que ahora Harding está sufriendo, pero al final se alegrará de que lo haya dejado marchar.

—Eso es solo una excusa.

—A lo mejor, pero también es la verdad.

Ashley miró el reloj. Estaba esperando a que Seth volviera del trabajo. Su discusión con Bree le había dado la última pieza que le había faltado para entender qué quería y cuánto estaba dispuesta a transigir.

Le encantaba estar con Seth. Les gustaban las mismas cosas, compartían los mismos valores, se reían con los mismos chistes. Les encantaba la comida tailandesa, no se fiaban de los monos pequeños, preferían los perros a los gatos y los libros a los lectores electrónicos, y estaban unidos a sus respectivas familias. La búsqueda de casa les había demostrado que no se ponían de acuerdo en cuanto al color de las paredes, pero que los dos querían cocinas grandes y abiertas y un baño principal de la leche. Habían acordado tener dos hijos, a menos que ella estuviera dispuesta a más, algo que ya se decidiría más adelante.

Seth había investigado lo que hacía falta para crear franquicias de Muffins to the Max y ya tenía una idea de quién podría invertir. Hablaba de construir un imperio juntos.

Pero seguía oponiéndose al matrimonio. La quería, quería estar con ella para siempre, comprometerse con ella en todo aspecto posible. Menos en uno.

La puerta principal se abrió y él entró en el apartamento.

—¡Hola! —dijo sonriendo—. ¿Cuándo has llegado a casa?

Se quedó serio.

—Ha pasado algo. ¿Está bien Chet?

—Está bien. En casa y recibiendo mimos.

Seth fue hasta el sofá y se sentó girado hacia ella.

—¿Has discutido con Bree? Sé que estás molesta por lo que ha hecho.

¿Pensaba que el problema era Bree?

—Estoy bien con ella —dijo Ashley sin entender cómo Seth podía estar tan equivocado—. Sé que está sufriendo y que está confundida, pero no ha terminado la relación por maldad. No es capaz de manejar las emociones. Ni tiene habilidades para hacerlo ni confía en sí misma lo suficiente. Harding lleva un tiempo intentando explicármelo, y hoy por fin lo he entendido con Chico Triste.

—¿Entonces qué pasa?

Ashley vaciló; no sabía si decir lo que estaba pensando, pero la verdad siempre era la mejor respuesta.

—No he cambiado de opinión sobre lo de la boda.

Él se dejó caer contra el respaldo del sofá.

—Ashley...

Ella levantó la mano para detenerlo.

—Déjame acabar. Te quiero y creo que me quieres. Entiendo tu renuencia y sé que tienes tus motivos, pero no se trata de ti. Se trata de mí. Quiero un compromiso que me haga sentir segura. Que me digas que me quieres y que siempre estarás a mi lado no me basta. Necesito la ceremonia, tú y yo delante de nuestros amigos y nuestra familia, diciéndole al mundo que siempre nos querremos. No necesito una boda espectacular, pero sí necesito algo tangible. Un certificado de matrimonio, un anillo, un par de fotos. Quiero saber que estamos unidos legalmente.

—¿Y si yo no quiero eso? ¿Esto es un ultimátum?

Ashley se estremeció ante la pregunta y se puso a la defensiva. ¿Qué pasaba con determinadas palabras, que provocaban esa reacción? ¿Y qué pasaba con ella?

—No tengo todas las respuestas —admitió—. Solo te digo que lo que tú quieres a mí no me vale.

—¿Y si yo digo lo mismo?

A Ashley se le revolvió el estómago a la vez que se le encogía el pecho. ¿Qué pasaría entonces? Si ninguno estaba dispuesto a ceder, ¿terminaría su relación?

Tenía los ojos llenos de lágrimas.

—No quiero pensar en eso.

Él la acercó y la abrazó.

—Yo tampoco. Tenemos que solucionar esto, Ashley.

«Pues entonces cásate conmigo, cojones». Pero eso no lo dijo. Porque forzarlo no era la solución. No podía obligarlo a querer hacer algo. Pero tampoco podía ser feliz con la imagen que tenía él de su futuro juntos.

—Te quiero —susurró Seth antes de besarla—. Por favor, tenlo claro.

—Sí —dijo Ashley. Fingió una sonrisa—. Yo también te quiero.

—Hay una solución. La encontraremos. Sé que la encontraremos.

Seth habló con convicción y eso debería haberla reconfortado, pero no lo hizo. Y aunque apoyó la cabeza en él y se dijo que lo superarían, los gruesos tentáculos de la duda empezaron a enroscársele en el corazón.

—¿Cómo funciona esto? —dijo Mikki preguntándose si su voz reflejaría tantas dudas como sentía.

Bree se quitó la camiseta revelando un top de gimnasia ceñido sobre un sujetador deportivo.

—Es una clase de *spinning*. Montas una bici. Esta es corta, de solo treinta minutos. Pensé que no querrías una más larga.

—Eso lo entiendo, pero ¿hay algo que debería saber, como, por ejemplo, qué hago para no quedarme atrás o si se supone que debo gritar o algo?

—Sabes que son bicis estáticas, ¿no? No se mueven, así que no tienes que preocuparte por quedarte atrás.

—Ya sabes a qué me refiero.

Bree, aún pálida y delgada, con ojeras, sonrió.

—Nos pondremos en las bicis del fondo. Tú solo haz lo que veas, y lo harás bien.

Mikki ya estaba lamentando ese impulsivo mensaje que le había enviado a Bree preguntándole si podía acompañarla a su siguiente clase de *spinning*. Pero se había pasado los últimos días incapaz de centrarse y no estaba durmiendo bien. Todo el mundo decía que el ejercicio intenso despejaba la mente, así que ahí estaba, lista para probar algo nuevo.

Bueno, vale, a lo mejor «lista» era una exageración, pero al menos había ido, así que muy bien por ella.

Siguió a Bree hasta la sala de ejercicios principal o cómo se llamara. Según lo prometido, eligieron las bicis del fondo. Bree ajustó el asiento, increíblemente duro y pequeño.

—¿Se supone que tengo que sentarme en esto media hora? —preguntó mientras se movía en un intento inútil de ponerse cómoda.

—No estarás sentada mucho tiempo.

—Es una bici. ¿Qué otra cosa voy a hacer?

Bree esbozó una sincera sonrisa.

—Ponerte de pie. Es la única forma de subir las colinas.

Treinta y cinco minutos después, Mikki, como pudo, logró plantar los pies en el suelo, aunque por poco no se cayó de la bici. Estaba empapada en sudor, le temblaban los muslos y no sabía si su ritmo cardíaco volvería a la normalidad.

—¡Lo has hecho genial! —dijo Bree sin molestarse en ocultar su entusiasmo.

—Voy a odiarte eternamente —murmuró Mikki agarrándose a la bici hasta asegurarse de que podía mantenerse en pie sola—. No me puedo creer que hagas esto a propósito.

—Es divertido.

—Es una tortura. Estoy sudando. Yo no sudo. Por eso hago pilates. Todo es lento. Difícil, pero no se suda.

—El sudor es bueno.

Cuando Mikki sintió las piernas lo bastante firmes, fue renqueando hacia el vestuario.

—¿Te he dicho que te odio? No es coña.

—Venga, anda, que te compro un batido de leche.

Mikki la miró con desconfianza.

—Me estás vacilando. No va a ser un batido de leche, ¿a que no? Me vas a llevar a un sitio de esos veganos y vas a intentar engañarme con una bebida de coco.

Bree se rio.

—Te prometo que es leche, azúcar y chocolate de verdad.

Fiel a su palabra, Bree condujo hasta el In-N-Out Burger. Cada una se pidió un batido de leche y compartieron una ración de patatas fritas. Luego se llevaron la comida a una mesa exterior a la sombra. Mikki se sentó intentando no estremecerse de lo que le dolían los muslos. Si ahora le dolía así, ¿cómo sería luego?

—Bueno —dijo Bree desenvolviendo la pajita—. ¿Qué tal?

Mikki podía fingir que no sabía qué le preguntaba su amiga, pero ¿para qué andarse con evasivas?

—Estoy confundida —admitió—. El infarto de Chet me ha dejado desconcertada.

—Dijiste que se pondrá bien.

—Sí. No lo digo por él exactamente. Es más por cómo fue todo. Perry, los niños y yo. Como antes. Él fue un apoyo para todos, pero me necesitó para ayudarlo a ser fuerte. Éramos un equipo.

Bree la miró.

—Te estás replanteando lo que te dijo de volver a estar juntos.

—No exactamente —respondió Mikki agarrando una patata—. Estoy... no sé... cuestionándome.

—¿Y eso no es lo mismo que replantearte algo?

Mikki ignoró el comentario.

—Me gusta mucho Duane. Me gusta estar con él. El sexo es alucinante. Es un tipo genial. Me veo enamorándome de él perfectamente.

—¿Y eso por qué es un problema? ¿Te habías planteado volver con Perry antes de que él lo mencionara?

—No. Me gusta como estamos. Pero ahora que lo ha mencionado, no puedo quitármelo de la cabeza. Y estar con él y los niños en el hospital ha cambiado las cosas. Es como si pudiera ver cómo sería todo. Perry ha cambiado. Es más maduro. Tiene más interés en hacer que la cosa funcione. Si hubiera sido así hace tres años, no creo que nos hubiéramos divorciado. Aunque yo también me había distanciado, así que a lo mejor sí.

Bree la miraba sin decir nada.

—Siento que, si me alejo de Perry, será como si estuviéramos volviendo a romper.

—¿Sigues enamorada de él?

—No lo sé —admitió Mikki no muy segura de lo que sentía—. Me gusta. Me gusta el punto en el que estamos. No quiero volver atrás.

—¿Pero?

—¿Y si no es volver atrás? ¿Y si es ir hacia delante? Lo he amado durante veinte años. ¿De verdad ha acabado todo? ¿Y por qué he esperado tres años para empezar a salir con alguien? ¿Aún no había podido olvidar mi matrimonio? ¿Estaba escondiéndome o en el fondo esperaba volver con Perry?

—No lo sé.

—Alguien tiene que saberlo.

Bree dio un sorbo de batido.

—Sí, y ese alguien tendrías que ser tú.

—Necesito que me digas qué hacer.

—La verdad es que no, pero te seguiré el rollo de momento. ¿Y si no hubieras conocido a Duane? ¿Querrías volver con Perry?

«Interesante pregunta», pensó Mikki. ¿Querría?

—No lo sé. Creo que tal vez habría estado más dispuesta a considerarlo.

—¿Porque estabas sola y estar con él era mejor que vivir como tu madre?

—¡Ay, no digas eso! Me hace parecer terrible.

—Solo te estoy haciendo la pregunta más obvia.

—¿Me conformaría con Perry en lugar de estar sola?

Bree se encogió de hombros.

—Tú eres la única que puede responder a eso.

—No soy tan superficial —dijo Mikki esperando que fuera verdad—. Yo fui buscando a Duane. Bueno, no a él exactamente, pero sí buscaba un hombre. Perry vino buscándome a mí.

—¿Y eso importa?

—No lo sé. ¿Importa? —preguntó Mikki antes de comer más patatas—. Vale, a ver esto: ¿Habría pensado en Perry si él no hubiera sacado el tema de la reconciliación? Si él estuviera con otra persona, ¿me importaría? —pensó en sus propias preguntas—. Me sentía rara cuando Perry salía con alguien. Como apartada y descartada, pero no destrozada.

—¿Y si Perry no hubiera cambiado las reglas? ¿Te estarías enamorando de Duane?

—Sí.

—¿Te estás enamorando?

Mikki gruñó.

—Posiblemente. Es genial.

—Entonces la solución obvia es quedarte con los dos.

A pesar de sus emociones encontradas, Mikki se rio.

—No puedo hacer eso. No soy como tú.

—Yo nunca he andado con dos tíos al mismo tiempo.

—¿Y qué me dices del único?

—¿Vas a distraerme mencionando a Harding?

Mikki se inclinó hacia su amiga.

—Lo echas de menos.

—Ha terminado. Cómo me sienta es asunto mío.

—Lo quieres.

La oscura mirada de Bree se intensificó.

—No.

—Todas podemos verlo. Los dos estáis genial juntos.

—Volvamos con Perry y Duane.

Mikki suspiró.

—Vale. Volvamos con Perry y Duane.

—¿Es posible que hayas estado enamorada de Perry todo este tiempo y no hayas querido admitirlo?

—Me gustaría decir que no, pero no estoy segura.

Si hubiera estado enamorada de Perry, eso explicaría por qué no había podido ignorar sus intentos de volver juntos. Si hubiera estado enamorada de él, sabría por qué no podía dejar de pensar en que tuvieran otro bebé juntos.

—Tengo que solucionar esto —dijo levantando el batido.

—No será hoy, y ni siquiera mañana, pero sí en algún momento.

—¿Seguro que no vas a decirme qué hacer?

Bree se rio.

—Quiero, pero no lo voy a hacer.

—Eres una buena amiga. Insoportable, pero buena.

Capítulo 25

Ashley intentó actuar como si no pasara nada, y Seth hizo lo mismo. Cocinaron juntos, charlaron mientras comían y cenaban, el sábado por la mañana salieron a caminar por el campo y el domingo fueron a visitar unas casas. Cualquiera que los viera habría dicho que estaban como habían estado siempre: felices y enamorados. Pero no era así.

No tenía ni idea de qué pensaba o sentía Seth, pero ella se pasaba los días como si tuviera un constante y malísimo síndrome premenstrual. Estaba de mal humor, triste y preparándose mentalmente para el desastre. No era fácil vivir así.

Durante los siguientes días, hizo turnos extra en MAR, trabajó en unas cuantas recetas nuevas de *muffins* y fingió alegría todo lo posible. Llevó a Harding a almorzar y, al menos durante ese rato, el dolor de él la distrajo del suyo propio. Pero luego volvió al apartamento que compartía con Seth y tuvo que enfrentarse a la realidad del estancamiento en el que se encontraban.

El miércoles él le envió un mensaje diciéndole que llevaría la cena. Entró, justo a la hora que había dicho, con comida del restaurante tailandés favorito de ambos, una docena de rosas rojas y una bolsita azul con la palabra «Tiffany» escrita a un lado.

—No puedo seguir viviendo así —dijo después de haberlo puesto todo en la mesa de la cocina—. Y creo que tú tampoco.

Ashley se obligó a dejar de mirar la bolsita y centrarse en lo que estaba diciendo Seth. Pero le costaba mirar a otro lado y por dentro sentía una palpitante sensación de felicidad. No era ni su cumpleaños ni San Valentín. Seth no tenía ningún motivo para haber ido a Tiffany. Que ella supiera, él nunca había entrado en la tienda.

Alivio y felicidad se unieron. «¡Por fin!», pensó conteniendo las ganas de abalanzarse sobre él. Seth había entendido lo que necesitaba y estaba dando el paso.

—Ha sido duro —admitió ella—. Pero me importas.

—Y tú a mí también. Te quiero, Ashley. Eres la única persona con la que quiero pasar el resto de mi vida.

Seth agarró la bolsa y sacó una cajita. Cuando la abrió, Ashley vio una preciosa alianza de diamantes.

—Has cambiado de opinión —soltó Ashley—. Quieres casarte.

Él frunció el ceño.

—No. Es que la semana pasada hablaste de la ceremonia y el anillo, y pensé que, a lo mejor, si te daba esto, bastaría.

Ashley tardó tres segundos enteros en entender lo que Seth había dicho. Y fue como una bofetada. La esperanza murió. La rabia estalló disfrazando el dolor de fondo, pero de momento lo prefirió.

—¿Crees que es por el anillo? —preguntó sin poder creérselo—. ¿Crees que una joya soluciona el problema?

Se dijo que Seth no era un hombre cruel, que no lo había hecho para hacerle daño ni para obviar sus sentimientos o hacerla sentirse insignificante e ignorada. Había buscado una forma de compromiso, al menos como él lo veía.

—Estás disgustada.

—Claro que estoy disgustada. ¿Creías que agradecería que me hayas comprado un anillo de boda cuando no tienes intención de casarte conmigo?

Tan rápido como le había brotado el mal genio, se esfumó, dejándola con el vacío de la verdad. Había estado ahí todo el tiempo y se había negado a verlo.

Seth nunca se casaría con ella. Le había dicho que no lo haría, y lo había dicho en serio.

Ashley se sabía todos los argumentos. ¿De verdad quería casarse más que estar con ese hombre? ¿Y si era el hombre de su vida y ella nunca volvía a enamorarse? Bla, bla, bla.

—He manejado mal la situación —dijo él con aspecto y voz de estar hundido—. Lo siento. Ashley. Por favor, ayúdame a arreglarlo.

—No has hecho nada mal —respondió ella con suavidad—. Tú crees lo que crees y yo creo lo que creo. Ninguno va a cambiar nunca.

Miró su familiar rostro, la boca que le encantaba besar y los ojos que solían brillar con amor y afecto. Era un buen hombre y lo echaría de menos con locura. Pero quedarse con él no era una opción.

—Me iré —dijo en voz baja—. Quédate el apartamento.

—¿Qué?

Seth palideció.

—¡No! No te vayas. Ashley, nos queremos. Lo que tenemos es increíble. No puedes abandonarlo.

Tenía los ojos llenos de lágrimas. Tiró la caja del anillo al suelo y agarró a Ashley. Ella se apoyó en él, sintiendo la calidez de su cuerpo. Sus brazos la sujetaban con fuerza mientras él le acariciaba el pelo.

—No te vayas. Te quiero.

—Yo también te quiero. Pero no es suficiente. Lo siento.

Se apartó, sorprendida por lo tranquila que estaba.

El dolor la sacudiría luego, pero de momento estaba lista para hacer lo que hiciera falta.

—Esta noche me llevaré algunas cosas y volveré cuando estés en el trabajo. Me llevará unos días saber qué voy a hacer.

Él se secó las lágrimas.

—No te vayas.

—Lo siento.

Seth se dejó caer en el sofá con las manos en la cara. Le temblaban los hombros. Ashley fue a acercarse, pero se detuvo. Sería mejor marcharse.

Rápidamente llenó una maleta con cosméticos y ropa y se fue sin decir nada. Una vez en el coche, cerró los ojos y se dijo que estaba bien. Pero en el fondo sabía que no era así.

Los sollozos salieron de ninguna parte, impactándola con su intensidad. Le sacudían el cuerpo y le impedían respirar. Amaba a Seth con todo su ser y acababa de dejarlo. ¿Qué puñetas había hecho?

Iba a salir del coche, pero volvió a sentarse. Las lágrimas le caían por las mejillas. Le dolía el corazón y le ardía la garganta. Mientras intentaba respirar, agarró el teléfono con la intención de llamar a su hermano. Pero, en lugar de hacerlo, se vio marcando otro número.

—Hola —dijo Bree al responder de inmediato.

Ashley estaba llorando demasiado como para poder hablar.

—¿Ashley? ¿Qué pasa? ¿Estás bien?

—No. Es Seth.

—¿Ha tenido un accidente? Dime qué está pasando.

—Lo he dejado.

Pensó en mencionar lo del anillo, pero le parecía que eran demasiadas explicaciones. Se secó la cara y repitió:

—Lo he dejado.

—¿Dónde estás?

—En el aparcamiento de casa. Voy a quedarme con mi hermano —dijo, y tragó saliva—. ¿Puedo ir a la tuya mejor?

Una petición ridícula. Mikki y Ashley habían hablado varias veces de la extraña necesidad de intimidad que tenía Bree. Ninguna había estado nunca en su casa.

—Claro —dijo Bree sin vacilar—. Ahora mismo te prepararé la habitación. ¿Puedes conducir? ¿Necesitas que vaya a buscarte?

—Puedo ir yo. Solo necesito la dirección. ¿Estás segura? Sé que no siempre te gusta estar acompañada.

—Voy a hacer una excepción por ti.

—Gracias —dijo Ashley. Se secó más lágrimas—. ¡Me duele tanto!

—Pues la cosa empeorará antes de mejorar.

—Qué ánimos.

—Es la verdad.

—Lo sé. Ahora nos vemos.

Ashley colgó y arrancó el coche. Unos segundos después, se le iluminó el teléfono con el mensaje de una dirección. Salió del aparcamiento. Tanto si había hecho lo correcto como si no, no había vuelta atrás. Ya no.

—Entonces las cabras empezaron a darse empujones —dijo Will con una enorme sonrisa—. Los pequeños...

—Los pequeños humanos —añadió Sydney.

Él miró a su hermana y se rio.

—Sí, eso. Los pequeños humanos se pegaron un sustazo y empezaron a gritar y a correr por todas partes, y las cabras se pusieron más nerviosas aún. Se pusieron a saltar por ahí y a estamparse contra los alumnos. La profesora estaba gritando.

Mikki se rio al recordarlo.

—¿Por qué estamos contando esta historia? No me deja en buen lugar.

Will sacudió la cabeza.

—Mamá, nos salvaste —dijo. Miró a Duane—. Y entonces va y se arranca la sudadera.

—Llevaba una camiseta debajo —añadió Mikki apresuradamente.

—Va corriendo hacia las cabras sacudiendo la sudadera como si fuera un torero y gritando: «¡Venid a por mí! ¡Venid a por mí!».

Duane se reía.

—¿Y fueron a por ella?

—Sip. La persiguieron hasta el otro extremo del corral. La profesora nos sacó fuera y uno de los trabajadores del zoo interactivo llegó con maíz o algo para que mamá pudiera escapar.

Mikki respiró hondo y levantó su copa de vino.

—Fue espeluznante. No me gustan los zoos interactivos desde entonces.

Duane le sonrió.

—Fuiste valiente al sacrificarte por los niños.

—No sabía qué otra cosa hacer. La profesora era una inútil, agitando los brazos y chillando. No deberían llevar a niños pequeños a los zoos interactivos. Al menos no en excursiones del colegio. Que se limiten a los museos, donde no hay nada vivo.

—Al menos no durante el día —bromeó Sydney refiriéndose a *Noche en el museo*, una de las pelis favoritas de la familia.

Duane sonrió.

—Ahora ya tengo en la cabeza una imagen que me acompañará para siempre.

—No digas eso —le dijo Mikki—. No quiero que me recuerdes así.

—Demasiado tarde. Además, sales muy empoderada.

Se miraron a los ojos. Mikki sintió calor en el vientre..., aunque no pasaría nada con los niños cerca. Y así estaba bien. Duane había vuelto a casa dos días atrás y habían pasado una noche muy larga y gloriosa en la cama de él. Recordarla la ayudaría a controlarse el siguiente par de horas.

—Bueno, voy a por el postre —dijo levantándose—. Tengo helado y *brownies*. Hay algunas galletas en el congelador si podéis esperar los veinte minutos que tardarán en descongelarse.

—Vamos a ir a casa de la abuela un rato —dijo Sydney agarrando la fuente de ensalada—. El abuelo quiere que Will juegue con él a un videojuego y la abuela y yo vamos a ver *The Great British Baking Show*. Volveremos antes de las diez.

—Se van pronto a la cama —añadió Will con una sonrisita.

—Ancianos —bromeó Duane—. ¿Qué le vas a hacer?

—Ya —dijo Will—. Pero los queremos.

Entre todos, enseguida recogieron la mesa y la cocina. Luego los chicos se subieron al coche de Will y se marcharon. Mikki y Duane entraron en el salón. Él la llevó hacia sí y la besó.

—Te he echado de menos —murmuró contra su boca.

—Me viste anoche —respondió Mikki.

Él sonrió.

—Aunque esta noche quiero verte de la misma forma, entiendo que no va a pasar con tus hijos entrando y saliendo.

Mikki quería decir que estarían en casa de los abuelos un par de horas, pero no lo hizo. No, cuando podrían aparecer en cualquier momento.

—Eres muy comprensivo. Y yo también te he echado de menos. Me alegro de que hayas vuelto.

Se sentaron en el sofá. Duane la rodeó con un brazo y le agarró la mano.

—Has pasado por mucho mientras he estado en Europa. Me alegro de que Chet esté mejor.

—Está genial. La doctora dice que puede volver al trabajo. La semana que viene empieza a ir a clases de estilo de vida para un corazón saludable. Lorraine irá con él para que los dos tengan la información.

Se apoyó en él.

—Ha sido muy duro tenerlo en el hospital así. Sé que los niños estaban asustados. Cuando perdimos a mi padre, fue triste, pero distinto para ellos. Después del divorcio, él se marchó y vivió su vida haciendo todo lo que no pudo hacer con mi madre. Así que solo lo veíamos cada ciertas semanas y luego mucho menos. Sydney y Will están con Chet y Lorraine todo el tiempo.

—Qué bonito. Mis hijos también estaban unidos a sus abuelos. Eso siempre me ha hecho feliz. Y hablando de mis hijos, este año están conmigo por Acción de Gracias.

Mikki se movió para poder verle la cara.

—Pero tienen más de dieciocho. ¿Seguís con el acuerdo parental?

Él sonrió.

—Ellos sí. Son libres de hacer lo que quieran, así que cada año deciden dónde pasar las fiestas. Este año me toca Acción de Gracias y a su madre Navidad. Así que estaba pensando que estaría bien que los conocieras.

—Me gustaría —dijo Mikki, nerviosa al instante. ¿Qué pensarían de ella? ¿Qué pensaría ella de ellos? ¡Ay!

—Y... —añadió Duane mirándola a los ojos— a lo mejor tú y yo podríamos hablar de ir a París por Navidad. Sé que hará frío, pero la ciudad está preciosa en invierno y hay mucho que ver.

—¿París en Navidad? No puedo. A ver, la idea es maravillosa, pero la Navidad es una época familiar.

Tenemos tradiciones y todos colgamos un calcetín y cenamos pavo en Nochebuena y luego vamos a misa. El Día de Navidad hago un costillar de vaca. Will va a graduarse en el instituto ¿y después qué? No sé con qué frecuencia vendrán a casa.

No podía parar de hablar. Y peor aún, le escocían los ojos como si fuera a empezar a llorar, lo cual era ridículo. Que un tío bueno quisiera llevarla a París no era, ni mucho menos, motivo para llorar, y sin embargo ahí estaba, sorbiéndose la nariz como una idiota.

—Es que no soy tan sofisticada como para pasar la Navidad en París. Lo siento, pero es la verdad. Quiero mis adornos, hacer galletas, ponerme mi colección de jerséis navideños feos y quejarme por tener veintiséis grados, aunque en realidad me dé igual porque sé que es como tiene que ser aquí.

—Oye, que no pasa nada —dijo Duane acariciándole la barbilla y obligándola a mirar sus amables ojos—. Lo entiendo. La Navidad es una fecha importante. Debería haberlo pensado antes de decir nada. Eres una madre genial y cuidas de todas las personas que conoces. He hecho mal en preguntar. Lo retiro.

Ella se secó las lágrimas.

—¿Lo retiras? ¿Porque no quieres ir a París conmigo?

Él se rio y la acercó a sí.

—Mikki, eres alucinante. No sé cómo resistirme a ti. Claro que quiero ir a París contigo. ¿Año Nuevo podría ser una opción?

¿Año Nuevo en París? Se apartó y le sonrió.

—Sí. Totalmente. Me encantaría.

—Genial. Pasaremos la Navidad con tu familia y volaremos el veintisiete. Sé exactamente dónde quiero que nos alojemos. Hay un hotel con unas *suites* grandes con chimenea en el dormitorio.

Todo lo que estaba diciendo Duane sonaba de maravilla, pero ella lo único que podía oír era: «Pasaremos la Navidad con tu familia». Era una suposición lógica,

teniendo en cuenta la conversación que estaban teniendo y, para ser sincera, ella ya había accedido más
o menos a pasar Acción de Gracias con los hijos de él,
así que era básicamente lo mismo. Pero cuando lo pensó dos veces, no tuvo tan claro cómo iba a salir.

¿Iría todo el mundo a su casa? En el pasado Perry y
ella se habían turnado para celebrarlo en sus respectivas casas, pero que Duane fuera al bungaló de Perry
sería muy raro. ¿Y cómo se lo tomarían Chet y Lorraine? Aunque Lorraine había sido buena y no había
vuelto a mencionar la reconciliación, Mikki sabía que
lo tenía en mente. Y desde lo del infarto de...

—Te he perdido —le dijo Duane—. ¿Qué ha pasado?

—Perdona, estoy intentando solucionar la logísti-
ca. En el pasado Perry y yo nos hemos alternado las
celebraciones, pero ahora se ha ido de casa de sus padres y se ha instalado en la suya propia, así que no veo
muy claro lo de llevarte allí. Quiero decir, sería incómodo, ¿no? Así que supongo que podría celebrarlo yo
todo aquí.

—¿Por qué soy un problema? Perry ha llevado novias a las celebraciones, ¿no?

—La verdad es que no. A ver, hemos conocido a algunas de las mujeres con las que salió al principio,
pero ninguna vino a nada importante como un cumpleaños o Acción de Gracias.

Duane se echó atrás un poco.

—¿Estás diciendo que preferirías que yo no fuera?

—¡No! —dijo ella tal vez con demasiada efusivi-
dad—. Qué tontería. Estamos saliendo. Todos lo saben. Lorraine te ha visto en la tienda. Yo se lo he dicho
a Perry montones de veces. Es solo que desde lo del
infarto las cosas han...

No, por ahí no iba bien.

—A veces Lorraine piensa que deberíamos volver a
ser una familia y...

Se detuvo, no sabía qué decir. Daba igual cómo

intentara explicar la situación; sonaba fatal, como si hubiera tenido algo con Perry mientras salía con Duane, lo cual no era cierto.

—Mikki, ¿qué está pasando? No te entiendo.

El miedo la invadió mientras vacilaba y pensaba que no había forma apropiada de decírselo y que, tal vez, debería soltarlo directamente y esperar que Duane lo entendiera.

—Perry cree que deberíamos volver, que renunciamos a nuestro matrimonio demasiado rápido. Su madre lo sabe, así que la situación ha sido algo incómoda, y luego su padre ha sufrido el infarto y todo ha sido muy complicado.

Duane se echó atrás mucho más y la miró. Mikki no sabía si estaba enfadado, dolido o las dos cosas, pero, desde luego, contento no estaba.

—¿Has estado viendo a Perry?

—¿Quieres decir saliendo? No. Jamás. Lo veo cuando suelo verlo. Las cosas que ya sabes. Al recoger la basura de la playa o con los chicos. Bueno, he estado ayudándolo un poco con la casa, pero eso no...

Apretó los labios, consciente de que lo estaba empeorando.

—¿Quiere volver contigo? —preguntó Duane con tono algo tenso.

—Cree que sigue enamorado de mí. Pero no es verdad —añadió Mikki corriendo—. Soy una excusa muy práctica para evitar pasar página.

—¿No se te ha ocurrido mencionármelo en ningún momento? ¿No se te ha ocurrido que podría querer saber que tu ex quiere volver contigo?

—No pensé que importara.

Él se levantó y la fulminó con la mirada.

—Pues te has equivocado.

Mikki se puso de pie.

—Duane, lo siento. Estoy gestionando mal esto. No es nada.

—Pues a mí me parece que sí. ¿Cuándo surgió este repentino interés? ¿Después de que empezáramos a salir? ¿Soy una forma de poner celoso a Perry?

—¿Qué? —dijo Mikki con un chillido. Bajó el volumen y aplacó el tono—. ¡No! ¿Cómo puedes pensar eso? Ya sabes que no había salido con nadie antes de conocerte. No había salido con nadie en años. Y entonces te encontré y ha sido genial. Debería haberle dicho algo a Perry. Ahora lo sé. Pero es que al principio no le di importancia y luego él empezó a decir que estaba enamorado de mí y que tuviéramos otro bebé y...

Mikki se tapó la cara con la mano, desesperada por contener las palabras, pero ya era demasiado tarde. Duane estrechó la mirada.

—Quiere más hijos. Por eso hablamos del tema hace unas semanas. Bueno, ¿qué? ¿Nos vas a poner a prueba a los dos para ver con quién quieres estar?

—No es eso, Duane. Yo no he hecho eso.

—Explícame qué diferencia hay —dijo él con los ojos llenos de tristeza—. Te creí, Mikki. Confié en ti. No hace ni dos semanas estábamos de acuerdo en que teníamos una relación monógama y comprometida. Ahora me entero de que has estado viendo a Perry todo este tiempo. Desde el principio supe que podrían salir mal muchas cosas, pero he de admitir que jamás pensé que fueras a serme infiel. Qué tonto he sido.

Fue hacia la puerta. Mikki corrió tras él.

—No. Duane, por favor. Escúchame. No ha sido así. No estoy saliendo con Perry.

Él se detuvo y la miró.

—Desde que te dijo que sigue enamorado de ti y quiere que volváis, ¿te has planteado reconciliaros aunque haya sido una sola vez?

Mikki abrió la boca y la cerró.

—«Planteado» es una palabra muy fuerte —susurró ella.

Duane se giró. Ella lo agarró del brazo.

—Espera. Era mucho que asimilar, y luego Chet sufrió el infarto y volvimos a ser una familia y yo no sabía cómo gestionarlo...

—¿Te estás acostando con él?

—¡No! Yo no haría eso.

—No sé por qué no. Estás haciendo todo lo demás.

Las lágrimas volvieron, pero esa vez no tuvieron nada que ver con la Navidad.

—Duane, por favor. Deja que te lo explique.

—Creo que los dos sabemos que ya has dicho suficiente. Creía que teníamos algo especial y que nos movíamos hacia un futuro juntos —arrugó la boca—. Iba a decirte que mis analíticas están limpias. Pensaba que podríamos celebrarlo.

A Ashley las lágrimas le caían más rápido y con más fuerza y le impedían verlo.

—Duane, lo siento mucho. Lo he estropeado todo. No estoy saliendo con Perry.

—Yo creo que sí, quieras o no admitirlo. Creo que sigues enamorada de él y que necesitabas salir con alguien para darte cuenta. No creo que quisieras jugar conmigo a propósito, pero, ahora que ha pasado, no estoy seguro de que las motivaciones importen mucho. Adiós, Mikki.

Duane salió y cerró la puerta. Unos segundos después, Mikki lo oyó alejándose con el coche.

Se dejó caer al suelo y se llevó las rodillas al pecho. Si se encogía bastante, a lo mejor podría desaparecer y nada de eso habría pasado. Pero la física no funcionaba así, así que ahí estaba, bloqueada, sola, llorando a mares y habiendo perdido a un hombre estupendo por la única razón de ser una idiota. Eso lo solucionaría con el tiempo. Pero lo de perder a Duane la perseguiría durante los próximos cuarenta y pico años.

Capítulo 26

Bree salió de la ducha y se secó. Su sesión de surf matutina no había ido bien. Incapaz de concentrarse, se había caído de la tabla más de lo que había aguantado encima. Había evitado las clases durante un par de semanas hasta que Dalton le había enviado un mensaje diciéndole que Harding había cancelado las suyas. Cuando se había presentado allí esa mañana, Dalton le había preguntado si quería hablar de algo. Le había dicho que no, y ahí había quedado todo. Exceptuando su incapacidad para mantenerse sobre la tabla.

Se vistió y se secó el pelo antes de bajar. Se sorprendió al ver a Ashley sentada en la mesa de la cocina. Su nueva compañera solía despertarse y marcharse antes de que ella siquiera abriera los ojos y se estirara. Es más, desde que se había mudado hacía unos días, Ashley no había hecho mucho acto de presencia. Aquella primera noche se había acurrucado en el sofá sollozando, pero sin hablar mucho. Bree sabía que había pasado algo para que hubiera dejado a Seth, aunque no tenía muchos datos al respecto. En el trabajo Ashley desempeñaba su tarea y estaba callada casi todo el tiempo. Bree quería hablar con Mikki sobre la situación, pero Mikki se había mantenido ocupada haciendo un inventario que no estaba programado y luego se había tomado un par de días libres. Tampoco le había respondido a ninguno de los mensajes que le había enviado.

—Hola —dijo Bree metiendo una cápsula en la máquina de Nespresso—. ¿Cómo estás?

—Mal, cansada.

Ashley estaba pálida y con ojeras. Su preciosa melena pelirroja estaba apagada y tenía el gesto caído.

—¿Estás bebiendo suficiente agua? ¿Estás comiendo?

Los labios de Ashley se curvaron hacia arriba un instante.

—Pareces mi madre.

—¿Has hablado con ella?

«Buena noticia», pensó Bree. Ashley necesitaba hablar con alguien.

—No, pero es lo que me diría si lo supiera.

—¿Cuándo fue la última vez que comiste?

Ashley sacudió la mano con un ligero ademán.

—No lo sé. Hace unos días. No tengo hambre.

—El café te va a destrozar el estómago.

Bree se acercó a la nevera y sacó huevos, queso *cheddar* rallado y todas las verduras que encontró. En el congelador tenía *bagels* y un par de plátanos. Dejó los panecillos en la encimera para que empezaran a descongelarse y luego se puso a cortar verduras.

Sin mirar a Ashley, dijo:

—Cuéntame qué ha pasado.

Ashley miraba por la ventana.

—Nada. Todo —arrugó la boca—. Fue tan romántico. Seth llegó a casa con comida para llevar, rosas y un anillo de boda de Tiffany. Tenía la bolsita azul y todo.

A Bree por poco no se le cayó el cuchillo.

—¿Te propuso matrimonio?

—¿Qué? ¿Seth traicionándose a sí mismo? ¿Cómo se te ocurre preguntarlo siquiera? Claro que no me lo propuso. El matrimonio es solo una excusa para que la gente deje de esforzarse. La vida debería ser una prueba constante. ¿Lo estás haciendo lo bastante bien como para que él no te deje? ¿Qué pasa con esos cinco kilos de más del tercer bebé que acabas de parir? Eso es problema tuyo, no de él. Lo siento, me marcho. En fin, esta es la cuestión: ¿Y si hubiéramos tenido hijos y uno hubiera tenido algún defecto en el corazón o algo? ¿Se habría quedado con nosotros? ¿No rompería eso la regla de «no dejes de esforzarte» porque, si me hubiera esforzado más, el bebé habría sido perfecto?

—Estás enfadada.

—Dudo que la palabra «enfadada» se acerque a lo que siento. Estoy furiosa. Estoy rabiosa. Llevó una bolsa de Tiffany a nuestra casa, sacó la caja y me enseñó el anillo más perfecto y más exquisito que había visto en mi vida. Como una tonta, como una ridícula aspirante a princesa, creí que había cambiado de opinión. Pero, por desgracia, no. Solo intentaba darme algo que yo quería. Matrimonio no. ¡No! ¿Cómo va él a cambiar sus principios? Así que nada de matrimonio, pero sí un anillo. Me da un anillo.

Bree empezó a saltear champiñones.

—Como si fueras a llevar el anillo sin estar casada.

—Supongo. No sé en qué estaba pensando. Pero mientras lo miraba y miraba el anillo y sentía cómo mis esperanzas se hacían añicos, supe que no pasaría nunca. Estoy enamorada de un hombre que directamente no está dispuesto a casarse conmigo. Nunca lo estará. Nunca va a cambiar de opinión y yo no puedo cambiar la mía, así que, que lo follen a él y al caballo sobre el que entró cabalgando.

—Nunca te había oído usar esa palabra.

—Ya. Es muy tuya. Siento robártela, ¡pero es que estoy tan cabreada! Con él, conmigo misma. Con el mundo. Me siento utilizada, ridícula, débil y estúpida. Lo he intentado. De verdad que he intentado entender su punto de vista. Leí esos artículos y esas revistas.

Intenté averiguar cómo hacer lo que él quería. Bueno, pues ¿sabes qué? Que debería haberse arrodillado y haberme suplicado que me casara con él porque soy lo mejor que va a pasarle en la vida.

Bree siguió preparando el desayuno, sabiendo que en algún momento la rabia de Ashley se esfumaría y lo único que le quedaría sería un corazón roto. Porque, por muy cabreada que estuviera ahora, la verdad era que amaba a Seth y que olvidarlo no sería fácil. Bree tenía algo de experiencia en ese campo.

Había sabido que acabar con Harding sería difícil, pero no había contado con que la destrozara. Lo echaba de menos a cada aliento. El dolor que sentía por dentro no había hecho más que crecer. Estaba tan desesperada que se había planteado intentar fingir normalidad para que pudieran estar juntos algo más de tiempo, al menos hasta que él viera que era una persona rota y la abandonara.

Pero no podía fingir ser otra y, desde luego, no estaba dispuesta a arriesgar su corazón de verdad, lo que la dejaba de nuevo donde había empezado: haciéndoles daño a los dos para que luego él pudiera reponerse y tuviera una buena vida en otra parte.

Batió los huevos en un cuenco y metió los *bagels* en el tostador.

—Por si te sirve de algo, has hecho lo correcto. Con Seth nunca habría funcionado.

—¿Qué? —gritó Ashley—. Fuiste tú la que me dijo que mirara las cosas desde su punto de vista. Fuiste tú la que me dijo que debería plantearme la posibilidad de no casarme.

—Sí. ¿Y si hubieras descubierto que te parecía bien así? Eso lo habría cambiado todo. Pero no ha sido así, y si él no va a cambiar, entonces la ruptura es inevitable.

Ashley estiró los brazos sobre la mesa y plantó la cabeza encima.

—Odio mi vida.

—No. Odias sufrir. La rabia es sencilla. Te da energía, aunque luego por debajo solo hay un mundo de dolor.

Cortó la tortilla por la mitad y la sirvió en un plato junto con un *bagel* y el plátano.

—Come —dijo empujando el plato hacia su amiga. Ella se quedó con la otra mitad y se sentó a la mesa.

Ashley clavó el tenedor en la tortilla y dio un bocado. Masticó a regañadientes, pero luego se animó.

—Está riquísima. Estoy hambrienta. No lo sabía.

Bree se quedó mirando su desayuno.

—¿Puedes tomarte la mañana libre?

—Claro. ¿Por qué?

—Vamos a ir a hacer *paintball* en el Valle.

—¿Pero qué dices? ¿*Paintball*? No.

—Sí. Es una forma estupenda de procesar la furia. Puedes disparar a cosas. Puedo decirle al chico que cambie todas las dianas y ponga siluetas humanas. Puedes fingir que es Seth.

—Así que es una terapia.

Por primera vez desde que se había presentado allí hacía tres días, Ashley sonrió.

—Me apunto.

Mikki sacó dos botellas de Larmandier-Bernier Latitude Extra Brut de la nevera de la sala de descanso. Las metió en la bolsa, pero entonces vaciló y añadió una tercera. Había sido esa clase de semana mierdera cargada de emociones asquerosas. Tristeza, depresión y autoflagelación por lo increíblemente idiota e inconsciente que había sido. Y la semana que tenía por delante no tenía visos de ir a ser mejor.

Después de guardar copas y su manta, se dirigió a la entrada de la tienda, donde Bree y Ashley esperaban. Cada una llevaba una bolsa grande de un restaurante que Mikki no conocía.

—Comida —dijo Ashley levantando la bolsa—. Hemos decidido que la necesitábamos después de esta semana.

Mikki dio una palmadita a su bolsa.

—Llevo tres botellas de champán, así que hemos pensado lo mismo.

En tropel echaron a andar hacia la arena y encontraron un sitio relativamente tranquilo. El día había empezado nublado, así que la temperatura estaba en veintipocos grados. Perfecta para una puesta de sol agradable. Ahora el cielo era un abanico multicolor, con las nubes que aún quedaban teñidas de rojo y amarillo. Una vez que se acomodaron, Mikki se puso a abrir la primera botella mientras Bree y Ashley sacaban la comida.

—Bocaditos de pollo frito con tres salsas distintas para mojar —dijo Bree—. Pastelitos de panceta, pera y pecanas, brochetas de fruta y queso, y verduritas crudas con salsa de eneldo para mojar porque... bueno, ya sabéis... son verduras.

A Mikki le rugió el estómago.

Ashley señaló su surtido.

—Fresas rellenas de tarta de queso y minitartas de albaricoque y merengue de limón.

—De pronto me muero de hambre —admitió Mikki.

Bree la miró.

—Mejor, porque no has estado comiendo nada.

—¿Y eso cómo lo sabes?

—Estás pálida.

—¿Pero flaca no? Quiero estar flaca.

—Lo siento. Tienes demasiadas curvas para eso. Ya hemos hablado de esto. Tienes que aceptarlas y abrazarlas.

—Preferiría que eso lo hiciera Duane.

Las palabras salieron sin que Mikki pudiera contenerlas. Y lo peor fue que, de pronto, se puso a llorar.

—Qué idiota soy —dijo secándose la cara con una servilleta—. La más tonta de los tontos.

Más que verlas, sintió que Bree y Ashley se miraron.

—Sabíamos que pasaba algo —dijo Ashley en voz baja—, pero no sabíamos qué. ¿Estás lista para hablarlo?

—¡Me da igual si estás lista o no! —dijo Bree con brusquedad y tono duro—. Llevas demasiado tiempo guardándote lo que sea que ha pasado. Te estás pudriendo por dentro.

Mikki se sorbió la nariz.

—Creía que solo estaba pálida —dijo Mikki.

Suspiró, porque sabía que su amiga tenía razón. No le había dicho a nadie lo que le pasaba porque era demasiado espantoso, pero en algún momento tendría que soltarlo.

—La he cagado con Duane —empezó y entonces, corriendo, las puso al tanto del desastre en que se había convertido su última noche juntos—. Estaba muy dolido —dijo cuando terminó—. Muy decepcionado. Esa mirada en sus ojos... Fue horrible. Nunca pretendí que pasara nada malo. Yo no estaba saliendo con Perry a la vez.

—¡Venga, vamos! —soltó Ashley—. ¡Claro que sí! Has usado tu relación con él para evitar seguir con tu vida. No digas que no. ¿Navidades juntos? ¿Recoger basura de la playa? ¿Cenitas acogedoras en su casa nueva hablando de papel de pared? ¿Cómo lo llamarías?

El ataque, aunque posiblemente justificado, fue inesperado.

—Nunca hemos hablado de papel de pared —murmuró Mikki—. No me gusta.

Ashley la sorprendió riéndose.

—Vale, entonces de azulejos. Pero ya me entiendes. Venga, has estado usándolo para todo menos para el sexo. La verdad, tu relación con Earl es mucho más sana que la que tienes con Perry.

—Pero lo hemos hecho por los chicos.

Bree dio un sorbo de champán.

—Si eso fuera verdad, no estarías peleada con Duane.

—No estamos peleados —dijo Mikki con rotundidad—. Él ha roto conmigo.

Las dos mujeres la miraron.

—Creía que solo estaba enfadado —dijo Ashley.

—Es más que eso —contestó Mikki cambiando de postura en la manta—. Acabábamos de hablar de tener una relación exclusiva y más seria —dijo sin mencionar lo de la analítica—. Creo que me estoy enamorando de él, pero luego voy y me lo cargo todo por Perry.

—Porque no sabes lo que sientes por él —señaló Bree.

—Esto se me da fatal —admitió Mikki—. Lo de las citas, y los hombres en general. No sé qué pasa con Perry. No puedo dejar de pensar en lo que dijo de volver y no sé qué significa.

—¡Buuuuaaaaa! —exclamó Ashley agitando su copa—. Pobrecita, con dos hombres increíbles que se mueren por estar contigo. ¡Qué horrible! ¿Cómo lo soportas? Admite que te encanta recibir tanta atención y que por eso no te decides. Es mucho más divertido tenerlos a los dos.

La acusación le dolió. Mikki notó cómo se sonrojaba mientras miraba a Ashley.

—No es eso. No soy esa clase de persona.

Bree levantó uno de los recipientes de comida.

—¿Pastelitos de pera?

Mikki la ignoró.

—Ashley, ¿en serio piensas eso?

—Sí, porque es lo que es. No estoy diciendo que yo hubiera hecho otra cosa. Ser así de popular está muy bien. Pero no finjas que no ves lo que está pasando.

Las duras palabras fueron inquietantes y dolorosas de oír, pensó Mikki. Quería seguir protestando, o largarse de allí airada, incluso. Pero se obligó a quedarse sentada y admitir la posibilidad de que estaba en ese apuro por ser una egocéntrica. No era exactamente un comportamiento del que sentirse orgullosa.

—No sé qué decir —susurró—. Soy una persona terrible.

—No es verdad —le dijo Bree—. Has tenido un mal momento. Sigue adelante.

Ashley llenó las copas.

—Amiga, creo que eres la menos indicada para decirle a nadie que siga adelante.

Bree se quedó como si nada ante el consejo.

—Los que pueden actúan. Los que no pueden les dicen a los demás qué hacer.

Mikki seguía dándole vueltas a la incómoda verdad de Ashley. ¿En serio había estado fingiendo no saber qué hacer o qué pasaba porque le gustaba recibir tanta atención? ¿Tan superficial era?

Aunque no quería admitir esa posibilidad, no podía ignorar a una vocecilla dentro de ella que le susurraba que probablemente fuera verdad. Y si lo aceptaba, entonces había fastidiado más de una vida por dejarse adular y ser una engreída.

—Me odio —murmuró.

—No digas eso —dijo Ashley—. Eres un encanto. Insoportable, pero te queremos de todas formas. Bueno, ¿y cuál es el veredicto?

—No estoy enamorada de Perry —dijo sin pensar las palabras y quedándose algo sorprendida por ellas—. No quiero a Perry —repitió con más seguridad esta vez—. Es un buen hombre y tenemos unos hijos estupendos, pero se acabó. Se ha acabado. No quiero volver atrás.

Bree alzó la copa.

—Enhorabuena. Tienes las cosas claras.

—Ya podría haberlas tenido hace dos meses. Antes de cagarla con Duane.

—Eso es —admitió Bree—. Deberías hablar con él.

—Primero tengo que hablar con Perry.

Y lo haría. Se aclararía las ideas y luego le explicaría a su exmarido que los dos necesitaban pasar página. Era la única forma de ser felices.

—Vale, una ya está. Faltan dos —dijo—. ¿Quién quiere que la sanemos ahora?

—A mí me encantaría que me sanaseis —dijo Ashley mordisqueando un bocadito de pollo frito—. Echo de menos a Seth. Quiero que estemos juntos. Quiero que se me acerque y me pida matrimonio para que podamos ser felices para siempre.

—¿Has vuelto a saber algo de él?

Ashley negó con la cabeza.

—No mucho. Le puse un mensaje para decirle cuándo me pasaría con Harding a recoger el resto de mis cosas y me dijo que vale, y ya está —se detuvo—. No me arrepiento de lo que hice. Sé que tengo razón. Lo único que me gustaría es que no doliera tanto.

Mikki deseó poder tener un gran consejo que darle, pero no se le ocurría ninguno. En su opinión, Seth se equivocaba al no ceder y casarse. Y, del mismo modo, estaba segura de que los amigos de él estarían diciéndole que se mantuviese en su sitio. Era una situación imposible.

—Lo siento.

—Gracias. Te lo agradezco. Y también el champán —dijo Ashley, y dirigiéndose a Bree añadió—: Has sido increíble. No me gusta decirlo demasiado porque te espanta, pero lo has sido.

Bree parecía incómoda y lista para salir corriendo. Pero en lugar de eso, agarró una brocheta de fruta y suspiró.

—Es que tengo un lado muy protector. Intento ocultarlo, pero de vez en cuando sale a la luz.

—¿Restos del tiempo que pasaste con Lewis? —preguntó Mikki.

—No. Ashley es mucho mejor persona. Me gusta apoyarla. Lewis era un asqueroso —dijo y se giró hacia Ashley—. Siento lo de Harding. Dijiste que le haría daño y se lo he hecho.

—Eres el escorpión —le dijo Ashley—. Del escorpión y la rana.

Bree se estremeció.

—Eso no es muy halagador.

—Nadie quiere ser el escorpión —dijo Mikki pensando en la vieja fábula—. Ni la rana. Acaba muerta. A lo mejor deberías evitar las referencias a anfibios e insectos.

—No creo que los escorpiones sean insectos —murmuró Bree.

—Lo que quiero decir —continuó Ashley volteando los ojos— es que has hecho lo que dijiste que harías. Dejas claro quién eres —dijo, y le dio un golpecito en el brazo—. Estaba enfadada contigo, pero ya no. Estás sufriendo tanto como él. Sé que lo quieres y también sé que nunca podrás admitirlo. Es más, en unos tres segundos, vas a obligarte a decir que no lo quieres.

Bree apretó los labios y soltó:

—No lo quiero.

—Deberías haberte apostado algo —le dijo Mikki a Ashley.

—No se me ha ocurrido a tiempo.

—No lo quiero —repitió Bree—. No quiero a nadie.

—Todo apunta a lo contrario —dijo Mikki acercando su copa a Ashley. Las dos brindaron y luego Mikki le echó un brazo por encima a Bree—. Nosotras también te queremos, aunque seas una triste mierdecilla de persona.

—Cierra el pico.

Mikki se rio.

—Pareces muy dura, pero no nos lo tragamos. Y ahora, venga, ¡a comer!

Ashley vivía en piloto automático. Unas veces pensaba que a lo mejor estaba empezando el proceso de curación, pero otras estaba convencida de que jamás escaparía de la tristeza que la había invadido hasta lo más profundo.

Con ayuda de su hermano, sacó sus cosas del apartamento. Les contó a sus padres lo que había pasado y, como resultado, su madre había volado allí para pasar tres días de compasión, cenas ricas, muchos abrazos y muchas compras. Vendía sus *muffins* y sus *cupcakes*, trabajaba como voluntaria en MAR, y había empezado a surfear con Bree los jueves.

Suponía que la mayor sorpresa de las últimas semanas había sido su relación con Bree. Una semana después de haberse mudado con ella, Bree la había dejado impactada al cambiar el viejo futón donde había estado durmiendo por una cama de verdad. Unos días después, le había dicho con brusquedad que podía quedarse todo el tiempo que quisiera. Habían acordado que Ashley se comprometería a ser compañera de piso durante tres meses y que luego volvería a analizar la situación. Ashley había insistido en pagar alquiler, pero Bree había rechazado cualquier tipo de fianza.

—¿Qué cojones crees que vas a hacer que requiera una fianza? ¿Ponerte a producir metadona en el salón?

Esa imagen les arrancó unas risas a las dos, y luego, de forma inexplicable, acabaron llorando al darse cuenta de lo jodidas que estaban sus respetivas vidas personales.

Ashley se obligó a volver a centrar la atención en el trabajo. Había llevado hornadas de *cupcakes* de almendra con cobertura de caramelo salado y *cupcakes* de tarta de zanahoria con cobertura de queso crema y chocolate blanco como muestra de su transición al otoño. El siguiente lunes sería el Día del Trabajo. Un par de semanas después se volcaría de lleno en los *muffins* de calabaza y en un gran *cupcake* de maíz dulce.

—Tienen buena pinta.

Sonrió al ver a Dave al otro lado del mostrador.

—Hola, ¿qué haces aquí?

Él se encogió de hombros.

—Estaba por el barrio y se me ha ocurrido pasarme. ¿Tienes tiempo para un paseo?

Ella lo miró con desconfianza.

—Quieres soltarme una charla, ¿no? No soy uno de vuestros proyectos.

Ashley no le había contado lo que había pasado con Seth, pero seguro que su hermano le había dado la noticia.

—No, eres una amiga y he pensado que a lo mejor te gustaría tener un hombro amigo durante un rato.

—¿Sin charlas?

Él sonrió.

—¿Haría eso yo?

—Sin dudarlo. Pero iré a dar un paseo contigo de todas formas.

Metió un par de *cupcakes* en una cajita y le dijo a la cajera que volvería en una hora. Recorrieron el paseo marítimo hasta que encontraron un banco vacío a la sombra. Ella se sentó en un extremo y Dave colocó su silla al lado.

Ashley le ofreció un *cupcake* de almendra.

—La cobertura de caramelo salado es adictiva.

—Me doy por avisado. ¿Cómo estás?

—Triste. Resignada. Sé que he tomado la decisión correcta, pero no puedo quitarme de encima la sensación de que he quedado como la chica que necesitaba casarse. Solo decirlo me incomoda. ¿Soy patética?

Dave se tomó un *cupcake* en tres bocados.

—Está buenísimo. Y no, no eres patética. ¿Sabes qué creo?

Ella suspiró y dijo:

—Que Seth está cometiendo un gran error y que debería transigir. Pero ¿y yo qué? Estoy siendo igual de cabezota.

—¿Es cuestión de ser cabezota o es algo más?

¡Aaaayyyy! La pregunta que no quería responder.

—No puedo planificar un futuro con Seth si no estamos casados.

Tenía más que decir, pero de pronto estaba llorando.

—¿Por qué no quiere casarse conmigo? ¿Qué tengo de malo?

Dave la acercó a sí. Ella se apoyó en él y hundió la cabeza en su fuerte hombro.

—Nada. Seth es un gilipollas y se va a arrepentir el resto de su vida de haberte dejado escapar.

—Ojalá eso me reconfortara más —susurró ella—. Lo echo de menos, y eso me convierte en una tonta. Pero es que lo quería de verdad.

—Ya lo sé, Ashley. Le diste todo lo que tenías. No es culpa tuya.

A lo mejor no, pero saberlo no hacía desaparecer el dolor y tampoco impedía que se cuestionara a sí misma.

—Pensé que vendría a buscarme —admitió—. No lo hice para ponerlo a prueba, pero, cuando me fui, sí que pensé que cambiaría de opinión. Qué tontería, ¿no?

—Solo por parte de él.

—Ojalá fuera más fuerte. Ojalá pudiera seguir adelante sin echarlo de menos.

—Lo estás haciendo genial. No seas tan dura contigo misma.

Ashley se sorbió la nariz y luego levantó la cabeza y lo miró a los ojos.

—A lo mejor es un buen momento para darme algún consejo MAR. Algo sobre volver a subirse al caballo.

—Nunca he entendido mucho ese rollo del caballo. ¿Qué tal si me ofrezco a llevarte de vuelta al trabajo?

Ella esbozó una temblorosa sonrisa mientras se ponía derecha.

—Iré andando. No querría que tu última novia piense que ando detrás de ti.

—Ahora mismo no estoy con nadie.

—No lo sabía. ¿Quieres que te presente a alguna de mis amigas solteras?

Él negó con la cabeza.

—Puedo buscarme a mi propia chica.

Las lágrimas volvieron.

—Ya lo sé. Y luego te casarás con ella en una boda por la iglesia. Pero Seth no va a casarse conmigo nunca.

Dave maldijo para sí. Antes de que Ashley pudiera darse cuenta de qué pasaba, él la había sentado en su regazo y la estaba abrazando. Y aunque habría pensado que se sentiría incómoda, no fue así. Se sintió segura y reconfortada.

Arropada por su presencia, se rindió a las lágrimas. ¡A la porra la promesa de Seth de amarla para siempre! La había dejado marchar, y eso le había hecho preguntarse cuánto le habría importado desde un primer momento. Con el tiempo se olvidaría de él, pero ahora mismo se permitió perderse en la tristeza y el dolor.

Capítulo 27

Mikki esperó varios días antes de escribir a Perry y pedirle que quedaran. Había querido asegurarse de lo que sentía y de cómo manejaría la situación en el futuro. Luego tendría que pensar en el sitio correcto para mantener esa conversación. ¿Su casa, la de él o un lugar neutral? Mientras no los interrumpieran, no le importaba mucho dónde, aunque al final le había pedido que fuera a su casa porque le parecía que era lo que tenía más sentido.

Puntual, Perry llamó a la puerta. Mikki se secó las manos, de pronto sudorosas, en sus pantalones capri. Luego abrió la puerta y lo dejó pasar.

Él sonrió al entrar en el salón. Todo en Perry le era familiar: los ojos, el cuerpo, su forma de caminar. Una vez había sido su mundo. Habían hecho dos hijos juntos.

Le indicó que se sentara y después ocupó la silla enfrente de él.

—Tenemos que hablar —empezó a decir.

Él no dejaba de sonreír.

—Me lo he imaginado por el mensaje. ¿Qué pasa?

Mikki respiró hondo y se recordó que tendrían que haber tenido esa conversación hacía tiempo.

—Perry, estamos divorciados y hay una buena razón para eso. Intentamos hacer funcionar nuestro matrimonio, pero no funcionó. Los dos somos responsables. Creo que hicimos un buen trabajo cuando nos separamos. Mantuvimos a los niños a salvo y seguros emocionalmente, seguimos siendo amigos con nuestras familias políticas. Todo eso es bueno.

Poco a poco, Perry fue perdiendo la sonrisa.

—Tenemos que pasar página. Me he sentido orgullosa de que seamos amigos, pero ahora creo que hemos estado utilizándonos para no avanzar. Tenemos tanto compromiso emocional el uno con el otro que no necesitamos a nadie más. Pero quiero que eso cambie.

—¿No quieres ser amiga mía?

Parecía dolido.

—No se trata de ser o no amigos —dijo Mikki intentando no dejarse distraer—. Se trata de todo lo demás. No vamos a volver juntos. No iba a suceder nunca y siento que fueras por ese camino. No estamos enamorados, Perry. Nos venimos bien el uno al otro. Intentar volver a lo que éramos no nos beneficia a ninguno.

—No. No lo dices en serio. Mikki, podemos lograrlo. Sé que podemos.

—No podemos. Yo no quiero volver. Siento ser tan brusca, pero no estoy enamorada de ti. Hace tiempo que dejé de estarlo. Y tampoco creo que tú estés enamorado de mí. Planificar un futuro conmigo es más sencillo que salir ahí fuera. Créeme, sé cuánto asusta. Pero no hay nada a lo que volver. No nos equivocamos al divorciarnos.

Él se recostó en la silla, con gesto de conmoción y tristeza.

—Te quiero.

Mikki hizo lo posible por ignorar la culpa que la invadió.

—Lo siento si es verdad. Yo ya no te quiero. No románticamente. Eres un buen hombre y el padre de mis hijos. Siempre te estaré agradecida por ellos dos. Pero entre nosotros no hay nada más. Pensar que lo hay no es sano.

Se obligó a continuar.

—Creo que sería mejor que nos viéramos menos. Se acabaron los almuerzos, las visitas a tu casa y lo de recoger basura en la playa, al menos hasta que hayamos pasado página.

—¿Ni siquiera vas a verme?

—Necesitamos cortar por lo sano. En lo que respecta a los niños, siempre tendremos comunicación, pero necesitamos tomarnos un tiempo alejados.

A conciencia, suavizó el tono.

—Perry, piensa en salir ahí fuera. Eres un partidazo. Lo digo en serio. Tienes que empezar a salir con gente.

Él se levantó y la fulminó con la mirada.

—Estoy enamorado de ti. No me digas que salga con nadie más. No quiero a nadie más. Te quiero a ti. Nos quiero juntos.

Ella se levantó.

—No hay ningún «nos». Ya no.

Perry miró a otro lado.

—Supongo que eso lo dice todo, ¿no? Has dejado tu postura muy clara. No volveré a molestarte.

Ella reconoció ese orgullo obstinado en su postura y el dolor en sus ojos. Sabía que le había hecho daño, que los había hecho daño a los dos. Sabía que él se enfadaría y se negaría a comunicarse con ella durante un par de semanas, y que luego, con suerte, empezaría a ver que ella tenía razón. O, al menos, a estar menos molesto.

Pasó por delante de ella sin decir nada y Mikki lo dejó ir. Cuando la puerta se cerró con un golpe, ella se recostó en la silla y se obligó a seguir respirando. Si tenía razón, pronto Perry se daría cuenta de que vivir sin ella no era tan difícil como se había imaginado. Con un poco de suerte, empezaría a salir con otras mujeres otra vez y podrían retomar su amistad.

Si se equivocaba... Bueno, no quería pensar en eso. Aunque no amara a Perry, tampoco quería romperle el corazón. Pero tuviera razón o no, sabía que no podrían volver a lo que habían tenido. Y en cuanto a seguir adelante, aún no tenía claro qué significaba. Pero ahora que había resuelto las cosas con Perry, podía centrar su atención en el hombre del que se había enamorado. Ojalá no la hubiera cagado demasiado y él estuviera dispuesto a darle una segunda oportunidad.

Bree remaba en el océano. La cálida mañana prometía un día caluroso incluso en la playa. El cielo era del perfecto azul California y las gaviotas volaban en círculo, lentamente, como si ellas también estuvieran disfrutando de los últimos días de verano.

A su lado, Ashley braceaba con ganas y el gesto tenso de concentración. Solo llevaba unas semanas yendo a clase, pero se había puesto de pie en el primer intento y seguía mejorando. Bree no sabía si de verdad le gustaba el surf, pero todos los jueves a las cinco y media de la mañana estaba lista y con su tabla en la puerta de su casa.

Tener una compañera de piso había sido una agradable sorpresa. Reconfortante, en cierto modo. No estaban juntas cada segundo, pero saber que había otro corazón latiendo en casa solía bastar para superar los momentos malos. Habían acordado no hablar nunca de Harding y, de momento, estaban cumpliendo la promesa. De vez en cuando Bree veía rasgos de él en Ashley. Su sonrisa, algún gesto, alguna palabra. Captar el parecido iba seguido del intenso dolor de saber que lo que fuera que pudieran haber tenido no existiría jamás.

A veces se decía que debía echarle un par de narices y arriesgarlo todo. ¿Tan cobarde era que no podía arriesgarse a darle una oportunidad? Pero solo pensar en la posibilidad de volver a confiar en alguien la hacía retroceder al instante. No podía. Estar con Harding era arriesgarse a una muerte emocional. El instinto de supervivencia salía ganando siempre.

Se giró y, guiándose por la sensación de la tabla en el agua, esperó a que se formara una ola que pudiera montar. Unos segundos después empezó a remar con los brazos hacia la orilla y, suavemente, se puso en posición de cuclillas para a continuación levantarse. De forma instintiva fue moviéndose para mantener el equilibrio a medida que la tabla se situaba en la cresta de la ola. La euforia que sintió la llenó y le despejó la mente.

Aguantó de pie hasta el último segundo posible, antes de volver a caer en la tabla. Se acercó más a la orilla, braceando. Cuando el agua cubría poco, bajó y cargó con la tabla el resto del camino.

Dalton estaba junto a su toalla.

—Ha estado genial.

—Hoy las olas son perfectas.

Él desvió la mirada a la izquierda.

—No sé qué ha pasado con Harding y contigo, pero quería avisarte. Está aquí. Esperando junto a tu coche.

Un millar de emociones la recorrieron con una fuerte sacudida. Sin poder contenerse, se giró y vio una familiar silueta junto a su Mini. Estaba demasiado lejos para ver su expresión, pero solo saber que estaba ahí hizo que le entraran ganas a la vez de correr hacia él y correr en la dirección opuesta.

¿Quería verlo? ¿Hablar con él? ¿Tocarlo?

El corazón le respondió con un fuerte «¡Sí!», pero su instinto y su cerebro fueron más cautos. El miedo batallaba con las ganas.

—¿Puedes ocuparte tú? —preguntó Dalton.

Ella agarró la toalla.

—Estoy bien.

—Aquí me tienes si me necesitas.

—Gracias.

Bree fue hacia el coche. Harding seguía donde estaba, con la mirada clavada en ella. Según se acercaba vio que caminaba más deprisa y se obligó a aminorar la marcha. Tenía el pecho encogido y la respiración acelerada.

Tenía buen aspecto. Más delgado, tal vez, pero fuerte y bronceado. Ahora más cerca, intentó descifrar su expresión, pero él se lo estaba guardando todo dentro. Solo su ligera sonrisa le dijo que se alegraba de verla.

—Lo has hecho muy bien —dijo él sujetándole la tabla.

—Las olas son buenas.

Mientras ella se quitaba el neopreno y se secaba, él enganchó la tabla al techo del Mini. Bree se puso un vestido de tirantes sobre el bañador y se quitó unos mechones de pelo de la cara.

—Ahora Ashley surfea conmigo. ¿Habéis planeado esto los dos?

Harding la miró a la cara.

—No. Hasta hace unos diez segundos, ella no tenía ni idea de que vendría.

Seis meses atrás Bree habría dado por hecho que Harding mentía. Jamás se habría fiado de que alguien no quisiera engañarla. Ahora, en cambio, aceptó sus palabras. Harding nunca le había mentido y Ashley solía apoyarla.

Se miraron. Cada célula de su cuerpo le decía que diera esos pocos pasos que los separaban, que se rindiera a lo inevitable y dejara que ese hombre la amara. Sí, al final ese amor la destruiría, pero ¡qué forma tan maravillosa de irse!

Sin embargo, el miedo seguía ahí, igual de fuerte e impidiéndole moverse. En su ADN llevaba el instinto de supervivencia, reforzado por todo lo que Lewis le había hecho pasar. Sí, quería a Harding, pero jamás podría confiarle su corazón.

—Te he echado de menos —dijo él.

—Yo también te he echado de menos.

—¿Sí?

El destello de esperanza en sus ojos avellana la impactó con la fuerza de un tráiler, pero antes de que ella pudiera decirle que la esperanza era cosa de panolis, él continuó.

—He estado dándote tiempo. Sé que esto es muy difícil para ti. Sigo queriéndote, Bree. Sigo pensando que eres la mujer de mi vida. Voy a esperar todo lo que haga falta hasta que lo tengas claro. Solo necesito saber que crees que podemos tener un futuro juntos.

¿Y ya? ¿No podía pedirle algo sencillo como uno de sus pulmones?

—No hagas esto —dijo ella girándose—. Harding, no lo hagas. No puedo ser lo que tú quieres. No, no lo seré. No voy a correr el riesgo. Ojalá pudieras entenderlo.

Él se movió para poder seguir mirándola a la cara.

—No te haré daño. Siempre te apoyaré. Soy un buen tío, ya lo sabes. ¿No puedes creerme ni siquiera un poco?

Bree lo miró y se estremeció al ver tanto dolor.

—No. Lo siento. No quiero hacerte daño. Yo...

Tragó saliva para intentar aplacar la tirantez que sentía en la garganta.

—Has estado cerca, eso te lo reconozco. Más cerca que nadie. Si me pareciera posible poder confiar en ti, querría hacerlo. Pero eso no pasará nunca. No correré el riesgo.

Se sentía como si se estuviera arrancando el corazón a sí misma, pero sabía que tenía que hacerlo y hacerle ver a Harding que no había nada entre ellos. Que nunca lo había habido.

—Estás malgastando el tiempo conmigo —dijo con rotundidad—. No merezco la pena —añadió, y pensó en lo que había dicho Chico Triste—. Soy una concha vacía, no una persona de verdad. Ve a buscar otra a quien amar, alguien que pueda amarte a ti también.

—No quiero a nadie más, Bree. Te quiero a ti. Te amo.

Sus palabras fueron como puñetazos. Bree sintió que las rodillas empezaban a combársele y tuvo que agarrarse al coche para no caerse.

—Vete —susurró girándose otra vez.

No hubo respuesta, no hubo nada. Al cabo de unos segundos, volvió a girarse y él ya se había ido. Tal como le había pedido.

Se apartó del coche y se agachó en el suelo. Soltó un estallido de sollozos casi guturales mientras luchaba contra la sensación de estar ahogándose en el dolor. Las piezas rotas de su psique chocaban entre sí creando una agonía que no había experimentado nunca. No sobreviviría a algo así, pensó desesperada. Era imposible que una persona pudiera pasar por algo así y seguir funcionando.

—¡Ay, Bree!

La suave voz la advirtió de la presencia de Ashley. Su amiga la ayudó a levantarse y la abrazó con fuerza.

—¿La has cagado mucho?

Bree logró tomar aire suficiente para hablar.

—Ya me conoces. Ha sido horrible.

—Debería odiarte, pero me das demasiada pena.

Bree la abrazó con fuerza.

—Sí que deberías odiarme. Yo me odio. Pero es que no puedo hacer lo que él quiere. No puedo arriesgarme. Siento haberle hecho daño. Lo siento mucho.

—Lo sé. Y también eres tonta por haberlo dejado escapar, pero bueno, eso ya lo sabes.

Ashley se movió para situarse a su lado.

—Venga, vámonos a casa. Yo conduzco. Necesitas una ducha y comer algo.

—No puedo comer. Vomitaría.

—Te haré un *smoothie*. Eso podrás tolerarlo.

Bree no quería soltarse, pero se obligó a mantenerse en pie sola.

—¿Por qué estás siendo tan buena conmigo?

—Eres mi amiga. Te quiero. No voy a dejarte sola con esto. Harding tiene muchos sitios a los que acudir en busca de apoyo. ¿A quién más tienes tú aparte de Mikki y de mí?

—A nadie —susurró Bree sabiendo que era verdad—. A nadie en absoluto.

—Le has roto el corazón a Lorraine.

Mikki apretó los labios para contenerse y no contestar mal a su madre.

—Está hundida —añadió Rita—. Apenas puede salir de la cama.

—Para. No me estás ayudando. Además, me dijiste que no me reconciliara con Perry. Pensé que te alegrarías.

—Le has hecho daño a Lorraine.

—¿Cómo podía decirle que no a Perry sin hacerle daño a ella?

Su madre se sorbió la nariz.

—Ni idea. Yo solo te digo cómo están las cosas. Cómo las soluciones es cosa tuya.

—Vale. Gracias por la información.

Con eso, Mikki salió del almacén y volvió a entrar en la tienda. Odiaba esa sensación de fatalidad inminente que la perseguía. Ya sabía que su suegra no estaba contenta, pero a lo mejor había algo más que solo decepción.

—La próxima vez nada de familiares trabajando en el negocio —murmuró para sí—. Solo desconocidos. Y preferiblemente gente que no me caiga bien.

Se mantuvo ocupada atendiendo a clientes. Una madre y una hija compraron ocho bolsas grandes a juego con unas chanclas para las damas de honor de la boda de la chica. Una señora mayor estuvo una hora mirando y remirando teteras y al final se marchó sin comprar nada. Un poco antes de la una, Lorraine entró en la tienda. Mikki se encontró con ella junto a la sala de descanso.

—¡Hola! —le dijo con tono alegre—. ¿Tienes un momento?

Lorraine asintió y entró en la sala delante de ella. Después de meter el bolso en la taquilla, se giró hacia Mikki con cuidado de no mirarla a los ojos.

Mikki contuvo un gruñido. Tal vez su madre tuviera razón. Tal vez las cosas estaban peor de lo que pensaba.

—Estás molesta —dijo Mikki intentando evitar un tono acusatorio—. ¿Podemos hablarlo?

—Estoy bien.

—No lo estás. Esta semana has faltado dos días diciendo que estabas enferma, apenas me hablas y ni siquiera me miras.

Mikki se detuvo. Había mil cosas que podía decir en su propia defensa, pero ahora mismo ninguna ayudaría mucho.

—Siento que las cosas no hayan funcionado entre Perry y yo. Lo dejamos hace tres años. Ojalá los dos hubiéramos podido recordarlo desde el principio.

Su suegra la miró con lágrimas en los ojos.

—Creía que ibais a volver. Sigue enamorado de ti. Es como si fuéramos a pasar otra vez por el divorcio.

—Yo no quería que pasara eso. Debería haber sido más clara con Perry la primera vez que mencionó la reconciliación.

Suavizó el tono y continuó:

—No habría funcionado nunca. Hemos evolucionado. Ahora somos personas distintas.

—Pero te quiere.

Mikki eso no lo tenía tan claro.

—Sospecho que se recuperará más rápido de lo que crees. Ayudaría que lo animaras a empezar a salir.

—No quiere salir con nadie más.

La terquedad de Lorraine estaba empezando a resultar muy molesta.

—Lorraine, tenemos que arreglar esto si vamos a seguir trabajando juntas.

De pronto tuvo un pensamiento horrible.

—¿Es que quieres dejarlo?

—¿Qué? No, claro que no. Me encanta mi trabajo. Solo creía que ibais a solucionarlo.

—Pues no. Y tienes que aceptarlo —dijo Mikki. Y entonces pensó que, si iba a ser sincera, mejor ir a por todas—. ¿Sabes que yo estaba saliendo con alguien?

Lorraine asintió con gesto aún más abatido.

—Sí, ese tal Duane. ¿Sigues viéndolo?

Pregunta complicada. Mikki optó por la respuesta sencilla.

—Sí, y si las cosas salen tal como espero, seguiré viéndolo. Así que no se trata solo del trabajo, se trata de nuestras vidas. Pasará tiempo con los niños, pasarás vacaciones y fiestas con nosotros. Y eso implica comer y cenar con todos.

Lorraine se llevó una temblorosa mano a la boca.

—¿En Navidad?

—Sí. Cumpleaños, pícnis, lo que sea.

Una única lágrima caía por la mejilla de Lorraine.

—Yo solo quería recuperar a mi familia.

—Nadie se ha ido a ninguna parte. Sigues teniendo a tu familia. Siempre me tendrás cerca, aunque no como esposa de Perry.

Lorraine agachó la cabeza.

—¿No vas a cambiar de idea?

—No. Te quiero y te respeto, pero no voy a fingir solo para ponerte las cosas más fáciles. No es bueno para mí y, desde luego, no es bueno para Perry.

Lorraine asintió despacio.

—Vale. Lo entiendo. No volveré a mencionarlo. Pero es que quería...

Se sorbió la nariz, cuadró los hombros y continuó:

—Lo que yo quiera no importa.

Sacó su delantal de trabajo de la taquilla.

—¿Han llegado los relojes de cristal?

Mikki vaciló.

—¿Estás bien?

Lorraine le dio una palmadita en el brazo.

—Sí. Me va a llevar algo de tiempo superar esto, pero encontraré el modo de hacerlo. Y hablaré con Perry para que intente conocer a alguien. Lleva tanto tiempo centrado en ti que se ha olvidado de todo lo demás. Bueno, venga, cuéntame lo de los relojes.

Esas palabras parecieron ideadas para hacerla sentirse poco más que una cabrona. Pero no se quejó. Lorraine necesitaba su tiempo para pasar el duelo.

—Los relojes me han decepcionado un poco. Son algo más cutres de lo que esperaba.

—¡No me digas! Enséñamelos. A lo mejor lucirán más si les montamos un buen expositor.

—Si alguien puede solucionarlo eres tú.

—Te estás precipitando —dijo Oscar mirando las bolsas de maíz dulce—. Es demasiado pronto para empezar con los *cupcakes* y los *muffins* otoñales.

Ashley ignoró ese inesperado enfado.

—Siempre empezamos esta semana de septiembre.

—No, empezamos dentro de dos semanas. Quieres que el tiempo pase más deprisa por lo de Seth, pero la vida no funciona así. Tienes que seguir los pasos, y en tu situación eso significa sentir el dolor, procesarlo y sanarte. Si no lo haces, te quedarás para siempre estancada donde estás ahora.

Apenas eran las seis de la mañana. Ashley había ido a hacer inventario y a recoger *cupcakes* y *muffins*. Estaba de mal humor y hambrienta y se había olvidado el café en casa.

—Que haya traído maíz dulce no tiene nada que ver con que Seth y yo hayamos roto.

—Te equivocas.

Estaban uno enfrente del otro, prácticamente pegados y mirándose. Ashley ignoró que Oscar le sacara quince centímetros y unos treinta kilos de músculo y que, además, fuera un hombre que había cometido asesinato. De verdad.

—¡Me estás cabreando mucho! —le gritó a la cara.

—Ya, estás muy desagradable últimamente. Sigue los pasos, Ashley.

Ella primero parpadeó y luego retrocedió.

—¡Que sí, que vale! —exclamó, aunque los labios le temblaron al hablar.

—Peliculera.

—Delincuente.

Oscar se rio.

—Bien. Ya estás mejor.

—Un poco —dijo Ashley. Miró las bolsas de maíz dulce y suspiró—. Tienes razón. Es demasiado pronto. Las meteré en la despensa hasta que estemos listos.

—Ponlas en la sala de almuerzo. Dentro de dos semanas necesitaremos nuevas. No vamos a usar maíz dulce pasado.

Ashley estaba a punto de decirle que tenía unos criterios ridículos cuando oyó una voz familiar decir su nombre. Mientras el corazón se le paraba, Seth entró en la cocina.

Tenía un aspecto horrible. Estaba pálido y con ojeras. Llevaba la ropa arrugada y le colgaba como si estuviera hecha para otra persona. Impactada de verlo, sintió una sacudida de dolor. Pero lo que más la había removido había sido ver el mal aspecto que tenía. Como si estuviera...

—¿Estás enfermo? —le preguntó oyendo su tono de pánico.

Recordó que Bree les había contado que a Lewis le habían diagnosticado cáncer de pulmón a pesar de que no había fumado nunca. ¿Tendría Seth algo así? ¿O leucemia tal vez? No quería que muriera.

—¿Podemos hablar?

Oscar se situó entre los dos. No dijo nada, pero era una presencia amenazadora. Ashley sacudió la cabeza mirándolo, agarró a Seth del brazo y lo llevó al pasillo. Cuando la puerta de la cocina se cerró, se giró hacia él.

—¿Qué pasa?

Él le acarició el brazo.

—¡Dios! ¡Qué alegría verte! Estás genial. Te he echado mucho de menos.

—Seth, dime. ¿Estás enfermo?

—No. No como crees —dijo con la boca temblorosa—. No puedo hacerlo. Lo he intentado una y otra vez, pero no puedo olvidarte. Te quiero, Ashley, con el alma y el corazón. Llevo toda mi vida esperándote. Pensé que estaría bien, pero no. Te necesito y te quiero.

Oír todo eso estaba muy bien, pero Ashley no tenía ni idea de qué quería decirle en realidad.

—¿Quieres sentarte?

—No. Quiero pedirte que te cases conmigo.

La frase salió como de la nada. Al principio ella pensó que no lo había oído bien, pero entonces Seth se sacó un anillo de diamantes del bolsillo y se lo puso en la mano.

—Quiero que seas feliz —le dijo mirándola a los ojos—. Quiero que estemos juntos, como hablamos. Con hijos, una casa y un perro. Te quiero, Ashley, y si casarnos es lo que hace falta para tenerte conmigo siempre, entonces me casaré contigo.

¿Qué? Ashley cerró los dedos alrededor del anillo, sintiendo los suaves bordes y su forma. La piel se le enfrió y luego se le calentó, y la respiración se le entrecortó.

—¿Me estás pidiendo matrimonio?

—Sí. Cásate conmigo, por favor. Di que podemos estar juntos. Quiero hacerlo. Nos quiero juntos.

Ella oyó la sinceridad en sus palabras, la sintió por

cómo la miraba. Seth había cambiado de opinión. Estaba dispuesto a casarse.

Esperó a sentir el alivio, el disfrute del momento. Esperó a que la felicidad y el resto de emociones la hicieran tirarse a sus brazos para poder empezar una vida juntos. Esperó a que la invadieran la sensación de seguridad, el regocijo, el...

—No puedo —susurró—. No puedo casarme contigo.

Seth estaba conmocionado.

—¿Cómo puedes decir eso? Te estoy pidiendo matrimonio. Dijiste que querías casarte. Vamos a hacerlo. Podemos fugarnos ahora mismo. Es lo que querías.

Sí. Ese era el sueño.

—Es lo que quiero. Pero no puedo. Lo siento, pero, por lo que sea, lo nuestro ha salido mal. Tuvimos nuestro momento hace semanas. Estuvimos en el momento en el que debería haber pasado, pero no pasó, y ahora el momento ha quedado atrás.

—¿Me estás castigando por esperar? —preguntó él con incredulidad.

—No. No es eso. Por favor, no pienses que me refiero a eso —dijo e intentó explicarse—: Yo siempre seré la que quería casarse y tú siempre serás el tipo al que obligaron a casarse. Nunca funcionará. Yo me sentiré culpable y tú estarás resentido. Con el tiempo, eso nos destrozará.

Lo miraba a los ojos.

—Sigues sin querer casarte. Solo lo estás haciendo por mí.

—¿Y qué más da? ¡Te estoy dando lo que quieres!

—Lo siento.

—Sentirlo no es suficiente. ¿Es que yo no importo nada?

—Claro que sí.

Ashley miró el anillo que tenía en la mano deseando que las cosas hubieran podido ser diferentes. Luego se lo ofreció.

—No va a funcionar. Ya no.

Esperó al lanzamiento de acusaciones, las palabras cargadas de rabia, pero Seth se limitó a quitarle el anillo de la mano con brusquedad, darse la vuelta y marcharse. Ashley se quedó donde estaba, viéndolo irse. La conmoción del momento disfrazó el dolor que llegaría después; sabía que era cuestión de tiempo que todo eso la golpeara con fuerza.

—No te has equivocado.

Se giró y vio a Oscar en la puerta de la cocina.

—¿Estabas escuchando?

—Claro. ¿No habrías escuchado tú?

—Probablemente.

Él se encogió de hombros.

—No te has equivocado. Ha vuelto porque está buscando una forma sencilla de solucionar cómo se siente, pero con el tiempo te guardaría rencor, como has dicho. Estabais condenados al fracaso.

—Qué ánimos.

—Supongo que no, pero es la verdad.

Con un ademán, Oscar le indicó que entrara en la cocina.

—Vamos, jefa. Te preparo una taza de café.

—Preferiría que salieras con Carrie. Haríais una pareja monísima.

—Cierra el pico.

—Sabes que lo seríais.

Oscar farfulló algo que ella no pudo oír y luego se acercó a la cafetera. Pero cuando le dio su taza bien llena, le puso una mano en el hombro y le dio un apretón.

—Has hecho bien. Durante un tiempo vas a sufrir de la hostia, pero serás más fuerte por haber hecho lo correcto.

Ashley agarró el café con las dos manos.

—Sigue los pasos, ¿no?

—Cada uno de ellos.

Capítulo 28

—Dile que sufriste un traumatismo craneal y que no es culpa tuya —sugirió Bree en un intento de ayudar.

—¡Qué locura! —contestó Ashley estirándose en la tumbona—. Sé sincera. No era tu intención estropearlo todo. Te viste atrapada en una situación que no supiste reconocer. La verdad es mejor.

—Yo me ceñiría al traumatismo craneal.

Mikki estaba sentada en una cómoda silla en el porche trasero de Bree escuchando los consejos de sus amigas sobre cómo acercarse a Duane. Había sopesado varias opciones: escribirle una carta larga, pasarse por su casa... Pero lo más justo y menos embarazoso sería llamarlo.

—No voy a fingir un traumatismo craneal —dijo Mikki.

—Podría afeitarte una parte de la cabeza —dijo Bree sonriendo—. Para darle más autenticidad.

—Ignórala —dijo Ashley antes de dar un sorbo al té helado.

La tarde de domingo era cálida y preciosa como solo podía serlo a mediados de septiembre. Mikki tenía montones de cosas que podría estar haciendo en casa, pero estar allí era más divertido. Que las tres compartieran su dolor parecía ayudar.

—Voy a llamarlo —dijo levantándose y agitando el teléfono—. Dudo que responda, pero, si lo hace, le voy a preguntar si podemos hablar en persona. Si no, le dejaré un mensaje.

—Tienes un plan —dijo Bree sonriendo—. Bien hecho. Recuerda, solo la cagaste porque las citas se te dan fatal.

—¿Me dices que use la ignorancia como defensa?

—Algo así.

Mikki entró en la casa y buscó entre los contactos. Respiró hondo y pulsó el botón. Unos segundos después, se oyeron cinco tonos y luego saltó el buzón de voz.

—*Has llamado a Duane. Deja un mensaje.*

Solo el sonido de su voz la hizo palpitar por dentro. ¿Cómo podía haber sido tan tonta de arriesgar...?

Bip.

—Eeeh... hola. Soy Mikki. Esperaba que pudiéramos hablar unos minutos. En persona, si te parece bien. Me gustaría verte y... bueno... Yo... —¡ay! ¿Por qué no había planeado lo que iba a decir?—. Te agradecería que me dieras una oportunidad de decirte unas cosas. Espero saber de ti.

Colgó y volvió al jardín. Bree y Ashley la miraban expectante.

—No he podido hablar con él. Pero tengo náuseas.

—¡Ashley está embarazada! —dijo Bree con alegría.

—¡No es verdad! —gritó Ashley—. ¿Por qué dices eso?

Mikki las miró a las dos.

—¿Qué está pasando?

—Solo quería distraerte —dijo Bree con petulancia.

Ashley se llevó una mano al vientre.

—Ni se te ocurra bromear con eso. Tuve la regla la semana pasada. No estoy embarazada. ¡Tú estás fatal, Bree!

Bree sonreía sin el más mínimo arrepentimiento.

—Creo que en eso estamos todas de acuerdo.

A Mikki le sonó el teléfono. Las tres se quedaron paralizadas mientras ella miraba la pantalla.

Llegaré a casa a las cuatro, por si quieres pasarte.

Volvió a revolvérsele el estómago, pero esta vez con una sensación más esperanzadora.

—Dice que puedo pasar por su casa esta tarde —dijo llevándose el teléfono al pecho—. No sé qué decir.

Bree se giró y plantó los pies sobre los adoquines del jardín.

—Sé sincera. Dile que la has cagado y que te gustaría una segunda oportunidad. Y, si te sientes especialmente valiente, dile que te estás enamorando de él.

—No digas nada del amor —la corrigió Ashley—. Puede pensarse que es una trampa. Tú solo discúlpate y explícate, y luego espera. Déjale hablar. Te vas a poner a parlotear y él va a sentir que no lo escuchas.

Las dos la miraron. Ashley se encogió de hombros.

—He estado leyendo algunos libros de autoayuda y hablando con una de las psicólogas de MAR. Pero así, de pasada, nada serio.

—Yo creo que necesito terapia —murmuró Bree.

—No te iría mal —le dijo Mikki—. Pero ya nos ocuparemos de eso más adelante.

Miró el reloj.

—Son solo las once. ¿Cómo voy a aguantar las próximas cinco horas?

Bree soltó una carcajada maléfica.

—Qué casualidad que lo preguntes. Resulta que sé de una clase de *spinning* que empieza en una hora. Venga, vamos todas.

* * *

Mikki primero echó el bofe y luego fue con sus amigas a tomar un almuerzo postejercicio en un puesto de tacos. De vuelta a casa hizo unos recados y llegó allí un poco antes de las tres. Para entonces los tacos ya se habían asentado, pero las dudas y la preocupación estaban machacándola con ganas, creando desastrosos escenarios en su cabeza, a cada cual peor.

Se duchó, se secó el pelo y después vaciló sobre qué ponerse y cuánto maquillarse. Quería estar guapa, pero sin que se notara que se había esforzado en arreglarse. Así que nada sexi ni nada demasiado sofisticado. Se limitó a unos vaqueros claros y una sencilla camiseta rosa con zapatos planos. Se aplicó máscara de pestañas resistente al agua y brillo de labios, y a las tres y media se subió a su SUV para ir a casa de Duane.

Oía el corazón golpeteándole el pecho y cada ciertos minutos se preguntaba si iría a darle su primer ataque de pánico. Para distraerse, buscó una emisora de radio de antiguos éxitos y subió el volumen para unirse a los Beach Boys mientras cantaban *Barbara Ann*.

Llegó pronto y se quedó sentada en el coche, hiperventilando, hasta que dieron las cuatro en punto. Durante el breve recorrido a pie hasta la puerta del piso de Duane, se recordó que el acto de disculpa era lo más importante. Todo lo demás era secundario. Con suerte, él querría hablar después de que ella se hubiera arrastrado. Había anotado algunas cosas y las había repasado antes de ir, aunque no estaba segura de que tanta preparación ayudara mucho en los asuntos del corazón.

Llamó una vez y esperó. Unos segundos después él abrió la puerta. Se quedaron mirándose.

«Qué guapo», pensó intentando ignorar cómo le temblaban las piernas. Alto y guapísimo, con los hombros anchos. Llevaba una camiseta de manga corta y vaqueros. Tenía los labios apretados y su oscura mirada resultaba indescifrable.

Sin decirle nada, Duane dio un paso atrás para dejarla pasar. La falta de calidez y la decidida rigidez de su postura marchitaron sus esperanzas. Estaba claro que estaba dispuesto a oírla, pero no parecía nada contento de verla.

«Zanjar el asunto», se dijo. Estaba ahí para hacer lo correcto y pedir lo que quería. Él no le debía nada. Sería madura y sincera y estaría calmada. Si lo lograba, se sentiría orgullosa de sí misma.

En el salón, Duane señaló una butaca y se sentó en el sofá.

Al menos no iba a dejarla ahí de pie hablando, pensó Mikki intentando calmar la respiración. Era buena señal. Tal vez.

—Lo siento. Lo siento por no haberte dicho lo que pasaba con Perry. Me equivoqué por completo al no contártelo. Espero que me creas cuando te digo que no estaba ocultándote nada. Sinceramente, no pensé que hubiera nada que contar. Él y yo no estábamos saliendo. Yo lo veía como lo había visto siempre, así que para mí no había ninguna diferencia. Cuando me dijo lo de volver, me sentí más enfadada que intrigada.

Retorciéndose las manos, se obligó a mirarlo a los ojos.

—No salgo con nadie. Lo sabes. No lo hago desde que era una adolescente. Olvidé que cuando estás con alguien que te gusta, tienes que tratarlo con sinceridad y respeto. Debería habértelo contado en cuanto Perry sacó el tema de la reconciliación. No debería haber seguido ayudándolo con su nueva casa ni yendo con él a limpiar la playa. No estoy diciendo que estar contigo implique que Perry y yo no podamos ser amigos. Claro que podemos, pero analizando ahora la situación desde un punto de vista objetivo, veo que él y yo estábamos en un terreno neutral raro. Divorciados pero aún con implicaciones emocionales. Antes no lo veía. Ahora sí.

Se detuvo esperando que él dijera algo, pero Duane solo siguió mirándola.

—Me he dado cuenta de que utilicé ese terreno neutral sin implicaciones emocionales, pero con ellas en el fondo, para evitar tener que salir a buscar a un hombre estupendo. Pero eso no lo sabía cuando te conocí, así que fue fácil verme arrastrada otra vez hacia Perry.

Se inclinó hacia él.

—Te juro que jamás pensé que estaba siendo infiel o irrespetuosa. Fui una tonta y no me di cuenta de nada.

—Te pidió que tuvieras un hijo suyo.

Ella apretó los labios.

—Sí. Y supe que era excesivo y extraño y que debería haberme servido como señal de alerta —agachó la cabeza—. Creo que después de veinte años siendo solo madre y esposa, y una no muy especial por cierto, a una parte de mí le gustó recibir atención de vosotros dos. Fue un problema divertido que tener, aunque no mi momento de mayor madurez.

Lo miró.

—Fui superficial e irrespetuosa, y me cuesta mucho decirlo porque nunca me he considerado una mala persona, pero tal vez lo soy y nunca me había dado cuenta.

Volvió a detenerse, pero él siguió en silencio.

—Quería disculparme. Y también quiero que sepas que Perry y yo ya no estamos enredados en la vida del otro. No hacemos nada juntos, ni almorzamos ni pasamos ratos juntos. Hablamos de los chicos y nos veremos en reuniones familiares y nada más. Lo que estábamos haciendo no nos beneficiaba a ninguno. Cuando los niños eran más pequeños, necesitábamos ser un equipo, pero eso se convirtió en algo insano y te juro que no me había dado cuenta. Me abriste los ojos. Siento que te vieras perjudicado por mis problemas de codependencia.

Carraspeó.

—Me gustas mucho, Duane. He disfrutado conociéndote. Me gusta cómo nos reímos juntos y las cosas de las que hablamos. Eres un hombre increíble y estoy muy agradecida por lo que tuvimos. Quiero todo eso de lo que hablamos. Quiero seguir viéndote. Solo a ti. Exclusivamente.

Él se tensó. Fue un gesto sutil, pero ella lo vio y supo que no habría una segunda oportunidad. Necesitó de todo su valor y fuerza para seguir en la butaca y terminar lo que tenía que decir en lugar de salir corriendo, pero se había prometido hacer lo correcto costara lo que costara.

—Me gustaría tener la oportunidad de volver a ganarme tu confianza. Creo que lo que tuvimos fue especial y excepcional. Siento haberlo estropeado todo tanto y espero que nos des otra oportunidad.

Quería decirle que había hablado con Lorraine sobre que él fuera a pasar las Navidades con ellos, pero le pareció un tema demasiado fortuito, así que dejó de hablar.

Él la miró y desvió la mirada.

—Me has hecho daño.

Mikki asintió mientras se decía que no lloraría. No quería que Duane pensara que quería manipularlo con lágrimas.

—Confié en ti, Mikki. Creí en nosotros. Estaba enamorándome de ti.

Ahora fue ella la que se estremeció. ¿La había amado? ¿Duane la había amado y ella lo había estropeado todo? El dolor la estrujó desde todas las direcciones y, en contra de su voluntad, las lágrimas cayeron. Se las secó con furia y contuvo las ganas de explicarse otra vez, de suplicar otra vez. Ni podía convencerlo con un montón de palabras ni estaba bien acosarlo.

—Necesito pensar en lo que has dicho —le dijo él.

Las lágrimas cesaron tan rápido como habían brotado. Lo miró.

—¿No vas a echarme a la calle?

—No podría. Mi piso da al otro lado.

¿Eso era una broma? ¿Estaba siendo gracioso? Y si lo estaba siendo, ¿podía considerarlo una buena señal?

Duane se levantó y se acercó.

—Joder, Mikki, ¿tu exmarido? ¿Quién hace eso? ¿Te acostaste con él?

—No. No me he acostado con nadie desde el divorcio exceptuando aquella horrible experiencia y a Earl. Solo estamos Earl y yo.

Él fue al otro extremo de la sala y se giró, fulminándola con la mirada.

—¿Lo besaste?

—Una vez —dijo Mikki, y se detuvo para corroborar las cuentas—. Sí, una vez.

Vaciló y se arriesgó a añadir:

—Earl y yo no nos besamos.

—E imagino que tampoco hablaréis mucho —dijo Duane frotándose la nuca—. Qué peligro tienes, Mikki Bartholomew. Siempre supe que lo tendrías. Lo que me ha descolocado ha sido la forma en que lo has hecho.

—No pretendía ser una cabrona. No tenía ni idea de lo que estaba haciendo. Asumo que me he equivocado por completo, pero de verdad que no lo he hecho a propósito —dijo, y decidió insistir—: Le he hablado a Lorraine de ti. Le he dicho que eres parte de mi vida y que pasarías la Navidad con nosotros. Si es que aún quieres, claro.

—No ha tenido que ser una conversación sencilla.

—Es una mujer fuerte. Se adaptará. Mis hijos ya te aprecian y yo tengo muchas ganas de ver a los tuyos.

Quería acercarse y abrazarlo, pero sabía que Duane no había tomado una decisión del todo. Dadas las circunstancias, tenía que ser Duane el que se acercara.

Él apretó la boca.

—Te he echado de menos. He estado a punto de llamarte muchas veces. Pasé por tu casa con el coche dos veces y casi paré para llamar a la puerta, pero sabía que no estaba listo y tampoco tenía ni idea de dónde estabas. Para mí, te habías fugado con Perry para casarte.

—Eso nunca fue una opción. Me alegro de que esperaras. Tenía que pensar en muchas cosas. No en lo que siento por ti, porque eso nunca lo he dudado, sino en cómo dejé que todo se descontrolara tanto. Necesitaba pasar algo de tiempo analizándome y analizando las pésimas decisiones que he tomado. He hecho daño a mucha gente por ser tan inconsciente. No estoy orgullosa.

Él esbozó media sonrisa.

—Desde luego, das unas disculpas fantásticas —dijo dando un paso hacia ella—. Vas a tener que volver a ganarte mi confianza.

Mikki se quedó paralizada. ¿Significaba eso que estaba brindándole otra oportunidad?

—Quiero hacerlo —dijo con voz suave—. Pero no sé cómo, así que a lo mejor podrías ayudarme a averiguarlo —se detuvo—. ¿Sabes? Creo que podría irte bien conocer a Perry. No digo que seáis amigos ni nada de eso, pero, una vez os veáis, tendremos un marco de referencia común. Los chicos pueden estar ahí, y a lo mejor también Bree y Ashley. Para que haya mucha gente y no resulte incómodo.

—No quiero conocer a tu ex, pero no es mala idea. Aunque mejor primero afiancemos más nuestra relación, ¿vale? Quiero saber que tú y yo volvemos a estar donde estábamos.

Mikki juntó las manos.

—¿Vas a darme otra oportunidad?

La preciosa y maravillosa sonrisa de Duane volvió.

—Sí. Con condiciones.

—Por supuesto. Empezando por la exclusividad.

Exclusividad total y absoluta. Solo nosotros. Nadie más. Nunca.

—Hecho —dijo Duane. Se detuvo antes de añadir—: Te he echado de menos.

Antes de que Mikki pudiera responder, él la acercó y la abrazó con tanta fuerza que ella apenas podía respirar. Pero no le importó. Se aferró a él, inhalando su aroma, sintiendo el firme latido de su corazón.

Al cabo de unos minutos, Duane le rodeó la cara con las manos y la besó.

—Te he echado de menos —repitió mirándola a los ojos—. Te metiste en mi vida y en mi cabeza y me sentía perdido sin ti.

—Yo también te he echado de menos. Muchísimo. Siento lo que hice. Lo siento mucho.

—Lo sé. Deja de disculparte. Quiero mirar hacia delante, no atrás. Empezando desde ahora mismo.

—Yo también. ¿Entonces Acción de Gracias con tus hijos y Navidad con mis exsuegros?

—Sí —susurró él—. Y Año Nuevo en París.

Ella lo miró.

—Te quiero, Duane. Quiero que sepas que tienes mi corazón. Te quiero.

No había planeado decir esas palabras, y tampoco sabía cómo reaccionaría él. Pero mientras lo observaba, vio felicidad y sorpresa en sus ojos.

—Yo también te quiero —susurró Duane—. Más de lo que imaginas.

Mikki estaba tan feliz que pensó que podría flotar. Aunque, siendo práctica, tenía otras cosas en mente.

—Ya que estamos de confesiones, quería decirte que Earl y yo lo hemos dejado. Desde la primera vez que tú y yo hicimos el amor.

Él enarcó las cejas.

—Pero ha pasado casi un mes desde que estuvimos juntos.

—Ya, pero no me parecía bien... eh... usarlo.

—Interesante. Porque, por lo que he leído, una mujer de tu edad está en su apogeo sexual.

—Yo también lo he oído.

—Y no nos gustaría desaprovecharlo.

—Sería una pena.

Duane la rodeó con un brazo y la llevó hacia el dormitorio.

—Tengo una nueva analítica de sangre que podría interesarte.

El deseo se le arremolinó en el vientre.

—¿Así que se acabaron los preservativos? Deberíamos probarlo.

—Estoy de acuerdo.

Bree siguió a Ashley y a Mikki hacia el interior del edificio de MAR. La habían convencido para trabajar como voluntaria en un proyecto relacionado con la alfabetización y al que, en otras circunstancias, se habría lanzado de cabeza. Lo que le preocupaba era la conexión del proyecto con Harding y MAR.

Quería preguntar una vez más si estaban seguras de que él no estaría por allí, pero ya le habían prometido que no, y confiaba en sus amigas.

—¿De qué edades son los niños? —preguntó cuando alcanzó a las chicas—. No me lo habéis dicho.

Ashley y Mikki se miraron y respondieron a la vez, una cosa cada una:

—De entre primero y tercero.

—Preadolescentes.

Mikki puso los ojos en blanco.

—Es un grupo mezclado.

—Pues eso no tiene ningún sentido —dijo Bree siguiéndolas por las escaleras—. No se pueden mezclar grupos de edades así. Los niños más mayores intimidarán a los pequeños y...

Se detuvieron en una puerta. Bree miró el cartel y

al instante supo que se la habían colado. Estaba dolida y furiosa.

—¿Terapia? —dijo dando un paso atrás—. No hay ningún proyecto de alfabetización, ¿verdad?

Mikki se situó entre ella y la salida.

—No. Te hemos mentido para traerte aquí.

—Es una intervención —añadió Ashley.

—Ni de coña.

Bree se giró para marcharse, pero Ashley la agarró del brazo y tiró de ella hacia la puerta. Mikki la abrió, entró tras ellas y se apoyó en el marco como para impedir que Bree escapara.

—Solo te pedimos treinta minutos —dijo Ashley corriendo—. Solo media hora. Nada más. Te queremos y queremos que seas feliz —añadió con tono más suavizado.

Bree no podía ignorar la sensación de que la habían traicionado.

—Me habéis engañado —dijo sin poder creérselo—. Confiaba en vosotras.

—Sabíamos que corríamos ese riesgo —admitió Ashley agarrándola de la mano—. Nos lo hemos pensado mucho y nos ha costado decidirnos, pero estás sufriendo todo el tiempo y no sabemos cómo ayudarte.

—No necesito esta clase de ayuda —dijo Bree soltándose la mano—. Me marcho.

—¡Espera! —dijo Mikki señalando a Ashley para que se situara con ella en la puerta—. Tú solo escucha lo que tiene que decir. Es una hora de tu vida. Luego te puedes marchar.

—Creía que eran treinta minutos.

Bree estaba a punto de apartar a sus amigas a empujones de la puerta cuando una mujer salió a la sala de espera. Tenía unos cincuenta y pico años, el pelo rizado y canoso y un rostro amable.

—Ashley, ¿estás bloqueando la puerta para que Bree no pueda marcharse?

—A lo mejor.

—¿Y te parece lógico? Hablamos de esto cuando viniste a verme la semana pasada. No veo a pacientes en contra de su voluntad.

La mujer se giró hacia Bree y le extendió la mano.

—Hola, soy Kimberley.

Fue un momento surrealista: sus amigas secuestrándola, la psicóloga...

—Encantada de conocerte —dijo Kimberley, que enarcando las cejas añadió—: Ashley, apártate de la puerta.

Mikki y ella se movieron. Mikki se presentó. Todas se quedaron mirándose unas a otras.

Kimberley sonrió a Bree.

—Interpreto que no quieres estar aquí.

—No. Creía que venía a trabajar de voluntaria.

Kimberley chascó la lengua.

—Si sirve de algo, que sepas que tus amigas lo han hecho con la mejor intención. Aunque, si me hubiera pasado a mí, me sentiría querida e insultada al mismo tiempo.

—Y traicionada —murmuró Bree.

Ashley esbozó una mueca de pesar. Mikki agachó la cabeza.

Kimberley señaló hacia su despacho.

—Tengo una hora libre. ¿Por qué no charlamos un rato? Al fin y al cabo, ya estás aquí, ¿no? Si no quieres quedarte, eres libre de irte cuando quieras.

Irse era lo que tenía más sentido. Bree sabía que era una persona con problemas y lo llevaba bien. Bueno, bien no, pero había aprendido a vivir con esa realidad. Sí, a veces era complicado, como cuando había tenido que apartarse de Harding, pero era el pequeño precio que había tenido que pagar por protegerse.

—No se me puede arreglar —dijo con rotundidad.

Kimberley la sorprendió al sonreír.

—Lo sé. No eres un armario con una puerta suelta.

A la gente no se la arregla. Pero supongo que ves que hay un problema.

Bree asintió.

—No siento lo que sienten otras personas. No dejo que nadie se me acerque.

—Claro —dijo Kimberley con dulzura—. Eso es muy típico de víctimas de abuso. La confianza implica abrirte, pero eso es lo más difícil de todo, ¿verdad?

Bree la miró.

—No he sufrido abusos. ¿Eso te han dicho? Mis padres nunca me pegaron ni me agredieron sexualmente.

Miró a su alrededor y vio que Ashley y Mikki se habían marchado. No sabía en qué momento se habían escaqueado, pero, ya que estaba sola con Kimberley, lo más normal era entrar con ella en su pequeño despacho.

—No he sufrido abusos —repitió con fuerza mientras se sentaba en una de las cómodas sillas de piel.

—El abuso tiene muchas formas —dijo Kimberley—. El emocional es igual de dañino que el físico o el sexual, aunque a lo mejor te sientes más cómoda con el término «abandono».

—Sí, eso sí me cuadra.

—Podemos acostumbrarnos a casi todo. Cuanto más pequeños somos, más fácil es fijar el patrón. Con el tiempo, el dolor se convierte en algo que no solo aceptamos, sino que entendemos y a menudo buscamos. Por eso los hijos de alcohólicos suelen casarse con alcohólicos. No padecen esa enfermedad, pero la entienden y conocen las reglas. Cuando empiezan a relacionarse con personas que no son alcohólicas es cuando puede haber problemas. De pronto no entienden las reglas y no saben cómo actuar ni qué esperar.

Kimberley sonrió.

—Estoy generalizando, pero ya me entiendes.

Bree parpadeó varias veces.

—Estás diciendo que en las relaciones busco patrones para sentirme cómoda, pero que cuando me salgo de esos patrones, me resulta más complicado.

El concepto tenía sentido, aunque fuera algo que nunca hubiera verbalizado antes.

—Lewis era como mis padres. Me enamoré de él y no dejaba de pensar que sería genial porque se preocupaba por mí como nunca lo habían hecho mis padres. Pero no era real.

Se detuvo.

—Los hombres con los que me he acostado... Los mantengo alejados. Les hago lo que mis padres me hicieron a mí. Soy yo la que decide.

En cuanto al resto, ¿tenía razón Kimberley? ¿El dolor surgía al intentar romper los patrones?

—Me costó apreciar a Ashley y a Mikki. Confiar en ellas —arrugó la boca—. Y mira lo que me han hecho.

—No creo que Ashley y Mikki sean tan culpables como otras personas de tu vida, pero estás en lo cierto con lo demás que has dicho. Has estado pensando en esto, ¿verdad?

—Un poco —respondió. Se giró—. Ashley está leyendo todos esos libros de autoayuda. Los deja por toda la casa. A veces les echo un ojo por mera curiosidad.

Y porque de vez en cuando se preguntaba cómo sería ser como los demás. Una parte de ella anhelaba la libertad de ser normal, pero no estaba segura del precio que tendría que pagar.

—No puedo arriesgarme —dijo en voz alta—. No podría soportar que me volvieran a romper el corazón.

Kimberley asintió.

—Tiene sentido. Has sufrido mucho. Solo una pregunta rápida antes de que te vayas: ¿Y si no se te rompiera el corazón?

Bree se quedó paralizada en la silla.

—¿Qué significa eso?

La tierna sonrisa volvió.

—Nos pasan mierdas constantemente. No puedes evitarlo, pero sí puedes desarrollar habilidades para afrontarlas. En tu futuro habrá cosas malas, Bree. No puedo decirte cuáles o cuándo, pero pasarán. El secreto no es evitarlas. El secreto es ser lo bastante fuerte para sobrevivir a ellas. Ahora mismo crees que eres incapaz de sobrevivir al dolor emocional, que tu corazón está tan destrozado y frágil que se romperá en mil pedazos. Nadie sobrevive a eso. Lo que sugiero es que hay formas de fortalecer tu identidad y que puedes añadir a tu kit de herramientas emocionales, si quieres, para que cuando esas cosas malas pasen, puedes superarlas. Si tu corazón no se rompe, entonces ¿por qué no darles una oportunidad a las relaciones que podrían traerte alegría y felicidad?

Bree no iba a tragarse eso ni de broma.

—No es tan fácil.

—Tienes razón. No es fácil. Es un trabajo duro, pero es muy factible. Una parte consistiría en aprender habilidades que nunca te enseñaron de niña. Otra parte consiste en romper patrones insanos. Lo que haríamos juntas es lento y tedioso y frustrante.

Bree miraba a la psicóloga, desesperada por creer que era posible algo mejor, pero negándose a dejarse engañar.

—¿Cómo sabes que puedo cambiar?

—Eres fuerte, estás motivada y tienes apoyo emocional. Es más de lo que tiene mucha gente, así que, aunque no puedo garantizarte nada, tengo la sensación de que podríamos conseguir algo bueno juntas —dijo Kimberley. La miró a los ojos—. Vamos a vernos todas las semanas durante un mes y luego valoramos. Si no va bien, puedes mandarme a la mierda y marcharte.

Bree miró a su alrededor y se fijó en el pequeño

espacio, con los motivos de flores en las paredes y el escritorio en un rincón.

—No quiero encontrarme con Harding.

—Tengo un despacho a pocos kilómetros de aquí. Podríamos vernos allí.

—¿De verdad crees que podrías arreglarme?

—Estoy segura de que no puedo arreglarte, pero sé que podrías sanarte y librarte de ese miedo que te está reprimiendo. ¿Quieres intentarlo?

Bree sintió la importancia del momento. Le estaban dando una oportunidad y podía o aceptarla o seguir viviendo su vida pequeña y llena de miedo. Desde fuera parecía que lo tuviera todo, pero ella sabía la verdad. Sabía que era exactamente lo que había dicho Chico Triste.

—Quiero ser más fuerte.

—Pues entonces ese será nuestro primer objetivo. ¿Qué tal te va el próximo martes por la tarde?

Capítulo 29

—¿Ya has decidido? —le preguntó Ashley a su hermano.

Harding miró las galletas.

—Una de pepitas de chocolate y dos de mantequilla de cacahuete.

Ella lo miró desde el otro lado de la mesa.

—Ya sabes a qué me refiero.

—Oye, ¿por qué te da igual qué galletas que elija yo? —preguntó Dave.

Los tres estaban almorzando en MAR para ponerse al día. Ashley se alegraba de que Harding tuviera mejor aspecto que antes. Estaba claro que había estado comiendo y durmiendo. Se le veía triste pero sano.

Sabía que lo mismo podía decirse de ella. Día a día estaba recuperándose. Había empezado a ir a una clase de yoga que la dejaba sintiéndose como la persona menos flexible del planeta, pero sabía que le iba bien el movimiento. Estaba surfeando y trabajando a tope en su negocio.

Les pasó unas galletas recién hechas a los chicos.

—También hay de avena y pasas.

Dave se estremeció.

—Qué asco me dan las pasas.

—Pues te gustan las uvas y el vino.

—¿En serio? —preguntó él con los ojos brillando de diversión—. ¿A mí me pides lógica?

Ella se rio antes de volver a centrar la atención en Harding.

—¿Y?

—He prorrogado el alquiler de mi casa. Quiero quedarme en LA.

—Me alegra y me preocupa a partes iguales.

Después de lo que había pasado con Bree, se había medio esperado que Harding se marchara. Pero no.

—Mi decisión no tiene nada que ver con Bree. LA siempre ha sido mi hogar —sonrió—. Además, hay un buen aeropuerto al final de la calle.

—¿Vas a empezar a viajar otra vez?

Qué buena noticia. Harding había estado demasiado aislado últimamente.

Él asintió.

—Mi publicista me manda de promoción. Voy a combinarlo con la investigación de mi libro sobre el dolor. Tengo algunas personas para entrevistar. Cada viaje será de un par de semanas.

Ella lo observó.

—¿Estás bien?

—Estoy mejor. Aún la echo de menos, pero no puedo obligarla a quererme.

Harding miró a la mesa y volvió a mirar a su hermana.

—Me gustaría preguntarte cómo está.

—Acordamos que no hablaríamos de eso.

—Ya, pero está bien, ¿no?

Ashley pensó en cómo le iba la vida a Bree. Trabajaba muchas horas, hacía surf los jueves, se evadía en las clases de *spinning* dos veces por semana y, lo más sorprendente, seguía viendo a Kimberley religiosamente.

—Harding, no me pongas en esta tesitura.

Su hermano le lanzó una triste sonrisa.

—Lo siento —dijo, y agarró un par de galletas—. Me voy ya. Nos vemos pronto.

Rodeó la mesa, la besó en la cabeza y asintió hacia Dave antes de marcharse. Ashley lo vio salir.

—Sigue sufriendo —murmuró ella.

—Entregó su corazón. Le va a llevar un tiempo reponerse a eso. Y hablando de recuperación, ¿cómo vas tú?

—Mejor. Ya no me enfado y he dejado de llorar por la ruptura. Hay cosas que echo de menos y otras que no. Creo que lo que me ayuda a seguir es saber que no me equivoqué al pedir lo que pedía. He tardado mucho tiempo en verlo, pero tomé la decisión correcta y fui fuerte. Probablemente nunca sabré qué problema tenía Seth, pero no importa. Tengo que cuidarme y no lo estaba haciendo al final de nuestra relación.

Agarró una galleta.

—Es un proceso.

—Eres impresionante —dijo Dave—. Estás siendo proactiva en tu recuperación.

—¿Aquí es cuando empiezas con tus perogrulladas de MAR?

Él se echó atrás como fingiendo que se sentía insultado.

—¿Perogrulladas? Son perlas de sabiduría.

—Ya, claro, pues ve a venderlas a otra parte.

—Vale. ¿Tienes planes el sábado después de Acción de Gracias?

Ashley lo miró.

—¿El sábado después de Acción de Gracias? Para eso faltan como dos meses. ¿Por qué iba a tener planes?

—Es puente. Podrías estar de viaje o ir a un concierto.

¿Era cosa de ella o Dave estaba muy raro?

—Harding y yo vamos a casa de nuestros padres a pasar Acción de Gracias. Él se va a quedar a pasar el fin de semana, pero yo vuelvo el viernes por la mañana para trabajar. Es Black Friday y luego viene el Sábado del Pequeño Comercio.

—¿Quieres cenar esa noche?

—¿Hay algún evento de MAR? Si no es demasiado pronto, podría ir. Bree, Mikki y yo hemos decidido mantener los horarios habituales ese fin de semana, así que el sábado cerraremos a las cinco. En invierno cerramos antes porque anochece antes.

—No es un evento de MAR.

Había algo en el tono de Dave que Ashley no entendía, y la estaba mirando con una expresión que no podía descifrar.

—Estoy confusa. Me estás pidiendo que cenemos el sábado después de Acción de Gracias, pero no es un evento de MAR.

—No.

—¿Entonces qué es?

—Una cita.

Ashley soltó la galleta y con cautela se limpió los dedos con una servilleta. Miles de pensamientos salieron disparados dentro de su cabeza y no pudo pillar ni uno solo.

—Una cita —repitió ella despacio y preguntándose si esa palabra tendría alguna definición que no recordara.

—Como has dicho antes, faltan dos meses —dijo él con tono desenfadado pero una mirada de una extraña intensidad—. No estoy diciendo que para entonces ya te hayas olvidado por completo de Seth, pero estarás a punto. Admito que es un problema de sincronización. Está claro que quiero que te recuperes bien, pero no quiero esperar demasiado y que acabes saliendo con otra persona.

A ver... Ashley iba a empezar por el principio e iría despacio. Dave le había pedido que salieran a cenar. Dentro de dos meses. Una cita.

—Me estás pidiendo salir.

—Sí.

—Como una cosa de chico-chica.

—Prefiero de hombre-mujer, pero sí.

—Una cita.

Él se rio.

—Te recordaba más lista.

—No te pongas chulito. Hace años estaba loquita por ti. Te lo dije y prácticamente me diste una palmadita en la cabeza como si fuera un cachorrillo. Dijiste que era la hermana de Harding y que nunca me verías de otro modo. Me rompiste el corazón.

Dave se puso serio.

—Herí un poco tu ego, pero no te rompí nada. Eras una niña, Ashley.

—Diecisiete.

—Una niña —repitió él—. Tenías toda la vida por delante. Yo aún estaba aprendiendo a manejarme en la silla y no quería que fueras un daño colateral.

Miró a otro lado y volvió a mirarla.

—No quería que te sintieras obligada.

Más tarde, Ashley analizaría lo que le había supuesto esa revelación.

—¿Por qué ahora?

—No nos hemos sincronizado bien. Hace cinco o seis años creía que ya estaba listo para lanzarme, pero tú estabas con alguien, y luego lo estuve yo. Y entonces llegó Seth. Fue una pesadilla. Pero habéis terminado y, aunque no creo que estés lista para salir conmigo, tampoco estoy dispuesto a arriesgarme a que te enamores de otro entre ahora y noviembre —le lanzó una sonrisa—. Admitámoslo, emocionalmente eres un poco voluble.

Ashley no sabía si tirarle algo o sentársele encima y besarlo. Las dos opciones eran buenas.

—No sé qué decir —admitió intentando procesar todo lo que él le había dicho.

—«Sí» es mi primera elección.

Ella lo miró.

—Sí, Dave. Me encantaría cenar contigo el sábado después de Acción de Gracias.

—Pues tenemos una cita.

—La tenemos.

—Si quieres salir con otros chicos entre ahora y noviembre, lo entenderé. Pero no te enamores de ninguno.

—Lo prometo.

Lo miró feliz, nerviosa y algo tímida. Él la sorprendió acercándose con la silla.

—Vale, pues vamos a dejar aclarada esta parte. No estoy dando nada por sentado, pero por si acaso las cosas van bien, te surgirán algunas preguntas sobre cómo funciona todo. Tengo control absoluto sobre mis funciones de aseo y baño. Créeme, eso es importantísimo. Y el equipo funciona bien —dijo lanzándole una sonrisa—, como ya hemos comentado.

Ella tragó saliva.

—Sí, ya lo hemos comentado. Estabas muy impresionado contigo mismo.

—Tú también lo estarás.

Se puso serio.

—Hay cosas que puedo hacer y otras que no. Se trata de equilibrio, fuerza y control. No volveré a andar nunca, Ashley. No me espera ningún milagro. Pero soy más que capaz de ser todo lo que necesitas.

Le acarició la cara.

—Te enviaré un *email* con una lista de libros. Responderán a muchas de tus preguntas. Cualquier otra cosa que quieras saber, pregúntamela directamente. Si después de leerlos decides que esto no es para ti, lo entenderé. Sin rencores.

La desmedida sinceridad del momento la conmovió como nada lo había hecho nunca. Dave se estaba desnudando, estaba diciéndole cómo sería. Ashley no sabía cómo podría resistirse. O resistirse a él.

—Me los leeré de principio a fin —prometió ella—. Y luego acudiré a ti si tengo preguntas.

—Aquí estaré.

Ashley sabía que era verdad. Pasara lo que pasara, Dave estaría ahí. Era un hombre inteligente, decidido, leal, amable y fuerte. Y quería una boda grande y por la iglesia.

—Debería volver al trabajo —murmuró ella, aunque lo único que quería era besarlo. Sin embargo, sabía que él tenía razón y que necesitaba tiempo.

—Y yo.

Ella se levantó, fue hacia la puerta y se volvió.

—Deberías llamarme esta noche. Para charlar.

—¿A las nueve te va bien?

—A las nueve me va genial.

Bree se esforzaba por teclear lo bastante rápido para ir a la velocidad de sus pensamientos. Usaba el ordenador para trabajar y para comprar, pero lo de escribir era una novedad. Kimberley le había sugerido que llevara un diario, algo a lo que se había resistido durante al menos tres semanas antes de ceder. Ahora pasaba veinte minutos cada mañana escribiendo lo que sentía.

Era un peñazo y lo odiaba, pero después de una semana entera dedicándole tiempo, en el fondo estaba deseando que llegara la limpieza mental matutina. A raíz de eso se había acostumbrado a escribir una media hora por las noches sobre otras cosas: sus padres y Lewis, y al cabo de una semana más, sobre Harding.

Aún lo echaba de menos, pero el dolor ya le era familiar. Tanto como respirar. Estaba desesperada por preguntarle a Ashley por él, pero no lo hacía. Apreciaba a su compañera de piso y no quería estropear lo que tenían. Las dos habían acordado no mencionarlo nunca. Ashley veía a su hermano fuera de la casa. Él nunca iba a la tienda. Y si alguna vez Bree conducía hasta la esquina de su calle, desde donde casi podía ver su casa desde la seguridad del coche, pues... no se lo decía a nadie. Aunque sí escribía sobre ello.

La mayoría de los días borraba lo que escribía. No tenía ninguna intención de escribir una novela, ¡Dios la librara!, ni nada que fueran a leer otros. Su instinto le decía que lo que la ayudaría era el proceso, no el resultado final. Pero de vez en cuando guardaba parte del trabajo en un archivo y ahora, a finales de octubre, tenía cinco páginas sobre el tema del dolor.

Releyó el documento.

Descubrir heridas abiertas décadas después de que se produjeran no las hace menos propensas a enconarse. Hay que tratarlas y estar pendiente de ellas. Hay que prestarles atención porque, si no, no sanarán. El dolor es constante, pero a veces saber por qué sufro, por qué me comporto como lo hago, es su propia recompensa.

Para mí el dolor está vivo. Es una cabrona fría e implacable que acecha en las sombras. Cuando estoy cansada o estresada, ella siempre está dispuesta a atacar, a hacerme sentir débil e incapaz. A veces me asusta con su tamaño, pero con ayuda estoy aprendiendo a hacerla retroceder, y ahora, cuando ataca, es más pequeña que la vez anterior.

Sanarse es una elección. Yo he tomado la decisión de sanarme. No fue fácil ni agradable ni nada que quisiera hacer, pero la alternativa era seguir viviendo en dolor, y no podía hacerlo más. El dolor me deja seca y corría el peligro de marchitarme y desaparecer.

Por eso cada mañana decido estar un poquito mejor. Sí, claro, hay días en los que la cago del todo, pero luego empiezo de nuevo. He tomado la iniciativa para abrazar a una amiga. Para la mayoría de la gente eso no será para tanto, pero para mí ha sido un acto de valor. Los pasos diminutos van sumando. Al menos, ese es el plan.

Tienes que decidir admitir el dolor y sanarte de todos modos. Sanarte a pesar de todo. Y un día, sin darte cuenta, tienes un momento de felicidad. Solo uno. Luego el dolor vuelve y te hace pagar por esa felicidad, pero entonces hay otro momento, y después otro más. Y un día te das cuenta de que el dolor ya no es tan grande y malo y que a veces incluso puede darte pena.

Guardó el archivo y pulsó el botón de imprimir. Cuando las hubo impreso, las metió en un sobre y bajó.

Era tarde, pasaba de la medianoche. Agarró el bolso y salió al coche.

El cielo estaba despejado. No había estrellas, claro, porque estaban en Los Ángeles y las luces de la ciudad brillaban demasiado, pero podía ver aviones acercándose y relucían casi tanto.

El trayecto a casa de Harding no duró mucho. Como se esperaba, había luz en varias ventanas. Ese hombre era un ave nocturna. Aparcó unas casas más allá y apagó el motor. Luego fue caminando en silencio hasta el porche delantero.

Se moría por verlo, aunque solo fueran unos segundos. Quería mirarlo a los ojos y verlo sonreír. Quería sentir sus brazos rodeándola mientras la acercaba como si no quisiera soltarla nunca. Quería que la llevara a su cama e hiciera todas las cosas deliciosas que le había hecho, que había hecho con ella.

Llegó a la puerta y puso la mano sobre la dura superficie. Pero no llamó ni tampoco llamó al timbre. No podía. No estaba lista y acercarse a él solo le causaría dolor. Tenía que ser más fuerte.

Así que a pesar de cuánto lo necesitaba y deseaba, a pesar del dolor, y eso que el dolor era un recordatorio de lo que importaba, bajó el brazo, dejó el sobre sobre el felpudo y se marchó sin hacer ruido.

—Trae una chaqueta —le dijo Mikki con su tono de «la madre soy yo».

Ashley se contuvo para no poner los ojos en blanco.

—No hace tanto frío.

—Apenas tenemos veinte grados. Necesitas una chaqueta o una sudadera.

Septiembre había dado paso a octubre. Se notaba que los días eran más cortos, y la playa estaba menos abarrotada durante la semana. Menos mal que la tienda seguía teniendo público.

Habían alquilado el espacio extra en MAR. Ashley y Mikki coordinaban la mayor parte del trabajo allí para que Bree no tuviera que ir a menudo. Y cuando iba, Ashley se aseguraba de que Harding no estuviera. Últimamente resultaba menos complicado, porque él estaba de viaje más de la mitad del tiempo.

Ashley cedió a lo inevitable y agarró una sudadera. Se la puso y agarró la botella de Piper-Heidsieck Brut que había elegido para esa noche. Habían acordado volver a llevar una sola botella de champán los viernes y habían prescindido del picoteo. La vida volvía a la normalidad.

Se reunió con sus amigas en la puerta de la tienda. Mikki, feliz con su relación con Duane, prácticamente resplandecía. Su cabello tenía un saludable brillo y ahora lo llevaba más largo, le centelleaban los ojos y tenía una sonrisa constante. Miró la etiqueta de la botella.

—Nos va a encantar. ¿Vamos?

Ashley se situó al lado de Bree.

—¿Soy yo o está más alegre todavía de lo habitual?

—Sí. Estoy intentando no tomármelo como algo personal.

—El amor floreciente. Es un asco cuando no lo disfrutamos las demás.

—Tú tienes un amor floreciente esperándote, así que no te quejes.

Ashley sonrió.

—No es nada seguro.

Bree gruñó.

—¿En serio? Ese hombre está aquí prácticamente a diario. Quedáis todo el tiempo, aunque hagáis esa cosa rara de fingir que no estáis saliendo.

—No estamos saliendo. Estamos conociéndonos como amigos. Ni siquiera nos hemos besado.

Mikki rodeó a Ashley con el brazo.

—Pues deberíais besaros. Es lo mejor.

—Estamos esperando. Dave quiere que me haya olvidado de Seth por completo.

—¿Y te has olvidado? —preguntó Bree.

Ashley perdió un poco del buen humor que tenía.

—Casi del todo. Ya no lo echo de menos, pero aún me duele lo que pasó. No dejo de darle vueltas a quién hizo qué y cuándo. Es un proceso.

—Él lo hizo todo mal —dijo Mikki—. Aférrate a eso.

—Es culpa de los dos —añadió Bree—. Las relaciones no suelen girar en torno a una sola parte. Tú también tienes culpa.

—Tienes razón, y aun así me resultas insoportable.

Bree se rio.

Se acomodaron en su sitio habitual. No había mucha gente por la calle en esa época del año y parecía que las olas sonaban con más fuerza. Ashley abrió la botella con maestría, tal como Mikki les había enseñado, y luego sirvió tres copas del burbujeante líquido. Por turnos comentaron el toque de jengibre y el suave retrogusto.

—*Las chicas saben de vino* dice que es un champán estupendo para una cita —dijo Mikki.

—Pues entonces tiene que serlo, claro que sí —bromeó Bree.

—¿Te estás burlando de mi blog de vinos favorito?

Bree la abrazó.

—Yo no haría eso.

Charlaron sobre cómo había marchado el negocio esa semana y comentaron cuántos árboles de Navidad poner en la tienda.

—Los clientes tienen que poder moverse por la tienda —señaló Ashley.

—Pero son árboles de Navidad —dijo Mikki—. Cuantos más, mejor.

Ashley negó con la cabeza.

—Cuando estás feliz eres insoportable.

—En eso tiene razón —dijo Bree antes de dar un sorbo de champán—. Cinco árboles. No más.

—De acuerdo —dijo Ashley.

—Vale, señoras Scrooge —dijo Mikki. Miró a Ashley—. ¿En serio no estás acostándote con Dave?

—No. Estamos explorando nuestra amistad hasta el sábado después de Acción de Gracias.

—Vale —dijo Mikki, y se sacó del bolsillo de la cazadora una caja rectangular de unos veinte centímetros de largo—. Para ti. De parte de las dos.

Ashley las miró.

—¿Me habéis comprado un regalo? ¿Por qué?

Bree y Mikki se miraron y sonrieron.

—Ábrelo —dijo Mikki.

Ashley rompió el bonito papel floral y se quedó mirando la caja con incredulidad. Había un conejito rosa unido a lo que parecía un árbol y una nota escrita con letra bonita y prometiéndole «deleite y placer infinitos».

—La hostia, me habéis comprado un vibrador.

Mikki y Bree soltaron una carcajada.

—No es un vibrador. Es tu propio Earl. La web dice que este modelo es muy popular entre el público más joven.

Bree sonrió.

—Es solo para sacarte de apuros hasta que la cosa se caliente con Dave.

A Ashley le ardían las mejillas.

—Me habéis comprado un vibrador. Pero ¿en qué estabais pensando?

—En que una chica tiene necesidades. Earl me ha ayudado a tirar hacia delante en momentos duros.

Mikki y Bree levantaron las copas. Ashley soltó a Earl y brindó con ellas.

—Gracias. Creo.

—Ya nos lo agradecerás luego —bromeó Mikki.

Bree sacudió la cabeza.

—Solo espero que Ashley no sea gritona. Podría incomodarme mucho la vida.

Capítulo 30

—¿Soy yo o ahora hay más papel de envolver que esta mañana? —preguntó Mikki riéndose.

Bree levantó la bolsa de basura rebosante de papel navideño.

—¿De dónde sale? Ya he repasado dos veces el salón.

—Se reproduce cuando no miramos. Oye, deja de limpiar. Es Navidad.

—Me gusta darle orden al caos —dijo Bree—. Doy una pasada más y ya paro. Lo juro.

Mikki apretó los labios como intentando no protestar. Bree sabía que su amiga entendía que lo de ese día había sido una prueba para ella: estar con un grupo de gente chillona y cariñosa llena de espíritu navideño. Había querido quedarse sola en casa, pero sabía que eso había sido mejor. Más sano. Y, para ser sincera, un poco más agradable también que la soledad.

En el respiro entre desenvolver regalos y la comida, la mayor parte del grupo salió afuera. Lorraine y Rita estaban supervisando un partido de voleibol y Chet hacía de árbitro. Perry jugaba en el mismo equipo que su nueva novia, una preciosa rubia unos doce años más joven. Bree se preguntaba si sería la única en darse cuenta de que la chica se parecía a Mikki, pero no dijo nada. La nueva novia de Perry era un encanto y sus dos niñas pequeñas, adorables.

Sydney y Will jugaban en equipos contrarios. Los dos habían querido que Duane fuera en el suyo, pero él se había decidido por Sydney, dejando a Will refunfuñando. Luego le había dado una alegría al adolescente al decirle que le dejaría conducir su coche después de comer.

Bree metió la bolsa de basura en el cubo, se lavó las manos y ayudó a Mikki a poner la mesa. Conociendo como conocía a su amiga, no le sorprendieron los platos navideños, el salero y pimentero de Santa y la señora Claus, ni las servilletas de lino con acebos bordados.

La cena de Nochebuena había sido el tradicional pavo. Hoy tomarían costillar de vaca, pudin Yorkshire, que ella no había hecho nunca, verduras y todas las tartas imaginables. Había llevado un pastel de fruta con la masa casera.

—¿Estás bien? —le preguntó Mikki con tono informal mientras ponía los cubiertos.

—Sí. Ha sido divertido. Gracias por invitarme.

Mikki soltó una salsera y se puso delante de Bree.

—Estás lista. Llámalo.

No hizo falta preguntar a quién se refería Mikki.

—Han pasado cuatro meses. Ha seguido con su vida.

—¿Por qué dices eso? Tú no lo has hecho. Sigues tan loca por él como el día que mandaste a la mierda a ese culito delicioso.

Bree sonrió como pudo.

—Qué imagen más rara.

—Me ratifico. Venga, es Navidad. Permítete un poco de diversión.

—Está saliendo con alguien.

Mikki se quedó boquiabierta.

—¿Qué? —preguntó con un chillido—. ¿Desde cuándo? Ashley no ha dicho nada. Siempre me está contando lo ocupado que está con el trabajo y con los viajes, pero nunca menciona a nadie. ¿Cómo sabes que hay otra? ¡Será cabrón!

—Las mujeres se lanzan a su paso. Hazme caso, hay una mujer.

—Aaah, vale. Estás especulando. Y si te dices que tiene novia, puedes permitirte ir de santurrona y no arriesgarte a decirle que sigues enamorada de él. ¿Quieres alejarte a propósito o es que estás acojonada?

—Deja de hablar así. Soy yo la que dice tacos en esta relación.

—Me he fijado en que no has negado estar enamorada de él.

Bree suspiró.

—No.

Kimberley la había ayudado a ver la verdad, o tal vez a admitirla. Había estado enamorada de Harding. Por eso había actuado así de mal; lo que él pudiera hacerle la había aterrorizado.

—Pero ¿no vas a llamarlo?

—¿Y qué le digo? «Oye, mira, soy yo. Estoy un poquito menos perjudicada que antes. ¿Quieres que nos veamos un rato o que vayamos al cine?».

—Es un comienzo.

—No tiene ningún interés en hacerlo.

—Eso no lo sabes. Podría seguir pensando en ti o podría estar acostándose con cada azafata de vuelo de aquí a Miami. Deberíamos preguntar a Ashley —dijo Mikki buscando el teléfono.

—¡No! —contestó Bree con firmeza—. No vamos a molestar a Ashley en Navidad.

Sus padres y ella, junto con Dave y Harding, y probablemente alguna mujer a la que estuviera viendo Harding, estaban comiendo en casa de Dave. Él iba a cocinar y todo. Curiosamente, Ashley y Dave habían pasado tanto tiempo «siendo solo amigos» que su primera cita se había convertido en un fin de semana entero durmiendo juntos. Ashley había llegado tarde al trabajo el lunes. Llevaban juntos desde entonces.

Y eso estaba muy bien, pensó Bree con melancolía. Enamorarse y dejarse amar a cambio.

—Terminaré de poner la mesa —dijo Bree—. Tú ve a ver el costillar. La última vez que he mirado, parecía demasiado marrón por los bordes.

Mikki gritó y corrió a la cocina. Durante un instante, Bree se sintió culpable por la mentira, pero es que no quería seguir hablando de Harding. Saber lo que había perdido la entristecía. Tener habilidades para enfrentarse al dolor no hacía que el dolor diera menos asco.

Por suerte, Mikki se distrajo con el asado y unos minutos después el partido de voleibol acabó. Todos volvieron a entrar en casa, así que había demasiada conversación y actividad para la introspección.

Mikki puso a Bree a cargo del pudin Yorkshire. Treinta minutos y varias canas después, Bree, orgullosa, colocaba los ligeros y esponjosos pastelitos en un cesto cubierto con una servilleta. Mikki, Bree y Lorraine llevaron la comida a la mesa. Una vez sentados, unieron las manos y Chet bendijo la mesa.

«Eso», pensó una hora después mientras Duane bromeaba con Perry y las chicas, y Rita se reía con Lorraine. Eso era lo que quería para ella. Familia, amigos, felicidad.

«Casarme contigo, tener bebés y un perro. Te quiero».

Las palabras de Harding resonaban en su cabeza. Le había dicho que la quería. Le había dicho que quería estar con ella para siempre, y, aunque lo creía, había sido incapaz de confiar en él lo suficiente para intentarlo.

No, se recordó. Nada de eso era culpa de él. Era ella la que no había sido lo bastante valiente y fuerte para creer que podría hacerlo pasara lo que pasara. Era ella la que había decidido que era mejor estar a salvo; no ser feliz, pero no poner en peligro su corazón. Sin tener algo más nunca.

Había llegado lejos, se dijo. Había aprendido mucho y ahora se encontraba en un lugar mucho mejor. Pero ¿era suficiente? Y aunque lo fuera, ¿Harding habría esperado?

Después de que se hubieran comido los pasteles y todo el mundo se hubiera ido al salón a ver *Qué bello es vivir*, Bree sacó a Mikki de la sala y la abrazó.

—Gracias por la mejor Navidad de mi vida.

Mikki la abrazó con fuerza.

—Me alegro mucho de que hayas venido.

Dio un paso atrás y añadió:

—Llámalo. No hay nadie más. Lo he preguntado. Llámalo.

Las palabras dejaron paralizada a Bree. Por un instante no pudo ni respirar, ni moverse, ni pensar.

—¿Has hablado con Ashley?

—Sí, y ha tenido lo que podría describirse como una conversación nada sutil con su hermano —dijo Mikki, y levantó una mano—. No te ha mencionado a ti para nada. Le ha dado la lata con que no ha seguido adelante con su vida y que al menos se busque a alguien con quien acostarse. Él ha dicho que no estaba preparado, que sigue enamorado de ti.

A Bree se le saltaron las lágrimas, pero las contuvo.

—Tengo miedo.

—Claro. El amor siempre da miedo, pero merece la pena arriesgarse. Eso ya lo sabes. Confía en ti. Confía en Harding. Y si resulta ser un gilipollas, le diremos a Oscar que le dé una paliza.

—No sé...

Mikki le acarició un hombro.

—Claro que sí.

Bree volvió a abrazarla y se marchó. Condujo a casa y recorrió el salón de un lado a otro con el teléfono en la mano.

Las palabras de Mikki le dieron esperanza, pero el miedo seguía siendo muy grande.

Pensó en cómo había amado a Lewis y cómo él la había utilizado y destrozado. Pensó en sus padres, sobre todo en su madre, y supo que esas heridas tal vez nunca se cerrarían. Luego pensó en que no había garantías ni promesas; solo existía el momento, el presente, y lo que hiciera con él.

Estaba pensado si podríamos hablar luego... cuando termines con tu familia.

Envió el mensaje y se quedó mirando al teléfono, deseando que apareciera una respuesta. Como la respuesta no llegó, agarró una cazadora y salió.

Las luces de Navidad centelleaban en todas las casas. Veía árboles encendidos y bicis nuevas en los porches. A lo lejos oyó unas risas y un perro ladrar. Una madre llamaba a sus hijos para que entraran en casa a comer tarta. Los aviones pasaban en dirección al aeropuerto y sus luces resplandecían contra el oscuro cielo. Le sonó el móvil.

Estaré ahí en treinta minutos.

Bree siguió andando. Dio una vuelta a la manzana hasta que llegó la hora y luego se situó en los escalones delanteros, esperando a que una camioneta que le resultara familiar apareciera por la calle. Después de lo que le parecieron tres eternidades, Harding accedió a su entrada y apagó el motor. Bajó y caminó hacia ella.

Lo primero que pensó Bree fue lo guapo que estaba. Lo segundo, que Harding ya había demostrado ser la clase de hombre que nunca se rendía. Daba igual lo que les deparara la vida, él estaría siempre ahí, a su lado. No se asustaría ni la traicionaría ni la utilizaría. Era el mejor hombre que había conocido.

Se levantó mientras él se acercaba.

—Me cuesta confiar en la gente. Nunca aprendí a estar en una familia y cuando me asusto, huyo. Estoy aprendiendo a quedarme donde estoy, a enfrentarme al problema, pero es muy probable que nunca sea como los demás —dijo, y arrugó la nariz—. Quiero decir «normal», pero Kimberley dice que mi definición de lo normal está totalmente desproporcionada. Que doy por hecho que nadie más tiene problemas o fracasos o lo que sea.

Se metió las manos en los bolsillos traseros.

—No soy como tú. No soy valiente. Lo estoy intentando, pero me cuesta y a veces solo quiero mandarlo todo a la puta mierda y largarme. Pero eso es justo lo que no debo hacer, y por eso estoy intentando enfrentarme al miedo. Dicho esto, nunca voy a tener relación con mis padres, así que eso olvídalo. No todo lo que está roto puede recomponerse.

Harding la miraba con una intensidad que debería haberla asustado, pero que en realidad la hizo sentirse arropada, segura y feliz.

—Nunca quise quererte —susurró Bree—. Pero te quiero. Mucho. Y he pensado que deberías saberlo.

Harding alargó los brazos hacia ella justo cuando ella se abalanzó sobre él. La acercó a sí con fuerza y la besó. Ella lo rodeó por el cuello y se entregó a todo lo que él estuviera dispuesto a darle. Su boca le producía una sensación cálida y familiar y supo, supo, que eso era lo que había estado buscando, incluso cuando había decidido huir.

—Has tardado bastante —dijo él con una temblorosa risa mientras se apartaba para mirarla a los ojos.

—Es que aprendo despacio. He estado haciendo un curso correctivo de amor.

—¿Y qué tal te ha ido?

—Supongo que serás tú el que lo juzgue —dijo Bree acariciándole la cara—. Siento todo por lo que te he hecho pasar. No ha sido a propósito.

—Lo sé. Necesitabas tiempo.

—Lo que necesito eres tú.

—Sí —dijo él apoyando la frente en la suya—. Pues ya me tienes, Bree. En corazón y en alma.

Soltó una risita.

—Así que por eso Ashley ha estado dándome la lata con mi vida sexual.

—Quería saber si estabas siéndome infiel.

—Eh, oye, que no estábamos juntos.

Ella lo miró a los ojos.

—No lo estábamos. Lo que haya pasado me parece perfecto. Ni siquiera quiero saberlo.

—No ha pasado nada. Sin ti, no tenía ningún sentido.

—Yo tampoco me he acostado con nadie —dijo ella—. Estaba demasiado ocupada dejando que mi psicóloga me sacara las tripas emocionales. Ocupada con eso y... ya sabes... con lo de estar enamorada.

Lo llevó adentro y cerró la puerta. Una vez que estaban en el salón, se situó frente a él.

—No sé cómo hacer esto —admitió—. Una relación de verdad. Ashley prácticamente está viviendo con Dave, así que si quieres mudarte aquí, sería genial. ¿O es demasiado pronto para decirlo? ¿Deberíamos salir primero? Me ayudaría que me dijeras cuáles son las reglas.

Él volvió a besarla.

—Quiéreme, Bree. Esa es la única regla.

—Pues esa sí que la tengo aprendida.

—Entonces tú y yo estaremos muy bien.

ÚLTIMOS TÍTULOS PUBLICADOS EN HQN

El beso de Thor de Cristina Vatra

Una biblioteca junto al mar de Brenda Novak

Piérdete conmigo de Anna Garcia

Un pretendiente para una reina de Julia London

Un buen motivo para mentir de Maia Clark

Secretos bajo el sol de Sarah Morgan

¿Todavía? ¡Siempre! de Anabel García

Hijas de la guerra de Dinah Jefferies

Corazón escocés de Miranda Bouzo

Hermanas por elección de Susan Mallery

Lamer las heridas de Leticia Castro

Orgullo y perdón de Diana Palmer

La mejor jugada de Ana Mencey

Un secreto en las Highlands de Andrea López

El hijo de las hadas de Paula Molero

Un asunto de familia de Robyn Carr

El cactus de Sarah Haywood

Rompiendo el hielo: un amor inesperado de Elle
Kennedy